SAG NICHTS

WEITERE TITEL VON PATRICIA GIBNEY

SAG NICHTS

PATRICIA GIBNEY

Übersetzt von Miriam Neidhardt

bookouture

Die Originalausgabe erschien 2018 unter dem Titel
„Tell Nobody"
bei Storyfire Ltd. trading als Bookouture.

Deutsche Erstausgabe herausgegeben von Bookouture, 2022
1. Auflage November 2022

Ein Imprint von Storyfire Ltd.
Carmelite House
50 Victoria Embankment
London EC4Y 0DZ

www.bookouture.com

ISBN: 978-1-80314-871-7
eBook ISBN: 978-1-80314-870-0

Für meine Freunde, die alten und die neuen

PROLOG

Der Geruch von Rauch aus den Schornsteinen der Wohnsiedlung schnürte ihr die Kehle zu. Sie rannte weiter und versuchte, die Sekunden und Minuten zu zählen, die verstrichen. Doch beim nächsten stechenden Schmerz in ihrem Unterleib vergaß sie die Zahl. Mit beiden Händen auf den Bauch gedrückt sackte sie auf die Knie.

Die Straßenlaternen erhellten den menschenleeren Weg hinter der Terrasse. Ihre Jeanshose war patschnass. Ob von Blut oder Wasser, wusste sie nicht. Sie konnte nur hoffen, dass es kein Blut war. Als eine weitere Schmerzwelle sie durchfuhr, biss sie sich auf die Unterlippe, damit der Schrei nicht aus ihrer Kehle in die verrauchte Luft entweichen konnte.

Der Regen traf auf ihre Haut wie Patronen aus einer Pistole. Die Empfindung überraschte sie. Vor dem Einsetzen des Regens hatte sie nichts als diesen stechenden Schmerz im Unterleib spüren können. Jetzt goss es in Strömen, und sie hatte keine Jacke an. Im Handumdrehen war ihr dünnes T-Shirt genauso patschnass wie ihre Jeans und ihre Schuhe.

Sie bog nach links und wollte auf das Fußballfeld zugehen, doch dort brannte Licht, und neben dem Vereinshaus befanden sich jede Menge Menschen. Vermutlich eine Party, dachte sie. Als sie umdrehte und den Weg zurücklief, den sie gekommen war, durchfuhr ein weiterer stechender Schmerz ihren gesamten Körper.

»Noch nicht. Bitte!«, flehte sie in den wolkenbehangenen Himmel.

Der Regenschauer versiegte, und fünf Minuten später hatte sie den Tunnel erreicht, der unter dem Kanal hindurch verlief. Nein, in Richtung Stadt konnte sie unmöglich laufen. Dort würde man sie sehen, und in ihrem momentanen Zustand wollte sie nicht gesehen werden. Die Leute tratschten ohnehin schon genug. Sie kletterte die rutschige Böschung zum Wasser hinunter. Kaum hatte sie den mit Kies belegten Fußweg erreicht, rannte sie den Kanal entlang an Schilf, leeren Dosen und Müll vorbei. Sie glaubte, jemanden hinter sich zu hören, hatte jedoch nicht die Kraft, sich umzudrehen. Da ist niemand, redete sie sich beruhigend zu. Das sind nur die Kanalratten.

Wieder der Schmerz. Und dann änderte sich alles.

SONNTAG

»Tor!«

Mikey Driscoll machte einen Luftsprung, als der Ball im Netz landete. Sofort wurde er von seiner Mannschaft umringt. Ja! Er war ein Held! Endlich. Die verbleibenden fünf Minuten des Matches der unter Zwölfjährigen spielte er mit einem glücklichen Lächeln auf dem Gesicht.

Der Pfiff des Schiedsrichters ertönte, gefolgt von Rufen und Jubelschreien der Menge, die nun auf das Feld strömte – hauptsächlich Eltern und andere Familienmitglieder der siegreichen Jungs. Irgendjemand hob Mikey auf seine Schultern. Jetzt fühlte er sich nicht mehr wie der Kleinste im Team. Jetzt war er der Größte. Hurra!

Er entdeckte seinen Freund Toby in der Menge, der ihn angrinste, und strahlte zurück. Während er zur Überreichung des Pokals zur Giebelseite des Vereinsheims getragen wurde, suchte er die Zuschauer nach seiner Mutter ab. Doch er wurde enttäuscht. Natürlich war sie nicht da. Sie war noch nie zu einem seiner Spiele gekommen, warum also heute? Dabei war es das *Finale*, und deshalb hatte er irgendwie gehofft ... Traurig schluckte er die Enttäuschung hinunter.

Er wurde von den unbekannten Schultern gelassen und auf den Boden gesetzt, wo er sich seinen Mannschaftskameraden anschloss. Zwar hatte Mikey das Siegestor geschossen, doch Toby war der Kapitän und würde den Pokal entgegennehmen. Mikey stellte sich neben ihn. Toby war einen guten Kopf größer als er, und Mikey musste zu ihm aufschauen und sich dabei die Augen mit einer Hand vor der untergehenden Sonne schützen.

»Tolles Tor«, lobte Toby.

»Danke«, antwortete Mikey. »Kann ich heute bei dir übernachten?« Er drückte sich selbst die Daumen. Seiner Mutter hatte er schon gesagt, dass er bei Toby schlafen würde. Bitte sag ja, betete er in Gedanken.

Toby zögerte. »Da muss ich erst meine Ma fragen.«

»Klar. Kein Ding.«

»Warum willst du denn bei mir pennen?«

Bevor Mikey antworten konnte, wurden er und Toby vom Mannschaftstrainer Rory Butler in die erste Reihe geschoben.

»Euer Auftritt, Jungs. Jetzt verleihen wir den Pokal und die Medaillen, und danach lade ich euch alle zu McDonald's ein!«

Das Jubeln wurde lauter, und Mikey wurde von seinen Mannschaftskameraden umringt und so von Toby getrennt. Er schwitzte von der Anstrengung des Fußballspiels und der warmen Abendsonne. Sollte er schnell nach Hause laufen und duschen? Nein. Er hatte seiner Mutter gesagt, dass er bei Toby übernachten würde, insofern sollte er lieber nicht unerwartet zu Hause auftauchen. Außerdem rochen die anderen auch nach Schweiß, nicht nur er.

Er nahm seine Medaille von Rory Butler entgegen, und Toby hielt den Pokal über seinen Kopf. Anschließend löste sich die Menge auf, und die ersten Eltern setzten sich in ihre Autos und warteten auf ihre Jungs, um sie zu McDonald's zu fahren. Auch der Minibus der Mannschaft stand bereit, um all jene mitzunehmen, die mitgenommen werden mussten. Mikey folgte dem Team in den heruntergekommenen Umkleideraum.

»Das war das beste Spiel der Saison«, sagte Rory und schlug jedem einzelnen Spieler im Vorbeigehen auf die Schultern.

Mikey mochte den Trainer. Rory war ungefähr so alt wie seine Mutter – in den Dreißigern, wie sie immer antwortete, wenn sie jemand fragte.

»Ich bin so stolz auf euch Jungs. Aber jetzt ist nicht die Zeit für eine Mannschaftsbesprechung, jetzt wird gefeiert! Packt eure Sachen zusammen, und dann treffen wir uns bei McDonald's. Chicken-Nuggets und Pommes gehen auf mich!«

Erneut bracht lautes Jubeln aus. Dann holten die Jungs ihre Taschen und zogen noch in Trikot und Shorts und mit ihren Medaillen am grünen Band um den Hals fröhlich plaudernd los.

* * *

Toby hatte ein schlechtes Gewissen. Zwar hatten sie das Finale gewonnen und futterten jetzt alle zusammen Chicken-Nuggets und Pommes und natürlich hatten sie den besten Trainer des ganzen Landes, aber trotzdem ...

Mikey schaute ihn über den Tisch hinweg mit seinen großen, traurigen braunen Augen an. Mist, dachte Toby. Vielleicht sollte er ihn doch bei sich übernachten lassen. Immerhin hatte Mikey schon oft bei ihm geschlafen. Aber ausgerechnet heute wollte er ihn lieber nicht bei sich haben. Sein großer Bruder Max war zu Hause, und dann war die Stimmung immer ganz komisch. Von seiner Familie war auch niemand beim Spiel gewesen, aber das störte ihn nicht. Ohne sie war er eh besser dran.

Er strich sich das blonde Haar aus den Augen. Außenrum rasiert und oben drauf ein Mopp, wie seine Ma seinen speziellen Haarschnitt gern beschrieb. Mikey hatte versucht, ihn nachzuahmen, und seine Mutter überredet, ihm die Spitzen zu blondieren. Das Ergebnis sah bescheuert aus. Richtig schlimm. Aber das hatte Toby Mikey nie gesagt.

Toby schob sich einen weiteren Chicken-Nugget in den Mund und kaute. Mikey kannte er schon seit sie ganz klein gewesen waren. Seit der Grundschule waren sie in einer Klasse und spielten im selben Verein. Doch jetzt wurden sie älter. Entwickelten sich weiter. Ob Mikey wohl auch in der weiterführenden Schule sein bester Freund sein würde? Hoffentlich. Ein Gefühl der Traurigkeit überkam ihn, als er sah, wie Mikey seinen Müll vom Essen einsammelte und ihn mit der stolz um seinen Hals baumelnden Medaille zum Abfalleimer brachte.

Um ihn herum wurde gelacht und geplaudert, doch alles, was Toby hören konnte, war die Stille zwischen ihm und Mikey. Immer wieder schaute er zu ihm. Mikey unterhielt sich jetzt mit Paul Duffy, dem Physiotherapeuten der Mannschaft. Na gut, er war nicht wirklich Physiotherapeut, sondern Arzt. Was auch gut war. Alle waren anwesend: Barry, der Sohn des Arztes, der ständig bei ihnen rumhing und Kommandos gab, als wäre er der Boss. Dabei ist er erst fünfzehn und ganz bestimmt nicht mein Boss, dachte Toby. Pauls Frau Julia, die manchmal die Trikots wusch. Wes, der fiese Busfahrer, der sie zu den Spielen fuhr. Bertie Harris, der sich für den Trainer hielt, aber eigentlich nur der Hausmeister des Vereins war. Und dann natürlich Rory Butler, ihr wirklicher Trainer. Toby mochte Rory und grinste ihn an, als er gerade in seine Richtung lächelte.

Ach, was soll's, dachte er. Mikey *darf* bei mir übernachten. Max kann mich mal. Seine ganze Familie konnte ihn mal. Er nahm seine leere Nuggets-Schachtel sowie die Tüte mit den übrig gebliebenen Pommes und wollte beides gerade zum Mülleimer bringen, als er eine Hand auf seiner Schulter spürte. Er drehte sich um.

»Du hast heute toll gespielt, Toby.«

Toby wand sich aus Berties Griff und grinste den Hausmeister verlegen an. »Ja, danke. Es war ein gutes Spiel. Hat Spaß gemacht.«

»Du warst richtig stark.«

»Aber Mikey hat das Tor geschossen.«

»Und das war ein tolles Tor. Der junge Driscoll hat bisher nicht allzu viele Tore geschossen, aber das hier war ein wichtiger Treffer. Vergiss nicht die Siegesfeier am Samstagabend.«

»Ich denk dran.«

Toby nahm seine Tasche und hielt Ausschau nach Mikey. Um ihn herum war es voll und laut. Er war groß genug, um die Köpfe der sitzenden Gäste zu überblicken und den Raum abzusuchen. Doch von seinem Freund keine Spur.

»Mist«, sagte Toby. Dabei hatte er doch gerade beschlossen, dass er bei ihm übernachten konnte. Nun ja. Mikeys Pech.

* * *

Mikey war eingefallen, dass seine Mutter beim Bingo war und sie ihn sowieso nicht zu Hause erwartete. Aber er hatte einen Hausschlüssel. Und Toby war ein Arschloch.

Mit einer Hand auf der Medaille, die nach wie vor um seinen Hals baumelte, schulterte er seine Tasche und führte auf dem Weg nach draußen ein Selbstgespräch. Zuerst würde er unter die Dusche hüpfen, dann *FIFA* auf seiner PlayStation updaten und währenddessen gucken, was so auf Netflix lief. Einer seiner Mitspieler hatte eine Serie namens *Stranger Things* erwähnt, die echt cool klang. Er wusste, dass seine Mutter ihm nie erlauben würde, sie zu gucken, aber hey, sie war ja nicht da! Juhu! Er boxte in die Luft und setzte zum Rennen an. Jetzt, da er seinen Abend geplant hatte, ging es ihm deutlich besser.

Bei der Ampel überquerte er die Straße und steuerte den Tunnel an, der eine Abkürzung nach Hause war. Er hasste den Tunnel, denn er führte unter dem Kanal hindurch. Igitt. Wenn er dort durchlief, hatte er immer das Gefühl, dass die Wände gleich einstürzen würden und er im schlammigen Wasser ertrinken müsste.

Er kickte eine leere Bierdose weg und hörte plötzlich hinter sich ein Auto näher kommen. Er lief weiter. Das Auto fuhr nun im selben Tempo neben ihm. Mikey drehte sich um und warf einen Blick durch das Fahrerfenster. Als er sah, wer im Wagen saß, lächelte er.

»Hi!«, sagte er.

»Steig ein. Ich fahr dich nach Hause.«

»Schon okay. Ich hab's nicht weit.«

»Aber du bist doch sicherlich völlig fertig. Und ich muss sowieso in die Richtung.«

»Okay, na dann.«

Mikey ging um das Auto herum und öffnete die Beifahrertür. Er setzte sich und legte den Sicherheitsgurt an. Dann hörte er, wie die Türen automatisch verriegelt wurden.

»Himmel, hilf, Mikey, du stinkst!«

»Ja, ne?« Mikey lachte nervös.

»Dagegen habe ich was.«

»Wie meinen Sie das? Ich bin doch fast zu Hause, und da gibt es jede Menge warmes Wasser«, antwortete der Junge, obwohl er wusste, dass es eine halbe Stunde dauern würde, bis der Boiler ausreichend Wasser erwärmt hatte.

An einer grünen Ampel bog das Auto ab in Richtung Dublin Bridge.

Verwirrt schaute Mikey aus dem Fenster. Angst stieg in ihm auf. »Hey, das ist aber nicht der richtige Weg. Ich wohne in der anderen Richtung.«

Die Person, die das Auto fuhr, starrte stur nach vorn und sagte nichts.

»Das ist der falsche Weg.« Jetzt bekam Mikey es wirklich mit der Angst zu tun.

»Oh, Mikey, das ist der richtige Weg. Mach dir keine Sorgen. Vertrau mir.«

Mikey rutschte tiefer in den Sitz. Mit den Füßen spürte er seine Tasche. Er riskierte einen Seitenblick. Dieser Person vertrauen? Nein, keinen Zentimeter, aber blieb ihm gerade etwas anderes übrig?

TAG EINS

MONTAG

EINS

Der Flug aus New York landete frühzeitig am Flughafen von Dublin. Es war exakt 4:45 Uhr, als Leo Belfield in der Schlange vor der Passkontrolle wartete. Er hatte keine Angst. Er hatte nichts zu verbergen. Nichts zu verzollen. Immerhin war er Captain beim NYPD. Aber er wusste, dass über das Geheimnis um seine Geburt und das Geheimnis seiner Familie in diesem Land, in das er bisher nie einen Fuß gesetzt hatte, nicht geredet werden durfte. In den letzten sechs Monaten hatte er eine ganze Menge in Erfahrung gebracht. Seit dem Herzinfarkt seiner Mutter Alexis hatte er Sachen über seine Familie erfahren, die sie ihm mit Sicherheit niemals hätte erzählen wollen. Aber er wusste nicht alles. Noch nicht.

Jetzt bin ich hier, Alexis, dachte er. In dem Land, das du hinter dir lassen wolltest. In dem Land, von dem ich nie etwas wissen sollte. Auf der Suche nach der Familie, die du mir vorenthalten hast.

Er lächelte den Beamten an der Passkontrolle an und beantwortete seine Routinefragen.

»Im Urlaub, Sir?«

»Ja, ich bin im Urlaub.«

»Reisen Sie herum?«

»Ich steige im Joyce Hotel in Ragmullin ab.«

»Ah, Ragmullin. Im Landesinneren. Aus der Gegend kommen viele gute Musiker.«

»Das ist mir neu«, antwortete Leo. »Ich bin zum ersten Mal hier.«

»Aber hoffentlich nicht zum letzten Mal.« Der Beamte stempelte sein Visum ab und gab Leo den Pass zurück. »Ich wünsche Ihnen einen schönen Aufenthalt.«

»Da bin ich mir nicht so sicher«, murmelte Leon zu sich selbst, als er den blauen Pass einsteckte. »Überhaupt rein gar nicht sicher.«

* * *

Detective Inspector Lottie Parker schnippte die Asche von einer Zigarette und schaute ihr nach, wie sie auf den Asphalt zu ihren Füßen rieselte.

»Rauchen ist ungesund.«

Sie schaute über die Schulter und entdeckte Detective Sergeant Mark Boyd, der neben seinem Auto stand, sich über das Dach beugte und seinerseits an einer Zigarette zog.

»Wer im Glashaus sitzt ...«, begann sie und drehte den Kopf wieder weg in Richtung der Ruine, die bis vor fünf Monaten ihr Zuhause gewesen war.

Sie spürte, wie er näher kam.

»Gucken hilft nicht«, sagte er.

»Mein Leben hat sich in Rauch aufgelöst.«

»Aber du lebst noch. Und deinen Kindern geht es gut. Das ist ein Zeichen, dass du weitermachen sollst.«

Sie seufzte und vergrub die Hand tief in der Tasche ihrer Jeans.

»Ich weiß, dass es nur Beton und Lehm ist.«

»Das ist ein Lied, oder? ›Concrete and Clay‹? Meine Mutter hat es mal erwähnt.«

»Woher soll ich es dann kennen?« Sie schüttelte den Kopf. »Und bitte, fang jetzt bloß nicht an zu singen.«

»Keine Sorge.«

»Was machst du überhaupt hier? Du willst mir ja wohl kaum in meinem Selbstmitleid Gesellschaft leisten?« Im Februar war ihr Haus abgebrannt. Erst hatte sie es für Brandstiftung gehalten, doch wie sich herausstellte, war es ein Fehler in der Elektrik gewesen. Allerdings war sie nach wie vor nicht überzeugt, dass das die einzige Ursache war.

Sie schaute auf und bemerkte, dass Boyd sie anstarrte. Er war groß und schlank, hatte leicht abstehende Ohren, und sein ausgesprochen kurzes Haar war inzwischen mehr grau als schwarz. Auf seinen Wangen war ein unverkennbarer Bartschatten zu sehen, was ihm gar nicht ähnlich sah.

»McMahon sucht dich, wie üblich«, antwortete er.

»Wie viel Uhr ist es?«

»Neun.«

»Kann der Boss mir nicht mal fünf Minuten Zeit für mich gönnen?«

»Lottie, du kommst seit Monaten jeden Morgen hierher. Aber das Haus wird nicht zum Phönix werden und aus der Asche steigen.« Er hob die Hand, als sie den Mund öffnete und protestieren wollte. »Dein Haus, wie du es in Erinnerung hast, existiert nicht mehr. Wie ich bereits sagte, musst du das als Zeichen akzeptieren und es hinter dir lassen.«

Lottie biss die Lippen zusammen und dachte an ihren Mann Adam, der inzwischen seit fünf Jahren tot war. Seit dem Tag ihrer Heirat hatten sie zusammen in dem Haus gewohnt. In dem Haus hatten sie Katie, Chloe und Sean großgezogen, ihre drei wunderbaren Kinder. Und jetzt war es abgebrannt. Weg. Alles war weg. Aber hatte Boyd recht? War das ein Zeichen? Sie wusste es nicht. Sie wusste gar nichts mehr.

»Wollen wir was trinken gehen?«, fragte sie.

»Himmel, Lottie! Es ist neun Uhr morgens! Komm schon. Wo steht dein Auto?«

»Ich bin hergelaufen.«

»Von deiner Mutter aus?«

»Es ist ein schöner Morgen für einen Spaziergang.« Sie schaute hinauf in den strahlend blauen Himmel und bemerkte, dass die warnenden Wolken trotz der trägen Sonne immer dichter wurden. Ihr war klar, dass Boyd ihr die Lüge nicht abkaufte. »Mein Auto ist nicht angesprungen, also habe ich Kirby gebeten, mich mitzunehmen. Der hat mich hier abgesetzt. Und hat heute richtig gute Laune.«

»Das haben wir wohl seiner Freundin zu verdanken«, meinte Boyd. »Gilly O'Donoghue tut ihm richtig gut. Wie auch immer, du hättest mich anrufen sollen. Ich nehme dich jetzt mit zur Dienststelle.« Er machte Anstalten, zu seinem Auto zu gehen. »Kommst du oder willst du für den Rest des Tages die verkohlten Mauerreste anstarren?«

Sie ließ den Zigarettenstummel fallen, trat ihn aus, nahm eine neue Zigarette aus dem Päckchen und fragte: »Hast du mal Feuer?«

Er zog eine Augenbraue hoch.

»Ich habe nicht vor, mein Haus in Brand zu stecken, falls du das denkst. Ich will einfach nur eine Zigarette. Die letzte hat mir Kirby angezündet, weil ich weder Feuerzeug noch Streichhölzer habe.« Tränen stiegen ihr in die Augen. Himmel, schimpfte sie mit sich selbst, ich bin ja ein noch schlimmeres Wrack als mein Haus. Steine und Mörtel. Sonst war da nichts mehr. Aber da war mal mehr gewesen, so viel mehr. Das Haus hatte Erinnerungen beherbergt, und jetzt war alles weg.

»Steig ein.« Boyd öffnete ihr die Beifahrertür.

Lottie zuckte mit den Achseln und tat, wie ihr geheißen. Ihr war nicht nach Streiten. Dann fiel ihr wieder ein, dass er hier war, weil er sie gesucht hatte.

»McMahon hat dich geschickt? Was will der denn von mir?« Der amtierende Superintendent David McMahon hielt sie an der kurzen Leine. Erst Papierkram und dann noch mehr Papierkram. Vermutlich machte es ihm Spaß, sie so zu triezen.

»Rate mal.« Boyd ließ den Motor an, legte den Rückwärtsgang ein und fuhr los.

»Es gibt Ärger«, stellte sie fest.

»Vermutlich.«

ZWEI

Nachdem Boyd das Auto vor dem Garda-Revier geparkt hatte, trödelte Lottie noch ein wenig herum. »Geh doch schon vor. Ich möchte noch ein bisschen frische Luft schnappen.«

»Dann schnapp schnell. Ich will mir nicht schon wieder eine Ausrede für dich aus den Fingern saugen.« Mit diesen Worten verschwand er im Gebäude.

Warum nur war sie so niedergeschlagen? Vielleicht lag das an den beengten Wohnverhältnissen bei ihrer Mutter. Mit der zwanzig Jahre alten Katie, deren Sohn Louis, der siebzehnjährigen Chloe und dem fünfzehn Jahre alten Sean war das Haus ganz schön voll. Aber Rose hatte sie nach dem Feuer bei sich aufgenommen, und Lottie hatte das Angebot angenommen, damit ihre Familie ein Dach über dem Kopf hatte.

Und es würde ja nicht mehr lange dauern. Sie kümmerte sich doch um alles. Was also war das Problem? Sie holte tief Luft, verdrängte den Schmacht nach einer weiteren Zigarette und schwor sich, mit dem Rauchen aufzuhören. In der Tasche ihrer Jeans fand sie eine Xanax-Tablette, die sie sich in den Mund steckte und herunterschluckte. Hoffentlich würde die sie beruhigen.

Sie betrat die Dienststelle und ließ die Tür hinter sich zufallen. Im Eingangsbereich nickte sie Garda O'Donoghue zu, der Kollegin am Empfang, und begann, die PIN zur Innentür einzugeben. Bevor sie jedoch die zweite Ziffer eintippen konnte, hörte sie hinter sich einen Schrei.

Als sie sich umdrehte, stand vor ihr eine Teenagerin mit weit aufgerissenen dunklen Augen, nassen Haaren, die ihr an den Wangen klebten, und einem irren Blick. Ihre Jeans war zerrissen, der Reißverschluss stand offen, die Füße waren nackt. Ihr vermutlich einst weißes T-Shirt sah aus, als wäre es mit Blut bemalt worden.

Unwillkürlich trat Lottie einen Schritt zurück und stieß gegen die Tür. Sie öffnete den Mund, brachte jedoch keinen Laut hervor.

Dann sprach die junge Frau.

»Ich glaube, ich habe ihn umgebracht«, flüsterte sie.

Lottie riss sich zusammen und machten einen Schritt auf sie zu. »Was haben Sie gesagt?«

Die Teenagerin erhob die Stimme. Sie klang kehlig, wie die eines Tieres.

»Ich habe ihn umgebracht.«

Und dann sackte sie ohnmächtig zu Boden.

Der Bereitschaftsarzt bestand darauf, die junge Frau in ein Krankenhaus bringen zu lassen. Zehn Minuten später kam der Krankenwagen, und Lottie fuhr mit der Patientin mit.

»Schock und Unterkühlung«, hatte der Arzt diagnostiziert. Während sie das blasse Gesicht unter der Sauerstoffmaske betrachtete, überlegte Lottie, wie die Teenagerin sich bei dem warmen Juliwetter wohl eine Unterkühlung zugezogen haben könnte. Andererseits war das die kleinste ihrer Sorgen.

Der Sanitäter kontrollierte den Blutdruck und andere Vital-zeichen.

»Sie hat einen sehr niedrigen Puls«, stellte er fest.

»Wer sind Sie?«, flüsterte Lottie der jungen Frau zu.

»Ich glaube nicht, dass sie in der Lage ist, Ihnen zu antworten«, meinte der Sanitäter. Laut Namensschild auf der grünen Uniform hieß er Steven.

»Ich bin nicht blöd«, fuhr Lottie ihn schnippisch an. Als sie bemerkte, wie er zusammenzuckte, entschuldigte sie sich sofort kleinlaut: »Tut mir leid.«

»Kein Problem. Was hat sie denn angestellt?«

»Weiß ich nicht.« Sie betrachtete die Plastikbeutel, in die sie eilig die Hände der Jugendlichen gesteckt hatte, um Beweise für ein Verbrechen zu sichern, von dem sie noch nichts wusste. »Wissen Sie, was mit ihr los ist?«

»Ich habe wirklich keine Ahnung.« Steven schüttelte den Kopf und überprüfte den Monitor. »Ihr Blutdruck ist gefährlich niedrig.«

»Halten Sie sie am Leben«, sagte Lottie. »Bitte.«

Er nickte.

Die Sirene verstummte und der Motor wurde ausgeschaltet. Die Türen wurden geöffnet, und Lottie sprang aus dem Wagen und sorgte für etwas Abstand zwischen sich selbst und dem Auto, um Steven und dem Fahrer nicht im Weg zu stehen, die nun die Bahre herauszogen. Sie klappten die Räder herunter und schoben die Patientin ins Krankenhaus, kaum dass die Schiebetüren sich geöffnet hatten. Lottie folgte ihnen im Laufschritt.

»Halten Sie sie am Leben«, wiederholte sie, während ein Pfleger die Teenagerin von der Bahre auf ein Krankenhausbett in der Notaufnahme transferierte. Anschließend zog er diskret die Vorhänge zu und schloss Lottie somit aus. Sie nutzte die Zeit, um Boyd anzurufen.

. . .

Im Krankenhauskiosk erstand sie eine Cola light und stellte sich vor den Haupteingang, wo sie sich schnell eine Zigarette gönnen wollte. Leider war Rauchen auf dem gesamten Gelände verboten. Aber sie hatte ohnehin kein Feuerzeug.

Boyd parkte mitten auf den doppelten gelben Linien. »Gibt's was Neues?«

»Sie untersuchen sie gerade.«

»Wissen wir, wer sie ist?«

»Himmel, Boyd. Sie ist blutüberströmt vor der Dienststelle erschienen und hat ›Ich glaube, ich habe ihn umgebracht‹ genuschelt. Dann ist sie umgekippt.«

»Also hast du keine Ahnung, was passiert ist?«

Lottie schüttelte heftig den Kopf. »Ich habe dir alles erzählt, was ich weiß.«

»Ist ja gut, reg dich ab.«

»Du gehst mir auf die Nerven.« Lottie machte auf dem Absatz kehrt und ging zurück ins Krankenhaus. An manchen Tagen konnte sie ihn schlicht nicht ertragen, und heute war so ein Tag.

Sie suchte den Arzt auf, der die Teenagerin behandelt hatte.

»Dr. Mohamed«, sprach sie ihn an und zeigte ihren Polizeiausweis. »Was können Sie mir berichten?«

Seine Augen sahen müde aus und seine Haut schlaff, obwohl er schätzungsweise erst Anfang dreißig war.

»Sie hat viel Blut verloren«, antwortete er. »Möglicherweise müssen wir ihr eine Transfusion geben. Im Moment überwachen wir sie und entscheiden später.«

Lottie runzelte die Stirn. Sie hatte keine sichtbaren Wunden bemerkt. »Inwiefern ist sie verletzt?«

»Nicht verletzt im eigentlichen Sinne. Wissen Sie es denn nicht?«

»Weiß ich was nicht?«

»Sie hat entbunden. Erst vor Kurzem. Die Plazenta befand

sich noch in der Gebärmutter und war ursächlich für die starke Blutung. Inzwischen haben wir sie entfernt.«

Während sie die Information verarbeitete, überlegte Lottie, wo das Baby der Teenagerin sein könnte. Und wie und warum war sie zur Dienststelle gekommen und was hatte sie mit ihren Worten gemeint? Plötzlich spürte sie Boyds Anwesenheit neben sich und hoffte, dass er dem Arzt vernünftige Fragen stellen würde, denn ihr Gehirn wollte gerade einfach nicht logisch denken.

»Wie stehen ihre Überlebenschancen?«, fragte Boyd.

»Wir haben sie rechtzeitig behandelt. Ich gehe davon aus, dass sie durchkommt. Wenn Sie sie allerdings vernehmen möchten, wird das heute nichts mehr.«

»Bitte sagen Sie Bescheid, sobald sie ansprechbar ist«, bat Lottie. »Und sollten Sie herausfinden, wer sie ist ...«

»Ich halte Sie auf dem Laufenden.«

Mit diesen Worten drehte der Arzt sich um und ging den engen Flur entlang, in dem sich Liegen mit hilflosen Patienten aneinanderreihten. Ein Polizist in Uniform traf ein, und Lottie bat ihn, vor dem Raum, in dem sich das Mädchen befand, Wache zu schieben.

»Wir müssen ihre Schritte zurückverfolgen«, sagte sie.

»Und wie sollen wir das anstellen?«, fragte Boyd schulterzuckend.

»Durch altmodische Polizeiarbeit.« Sie schob sich durch die Schiebetür. »Ich brauche eine Mitfahrgelegenheit zurück zum Revier.«

DREI

Der fünfzehnjährige Sean Parker war zum ersten Mal seit Ferienbeginn glücklich. Gestern Abend war er beim Spiel gewesen und hatte dem kleinen Mikey zu seinem tollen Tor gratuliert. Er kannte Mikey noch aus der Zeit, als der Junge Hurling gespielt hatte, wobei Sean selbst das inzwischen so gut wie aufgegeben hatte. Früher hatte er ihm sogar beim Training geholfen.

Auch ein Schulkamerad, Barry Duffy, war dort gewesen und hatte ihm heute Morgen getextet, um zu fragen, ob er mit ihm angeln gehen wollte. Sie hatten sich erst angefreundet, als Sean bei seiner Großmutter eingezogen war, die nicht allzu weit von Barry entfernt wohnte.

Sean blickte auf das Wasser des Kanals, dessen sanfte Strömung das Schilf leicht hin- und herbewegte. In der Ferne konnte er den Verkehr auf der Straße und die Glocke der Kathedrale hören. Die Abgase der Kläranlage lagen übel riechend in der Luft. Das war jeden Sommer so; vermutlich lag das am warmen Wetter, dachte er. Eine schwache Brise ließ die Blätter der Bäume rascheln, und winzige Wellen kräuselten die Wasseroberfläche, als ein Teichhuhn vorbeischwamm.

»Deine Angel gefällt mir«, sagte Barry. »Wo hast du die her?«

Sean folgte Barry das Ufer entlang zum Trampelpfad, der direkt am Kanal entlangführte. »Die hat meinem Vater gehört.«

»Ich dachte, euer ganzer Kram wäre verbrannt?«

»Nicht das Zeug im Schuppen.« Sean warf sich den alten grünen Armeesack über die Schulter und hielt die Angel seines Vaters mit beiden Händen fest. »Wo wollen wir uns hinsetzen?«

»Weiter da drüben. Da habe ich gestern eine Forelle gefangen.«

»Du lügst doch«, sagte Sean lachend.

Nachdem sie die Dublin Bridge überquert hatten, wurde der Weg breiter. Sean holte Barry ein, und sie gingen nebeneinander, bis sie die Stelle erreichten, an der der Kanal in den Fluss mündete.

»Hier ist es am besten«, verkündete Barry und ließ seine Tasche fallen.

Sean verkniff sich jeden Kommentar. Barry reichte ihm eine Dose Cider. Oje, seine Mutter würde ihn umbringen. Also, wenn sie davon wüsste. Tat sie aber nicht, also nahm er seinem Freund die Dose ab, öffnete sie und trank einen Schluck. Dann schaute er in den Himmel, der von der aufsteigenden Sonne erhellt wurde.

Heute würde ein toller Tag werden.

VIER

Hope öffnete die Augen. Sie lag flach auf dem Rücken und schaute an die Decke. Direkt über ihrem Kopf konnte sie etwas Rotes erkennen. Sie blickte auf ihr blutverschmiertes Handgelenk, in dem ein Schlauch hing, der seinen Anfang in einem Infusionsbeutel an einem Ständer neben ihr hatte.

Das Baby war weg. Das wusste sie. Der kleine Körper, der in den letzten neun Monaten in ihrem Bauch gewachsen war und sie so gern getreten hatte, war nicht mehr da. Der Schmerz hatte nachgelassen, doch der Schatten des Kindes war noch spürbar, als hätte es sie nach der letzten Wehe und dem letzten Schmerzanfall nicht loslassen wollen. Was war danach passiert? Sie wusste es nicht.

»Oh, du bist ja wach.« Eine Krankenschwester in weißem Kittel hob Hopes Handgelenk, rüttelte am Infusionsbeutel und brachte ein Blutdruckmessgerät um ihren Oberarm an.

Die sich aufpumpende Manschette drückte Hopes Arm zusammen, doch das war nichts im Vergleich zu den Schmerzen, die sie vor ein paar Stunden ertragen hatte. Oder waren es Tage? Sie konnte sich nicht daran erinnern, was geschehen war. Warum nicht?

»Wie lange ... wie lange bin ich schon hier?« Ihre Stimme klang rau und überhaupt nicht nach ihr.

»Du bist vor ungefähr einer Stunde mit dem Rettungswagen eingeliefert worden.« Die Krankenschwester notierte etwas auf dem Krankenblatt, das am Fuß des Bettes angebracht war. »Verrätst du mir deinen Namen?«

»Was? Warum wollen Sie den wissen?«

»Erstens, weil ich dich nicht ständig ›das Mädchen in Bett drei‹ nennen kann, und zweitens brauche ich ihn für unsere Unterlagen.«

Hope spielte mit dem Gedanken, einen falschen Namen zu nennen, aber früher oder später würden sie den richtigen sowieso herausfinden.

»Hope Cotter.«

»Adresse?« Die Krankenschwester kritzelte auf einem Klemmbrett herum.

»Munbally Grove dreiundfünfzig.« Hope wartete auf eine Reaktion – immerhin hatte sie eine Adresse in der übelsten Gegend der Stadt genannt –, doch es kam keine. Warum konnte sie sich an solche Details erinnern, aber nicht daran, was sie ins Krankenhaus geführt hatte?

»Ich hole einen Arzt, der mit dir redet. Bis dahin solltest du nicht sprechen und auch nicht wieder einschlafen, okay?«

»Sie haben was von einem Rettungswagen gesagt. Wie ... Wer ... Ich verstehe nicht ...«

»Was habe ich zum Thema Sprechen gesagt? Ruh dich aus. Der Arzt beantwortet nachher all deine Fragen.« Die Krankenschwester machte Anstalten zu gehen, drehte sich an der Tür jedoch noch mal um. »Und die Polizei will auch mit dir reden.«

»Was?«

Aber die Tür war bereits zu und Hope wieder allein mit ihrer getrübten Erinnerung und der Angst, die ihr die Brust zuschnürte. Warum wollte die Polizei mit ihr reden? Sie wusste nicht, was vor sich ging.

Eine Sache jedoch wusste sie ganz sicher.

Sie musste hier weg.

Und zwar schnell.

FÜNF

»*Wen* hat sie umgebracht?« Der amtierende Superintendent David McMahon saß an seinem Schreibtisch, das schwarze Haar war ihm in die Stirn gefallen, und er starrte Lottie mit seinem Laserblick so durchdringend an, als wollte er sie in zwei Hälften schneiden.

Lottie steckte beide Hände in die Taschen ihrer Jeans und lehnte sich an die Wand seines Büros.

»Bisher wissen wir noch nicht einmal, *ob* sie jemanden umgebracht hat, Sir.«

»Das sehe ich anders.« Er verschränkte die Arme und lehnte sich im Stuhl zurück.

Wenn er jetzt anfängt zu wippen, dachte Lottie, wirbele ich ihn eigenhändig herum. Doch er machte keinerlei Anstalten.

»Sie erscheint blutüberströmt vor der Dienststelle und verkündet – ich zitiere –: ›Ich glaube, ich habe ihn umgebracht‹«, fuhr er fort. »Für mich klingt das, als wäre da draußen irgendwo eine Leiche, die wir finden müssen.«

»Laut dem Arzt im Krankenhaus hat sie ein Baby geboren und die Plazenta war noch intakt, was zu einem erheblichen

Blutverlust geführt hat. Möglicherweise war das Blut auf ihrer Kleidung also ihr eigenes.«

»Also sind Sie jetzt Ärztin oder wie?«, entgegnete er schnippisch. »Wurde das Blut analysiert?«

»Die Tests laufen noch.«

»Also wissen Sie nicht *wirklich*, ob das Blut auf ihrer Kleidung von ihr oder von einer anderen Person stammt?«

»Noch nicht«, gab Lottie zu und ballte die Hände in den Hosentaschen zu Fäusten. Sie war sich sicher, dass McMahon wusste, wie sehr er sie zur Weißglut trieb. Wie immer. Allerdings musste sie zugeben, dass er recht hatte.

»Und deshalb müssen wir sie als Verdächtige in einem Mordfall behandeln, und der hat oberste Priorität. Also finden Sie die Leiche!«

»Bei allem Respekt, Sir ...«

»Zu dem Thema gibt es nichts mehr zu sagen.« Er stand auf, strich sich das Haar aus dem Gesicht und schaute sie wieder durchdringend an. Dann zog er seine zweireihige Weste zurecht und knöpfte sein Jackett zu. »An die Arbeit, Parker.«

»Verfluchte Scheiße«, murmelte sie, stieß sich von der Wand ab und verließ sein Büro.

McMahon hatte sie von Anfang an auf dem Kieker gehabt. Noch konnte er nichts gegen sie ausrichten, aber er versuchte es jeden Tag aufs Neue. Letzten Oktober, als er noch für das Drogendezernat in Dublin gearbeitet hatte und in dieser Funktion bei einem ihrer Fälle eingesetzt worden war, hatte Lottie ihn übertrumpft. Dennoch war er es, der den Job ihres Vorgesetzten Myles Corrigan angeboten bekommen hatte, als dieser krankheitsbedingt ausgefallen war. Und nun rächte er sich trotzdem, indem er sie permanent mit Papierkram überschüttete, den sie ganz besonders hasste, und ihre Wut wuchs so schnell wie der Aktenstapel auf ihrem Schreibtisch. Jeden Morgen rief er sie zu sich, um sich nach dem Stand der Dinge zu erkundigen. Immerhin hatte er heute Morgen einen anderen Ton angeschlagen.

Sie machte sich auf den Weg in ihr eigenes Büro, das sich im hinteren Teil des Hauptbereichs befand. Eigentlich war es eher eine Kabine, ähnlich wie die, die die unbekannte Jugendliche im Moment im Krankenhaus belegte. Wobei Lottie zumindest eine Glastür hatte und die Jugendliche nur einen Vorhang. Wo wohl das Baby war? Lebte es noch oder war es tot?

Die Detectives Larry Kirby und Maria Lynch saßen an ihrem jeweiligen Schreibtisch, und keiner von ihnen schaute auf, als Lottie sich ihnen näherte.

»Wo ist Boyd?«, fragte sie, als sie seinen leeren Stuhl bemerkte.

Beide zuckten als Antwort nur mit den Schultern.

»Was ist denn mit allen los?« Das war zwar eine rhetorische Frage, aber dennoch wurmte es sie, dass die Detectives ihr nicht antworteten.

»Macht doch, was ihr wollt«, murmelte sie und schlug die Tür hinter sich zu. Sie ließ sich auf den Stuhl fallen und wünschte, sie könnte auf eine einsame Insel fliehen. Aber das ging nicht. Nicht mit drei Kindern und einem Enkel, um die sie sich kümmern musste.

Sie schaltete ihren Computer an, kniff die Augen zusammen, um sich an das Passwort zu erinnern, schob dann aber die Tastatur von sich weg.

Ihr Handy vibrierte, und *Mutter* erschien auf dem Display. Sie klickte den Anruf weg. Konnte diese Frau sie nicht einmal in Ruhe lassen, wenn sie bei der Arbeit war? Schlimm genug, dass Lottie in ihrem Haus wohnen und die Abende mit ihr verbringen musste. Immerhin hatte sie bereits ein Haus gemietet und war dabei, es mit der Hilfe von Maria Lynchs Ehemann Ben einzurichten. Sie konnte den Tag, an dem sie mit den Kindern ausziehen würde, kaum erwarten. Hoffentlich war es Anfang nächster Woche so weit. Außerdem wusste sie, dass die Kinder wieder ihre eigenen Zimmer brauchten. Und zwar, bevor Katie ihre jüngere Schwester umbrachte. Und Sean? Der war eigentlich kein Problem ...

Nun klingelte das Festnetztelefon. Das war ja wohl nicht schon wieder ihre Mutter? Doch es war das Krankenhaus mit Neuigkeiten.

Lottie notierte sich Namen und Adresse der blutüberströmten Patientin und legte auf. Kaum wollte sie gehen, vibrierte ihr Handy erneut.

»Mutter, ich bin beschäftigt«, sagte sie, ohne nachzusehen, wer sie tatsächlich anrief.

»Lottie, geht es dir gut?« Es war Pater Joe.

»Oh, tut mir leid. Ich dachte, du wärst ... Du weißt schon.« Genervt nahm sie wieder auf ihrem Stuhl Platz. »Stimmt was nicht?«

»Könntest du kurz rüber zur Kathedrale kommen? Ich würde gern mit dir reden.«

Eigentlich musste sie Hopes Adresse überprüfen und dann zu ihr ins Krankenhaus fahren, um sie zu vernehmen.

»Klar. Wo finde ich dich?«

»Ich warte am Haupttor.«

Nachdem sie aufgelegt hatte, steckte Boyd den Kopf durch die Tür.

»Du hast nach mir gesucht?«

»Lust auf einen Spaziergang?«

SECHS

In der Notaufnahme herrschte reges Treiben. Ärzte und Krankenpfleger eilten hin und her. Pflegehelfer und Sprechstundenhilfen waren im Stress. Hope fand ihre Kleidung in einer blauen Plastiktüte auf der Ablage unter ihrem Bett. Sie riss sich die Infusion aus der Ader, zog den Krankenhauskittel aus und schlüpfte in ihre blutgetränkte, noch feuchte Jeans mit Gummizug. Trotz der Schmerzen im Unterleib schaffte sie es, die Hose über die Hüften zu ziehen. Ihr T-Shirt hatte ebenfalls Blutflecken, aber sie zog es sich dennoch über den Kopf. Die dicken Einlagen zwischen ihren Beinen störten sie bei jeder Bewegung. Die Krankenschwester hatte erzählt, dass sie von einem Garda-Revier aus ins Krankenhaus gebracht worden war. Warum war sie dort gewesen? Hatte sie etwas Schreckliches angestellt? Was auch immer es war, sie hatte das unbedingte Gefühl, dringend von hier wegzumüssen.

Von ihrem Kapuzenpullover fehlte jede Spur. Sie hatte keine Ahnung, ob sie ihn überhaupt angehabt hatte. Und ihre Schuhe? Wo zum Teufel waren ihre Schuhe? Sie würde wohl barfuß gehen müssen.

Vorsichtig zog sie den Vorhang zur Seite und huschte hinter

einem Pflegehelfer her, der einen Patienten im Rollstuhl in Richtung einer Tür mit der Aufschrift *Röntgen* schob. Zu ihrer Linken entdeckte sie einen Notausgang, auf dem mit großen roten Lettern geschrieben stand, dass er nicht geöffnet werden durfte.

Sie ignorierte die Anweisung und drückte die Klinke herunter. Kein Alarm. Kaum war sie draußen, ließ sie die Tür hinter sich zufallen.

Der Boden unter ihren Füßen war hart, aber sie musste weiter. Mit um den Oberkörper geschlungenen Armen, um die Blutflecken auf ihrem T-Shirt zu verstecken, trat sie durch den Hinterausgang auf die Hauptstraße. Dort irgendwo führte der Kanal entlang, das wusste sie. Sie musste ihn nur finden. Und dann würde sie es auch relativ einfach und ungesehen nach Hause schaffen.

Als sie über den Zauntritt kletterte, der den Fußweg vom Kanal trennte, verkrampfte sich ihr Unterleib, gefolgt von einem heftigen Schmerz. Aber sie ging weiter.

Sie konnte sich nicht erinnern, was passiert war, kurz bevor sie das Baby entbunden hatte.

Und dann überkam sie ein schrecklicher Gedanke. Wo war ihr Baby eigentlich?

* * *

Die Sonne verschwand hinter einer Wolke, und das Wasser wurde dunkler.

»Das macht keinen Spaß«, meinte Sean.

Barry warf seine leere Ciderdose in den Kanal und griff nach der Angelrute, als eine Ratte durch das Schilf huschte. »Du bist so ein Weichei. Geh doch nach Hause, wenn du willst.«

»So habe ich das nicht gemeint.« Sean war sich nicht sicher, was er gemeint hatte, wollte Barry aber nicht verärgern. Es war cool, mal mit anderen abzuhängen als immer nur mit seinem Freund Niall. Oder? Barry war recht beliebt. Und er war anders. Sean trank einen Schluck aus seiner Dose und warf sie anschließend, obwohl noch halb voll, ebenfalls ins Wasser.

»Mal sehen, ob da noch mehr Ungeziefer lauert, das uns angreifen will«, sagte er und zwang sich selbst, mutig zu klingen. Doch das Lachen blieb ihm in der Kehle stecken.

»Was ist denn los?«, fragte Barry.

»Siehst du das da?«

»Was meinst du?«

»Das ... das Ding da drüben ... Was ist das?«

»Ich sehe nichts. Und ich mag die Pestschleudern auf vier Beinen auch nicht«, meinte Barry und packte seine Angelsachen zusammen. »Gehen wir weiter den Kanal rauf.«

»Okay«, sagte Sean, obwohl sie gar nicht so lange an dieser Stelle gewesen waren.

Als sich die Wolken verzogen, kam eine leichte Brise auf und das Schilf schwankte. Sean spürte, wie sich seine Augen weiteten und sich sein Mund langsam öffnete. Er ließ seine Tasche fallen, griff nach seiner Angelrute, beugte sich vor und stocherte im Schilf herum.

»Was zum ...? Heilige Scheiße, Barry, guck mal. Nicht da. Hier, du Knallkopf. Was ist das?«

Barry schaute Sean über die Schulter.

»Sieht aus wie ... Ist das ein Mensch?«, fragte er.

»Das muss ich mir näher ansehen.« Sean stocherte weiter mit der Rute herum. »Meine Fresse, Barry! Wir müssen die Polizei rufen!«

»Warum?«

»Was immer das ist, es ist ... es ist tot«, stotterte er. »Und es sieht sehr klein aus.«

»Vielleicht ein Hund oder so?«, mutmaßte Barry.

»Das ist kein Hund, du Vollidiot. Das hat doch gar kein Fell!« Sean hatte sein Handy bereits in der Hand.

»Du weißt doch die Nummer von der Polizei gar nicht.«

»Meine Mutter arbeitet da.« Er wählte ihre Nummer, sie ging jedoch nicht ran. »Ich wähle den Notruf.«

»Und was machen wir mit dem Alk?«

»Die werden wohl kaum *uns* durchsuchen.«

Als sein Anruf angenommen wurde, gab Sean die Einzelheiten durch und legte auf. Dann stocherte er weiter mit seiner Angelrute im Schilf herum. Plötzlich schwamm eine Ratte am Ufer entlang, und ihm fiel vor Schreck die Rute aus der Hand, als er gerade in das *Ding* pikte. Er konnte sie gerade noch so daran hindern, ins Wasser zu fallen.

Barry drehte sich um und rannte weg.

»Hey!«, rief Sean ihm nach. »Was ist denn los? Komm zurück!«

»Das ist eine Leiche«, rief Barry aus. »Und zwar ... Das ist ...«

Sirenen ertönten aus Richtung der Brücke.

»Zu spät. Warte lieber. Ich hab ihnen eh gesagt, dass wir zu zweit hier sind.«

Als er den Ausdruck auf Barrys blassem Gesicht sah, schaute Sean wieder zum Wasser.

»Verdammte Scheiße«, stieß Barry aus. Dann übergab er sich.

SIEBEN

Obwohl es Juli war und die Sonne schien, war es draußen recht frisch, und kurz überlegte Lottie, ob sie sich nicht besser eine Jacke drübergezogen hätte. Sie nahm Boyd die brennende Zigarette aus den Fingern, zog daran und inhalierte.

»Wird Zeit, dass du dir selbst welche besorgst«, meinte er.

»Warum sollte ich, wenn du so großzügig bist?«

»Wohin gehen wir?«

Sie standen auf der untersten Stufe vor der Dienststelle. Lottie schaute rüber zur Kathedrale und dachte an Pater Joe. Sie musste ihn auf ihrer Seite behalten. Sie brauchte ihn als Vertrauten, gerade jetzt, da Boyd ihr privat immer mehr aus dem Weg ging. Und sie konnte es ihm nicht verübeln. Viel zu lange hatte sie sich von ihm entfernt, und als er Klarheit über ihre Beziehung wollte, hatte sie gemauert. Es war also ihre Schuld. Aber sie wusste, dass ihr Leben zu kompliziert war, um es mit jemand anderem als ihren Kindern und ihrem Enkel zu teilen. Und ihre Mutter Rose? *Die* war noch mal ein Problem für sich. Eine schwierige Familiengeschichte, mit der sich Lottie im Moment nicht befassen wollte.

Sie entdeckte Pater Joe Burke direkt am Haupttor und

spürte, wie Boyd sich neben ihr versteifte. Sie warf die Zigarette weg und überquerte die Straße, um den Pfarrer zu begrüßen.

»Schöner Tag heute«, sagte sie. »Du wolltest mit mir reden?«

»Vielleicht ist es unwichtig, aber es gibt da etwas, was ich gern mit dir besprechen möchte«, antwortete Pater Joe. »Unter vier Augen.«

Lottie sah zu Boyd. Verflixt. Jetzt würde er den Rest des Tages schlechte Laune schieben.

»Lässt du uns bitte kurz allein?«

»Erst willst du, dass ich mitkomme, und jetzt ... Aber ich nehme an, das ist keine Bitte«, antwortete er. Er blies den letzten Rauch aus den Wangen, trat die Zigarette aus und stampfte zurück zur Dienststelle.

»Tut mir leid«, sagte Pater Joe.

»Ach, mach dir um Boyd keine Gedanken. Der kriegt sich schon wieder ein«, meinte Lottie. »Du siehst besorgt aus.«

»Gehen wir ein Stück.«

Sie betraten das Gelände der Kathedrale.

»Wie ist es bei deiner Mutter?«, fragte er.

»Voll«, antwortete sie lachend.

»Wie lange müsst ihr noch dort bleiben?«

»Nicht mehr lange. Wider besseres Wissen habe ich ein Haus sehr günstig gemietet, und zwar ausgerechnet von Tom Rickard. Den kennst du noch, oder?«

»Natürlich kenne ich ihn noch. Er war nicht unschuldig an der gescheiterten Entwicklung von St. Angela.«

»Und er ist der Großvater von Louis.«

Lotties Tochter Katie war Anfang des vorherigen Jahres von Rickards Sohn Jason schwanger geworden, kurz bevor Jason ermordet worden war. Louis war jetzt neun Monate alt, und Tom Rickard wohnte im Ausland. Er wusste, dass er lieber nicht nach Ragmullin zurückkommen sollte, was Lottie sehr entgegenkam. Nachdem jedoch im Februar ihr Haus den

Flammen zum Opfer gefallen war, hatte er ihr angeboten, in das leer stehende Haus am Stadtrand zu ziehen, das ihm gehörte, und obwohl sie lieber Stolz demonstriert hätte, hatte sie das Angebot nicht ablehnen können.

»Ich hätte dich häufiger anrufen sollen«, sagte Pater Joe. »Um zu fragen, wie es dir geht – du weißt schon, seit dem Feuer –, aber ...«

»Schon okay. Ich weiß ja, wo ich dich finde, wenn ich jemanden zum Reden brauche.«

»Gut.«

Eine freundliche Stille entstand, und Lottie unterdrückte den Impuls, sich bei ihm einzuhaken. Nein, so vertraut waren sie nicht; sie mochte einfach nur die Gesellschaft des jüngeren Mannes. Auch wenn er ein Priester war.

»Gehen wir weiter im Kreis oder möchtest du mir sagen, was dir auf der Seele brennt und warum du deine Stirn so sehr runzelst, dass man Kartoffeln in den Furchen aussäen könnte?«

Er lächelte. Sie bogen rechts ab und gingen auf das große schwarze Kreuz zu, an dem Jesus hing.

»Ich hörte, bei dir ist heute Morgen eine junge Frau vor dem Revier aufgetaucht«, setzte er an.

»Wo hast du das denn gehört?« Lottie verfluchte die Gerüchteküche, die Neuigkeiten so schnell vom Revier in die gesamte Stadt verbreitete.

»Das ist unwichtig, aber es könnte sein, dass ich sie gesehen habe. Vorgestern.«

»Wo? Und woher weißt du, dass sie es war?« Lottie blieb stehen und beäugte ihn misstrauisch.

»Ich kam gerade aus der Kathedrale, und da ist mir jemand an der Grotte sitzend aufgefallen.«

»Zeig mir, wo.«

Lottie folgte ihm zu einem teilweise umschlossenen Platz, dessen Existenz sie vergessen hatte. Bäume und Büsche umgaben den Hügel aus moosbewachsenen Steinen, auf dem eine Statue der Jungfrau Maria stand. Am Eingang befand sich ein schmaler Steinsitz.

»Hier. Genau hier hat sie gesessen. Und die Statue angestarrt.« Er setzte sich und bedeutete ihr mit einer Geste, neben ihm Platz zu nehmen.

Sie blieb lieber stehen. »Hast du mit ihr gesprochen?«

»Ich habe mich zu ihr gesetzt. Sie war steif wie die Statue und blass wie Alabaster. Einzig ihre Lippen haben sich bewegt. Ein armer, gefallener Engel.«

»Hat sie gebetet?«

»Das dachte ich erst. Aber dann hat sie sich zu mir umgedreht, und ich konnte sehen, dass sie geweint hatte. Außerdem hatte sie eine Hand auf dem Bauch: Sie war schwanger. Ich kenne mich da zwar nicht so aus, aber ich schätze mal im achten oder neunten Monat.«

Nun setzte sich Lottie doch neben ihn. Ihre Knie berührten sich fast. »Bitte wiederhole, was sie gesagt hat.«

»Ich weiß nicht, ob ich das sollte.«

»Himmel, Joe, das war ja wohl keine Beichte, oder? Also fällt das auch nicht unter das Beichtgeheimnis.«

»Sie hat keine offizielle Beichte abgelegt, da hast du recht, aber ich glaube, was sie mir gesagt hat, war dennoch streng vertraulich.«

Lottie sprang auf. »Meine Güte. Du und deine von Menschen gemachten Gesetze, beschützt von unsichtbaren Göttern.«

»Setz dich, Lottie.« Seine Stimme war so ruhig und beruhigend, dass sie seiner Aufforderung trotz ihrer Verärgerung nachkam. »Das arme Mädchen war verzweifelt. Ihre Hände waren von ihren eigenen Fingernägeln zerkratzt. Obwohl es ein warmer Abend war und sie einen Kapuzenpullover trug, zitterte sie am ganzen Leib. Aber sie hatte etwas an sich, das mich davon abhielt, sie zu trösten. Verstehst du das?«

»Nein, nicht wirklich.«

»Und dann hat sie etwas gesagt ...«

»Sprich weiter«, bat Lottie.

»Sie sagte: ›Ihr Gott kann das Böse nicht von mir fernhalten.‹ Das hat mir das Blut in den Adern gefrieren lassen. Diese Worte. Es war, als würde eine viel ältere, der Welt überdrüssige Frau sie sprechen.«

»Meine Güte, Joe. Das ist ja merkwürdig. Und was hast du dann getan?«

»Ich war völlig baff. Konnte nichts tun oder sagen. Und dann hat sie unvermittelt gelacht. Gelacht und geweint gleichzeitig. Ehe ich mich's versah, ist sie aufgesprungen und weggelaufen. Oder vielmehr weggehumpelt. Sie hat ihren Bauch festgehalten, als würde das Baby jeden Moment aus ihr herausfallen.«

Lottie schaute hinauf zu der Statue, deren weiße Farbe stellenweise abblätterte. Die Sonne bildete einen Heiligenschein um ihren Kopf. Aus dem Nichts schwebte eine weiße Feder vom Himmel herab und landete auf ihrem Knie.

»Hast du gesehen, wohin sie gelaufen ist?«

Joe drehte sich um und deutete auf einen Trampelpfad, der zwischen den Bäumen hindurchführte. »Da entlang«, sagte er.

Lottie stand auf, schützte ihre Augen mit der Hand vor der Sonne und starrte in die angegebene Richtung. »Bist du ihr gefolgt?«

»Nein, ich habe sie gehen lassen.« Er erhob sich, fasste Lottie am Ellbogen und drehte sie um, damit sie ihn ansehen musste. »Ich glaube, es könnte sich um die junge Frau handeln, die nun im Krankenhaus liegt.«

»Wie kommst du darauf?«

»Sie war doch blutüberströmt und hat vor Kurzem entbunden. Es muss dieselbe Frau gewesen sein.«

»Ich möchte wirklich wissen, woher du diese Informationen hast.«

»Ich bin der Kaplan des Krankenhauses. Ein Mitglied des Pflegepersonals hat es mir erzählt.«

»Und wo, glaubst du, ist das Baby jetzt, o Allwissender?«

»Kein Grund, sarkastisch zu werden.«

»Tut mir leid«, sagte Lottie. In seinen Augen konnte sie sehen, dass sie ihn verletzt hatte.

Plötzlich rief jemand ihren Namen. Sie fuhr mit dem Kopf herum. Boyd rannte auf sie zu.

»Was ist denn los?«, fragte sie.

»Wir haben eine Leiche.«

»Wo?«

»Unten am Kanal. Zwei Jungs waren da angeln. Und Lottie ...«

»Was ist los, Boyd?«

Er rang mit den Händen. »Es ist ein Baby.«

»O nein. Scheiße.«

»Und einer der Jungs, der es gefunden hat ... ist dein Sohn.«

»Doppelte Scheiße.«

ACHT

Die beiden Jungen drängten sich unter den wachsamen Augen von Detective Maria Lynch dicht aneinander. Nachdem sie sich vergewissert hatte, dass es Sean gut ging, holte Lottie tief Luft und trat ans Wasser.

»Ich sehe nichts.«

Boyd reichte ihr eine Angelrute. »Hier, nimm die.«

Sie kniete sich hin, beugte sich über das Schilf und schob es mit der Holzstange auseinander.

»Meine Güte.« Erschrocken wich sie zurück und ließ fast die Rute fallen.

Dort zwischen leeren Getränkedosen, Schlamm und Schilf sah sie es. Die lilagraue Haut. Winzige nackte Pobacken. Kleine Hände und Finger. Mitten im Müll. Weggeworfen. Entsorgt. Ermordet?

»O mein Gott«, flüsterte sie. »Hat jemand ein Netz? Und wir brauchen eine Plastikplane!«

»Hey, Lynch«, rief Boyd. »Besorgen Sie eine Plane.«

»Kirby ist schon dabei.« Lynch deutete auf den stämmigen Detective, der mit einer Plastikplane unter dem Arm auf sie zueilte, und reichte Lottie ein Netz.

Lottie zog ein Paar Nitrilhandschuhe über.

»Lassen Sie das doch Boyd machen«, meinte Lynch. »Sie sollten im Moment lieber Ihren Sohn trösten.«

Mit einem Blick auf die Teenager antwortete Lottie: »Mache ich sofort. Bitte lenken Sie ihn so lange ab. Ich möchte nicht, dass er das hier sieht.«

»Hat er schon. Immerhin hat er den Fund gemeldet.« Mit diesen Worten ging Lynch zu den Jungen.

Lottie bedeutete Sean mit einer Kopfbewegung, dass er bleiben sollte, wo er war, und wartete, bis Kirby die dicke Plastikfolie ausgerollt hatte.

»Die Spurensicherung ist schon unterwegs«, keuchte er. »Sollten wir nicht besser warten?«

Doch Lottie schüttelte den Kopf. Sie kniete sich auf die Plane, ergriff den langen Stiel des Netzes, holte tief Luft und hob es über die Leiche. Dann schob sie es darunter und zog den kleinen Körper aus dem Wasser.

»Vielleicht sollten Sie lieber mit den Jungs auf die Dienststelle fahren, Lynch«, rief sie über die Schulter. Ihre hochschwangere Kollegin sollte das hier lieber nicht sehen. Und ihr Sohn, der nur ein paar Meter vom Fundort entfernt stand, auch nicht. Am liebsten würde sie zu ihm laufen, ihn in den Arm nehmen und ihm versichern, dass ihr Job nicht jeden Tag so aussah.

»Mach ich«, antwortete Lynch kaum lauter als ein Flüstern.

Nachdem sie sich vergewissert hatte, dass Lynch und die Jungs außer Sichtweite waren, zog Lottie die Leiche näher an sich heran und hob sie mit Boyds Hilfe auf die Plastikplane.

Anschließend ließ sie sich auf den Hintern fallen und schaute auf.

»Das arme Ding. Himmel, Boyd, was ist hier bloß passiert?«

Er schüttelte nur den Kopf. Es gab keine Worte, um zu beschreiben, was sie da sahen.

* * *

Durch die Hitze der Sonne wurde ihr schwindelig, aber Hope ging weiter. Steine und Schotter schnitten in ihre nackten Fußsohlen, doch sie spürte nur den Schmerz in ihrem Bauch. Diese Leere. Dieses Gefühl, dass da etwas fehlte. Als wäre sie ausgehöhlt. Ihr Baby. Es war weg. Aber etwas anderes floss ungehindert durch ihre Adern, und das machte ihr Angst. Was sollte sie nur tun?

Als sie um die Biegung des Flusses kam, bemerkte sie ganz in der Nähe eine Menschenansammlung. Genau an der Stelle, wo der Fluss in den Kanal mündete. Sie blieb stehen. Was war denn da los? Sie duckte sich zwischen Schilf und hohes Gras. Zwei Jungen und … O nein! Polizei! Sie drehte sich um und schaute den Pfad entlang, den sie gekommen war, wohl wissend, dass sie nicht die Kraft hatte, umzukehren und auf anderem Wege nach Hause zu kommen. Zu ihrer Linken befand sich ein hoher Damm und dahinter ein sumpfiges Feld. Es gab keinen Ausweg. Sie saß fest, bis sich das, was auch immer da drüben vor sich ging, in Luft auflöste. Hoffentlich waren es nur ein paar Jugendliche, die beim Trinken oder Kiffen erwischt worden waren.

Sie setzte sich ans Ufer und steckte die nackten Füße in das Wasser, um die schmerzenden Wunden zu kühlen. Sie war unwichtig. Ein Niemand. Doch es gab eine Person, die sie brauchte. Und das war der Grund, warum sie blieb, wo sie war. Also würde sie warten, bis der Weg frei war.

Sie legte sich mit dem Rücken auf das Gras und schlief sofort ein.

* * *

Als Jim McGlynn ankam, rann ihm der Schweiß von der Stirn und tropfte von seiner Nase. Der Leiter der Spurensicherung hatte sich bereits auf dem Pfad zum Ufer in den Einweganzug geworfen und trug seinen schweren Utensilienkoffer mit sich.

Am Fundort angekommen, zog er die Maske über Mund und Nase und kniete sich neben Lottie.

»Ich sage jetzt mal nichts dazu, dass Sie Beweise zerstört haben.«

»Die waren schon zerstört, dadurch dass die Jungs die Leiche gefunden haben.«

Er schaute auf und sagte: »Es handelt sich um ein männliches Neugeborenes. Die Nabelschnur wurde mit einem scharfen Gegenstand durchtrennt, vermutlich mit einem Messer. Vielleicht auch mit einer Schere.« Mit behandschuhten Fingern untersuchte er den Bauch.

»Wie ist er gestorben?«, flüsterte Lottie.

»Keine sichtbaren Wunden.«

»Hat er bei der Geburt gelebt?«

»Das wissen wir erst, wenn die Rechtsmedizinerin die Autopsie durchgeführt hat.«

»Lag er lange im Wasser?«

»Auch das kann ich noch nicht sagen. Und um Ihrer nächsten Frage vorzugreifen: Ich weiß auch nicht, wie lange er schon tot ist. Noch nicht.«

»Was sagt Ihnen Ihr Gefühl?«, drängte Lottie. Die Sonne schien ihr auf den Rücken, und ihre Haare klebten ihr am Nacken. Ihr T-Shirt fühlte sich an wie ein feuchtes Geschirrtuch, so sehr schwitzte sie.

McGlynn holte tief Luft und atmete durch seinen Mundschutz aus. »Mit meinem Gefühl hat das alles überhaupt nichts zu tun. Aber wie wir beide wissen, lag dieses Baby im Kanal. Also war es entweder vorher tot oder es ist ertrunken. Da sind Spuren an seinem Hals, aber die können auch von der Entbindung stammen.«

»Das ist ja furchtbar«, meinte Lottie. »Armes kleines Ding.«

Ihr wurde übel, und sie war froh, dass sie das Haus am Morgen ohne Frühstück verlassen hatte. »Jane sollte gleich hier sein«, sagte sie. Die Rechtsmedizinerin hatte ihren Standort im vierzig Kilometer entfernten Tullamore.

»Wir bauen ein Zelt auf. Es gibt zwar nicht allzu viele Beweise zu sichern, aber da drüben im Schilf sind lose Wildblumen. Vielleicht können wir mit denen etwas anfangen. Vielleicht auch nicht.«

»Vielleicht sollte ich die Unterwassereinheit anrufen«, meinte Lottie.

»Ich warte auf die Rechtsmedizinerin. Tun Sie, was Sie tun müssen.«

»Danke.« Sie stand auf und wandte sich an Boyd.

»Womit haben wir es zu tun?«, fragte sie.

»Vermutlich mit einer jungen Frau mit einer ungewollten Schwangerschaft, die hier entbunden hat. Das Baby war entweder eine Totgeburt oder sie ... Du weißt schon. Hat es getötet.«

Sie musste an die Teenagerin denken, die am Morgen blutüberströmt vor dem Garda-Revier aufgetaucht war. »Womit hat sie die Nabelschnur durchgeschnitten? Ich sehe hier nirgends ein Messer oder einen anderen scharfen Gegenstand. Siehst du was? Wir müssen die Umgebung absuchen.« Sie machte eine Handbewegung, um das Gebiet anzudeuten, das untersucht werden musste. Dann dachte sie an Sean. Panik stieg in ihr auf. »Ist Lynch mit den Jungs weg? Was haben die hier überhaupt gemacht?«

»Geangelt«, sagte Boyd und hob die Taschen mit den Angelutensilien auf.

Lottie schaute zu, wie er sie einem Polisten in Uniform in die Hand drückte. »Das ist die alte Armeetasche von Adam.«

»Komm mit«, sagte Boyd. »Du brauchst einen Kaffee. Du siehst scheiße aus.«

»Ich brauche etwas Stärkeres als Kaffee.«

Die Rechtsmedizinerin Jane Dore hatte für die Begutachtung des Fundorts nicht lange gebraucht, und nach einer Untersuchung der Leiche gab sie sie zum Transport in die Pathologie frei. Informell stufte sie den Tod als verdächtig ein.

Was war nur mit Ragmullin passiert?, fragte sich Lottie. Die Stadt starb ab, war gefangen in einem Sumpf aus Korruption, Mord und Missbrauch. Sie hatte es so satt und machte sich jetzt umso mehr Sorgen um ihre Kinder, die hier aufwachsen mussten.

In der Einsatzzentrale der Dienststelle hing nur ein Foto an der Tafel: das von dem nicht identifizierten Neugeborenen. Lottie betrachtete es kurz, bevor sie nach ihrem Sohn suchte.

Lynch und die Jungs befanden sich in der Kantine. Lottie eilte zu Sean und drückte ihn fest an sich.

»Was ist denn passiert? Warum warst du überhaupt am Kanal? Wer hat die Leiche gefunden? Geht es dir gut?«

»Mir geht es gut, Mam. Wirklich. Barry und ich waren nur angeln.«

Mit einem Blick auf den anderen Jungen fragte Lottie: »Und wer ist Barry?«

»Barry Duffy«, antwortete Lynch. »Wir warten darauf, dass ein Elternteil von ihm herkommt.«

Barry sackte in dem roten Plastikstuhl zusammen, und seine blassen Wangen begannen zu glühen. Sein blondes Haar klebte schweißnass an seiner Kopfhaut. Warum hing er mit Sean herum? Lottie konnte sich nicht erinnern, ihn schon einmal gesehen zu haben.

»Ich kenne Barry aus der Schule«, sagte Sean schnell, als hätte er ihre Gedanken gelesen.

»Wie alt bist du, Barry?«, fragte Lottie.

»Fünfzehn.«

Genauso alt wie Sean. »Und wo wohnst du? Kommt deine Mutter hierher oder dein Vater? Wir müssen hier so schnell wie möglich fertig werden.«

»Womit fertig werden?«, fragte der Junge.

»Wir müssen exakt rekonstruieren, was passiert ist, bevor ihr das Baby gefunden habt.«

»Kann Sean das nicht erzählen? Immerhin waren wir zusammen da.«

»Das wird er auch, aber wir müssen uns auch deine Sicht der Dinge anhören.«

»Wir waren angeln, und dann ... dann hat Sean die Leiche gefunden und den Notruf gewählt. Das war alles.«

»Tut mir leid, aber für eine formelle Vernehmung muss ein Elternteil anwesend sein.«

»Ich brauch die nicht hier.«

Lottie bemerkte, wie die Wangen des Jungen wieder eine normale Farbe annahmen. Sie hatte es mit einem typischen trotzigen Teenager zu tun. Ein paar allgemeine Informationen einzuholen, kann ja nicht schaden, dachte sie.

»Bist du schon mal dort gewesen? An der Stelle des Kanals?«

»Da angel ich. Wenn ich angel. Nicht jeden Tag.«

»Wann warst du zum letzten Mal dort?«

»Ich habe nichts mit dem Baby zu tun, wenn es das ist, was Sie glauben.«

»Das glaube ich nicht im Geringsten. Ich möchte nur abschätzen können, wie lange die Leiche im Wasser lag.« Lottie schwieg kurz und schaute ihren Sohn an. »Habt ihr sonst jemanden dort gesehen? Bevor ihr an die Stelle gekommen seid?«

Sean lief rot an. »Wir sind den Weg rauf und runter gegangen und haben ab und zu geangelt. Als wir gerade zusammenpacken und weiterziehen wollten, haben wir das Baby gefunden.«

Während er sprach, bemerkte Lottie den Hauch einer Alkoholfahne.

»Habt ihr was getrunken?«

»Nein«, antwortete Sean.

»Ja«, sagte Barry gleichzeitig.

»Nur eine Dose, mehr nicht«, ergänzte Sean schnell. »Und als ich die Dose ins Wasser geworfen habe, da habe ich das kleine ... die Leiche gefunden.«

Lottie hatte den Eindruck, dass er gleich anfangen würde zu weinen, und nahm ihn in den Arm. Entrüstet wand er sich aus der Umarmung. Wie konnte sie ihn nur vor seinem Freund so bloßstellen? Sie würde später mit ihm reden müssen.

Zu Barry gewandt fragte sie: »Und wann warst du das letzte Mal an genau der Stelle?«

»Vielleicht vor zwei Tagen. Da war ich allein. Aber allein macht es keinen Spaß, und deshalb habe ich Sean gefragt, ob er mitkommt.«

»Warum gerade ihn? Ihr seid doch keine besten Freunde oder so, oder?«

»Mam!«, rief Sean.

»Ich weiß, dass er Sport macht, und habe ihn mal sagen hören, dass sein Vater früher geangelt hat.« Barry pulte mit gesenktem Kopf an seiner Nagelhaut herum.

»Wir treffen uns manchmal«, meinte Sean.

»Okay. Das reicht für den Moment.« Lottie wurde klar, dass sie nichts aus den beiden herausbekommen würde. »Barry, du musst hier auf deine Eltern warten, bevor du gehen kannst.«

»Ich will nicht auf die warten. Ich kann allein nach Hause. Und ich brauche auch keine Bewacher.«

»Du hattest ein traumatisches Erlebnis, da sollte sich unbedingt jemand um dich kümmern.«

»Meine Eltern können es aber nicht leiden, gestört zu werden. Mein Vater ist bei der Arbeit.«

»Ich bin mir sicher, dass sie sich vergewissern möchten, dass es dir gut geht. Haben Sie sie angerufen, Detective Lynch?«

»Ich habe mit Barrys Mutter gesprochen, und die meinte, sie würde ihren Mann kontaktieren. Allerdings schien sie es dabei nicht eilig zu haben«, erklärte sie.

Barry holte sein Handy aus der Tasche und öffnete die Kontakte. Dann reichte er Lottie das Telefon. »Das ist die Nummer meines Vaters. Paul Duffy.«

»Der Arzt?«

»Ja. Und der wird alles andere als glücklich darüber sein, wenn sein Tag durcheinandergebracht wird.«

»Und deine Mutter?«

»Julia. Ihre Daten stehen hier neben denen von meinem Vater.«

Lottie notierte sich beide Telefonnummern und bat dann Lynch, bei Barry zu bleiben, bis er abgeholt wurde. »Wir können die formelle Vernehmung ja auch später oder morgen durchführen. Mal sehen, was seine Eltern zu sagen haben.«

»Okay«, sagte Lynch, band ihr langes, helles Haar zu einem Pferdeschwanz zusammen und ging los, um ein paar Softdrinks aus dem Automaten zu holen.

Vor der Tür drückte Lottie Sean erneut an sich. »Wie bist du denn an den geraten?«

»An Barry? Wie er schon gesagt hat, er hat mich angerufen und gefragt, ob wir zusammen angeln gehen wollen. Und bei Granny nervt mich alles, mit den Mädels, die dauernd streiten, und Louis, der ständig rumschreit. Alles ist besser als das.«

»War das Biertrinken Barrys Idee?«

»Eigentlich war es Cider«, sagte Sean ein wenig überheblich.

»Du weißt, was ich meine.« Lottie ging mit ihm die Treppe hinunter und in den Eingangsbereich.

»Es war nur eine Dose. Und die habe ich noch nicht einmal ausgetrunken, also mach hier keinen auf Heilige Maria, Mam. Wohin gehen wir?«

»Nach Hause.«

»Wir haben kein Zuhause«, antwortete Sean mürrisch. »Kommst du mit?«

»Ja.«

»Brauchst du nicht. Mir geht es gut. Musst du nicht rausfinden, was mit dem Baby passiert ist?«

»Ich kann dich auch mit einem Polizeiauto nach Hause bringen lassen, wenn das für dich okay ist.«

»Das wäre super. Echt jetzt.«

Sie betrachtete seine blauen Augen und das blonde Haar, das ihm in die Stirn fiel. Auf seinem Kinn zeigte sich der erste schwächliche Bartwuchs, mehr Flaum als Stoppeln. Die blasse Haut und die großen Augen verrieten, wie jung er noch war. Doch sie musste zugeben, dass er seinem toten Vater wie aus dem Gesicht geschnitten war.

Er lächelte sie an, und sie spürte die Wärme, die Aufrichtigkeit. Ihr Herz blutete. Das war ihr Sohn. Sie kannte jedes einzelne Haar auf seiner Kopfhaut, hatte aber keine Ahnung von den Gedanken darunter. Und er würde auch nicht wollen, dass sie davon wusste. Aber hatte sie als seine Mutter nicht das Recht zu wissen, was er dachte? Zu verstehen, wie sein Verstand funktionierte? Oder wie er nicht funktionierte, wie es der Fall war, wenn er Panikattacken bekam oder drohte, in einer Depression zu versinken.

»Bist du sicher?«, fragte sie.

»Ist das Baby ermordet worden?«

»Das weiß ich nicht. Vielleicht handelt es sich auch nur um einen tragischen Fall, bei dem das Baby bei der Geburt gestorben ist und dort zurückgelassen wurde.«

»Du musst seine Mutter finden. Ich glaube nicht, dass ich vorher je wieder schlafen kann.«

»Das geht mir nicht anders«, flüsterte Lottie ihm ins Ohr.

Sie küsste ihn auf die Wange, bevor er die Dienststelle verließ und in das wartende Auto stieg. Lottie war sich relativ sicher, dass es sich bei dem Mädchen im Krankenhaus um die Mutter des toten Babys handelte. Sobald es ihr besser ging, würde sie Hope Cotter vernehmen. Aber zuerst würde sie sich ein Bild von ihr machen.

NEUN

Die Stimmung sank weiter, als sie die Wohnsiedlung Munbally Grove erreichten, in der Hope Cotter wohnte. Als Schauplatz vieler Unruhen und Polizeieinsätze eilte der Gegend ein Ruf voraus, der alles andere als gut war. Wer hier geboren wurde, kam aller Wahrscheinlichkeit nach nicht weit; tatsächlich schafften es nur ein paar wenige Begabten heile hinaus.

»Vermutlich sollten wir hier lieber Stichschutzwesten tragen«, meinte Boyd.

»Du bist eine noch größere Drama-Queen als meine Chloe«, antwortete Lottie.

Sie hatte das Team in der Dienststelle verlassen, das die Umstände des Todes des Babys aufklären sollte, und beschlossen, den Namen und die Adresse zu überprüfen, die sie vom Krankenhaus erhalten hatte, bevor sie die Teenagerin befragte. Immerhin wurde Hope Cotter dort bewacht und konnte ja schlecht weglaufen.

Sie kamen am falschen Ende in der Siedlung an und fuhren durch das Gewirr von Straßen, die sich um die etwa dreihundert Häuser schlängelten. Endlich standen sie vor der Häuserreihe, die Nummer dreiundfünfzig beherbergte. Die untere

Hälfte bestand aus rotem Backstein, und auf der oberen Hälfte war der ehemals weiße Kieselrauputz nun abgenutzt, fleckig und verfärbt.

»Sind das Fensterrahmen aus Aluminium?«, fragte Boyd.

»Ursprünglich wurde diese Siedlung in den Siebzigerjahren erbaut«, erklärte Lottie, wobei sie nicht wusste, ob das wirklich irgendetwas erklärte. »Und im Lauf der Zeit kamen immer mehr Häuser hinzu.«

»Im Lauf der Zeit, ›As Time Goes By‹ ... Das ist aber jetzt wirklich ein Lied.«

»Fang nicht wieder damit an.«

»Für die Ewigkeit gebaut«, sagte er.

»Wovon redest du?«

»Von den Häusern. Ach, vergiss es.«

Als sie den Fußweg zur Hausnummer dreiundfünfzig hinaufging, bemerkte Lottie, dass die Fenster des Hauses links daneben mit Maschendraht versehen waren, der auf beiden Seiten durch Vorhängeschlösser gesichert war. Die Tür war von innen mit einer Stahlplatte geschützt.

»Absolut keine Chance, da einzubrechen«, stellte Boyd fest.

»Da müssen wir ja auch nicht hin. Halt die Klappe, Boyd. Ich bekomme Kopfschmerzen.«

Sie suchte die Tür nach einer Klingel ab, fand jedoch keine. Also hämmerte sie mit der Faust gegen den Holzrahmen.

»Das ist doch zwecklos«, murmelte Boyd.

Lottie zählte bis fünf und klopfte erneut. Boyds Gemecker ignorierte sie.

»Da ist niemand«, sagte er.

»Ich hätte große Lust, dich einfach hierzulassen, damit du allein zur Dienststelle laufen musst. Du führst dich heute auf wie ein verwöhntes Kleinkind.«

Die Tür wurde knarrend geöffnet, und ein Kind, kaum älter als vier, spähte durch den schmalen Spalt.

Lottie ging in die Hocke und sagte: »Hallo, Kleines. Ist deine Mutter oder dein Vater zu Hause?«

Die braunen Augen wurden groß, und das Kind schüttelte den Kopf. »Nein.«

»Bist du ganz allein?« Lottie hatte keine Ahnung, ob sie es mit einem Jungen oder einem Mädchen zu tun hatte. Alles, was sie sehen konnte, waren ein Gesicht und strähnige braune Haare, die dringend mal wieder gewaschen werden mussten.

Das Kind schlug die Augen nieder, und seine Milchzähne gruben sich in die Unterlippe.

»Dürfen wir reinkommen?«, fragte Lottie.

»Geh weg von der Tür«, brüllte eine Stimme. Das Kind verschwand.

Bevor sie sich wieder erheben konnte, schaute Lottie auf ein paar behaarte weiße Beine, die in Bermudashorts steckten. Sie stellte sich gerade hin und hatte nun das Gesicht eines Mannes vor sich, der ungefähr in ihrem Alter war. Er roch nach Zigarettenrauch und Bier. Mit dem zerfurchten Gesicht, den blutunterlaufenen Augen und der Glatze sah er aus wie eine Karikatur, und sein Bauch hing über den Bund seiner Shorts, sodass sein schwarzes U2-T-Shirt hochrutschte.

»Ich bin Detective Inspector Lottie Parker, und das ist Detective Sergeant Mark Boyd. Dürfen wir reinkommen?«, fragte Lottie und gewann ihre Fassung wieder.

»Nein, dürfen sie nicht. Und jetzt verpissen Sie sich. Alle beide.«

Sie schob einen Fuß in die Tür, bevor er sie ihnen vor der Nase zuknallen konnte. Das war zwar schmerzhaft, doch sie schaffte es, sich nichts anmerken zu lassen. Scheißkerl, dachte sie. »Sie sollten uns wirklich reinlassen.«

Die Tür wurde so schnell geöffnet, dass sie fast das Gleichgewicht verlor. Boyd stützte sie, und sie folgten dem Mann in den schwach beleuchteten Flur.

Als sie die Küche betraten, konnten sie das Kind weit und

breit nirgends entdecken. Zu ihrer Überraschung stellte Lottie fest, dass es hier sauber und aufgeräumt war. Der Mann stand mit dem Rücken zur Spüle mit vor der Brust verschränkten Armen da und wartete.

»Wir haben uns ja bereits vorgestellt«, begann Lottie. »Und *Sie* sind?«

»Robbie.«

»Robbie Cotter?«

»Das geht Sie einen feuchten Kehricht an.« Mit einem Röcheln würgte er den Schleim aus seinem Hals nach oben, und Lottie fürchtete kurz, dass er sie anspucken wollte.

»Wer hat uns denn da eben die Tür geöffnet?«

»Das geht Sie ebenfalls einen feuchten Kehricht an.« Er löste die Arme, vergrößerte den Abstand zwischen seinen Beinen und stemmte die Hände in die Hüfte. »Sagen Sie mir jetzt endlich, worum es geht?«

»Dürfen wir uns setzen?« Sie wollte sich einen Stuhl heranziehen, doch er schlug ihre Hand weg. Von ihm würde sie sich nicht einschüchtern lassen.

»Fassen Sie mich nicht an!«

Er gehorchte, sagte jedoch: »Lassen Sie den Stuhl los. Ich zähle bis drei. Eins ...«

»Okay, okay.« Lottie hob entwaffnend die Hände. »Wir sind wegen Hope hier.«

»Hope? Keine Ahnung, wo die ist. Hat mich mit ihrer Brut allein gelassen. Was hat die denn jetzt schon wieder ausgefressen?«

»Also können Sie bestätigen, dass sie hier wohnt?«

»Sie sind hier, also wissen Sie das bereits. Stellen Sie mir gefälligst keine dummen Fragen.«

»Sind Sie ihr Vater?«

»Sie stellen immer noch dumme Fragen, Fräulein.«

»Also sind Sie nicht ihr Vater.« Lottie biss sich auf die

Unterlippe. Das lief gar nicht mal so gut hier. »Wer sind Sie dann?«

Der Mann fuhr sich mit der Hand über den kahlen Kopf und seufzte. Es war, als würde unvermittelt alle Luft aus seinem gesamten Körper weichen.

»Ich bin Robbie Cotter. Hopes Onkel. Der Bruder ihres Vaters. Ihre Eltern sind tot. Ich habe sie quasi geerbt, und jetzt muss ich mich auch noch um ihren Nachwuchs kümmern.«

»Und ihr Nachwuchs ist das Kind, das uns die Tür geöffnet hat?«

»Lexie. Sie ist eigentlich ein liebes Mädchen. Sagen Sie mir jetzt, was Hope angestellt hat, dass die Polizei vor meiner Tür steht?«

Lottie überlegte kurz, welche Informationen sie preisgeben konnte. »Das wissen wir selbst nicht so genau. Ich dachte, Sie könnten uns vielleicht helfen.«

»Sie sind ja schlimmer als ein Kreuzworträtsel«, schimpfte er, zog sich einen Stuhl heran und ließ sich darauf plumpsen. »Ich habe Hope seit gestern Abend nicht mehr gesehen. Seitdem war sie nicht mehr zu Hause. Vermutlich hurt sie irgendwo rum. Wobei ich mir nicht vorstellen kann, dass sie mit dem Braten in der Röhre irgendjemand anfassen will, wenn Sie verstehen, was ich meine.«

»Also können Sie bestätigen, dass Hope schwanger war?«

»Klar. Moment«, sagte er, als dämmerte ihm etwas. »Schwanger *war*? Wie meinen Sie das?«

Er war nicht allzu schwer von Begriff, das musste sie ihm lassen. »Mr Cotter. Robbie. Hope ist heute Morgen blutverschmiert vorm Garda-Revier aufgetaucht. Wir haben sie umgehend in die Notaufnahme gebracht. Der Arzt dort hat festgestellt, dass sie entbunden hat, wir wissen jedoch nicht, wo das Baby ist.« Unwillkürlich musste sie an die Babyleiche denken, die sie im Kanal gefunden hatten, und sie zuckte innerlich zusammen. Es war äußerst wahrscheinlich, dass es sich dabei um Hopes Baby handelte. Aber hatte sie es auch getötet?

Robbie wich jede Farbe aus dem Gesicht. Er ballte die Hände zu Fäusten und drückte sie fest auf seine Augen.

»Alles in Ordnung bei Ihnen?«, fragte Lottie und legte eine Hand auf seinen Arm.

Er stieß ihn weg und starrte sie an. »Hope ist erst siebzehn. Mit dreizehn hat sie Lexie bekommen. Ich konnte uns das Jugendamt vom Hals halten, weil ich offiziell das Sorgerecht für sie habe. Und ich habe mich so gut wie möglich um sie gekümmert. Um sie beide. Ganz allein. Aber das ist nicht leicht. Absolut nicht. Verstehen Sie mich nicht falsch. Lexie macht kaum Arbeit. Die kommt im September in die Vorschule. Im Moment geht sie drei Vormittage die Woche in die Kita. Aber Hope ... Hope hat Probleme, das kann ich Ihnen sagen.«

»Was für Probleme?«, fragte Boyd.

»Ich glaube nicht, dass sie jemals über den Tod ihrer Eltern hinweggekommen ist. Ihr Vater hat sich aufgehängt, als sie gerade mal acht Jahre alt war. Nicht einmal ein Jahr später hat ihre Mutter das Gleiche getan. Ich fürchte, das war alles zu viel für das Mädchen.«

»Hat sie denn Therapie bekommen?«, fragte Boyd.

Robbie starrte ihn nur an. »Was glauben Sie denn? Sie mit ihrem schicken Anzug und dem überheblichen Grinsen. Nein, sie hat keine beschissene Therapie bekommen. Es ist schon schwer genug, jeden Tag was zu essen auf den Tisch zu kriegen. Ich kümmere mich um die Kinder, so gut ich kann. Wirklich.« Er stand auf, füllte Wasser in einen Kessel und setzte ihn auf. »Tee?«

»Wenn Sie sowieso einen machen«, sagte Lottie. »Geht Hope denn zur Schule?«

»Das sind ganz schön hochtrabende Erwartungen an jemanden, der so weit unten in der Hackordnung steht. Sie will Friseurin werden. Hat versucht, einen Schönheitskurs an der

Volkshochschule zu machen, ihn aber nach ein paar Wochen abgebrochen. Dann hat sie einen Putzjob angenommen und ist zum zweiten Mal schwanger geworden.« Robbie spülte Teebecher unter dem fließenden Wasser aus, wobei ein kleines Rinnsal über den Rand und an der Vorderseite der Schränke herunterlief.

»Wissen Sie, ob der Vater von Lexie auch der von Hopes Baby ist?«

Betrübt schaute er sie über die Schulter an.

»Sie hat mir nie verraten, wer Lexies Vater ist, und ich habe keine Ahnung, mit wem sie so rumgemacht hat. Zu Hause ist sie still wie ein Mäuschen, und dann geht sie raus und lässt sich schon wieder schwängern.« Er widmete seine Aufmerksamkeit wieder der Spüle.

»Nimmt sie Drogen?«

»Nicht dass ich wüsste.« Er drehte das Wasser ab und stellte die Becher tropfnass auf den Tisch.

Aus dem Zimmer nebenan ertönte ein Schrei, und Robbie rannte sofort los. »Lexie!«

Lottie und Boyd folgten ihm.

Das kleine Mädchen saß im Schneidersitz auf dem Boden. Im Fernsehen lief mit heruntergedrehter Lautstärke *Peppa Wutz*.

»Was ist denn passiert?«, fragte Robbie und nahm sie in die Arme.

»Peppa weint. Papa Wutz hat sie allein lassen.«

»Arme Süße, aber jetzt bin ich ja da. Alles gut«, tröstete er das Kind.

»Ich will Mummy«, schluchzte Lexie.

»Ich bringe dich zu ihr. Gleich jetzt.« Er schaute hoch zu Lottie. »Geht das?«

»Tut mir leid, aber das halte ich im Moment für keine gute Idee.«

»Warum nicht?«

»Sie wird von der Polizei bewacht.«

»Warum das denn? Sie ist doch noch ein Kind! Außer sich selbst hat sie noch nie jemandem etwas getan. Ich verstehe das alles nicht.« Er ließ sich auf einen Sessel fallen, drückte das Kind an sich und strich ihm mit seiner großen Hand sanft über das Haar.

»Das möchte ich in Anwesenheit von Lexie lieber nicht erklären ...«

»Sie versteht das eh nicht. Also schießen Sie schon los.«

Lottie holte tief Luft. »Hope ... nun ja, sie hat mir erzählt ... sie hat mir erzählt, dass sie jemanden getötet hat.«

Nachdem sich Lexie beruhigt hatte, schaltete Robbie zu *Ben & Holly's kleines Königreich* um und ging mit Lottie und Boyd zurück in die Küche, um den Tee aufzugießen.

»Da hat Hope wohl halluziniert. Sie hat viel Blut verloren. Das haben Sie doch selbst gesagt.« Robbies Kopf glänzte vor Schweiß und er hielt den Teebecher ganz fest in beiden Händen.

»Ich weiß noch nicht, was passiert ist«, sagte Lottie. »Wir fahren auf direktem Weg ins Krankenhaus, sobald wir hier fertig sind. Ich wollte nur erst mehr über die Vorgeschichte wissen, bevor ich mit ihr rede.« Irgendwie tat ihr der Mann leid.

»Hope ist ein gutes Mädchen«, sagte er leise. Von dem harten Kerl, den er anfangs markiert hatte, war nichts mehr zu sehen. »Aber seit sie mit der Kleinen da schwanger war, ist sie nicht mehr dieselbe. Seitdem glaubt sie an böse Geister. Den Teufel und all den Unsinn. Ich wollte, dass sie mal mit einem Priester redet, aber sie hat sich geweigert. Sie meinte, sie hätte jemanden, mit dem sie reden kann, und könnte auf den Rat von Kinderschändern verzichten. Und auf Lexie hat sie immer aufgepasst wie eine Glucke. Wenn sie mich fragen, war das ein wenig übertrieben, aber andererseits hat sie recht früh ihre

Eltern verloren, insofern ... Manchmal hatte ich den Verdacht, ob sie vielleicht ... Sie wissen schon. An Pädos geraten ist. Und wenn dem so war, knüpfe ich den Mistkerl höchstpersönlich auf!«

»Sie meinten ja, sie hat Ihnen nie erzählt, wer der Vater von dem Baby ist, richtig?«

»Genau.«

»Und sie hat während der Schwangerschaft gut auf sich aufgepasst? Oder gab es Anzeichen, dass sie dem Baby schaden möchte?«

Robbie stand auf, brachte seinen Teebecher zur Spüle und spülte ihn aus. Das T-Shirt spannte über seinen breiten Schultern. »Nein. Niemals würde sie einem Baby was tun.«

ZEHN

Nachdem sie mit Robbie Cotter fertig waren, rief Lottie zu Hause an, um sich zu vergewissern, dass es Sean gut ging. Dann fuhren sie ins Krankenhaus, um Hope zu befragen. Sie war im Falle des toten Babys die Hauptverdächtige.

»Sei nett zu ihr«, sagte Boyd.

»Bin ich.«

»Wir wissen nicht, ob es ihr Baby ist.«

»Boyd, hör auf, mir Sachen zu sagen, die ich schon weiß. Wir brauchen ihre Aussage.« Außerdem fragte sie sich, ob die kleine Lexie wirklich in den besten Händen war. Vielleicht sollte sie das Jugendamt benachrichtigen.

Sie drückte die Tür auf und meldete sich am Empfang, wo sie bat, mit Hope reden zu dürfen.

Eine sichtlich hektische Krankenschwester verschwand im Chaos der Station, kam jedoch schnell wieder zurück. »Sie ist weg.«

»Was meinen Sie mit ›weg‹?« Lottie lief zum Bett, in dem sich Hope zuletzt befunden hatte, und riss dann die Vorhänge vor anderen Betten zur Seite, die den Patienten eigentlich wenigstens ein bisschen Privatsphäre bieten sollten. »Sie muss hier irgendwo sein.« Sie machte auf dem Absatz kehrt und eilte in den Flur, auf dem sich ein uniformierter Polizist mit der Hand durch das Haar fuhr.

»Ich schwöre, ich habe sie nicht gehen lassen. Ich habe sie nie durch diese Tür gehen sehen.«

An die Krankenschwester gewandt, die ein Namensschild trug, fragte Lottie: »Lucia, gibt es noch einen anderen Ausgang als diese Tür?«

»Bitte folgen Sie mir.«

Die Schwester führte Lottie durch den Eingangsbereich, unter einem Torbogen hindurch und einen Korridor entlang.

»Auf diesem Weg bringen wir die Patienten aus der Notaufnahme zum Röntgen.« Sie deutete auf einen Notausgang. »Dadurch könnte sie verschwunden sein. Ihre Kleidung ist weg; die befand sich in einem Beutel in der Ablage unter ihrem Bett. Sie hatte noch nicht einmal Schuhe an.«

Lottie drückte die Notausgangstür auf. Hitze und grelles Sonnenlicht schlugen ihr entgegen. »Und warum haben Sie sie bisher nicht vermisst?«

Die Schwester senkte den Blick. »Wir haben hier wirklich viel zu tun. Sie sehen es ja selbst. Die Station quillt förmlich über. Überall liegen Patienten, und das Wartezimmer ist auch voll. So kann es gut sein, dass das letzte Mal vor einer Stunde oder so jemand nach ihr gesehen hat.«

»Meine Güte«, stieß Lottie aus. Aber sie wusste, dass das nicht die Schuld des Pflegeteams war; das Versagen lag beim Gesundheitssystem und dem diensthabenden Garda, der auf die Patientin hatte aufpassen sollen. Sie rief ihn zu sich. »Ich möchte, dass Sie und so viele weitere Leute wie möglich das Gelände absuchen. Versuchen Sie herauszufinden, wohin sie gegangen ist. Ich will, dass sie gefunden wird. Haben Sie mich verstanden?«

»Klar und deutlich«, sagte er, ging um sie herum und verschwand nach draußen.

Boyd stand hinter Lottie. »Der Patient im Bett neben ihrem meinte, der Pflegehelfer hätte ihn vor ungefähr zwei Stunden zum Röntgen gebracht. Er ist sich sicher, dass die Tür vom Notausgang just in dem Moment geöffnet wurde, als er um die Ecke geschoben wurde.«

»Zwei Stunden?« Lottie vergrub die Fingernägel in ihren Handflächen. »Dann kann sie mittlerweile sonst wo sein. Gib eine Fahndung raus und eine Beschreibung an die Verkehrspolizei – an alle!«

»Wird erledigt«, sagte Boyd. »Dann überbringen wir Superintendent McMahon mal die Neuigkeiten.«

Verflixt, dachte sie. McMahon würde ihr den Kopf abreißen.

* * *

Die Stille weckte sie.

Hope hatte keine Ahnung, wie lange sie geschlafen hatte. Sie zog die Füße aus dem Wasser und wischte sich das Haar aus dem Gesicht. Ihren Füßen ging es besser, doch als sie sich hinkniete, durchzuckte sie ein Schmerz. Auf der Brücke war immer noch was los. Mehrere Personen in weißen Schutzoveralls wuselten umher. Und was war da über den Weg gespannt? Ein blau-weißes Absperrband. Warum? Was war da los?

Mit all dem Blut auf ihrer Kleidung konnte sie unmöglich an den Leuten vorbeigehen, doch sie musste weiter. Die einzige Möglichkeit bestand darin, über den Damm und durch die Felder zu gehen. Hoffentlich waren die Leute in den weißen Anzügen zu beschäftigt, um Notiz von ihr zu nehmen.

Sie trocknete ihre Füße am Gras ab und ging auf den steilen Damm zu. Dort angekommen, kroch sie auf ihrem schmerzenden Bauch hinauf, wie sie es früher als Kind getan hatte. Vor einer Million Jahre. Oben angekommen, konnte sie unter sich eine Senke im Feld sehen sowie einen mit Stacheldraht gesicherten Graben.

Sie rutschte den Abhang hinunter und bremste vor dem Graben ab. Vorsichtig zwängte sie sich zwischen den Drähten des Zauns hindurch und hoffte, dass sie nicht unter Strom standen. Dem war zum Glück auch nicht so. Der Graben war voller Kuhkacke, Dreck und Schlamm, aber das war ihr egal. Ihre Haare verfingen sich im Draht, der ein Loch in ihr T-Shirt riss, aber sie schaffte es auf die andere Seite. Endlich. Nicht allzu weit entfernt konnte sie die Wohnsiedlung sehen.

Mit schnellen Schritten und an den Füßen trocknendem Schlamm bahnte sie sich ihren Weg über das Feld, scheinbar in Richtung Freiheit.

Aber Hope Cotter wusste, dass sie niemals frei sein würde.

ELF

Alphonsis Ahern strich sich den Ziegenbart. Jetzt, da er schneller wuchs, war er sehr glücklich damit. Er ließ ihn älter aussehen als fünfzehn, fand er.

Er nahm eine Dose Cider aus der Plastiktüte, die er anschließend zerknüllte. Hier neben dem Fußballvereinsheim hielt er sich gern auf. Man war außer Sichtweite der Wohnsiedlung und der Straße; wenn gerade kein Sommerlager oder Training stattfand, war man hier praktisch unsichtbar.

»Gib mir noch eine, Fonzie«, sagte Kylie, strich sich den Pony aus den Augen und streckte die Hand aus.

»Ach, verdammt. Das war die letzte. Aber ich teil mit dir.« Er betrachtete Chan und Malia, die hinter ihnen im Gras lagen und sich gegenseitig die Zunge in den Hals steckten, und rückte näher an Kylie heran. »Krieg ich dafür einen Kuss?«

»Vergiss es, Fonzie«, sagte Kylie, nahm ihm die Dose aus der Hand und öffnete sie. Dann trank sie mehrere Schlucke, bevor sie ihm die Dose wieder hinhielt.

»Nee, lass mal«, meinte er und winkte ab.

»Ich muss gleich los«, verkündete Chan und stand auf.

»Aber wir sind doch gerade erst gekommen!«, meinte Fonzie.

»Der Alk ist alle, und ich muss zur Arbeit.«

Fonzie schaute sich um. Überall auf dem kleinen Rasenstück lagen Ciderdosen herum. Obwohl die meisten davon auf seine Kappe gingen, fühlte er sich nicht betrunken. Wenn Chan jetzt ging, dachte er, würde Malia auch gehen, und dann würde auch Kylie nicht hierbleiben wollen. Also machte Chan alles kaputt.

»Dein Vater ist der reinste Sklaventreiber. Der sollte lieber mal in eine gescheite Spülmaschine investieren, als dich die Drecksarbeit machen zu lassen. Immerhin macht er mit dem Restaurant doch bestimmt ein Vermögen.«

»Immerhin werde ich dafür bezahlt.« Chan vergrub die Hände in den Hosentaschen und lächelte Malia an, die sich bei ihm einhakte.

»Spielverderber«, meinte Fonzie und stand auf.

»Denn Müll sollten wir lieber mitnehmen«, sagte Kylie und sammelte die Dosen auf. »Sonst weiß Bertie, dass wir hier waren.« Sie deutete auf die Überwachungskamera an der Wand des Vereinsheims, die direkt unter der Regenrinne hing.

Fonzie blickte direkt in die Kamera und zeigte ihr den Mittelfinger. Er hatte vollkommen vergessen, dass sie da hing. Der Hausmeister Bertie Harris war total nervig. Spionierte er ihnen etwa hinterher?, überlegte Fonzie. Er nahm die Plastiktüte und hielt sie offen hin, damit Kylie die leeren Dosen hineinwerfen konnte. Sie kam der Aufforderung nach.

»Hey, da ist noch was drin.« Er nahm ihr die letzte Dose aus der Hand und trank sie in einem Zug leer. »Ist hier irgendwo ein Mülleimer? Ich trag den Kram ganz bestimmt nicht nach Hause.«

»Du bist so eine Pussy«, neckte ihn Kylie und nahm ihm die Tüte ab.

Fonzie betrachtete ihren strammen Hintern in den engen weißen Jeans, als sie um die Ecke zu den Recyclingtonnen ging. Chan und Malia warteten bereits am Tor.

»Beeil dich, Kylie!«, rief er.

Und dann hörte er sie schreien.

ZWÖLF

In McMahons Büro war es so heiß, dass man ein Schwein darin hätte braten können.

Auf dem Fenstersims stand eine Zinnfigur, die Lottie bisher nicht aufgefallen war. Sie konzentrierte sich auf das engelsgleiche Gesicht, während sie ihrem Chef, dessen Gesicht immer röter wurde, die Neuigkeiten berichtete.

»Warum haben Sie das Mädchen nicht sofort zur Vernehmung hergebracht?«, fragte er, nachdem sie fertig war.

»Dafür ging es ihr zu schlecht.« Er sah aus, als würde er gleich explodieren.

»Himmel, Parker, sie hat ein Baby bekommen und keinen Elefanten!«

»Das ist jetzt ein bisschen unfair«, beschwerte sich Lottie und blitzte ihn an.

»Sie haben unsere Hauptverdächtige im Fall eines toten Säuglings verloren!« Er fuhr sich mit der Hand durch das Haar und atmete hörbar aus. »Finden Sie sie. Ich will sie innerhalb einer Stunde im Vernehmungsraum sehen. Und klagen Sie die kleine Schlampe wegen Mordes an.«

»Hey, Moment mal.« Lottie spürte, wie ihr der Mund offenstand. »Wir wissen noch gar nicht, wie das Baby gestorben ist. Und wir wissen nicht, ob Hope überhaupt jemanden getötet hat. Wir wissen noch nicht einmal, ob es sich um ihr Baby handelt!«

»Erzählen Sie mir nicht, was Sie *nicht* wissen!« McMahon ging um seinen Tisch herum und baute sich direkt vor ihr auf. »Wie viele junge Frauen sind denn in letzter Zeit in Ragmullin herumgelaufen, haben ein Baby geworfen und sind dann vorm Garda-Revier aufgetaucht und haben behauptet, sie hätten es getötet? Na? Wie viele?« Er hob die Hand. »Nein! Antworten Sie nicht, denn wir beide wissen, dass sie die einzige ist. Finden Sie sie und klagen Sie sie an. Mord oder Totschlag oder was auch immer. Aber ich will, dass dieser Fall abgeschlossen wird!«

»Das halte ich nicht für klug.«

»Ich bestimme, was klug ist und was nicht. Meine Befehle auszuführen, ist klug.«

Ein selbstgefälliges Grinsen zierte sein Gesicht, und Lottie musste sich die Fingernägel in die Handflächen bohren, um ihm keine reinzuschlagen.

»Und bestellen Sie auch ihren Onkel ein.«

»Aber da ist noch ein kleines Mädchen. Lexie. Robbie Cotter kümmert sich um sie.«

»Dafür gibt es das Jugendamt.« McMahon schüttelte den Kopf. »Tun Sie einfach, was ich Ihnen sage.«

Lottie stöhnte laut auf. »Hope kann nicht weit weg sein. Sie hat viel Blut verloren.«

»Wenn Sie ohne sie zurückkehren, fließt hier auch Blut.« Er ging zur Tür und öffnete sie. »Und dann kümmern Sie sich um Gerichtsberichte und Papierkram. Sie ziehen meinen KPI runter.«

Lottie verließ sein Büro und ging den Flur entlang.

»Arschloch«, schimpfte sie.

DREIZEHN

Larry Kirby ging langsam und paffte an seiner Zigarre, während Maria Lynch neben ihm hertrottete.

»Du solltest nicht rauchen, wenn ich dabei bin. Schließlich bin ich schwanger, falls du das vergessen hast.«

»Wie könnte ich das vergessen?«, brummte Kirby, strich die Glut ab und steckte die Zigarre in die Tasche. »Immerhin erinnerst du mich alle fünf Minuten daran.«

»Manchmal bist du ein echtes Arschloch«, schimpfte Lynch, legte einen Zahn zu und zog an ihm vorbei. »Keine Ahnung, wie O'Donoghue es mit dir aushält.«

Kirby ging nun langsamer und dachte nach, worüber er hundert Mal pro Woche nachdachte. Gilly O'Donoghue war mindestens zehn Jahre jünger als er. In seinen Augen war sie wunderschön und könnte jeden jungen Mann auf dieser Welt haben – doch sie war mit ihm zusammen. Kopfschüttelnd wunderte er sich darüber, dass ihre Beziehung nun schon so lange anhielt. Er war geschieden, übergewichtig, rauchte, trank gern das eine oder andere Bier – oder auch mehr –, und dennoch war sie mit ihm zusammen. Vielleicht war das seine zweite Chance auf ein glückliches Privatleben. Er mochte sie wirklich sehr. Beim Gedanken an Gilly wurde sein Gang schwungvoller, und so schloss er wieder zu Lynch auf, als sie gerade um die Ecke des Vereinsheims bog.

Eine Gruppe von Jugendlichen stand dort herum, und einer von ihnen hielt ein Handy hoch. Filmte er womöglich etwas?

»Macht mal Platz, Kinners«, befahl Kirby.

»Wer sind Sie denn?« Ein hochgewachsener Teenager mit gelangweilten Augen und einem Ziegenbart stellte sich ihm in den Weg.

»Detective Larry Kirby. Hast du uns angerufen? Irgendwas mit einer Leiche. Ich will doch nicht hoffen, dass du unsere Zeit wegen eines Kinderstreichs verschwendest.«

»Ja, ich habe Sie angerufen.« Der Jugendliche trat zur Seite und die anderen versammelten sich um ihn: zwei Mädchen und noch ein Junge. »Da drüben. Bei den Mülltonnen. Kylie hat gerade ein paar Dosen weggeworfen, und da hat sie ihn entdeckt. Dann habe ich nachgeschaut und sofort den Notruf gewählt.«

»Warum sind hier denn keine Gardaí?«, fragte Lynch Kirby im Flüsterton.

»Die suchen alle nach der Verdächtigen im Zusammenhang mit der Babyleiche«, murmelte er.

Beim Vorbeigehen betrachtete er die Teenager. Alle machten einen schockierten Eindruck. »Hoffentlich ist es kein toter Köter, sonst kriegt ihr was zu hören. Wie heißt du?«

»Fonzie.«

»Wie der Typ aus *Happy Days*?«

»Was?«

Eines der Mädchen mischte sich ein: »Sein Name ist Alphonsis Ahern.«

»Und wer bist du?«

Das Mädchen war ganz schön blass und hatte Spuren von eingetrocknetem Erbrochenen um den Mund. »Kylie.«

Kirby kratzte sich am Kopf und ging zu den Müllcontainern.

»Wo ist es?« Als er den Anruf bekommen hatte, war er davon überzeugt gewesen, dass die Kids ihn verarschen wollten. Jetzt war er sich nicht mehr so sicher.

»Da hinten um die Ecke.« Fonzie folgte Kirby. »Im Blumenbeet.«

»Bleib da. Ich gucke allein.« Kirby zog sich ein Paar Nitrilhandschuhe über und Lynch tat es ihm gleich.

»Sie sollten besser nicht hingucken«, riet ihr Fonzie. »Weil Sie doch schwanger sind und so.«

Lynch warf ihm einen vernichtenden Blick zu und steckte die zweite Hand in den Handschuh.

»Packt die Handys weg«, befahl sie.

»Wir haben eh schon alles aufgenommen«, meinte der andere Junge. Er war offensichtlich chinesischstämmig und einen Kopf kleiner als sein Freund, trug jedoch den gleichen Ziegenbart. Einen Moment lang überlegte Kirby, ob es sich bei der Gruppe um eine Art Gang handelte, doch dann kam er zu dem Schluss, dass sie einfach nur einander imitierten.

»Hört auf zu filmen. Ich will nichts davon auf YouTube sehen, sonst nehme ich euch die Handys weg.«

Die Jungs lachten. »Der Opa kennt YouTube.«

Kirby trat einen Schritt auf sie zu. »Wenn ich irgendwas davon im Internet finde, konfisziere ich jedes einzelne eurer schnieken iPhones und breche sie höchstpersönlich entzwei. Verstanden?«

»Sie wissen doch noch nicht einmal, was da ist«, meinte Fonzie. »Gucken Sie jetzt endlich nach oder nicht?«

Seufzend drängte sich Kirby zwischen den Mülltonnen hindurch. Lynch folgte ihm unbeholfen.

»Bleib weg, Lynch.«

Das musste man ihr nicht zweimal sagen. Sie war bereits grün im Gesicht.

Kirby hielt sich mit einer Hand Mund und Nase zu und überlegte, ob der Gestank von den Mülltonnen oder von etwas ganz anderem stammte. Dann blickte er auf die kleine Grasfläche, die von blühenden Blumen umsäumt und voller weggeworfener Dosen und Flaschen war. Er spürte, wie sich sein Magen umdrehte. Schnell wandte er sich ab und atmete langsam und tief aus.

»Hab ich doch gesagt«, meinte Fonzie. »Können wir jetzt gehen?«

»Ihr bleibt, wo ihr seid. Allesamt«, befahl Lynch.

»Ruf Parker an, und bestell die Spurensicherung hierher. Schnell«, befahl Kirby, nachdem er seine Stimme wiedergefunden hatte. »Und konfiszier die Handys!«

»Was ist denn da?«, fragte Lynch.

Kirby holte tief Luft und schaute erneut nach. »Er ist tot. Mehr willst du nicht wissen.«

* * *

Nachdem die Jugendlichen zur Vernehmung in die Dienststelle gebracht worden waren und die Gardaí das Gelände abgesperrt und Wachen am Haupttor aufgestellt hatten, schlüpfte Lottie in den Einweganzug und näherte sich mit Kirby und Boyd dem Tatort.

»Es ist kein schöner Anblick«, warnte Kirby.

»Das ist es nie«, gab Lottie zurück.

Sie zog die Maske über Mund und Nase und die Kapuze über den Kopf und ging hinter die Mülltonnen.

»Meine Güte, Boyd, sieh dir das an!«

»Ich sehe es bereits.«

»Ich sagte ja, dass es kein schöner Anblick ist.«

Sie warf den Detectives einen Blick zu und stieg dann die Steinstufen zum Blumenbeet hinab. Dort zwischen den Flaschen, Dosen und Blumen lag mit dem Gesicht zum

Himmel die Leiche. Die Haut des Jungen war ganz bleich, fast durchsichtig. Er trug lediglich eine kurze Fußballhose, und um seinen Kopf herum waren gepflückte wilde Blumen drapiert wie ein Heiligenschein.

»Wie alt ist er, glaubst du?«, fragte Boyd.

»Vielleicht zehn oder elf.« Ihre Stimme war leise, ihr Herz raste und ihr Magen rebellierte, als sie die Leiche genauer betrachtete.

»Scheiße.« Boyd holte tief Luft. »Wie lange er wohl schon tot ist?«

»Schwer zu sagen. In den letzten Tagen war es sehr warm. Den genauen Todeszeitpunkt kann uns wohl erst die Rechtsmedizinerin sagen.«

»Ist wohl so.«

»Lange kann er hier aber nicht gelegen haben. Sonst wäre er jemandem aufgefallen.«

»Gestern Abend fand hier ein Finale der unter Zwölfjährigen statt«, erzählte Boyd. »Da waren sicherlich viele Leute hier. Insofern muss er irgendwann danach getötet und hier abgelegt worden sein.«

Als sie die Gegend absuchte, fiel Lotties Blick auf mehrere kleine schwarze Kameras, die sich in den Dachvorsprüngen des Vereinshauses befanden.

»Kirby, mach den Hausmeister ausfindig. Wir brauchen die Aufzeichnungen der Überwachungskameras. Und Boyd, wir brauchen ein Zelt zum Schutz des Fundorts. Wo ist überhaupt die Spurensicherung?«

»Noch am Kanal«, erhielt sie als Antwort.

»Ruf McGlynn an«, befahl sie. »Er soll ein Team hierherschicken. Und Jane Dore. Wir müssen diese Leiche so schnell wie möglich in den Kühlraum schaffen.«

Zwei Leichen an einem Tag. Was war denn hier los? Im Fall des toten Neugeborenen hatten sie immerhin eine Verdächtige, auch wenn die gerade nicht greifbar war. Aber dieser Junge? Wer war er? Sie seufzte. Demütigender als hinter Mülltonnen konnte man eine Leiche wohl kaum ablegen, auch wenn offensichtlich mal versucht worden war, den Bereich durch die Blumenbeete zu verschönern. Und warum dem Jungen wohl die gepflückten Blumen um den Kopf herum gelegt worden waren?

Sie ging zu den Mülltonnen und hob mit behandschuhten Händen die Deckel an. Nichts als Abfall.

»Die muss jemand durchsuchen. Vielleicht wurden Beweise darin entsorgt.« Zwar hatte sie keine allzu große Hoffnung, aber in diesem Stadium wusste man nie, womit man es zu tun hatte. »Er ist dort drapiert worden, Boyd. Es wurde nicht versucht, die Leiche zu verstecken.«

»Sein Mörder wollte, dass er gefunden wird.«

Sie schaute auf in seine haselnussbraunen Augen. »Will er uns damit etwas sagen?«

»Ich hoffe nicht, denn wenn dem so ist, bleibt der arme Kerl hier womöglich nicht das einzige Opfer.«

VIERZEHN

»Du kleiner Mistkerl«, stieß Kirby schwer atmend aus, als er im Vernehmungsraum Platz nahm. Wie üblich war es dort recht stickig, und er spürte die Folgen des jahrelangen Zigarrenkonsums in seinen Arterien. Fonzie Ahern saß ihm gegenüber, seine Mutter neben ihm.

»Nicht solche Ausdrücke, Detective«, sagte sie tadelnd.

»Ich habe dir explizit untersagt, irgendetwas bei YouTube hochzuladen.« Böse funkelte er den Jungen an.

»Ehrlich gesagt haben Sie mich damit erst auf die Idee gebracht.«

Kirby blies die Wangen auf. Es fiel ihm zunehmend schwer, sein Temperament zu zügeln und Luft in seine Lunge zu bekommen. »Ich habe die Uhrzeit des Uploads überprüft. Du hast das schon gemacht, bevor ich am Tatort war.« Er seufzte. Die Techniker versuchten bereits, das Video entfernen zu lassen, doch ihm war klar, dass es schon tausendfach, vielleicht sogar millionenfach auf der ganzen Welt gesehen und kopiert worden war. Das gesamte Team hatte es gesehen. Lynch hatte sich auf der Stelle übergeben. Irgendwie war es fast noch schwerer zu ertragen, Aufnahmen eines ausgelöschten Menschenlebens anzuschauen, als eine Leiche live zu sehen.

»Detective, wir sind freiwillig hier, insofern kann mein Sohn jetzt entweder eine Aussage machen oder wir gehen nach Hause.« Mrs Ahern fasste ihren Sohn bei der Hand.

»Okay«, sagte Kirby. »Um wie viel Uhr bist du beim Vereinsheim angekommen?«

Fonzie guckte jetzt sehr ernst drein. Die Hand seiner Mutter hatte alle jugendliche Selbstgefälligkeit aus ihm herausgesogen.

»In den Ferien haben wir nichts zu tun, so ganz ohne Schule, Sie wissen schon. So gegen zwei Uhr waren wir da. Chan hat ein paar Dosen Cider aus dem Restaurant seines Vaters mitgebracht, und wir haben halt hinter dem Vereinsheim abgehangen. Getrunken. Videos geguckt und Musik auf dem Handy gehört. Solche Sachen. Wir haben niemanden dabei gestört.«

»Ihr habt also einfach nur gechillt?«

»Genau.« Fonzie lächelte ihn an. »Und dann so gegen halb drei hat Chan gesagt, dass er zur Arbeit muss. Er hilft bei seinem Vater im Restaurant aus. Also haben wir die Dosen eingesammelt, sie in eine Tüte gepackt, und weil wir sie nicht mit nach Hause nehmen wollten, wollte Kylie sie in den Müllcontainer werfen.«

»Wie umsichtig von euch.«

»Mein Sohn lernt in der Schule, wie wichtig Recycling und Umweltschutz sind. Er ist ein guter Junge.«

»Das ist er«, bestätigte Kirby aufrichtig. Dazu, dass Fonzie noch minderjährig war und gar keinen Alkohol trinken durfte, sagte er nichts. Dafür war gerade schlicht nicht der richtige Zeitpunkt.

Dann erzählte Fonzie weiter: »Plötzlich hat Kylie geschrien.«

* * *

Im Verhörraum 2 saß Lynch Kylie und ihrer Mutter gegenüber.

»Du bist also zum Müllcontainer gegangen«, stellte Lynch fest. »Und was ist dann passiert?«

Kylie zog die Nase hoch und verknotete die Hände. Ihre Mutter legte ihr liebevoll die Hand auf die Schulter.

»Ich ... ich wollte gerade den Deckel hochheben und die Tüte reinwerfen, und da habe ich ...«

»Sprich weiter, Kylie«, forderte Lynch sie auf. »Du machst das toll.«

Das Mädchen nickte. »Ich habe den Deckel wieder fallen lassen, weil ich da was entdeckt habe. Ich musste fast kotzen. Erst dachte ich, es wäre eine tote Katze oder so. Ich hätte weggehen und nicht extra nachgucken sollen ...«

»Bist du näher an die Leiche ran oder hast sie angefasst?«

Kylie hob den Kopf und riss die Augen mit sichtlichem Erstaunen weit auf. »Was? Nein. Natürlich nicht. Ich konnte ... ich konnte mich nicht bewegen. War wie versteinert. Dann habe ich geschrien, und Fonzie ist um die Ecke gerannt gekommen und hat mich aufgefangen, bevor ich in Ohnmacht gefallen bin.«

»Ist Fonzie dein fester Freund?«

»Wollen Sie mich veräppeln? Nein, wir haben nichts miteinander.«

»Kanntest du den Verstorbenen?«

»Den was?«

»Den toten Jungen. Kanntest du ihn?«

Kylie schüttelte heftig den Kopf. »Ich habe ihn kaum angesehen.« Dann schmiegte sie sich an ihre Mutter wie ein kleines Mädchen, das einen Horrorfilm geguckt hatte und womöglich nie wieder würde einschlafen können.

»Ist das alles?«, fragte die Mutter. »Ich würde meine Tochter jetzt wirklich gern nach Hause bringen.«

»Bist du sicher, dass du mir sonst nichts erzählen möchtest?«

Wieder zog Kylie die Nase hoch. »Ich bin mir nicht sicher, aber seine Frisur kam mir irgendwie bekannt vor.«

* * *

»Was hast du getan, als Kylie geschrien hat?«, fragte Kirby.

»Ich bin zu ihr gelaufen, um zu gucken, was los ist«, antwortete Fonzie. »Und dann habe ich sie aufgefangen, als sie umgekippt ist.«

»Und du hast den Notruf gewählt?«

»Ja.«

»Aber erst, nachdem du alles gefilmt hast.« Kirby würde den Drang der Jugend heutzutage, alles zu fotografieren oder zu filmen, nie verstehen.

Der Junge antwortete nicht. Er ließ den Kopf hängen und biss sich auf die Lippen. Mit seinem Ziegenbärtchen sah er aus wie jemand, der sich nicht allzu gelungen verkleidet hatte.

»Können wir jetzt gehen?«, fragte die Mutter.

»Kanntest du ihn?«

»Wen?« Mit weit aufgerissenen Augen hob Fonzie den Kopf.

»Den toten Jungen.«

Er schluckte. Und nickte.

Kirby beugte sich über den Tisch. Adrenalin schoss durch seine Adern und ließ sein Gesicht rot anlaufen. »Du kanntest ihn? Hast du ihn erkannt?«

»Ich hätte nie gedacht, dass jemand so anders aussieht, wenn er tot ist.«

»Sprich weiter.«

»Ich glaube ... Mikey hat blond gefärbte Spitzen. Er fand das cool.«

»Mikey und weiter?«

»Um Himmels willen, Fonzie!« Mrs Ahern schaute ihren Sohn entgeistert an. »Doch nicht etwa Mikey Driscoll?«

Fonzie nickte. Der harte Kerl war nun gebrochen, und Tränen liefen seine Wangen hinunter.

»Wer ist das?«, fragte Kirby die Mutter.

Sie bekreuzigte sich. »Die Driscolls wohnen hinter uns, in Munbally Grove. Die Hausnummer weiß ich gerade gar nicht. Aber die können Sie rausfinden, oder? O mein Gott, die arme Mutter. Das wird sie umbringen.«

»Wie heißt die Mutter?«

»Jennifer Driscoll. Wir nennen sie Jen. Beim Bingo. Da ist sie jeden Abend, gewinnt aber nie viel. Ich auch nicht«, fügte sie schnell hinzu. »Armer Mikey. Ich habe gehört, dass er gestern das Siegertor geschossen hat. Mein Gott, das ist so furchtbar, ich finde gar keine Worte.«

Kirby beendete die Vernehmung und führte Mutter und Sohn aus der Dienststelle. Auf dem Weg nach draußen beschwor er sie, niemandem etwas zu erzählen, bevor die Ange-hörigen des Opfers informiert worden waren.

Nun wussten sie den Namen des toten Jungen und mussten der armen Mutter das Herz brechen. Er war froh, dass das nicht seine Aufgabe war, sondern die von Lottie Parker.

Und dann wurde ihm klar, dass der Junge in derselben Siedlung wohnte wie Hope Cotter.

FÜNFZEHN

Die Bäume am Straßenrand verschwammen, und ihr wurde schwindelig. Aus dem Radio ertönte unverständliche Musik, und ihr Onkel schlug im Takt eines Rhythmus, den nur er kannte, auf das Lenkrad.

»Wohin fahren wir?«, fragte Hope. Ihr war so übel, dass sie sich fast wunderte, warum sie noch nicht ins Auto gekotzt hatte.

»Dahin, wo es sicherer ist als in Ragmullin«, antwortete Robbie. »Mach dir keine Sorgen. Du musst einfach nur dein Gedächtnis wiederkriegen. Ich kann immer noch kaum glauben, dass du nicht mehr weißt, was mit deinem Baby passiert ist.«

»Aber ich sage die Wahrheit! Das nicht zu wissen, macht mich wahnsinnig.«

Als sie zu Hause angekommen war, mit den wunden Füßen und der blutbefleckten Kleidung, hatte sie ihr Onkel sofort wegen des Babys in die Mangel genommen. Er wollte wissen, warum sie nicht mehr schwanger war, doch sie hatte keine Antworten. Sie wusste, dass er ihr nicht glaubte, aber er meinte, die Polizei sei da gewesen und dass sie sich schnell waschen, sich umziehen und eine Tasche für sie und Lexie packen solle.

Als sie fertig war, eine andere Jeans sowie einen alten Hoodie anhatte und auch Lexie angezogen war, lief der Automotor bereits und die Tasche ihres Onkels befand sich im Kofferraum. Er schloss die Haustür ab und schob die beiden ins Auto.

Und jetzt waren sie unterwegs, und sie hatte keine Ahnung, ob sie dem Bösen entkommen war, das ihr Leben überschattet hatte, oder ob sie geradewegs in das nächste Übel katapultiert wurde. Lexie schmiegte sich an ihre Brust und schlief mit dem Daumen im Mund ein.

Hope wusste, dass sie keine Wahl hatte.

Sie musste ihrem Onkel vertrauen.

SECHZEHN

Jennifer Driscoll war groß und schlank und trug ein schwarz-gelbes Sportoutfit. Mit einem strahlenden Lächeln öffnete sie die Tür, wobei in ihren grünen Augen ein Ausdruck lag, den Lottie nicht deuten konnte. Sie schätzte die Frau auf etwa dreißig Jahre.

»Kommen Sie rein, immer herein!«, trällerte Jennifer und tänzelte in eine kleine Küche direkt neben der Haustür. »Setzen Sie sich. Sicherlich sind Sie wegen Hope Cotter hier. Armes Ding. Ich habe schon gehört, dass sie weggelaufen ist. Und die kleine Lexie. Das süßeste Mädchen auf der großen, weiten Welt. Sogar noch süßer als mein Mikey, als er ein Baby war.« Sie warf einen Blick auf die Uhr an der Wand und füllte Wasser in den Kessel. »Hm, er sollte eigentlich mittlerweile zu Hause sein.«

Lottie hob eine Augenbraue und schaute zu Boyd. »Wo war Mikey denn, Jennifer?«, fragte sie.

»Nennen Sie mich doch Jen. Er hat bei seinem Freund Toby geschlafen. Eigentlich sind sie ja inzwischen zu alt für solche Übernachtungen. Er wollte heute Nachmittag wieder hier sein. Sie hatten gestern ein Fußballendspiel, und ich war beim Bingo, also habe ich ihm erlaubt, mit zu Toby zu gehen. Und heute habe ich gehört, dass er das Siegertor geschossen hat. Er ist so ein toller Junge.«

Lottie glaubte, einen Hauch von Traurigkeit in den Augen der Frau zu entdecken. Bedauerte sie es, am Tag des Triumphs ihres Sohnes lieber beim Bingo gewesen zu sein? Dann hätte sie in ein paar Minuten noch deutlich mehr Grund zur Reue.

»Wie heißt Toby mit Nachnamen?«, fragte Boyd.

»Collins.« Jen zog sich einen Stuhl heran und nahm Platz. Lottie beobachtete, wie der Blick der Frau von Boyd zu ihr wanderte. Dann dämmerte es ihr. »Sie sind nicht wegen Hope hier, oder?«

»Nein, leider nicht«, antwortete Lottie.

Jen starrte sie ungläubig an und schlug sich dann die Hand vor den Mund.

»Nicht Mikey«, rief sie aus. »Bitte, lieber Gott, bitte lass meinem Sohn nichts passiert sein!«

Das würde nicht leicht werden.

»Jen?« Lottie streckte die Hand aus und legte sie der Frau auf die Schulter. »Gibt es jemanden, den Sie anrufen könnten, der jetzt bei Ihnen sein kann?«

»Sagen Sie's mir nicht.« Ihr Lächeln war einem panischen Gesichtsausdruck gewichen. »O heilige Mutter Maria! Sagen Sie's mir.«

Lottie bedeutete Boyd mit einer Geste, die Worte auszusprechen, die keine Mutter und kein Vater jemals hören möchte.

»Es tut mir sehr leid, Mrs Driscoll«, sagte er. »Heute Nachmittag wurde die Leiche eines Jungen hinter dem Clubhaus des Fußballvereins gefunden.«

»Sie irren sich. Das ist nicht Mikey.« Sie sprang auf. Und setzte sich wieder. »Moment eben. Ich rufe ihn an.« Hektisch tippte sie mit dem Finger auf dem Handy herum. Kurz darauf wurde ihr Gesicht noch bleicher. »Er ... er geht nicht ran. Ich rufe Toby an.« Erneutes Tippen auf dem Display des Handys, bevor sie es sich ans Ohr hielt. »Hallo, Toby! Ich will dir keine Angst einjagen, aber ist Mikey bei dir?«

Lottie beobachtete sie aufmerksam. Sie wusste genau, wie die Antwort lautete, als die Farbe aus Jens Gesicht wich und das Handy auf den Tisch fiel.

»Er ... er behauptet, Mikey hätte letzte Nacht nicht bei ihm geschlafen. Er weiß nicht, wo er ist. O mein Gott. Scheiße.« Sie hob das Handy wieder auf.

Lottie legte eine Hand auf die der Frau, um ihre Bewegungen zu stoppen.

»Ich weiß, dass das schwer zu begreifen ist. Bitte hören Sie mir zu.« Sie wartete, bis Jen den Kopf hob. »Es gibt keinen einfachen Weg, das zu sagen. Wir glauben, dass die Leiche Mikey sein könnte. Aber wir benötigen eine formelle Identifikation. Haben Sie ein aktuelles Foto von ihm?« Lottie wusste zwar, dass das nicht weiterhelfen würde, doch sie wollte Jen beschäftigen, während sie selbst ihre Gedanken sammelte und überlegte, wie sie weiter vorgehen wollten.

Das Handy befand sich nun wieder in Jens Hand. Sie wischte die Tränen weg, scrollte durch die Fotos und zeigte dann Lottie das Display.

»Das ist Mikey. So ein guter und hübscher Junge. Mein Baby.«

»Könnten Sie mir das Foto auf mein Handy schicken? Wann wurde es aufgenommen?«

»Gestern Mittag.«

Lottie betrachtete das Bild des Jungen, der eine Hand über seinen Kopf hielt und Hasenohren machte. Das breite Grinsen auf seinem Gesicht. Das schulterlange dunkle Haar mit den blond gefärbten Spitzen.

»Wie alt ist er?«

»Elf. Fast zwölf. Nächsten Monat hat er Geburtstag. Aber er will keine Party. Er weiß, dass das zu teuer wäre. Neue

Fußballschuhe; mehr hat er sich nicht gewünscht. Dabei kosten die fast so viel wie eine Party.« Sie lachte. Dann begriff sie, dass es keinen Geburtstag mehr geben und niemand die Schuhe tragen würde, die in Geschenkpapier eingepackt unter ihrem Bett lagen. Heftig schluchzend brach sie über dem Tisch zusammen. »Das ist nicht Mikey. Das kann nicht Mikey sein.« Ihre Stimme wurde immer schriller. »Sie irren sich.«

Lottie zeigte Boyd das Foto auf dem Handy. Der nickte und bestätigte damit, dass es Mikey Driscoll war, der sich in diesem Moment auf dem Weg zu Jane Dores Tisch im Totenhaus befand.

»Jen? Bitte geben Sie mir die Telefonnummer von irgendjemandem, der sofort vorbeikommen und Ihnen beistehen kann. Bitte«, sagte Lottie. Ihre Ermittlungen eben in der Dienststelle hatten ergeben, dass Mikeys Vater nicht mehr präsent war.

»Nebenan. Dolores kann bestimmt rüberkommen.«

Boyd stand auf, um die Nachbarin zu holen. »Welche Hausnummer?«

»Vierundzwanzig.«

Als sie mit der verzweifelten Frau allein war, ging Lottie um den Tisch herum und legte ihren Arm um Jens zitternde Schultern. Sie wusste noch sehr genau, wie sie sich gefühlt hatte, als Sean entführt worden war; wenn einem ihrer Kinder etwas zustoßen würde, würde sie vor Kummer verrückt werden. Wenn sie überhaupt weiterleben könnte.

In Anbetracht von Jens fragilem Zustand sagte sie: »Wer ist Ihr Hausarzt? Sie brauchen etwas zur Beruhigung.«

»Ich will ihn sehen.«

»Sagen Sie mir, wie er heißt, und ich rufe ihn an.«

»Nicht den Arzt. Mikey. Ich will meinen Sohn sehen.«

»Tut mir leid, aber das ist nicht möglich. Zumindest im Moment nicht. Wir brauchen seine Zahnbürste und noch irgendetwas anderes von ihm, wovon wir DNA entnehmen können, zum Vergleich.«

Jen hob den Kopf vom Tisch. Ihre Augenlider waren ganz schwer von all den Tränen. »Danach habe ich noch gar nicht gefragt. Dieser ... Tote, den Sie da haben. Wie ist er gestorben?«

Da war sich Lottie nicht sicher, wobei die Rechtsmedizinerin von Erwürgen ausging. Doch das konnte sie Jen unmöglich sagen. Zumindest noch nicht. Also antwortete sie: »Der Tod wurde als verdächtig eingestuft.«

»Aber er hat keinen ... Sie wissen schon ... Er hat sich nicht umgebracht, oder?« Erneut fiel Jen in sich zusammen und schlug mit dem Kopf auf den Tisch.

»Nein, Jen, er hat sich nicht umgebracht.«

Boyd kam mit der besorgt aussehenden Nachbarin zurück. Sie war ungefähr so alt wie Jen, doch damit endeten die Ähnlichkeiten auch schon. Dolores war schwabbelig und zwischen Jogginghose und -oberteil quoll das Taillenfett hervor. Boyd hatte sie auf dem Weg bereits informiert, und sie eilte sofort zu ihrer Freundin und nahm sie in die Arme.

»Rufen Sie ihren Arzt an«, sagte Lottie. »Die Opferbetreuerin ist schon unterwegs.«

Und sie wusste, dass sie nicht ausreichend Opferbetreuerinnen hatten für alles, was heute passiert war.

SIEBZEHN

Toby Collins schaute gerade aus dem Fenster seines Zimmers, als das Auto vor dem Haus anhielt. Ein Mann und eine Frau stiegen aus und gingen auf die Eingangstür zu. Er war sich hundertprozentig sicher, dass es sich um Kriminalpolizisten handelte, und zerbrach sich den Kopf, warum sie zu ihm wollten. Warum hatte Mikeys Mutter am Telefon so merkwürdig geklungen, als sie gefragt hatte, wo Mikey war? Hatte Mikey gelogen? Vermutlich.

Doch dann kam ihm ein anderer Gedanke. Sicherlich hatte es irgendetwas mit seinem Bruder zu tun. Er stieg aus dem Bett, und als er sich umdrehte, sah er Max in der Zimmertür stehen.

»Da unten sind zwei Bullen. Die wollen zu dir. Du hältst gefälligst deine Klappe, klar?«

Toby nickte. Niemals würde er etwas verraten. Max würde ihn sonst ohne zu zögern erwürgen. Das hatte er durchaus schon mal versucht, als Toby Ma von dem Tütchen Gras erzählt hatte, das er unter Max' Kopfkissen gefunden hatte, wo er nach Bargeld gesucht hatte. Damals hatte er seine Lektion gelernt.

Er ging die Treppe hinunter und betrat das Wohnzimmer. Sein Vater stand mit dem Rücken vor dem kalten Kamin. Der

Mann und die Frau befanden sich beim Fenster. Toby schluckte und versenkte die Hände in den Taschen seiner Jogginghose. Nun wandte sich die Frau ihm zu. Sie war groß und trug eng anliegende Jeans sowie Lederstiefel. Ihr weißes T-Shirt sah schmuddelig aus, ihre Jacke klemmte unter dem Arm und über ihrer Schulter hing eine abgewetzte Ledertasche.

»Toby? Wir würden mit dir gern über deinen Freund Mikey Driscoll reden.«

Warum das denn? Warum fragen sie nach Mikey? Er dachte an den Anruf von Mikeys Mutter. Irgendwas war hier los.

»Was ist mit ihm?«

»Bitte setzen Sie sich«, sagte der Vater. »Toby, du auch. Polizei im Haus macht mich nervös.«

Toby nahm auf dem nächstbesten Sessel Platz, und sein Vater setzte sich ihm gegenüber. Die Polizisten blieben stehen. Jetzt, da er saß, hatte Toby das Gefühl, als stünden zwei Riesen in seiner kleinen Welt. Er hatte furchtbare Angst. Hoffentlich musste er nicht weinen. Andererseits hatte er nichts falsch gemacht. Zumindest fiel ihm nichts ein.

»Toby, mein Name ist Lottie«, stellte die Frau sich vor. »Wir möchten nur wissen, wann du Mikey das letzte Mal gesehen hast.«

»Ist ihm was passiert?«, fragte Toby.

»Beantworte einfach die Frage«, fuhr sein Vater ihn an.

»Mr Collins, bitte lassen Sie uns das regeln«, sagte die Polizistin. Tobys Herz schlug nun ein bisschen schneller. Sicherlich würde er anfangen zu stottern, und wenn dem so war, wusste er, dass sein Vater ihm eine scheuern würde. Er wünschte, seine Mutter wäre zu Hause, und warf einen Blick auf das digitale Display des Fernsehers. Um diese Zeit war sie noch bei der Arbeit. Ihre Schicht im Hotel endete frühestens in zwei Stunden.

»Toby?« Die Frau schaute ihn an.

Er biss die Lippen zusammen und senkte den Blick. »M-Mikey hat gestern im Fußballfinale mitgespielt. Er ... er hat ein t-tolles T-Tor geschossen. Wir ... wir sind alle danach zu McDonald's gegangen. Mr B-Butler hat uns eingeladen.« Er schaute auf.

»Das ist der Trainer des Teams«, erklärte sein Vater.

»Ist Mikey mitgekommen?«

»Alle waren da. Der Laden war v-voll.«

»Ist Mikey mit dir nach Hause gegangen?«

Toby schaute kurz zu seinem Vater und schüttelte dann den Kopf. »Nein.«

»Warum nicht?«

»Er wollte ... hier übernachten. Seine M-Mutter hat Ja gesagt, meinte er. Aber ich konnte meine Mutter nicht fragen, weil sie noch bei der Arbeit war. Und ich hab ihm gesagt, dass ich erst sie f-fragen muss.«

»Und wann hast du ihm das gesagt?«

Toby zuckte mit den Schultern. Inzwischen fühlte er sich etwas sicherer. Er musste unbedingt aufhören zu stottern, sonst würde er sich später von seinem Vater eine einfangen.

»Irgendwann nach dem Spiel. Ich weiß nicht mehr genau.«

»Haben du und Mikey den McDonald's zusammen verlassen?«

Toby schluckte und versuchte, sich an den vorherigen Abend zu erinnern. »Nein. Ich hatte es mir anders überlegt und wollte Mikey sagen, dass er *doch* bei mir übernachten kann. Aber dann konnte ich ihn nirgendwo finden.«

»Wo ist er hin?«

Toby ballte die Hände zu Fäusten und knetete seine Knöchel. »Ich dachte, er wäre nach Hause gegangen.«

Die beiden Kriminalpolizisten wechselten einen Blick. Toby schaute sie an. Der Mann schrieb etwas in sein Notizbuch, legte es weg und ging in die Hocke.

»Toby, du steckst nicht in Schwierigkeiten, aber du musst uns die Wahrheit sagen.«

»Das ... das habe ich. Das tue ich.«

»Die ganze Wahrheit?«

Toby traute seiner eigenen Stimme nicht mehr und nickte nur.

»Lassen Sie den Jungen doch in Ruhe. Er hat Ihnen alles gesagt, was er weiß. War's das?« Tobys Vater stand auf.

Toby stieß einen Seufzer der Erleichterung aus und lehnte sich im Sessel zurück. Der Polizist stellte sich wieder hin. Er war größer als sein Vater.

»Wenn dir noch was einfällt, sag deinem Vater, dass er uns anrufen soll«, meinte er.

Toby nickte. »Das ist alles. Ich schwör. Hat M-Mikey was angestellt?«

»Das kann ich dir leider nicht sagen«, antwortete die Polizistin.

* * *

Als die Detectives weg waren, schloss der Vater die Haustür hinter ihnen und ging zurück ins Wohnzimmer.

Toby hatte sich nicht von der Stelle bewegt. Er spürte die Hand seines Vaters auf seiner Schulter und schaute in strenge, glasige Augen auf.

»Sagst du die Wahrheit?«

»J-ja, Dad.«

»Wenn ein Freund bei dir übernachten will, musst du uns zuerst fragen. Hab ich dir das nicht oft genug gesagt?« Er wartete kurz. »Antworte mir!«

»Ja, das hast du. Und ich habe ihm doch gesagt, dass er nicht mitkommen kann.«

»Aber den zwei Detectives hast du gesagt, dass du es dir anders überlegt hast.«

»Mikey hat mir leidgetan. Er hat das Siegertor geschossen, und seine Mutter war noch nicht einmal da. Er hat sonst niemanden. Ich bin sein bester Freund.«

»Ich will von diesem Blödsinn nichts mehr hören. Geh in dein Zimmer.«

Toby stahl sich an seinem Vater vorbei und rannte die Treppe hinauf. In seinem Zimmer kletterte er über sein Bett, lehnte sich auf die Fensterbank und schaute aus dem Fenster. Draußen auf dem Rasen spielten ein paar Kinder Ball und kreischten und jubelten. Von den Polizisten keine Spur.

Er wandte seine Aufmerksamkeit wieder der PlayStation zu. Der einzige Luxus, der ihm erlaubt war. Zwischendrin schaute er auf sein Handy. Es war ein altes Samsung, das seine Mutter ihm gegeben hatte, nachdem sie sich ein neues besorgt hatte. Es hatte noch nicht einmal Internetzugang. Er nahm es und vergewisserte sich, dass er keine Nachricht von Mikey verpasst hatte. Aber da war nichts. Nur der Anruf von Mikeys Mutter vorhin.

Er startete *Call of Duty*. Mikey war nicht online. Eigentlich war er in den Ferien immer online. Eben noch hatte Toby gedacht, sein Freund wäre sauer auf ihn wegen gestern Abend und würde deshalb nicht spielen. Inzwischen jedoch fragte er sich, wo Mikey war.

Als er eine virtuelle Waffe in die Hand nahm und sich um ein ebenso virtuelles Gebäude herumschlich, fiel ihm ein, dass seine eigene Familie auch nicht bei dem Spiel gewesen war.

Die Tür ging auf. Toby drehte den Kopf. Dort stand der achtzehnjährige Max.

»Na, was wollten die Bullen?«

ACHTZEHN

»Der Junge, Toby, hat eine Scheißangst vor seinem Vater«, stellte Boyd fest, als er das Auto startete.

Lottie dachte darüber nach. »Er hat definitiv Angst vor irgendetwas.«

»Wir müssen noch mal mit ihm reden.«

»Ja, aber erst muss sich die Aufregung legen. Lass uns auf dem Weg zum Revier bei Nummer dreiundfünfzig vorbeifahren«, schlug Lottie vor. »Vielleicht ist Hope ja wieder da.«

»Das bezweifle ich sehr«, meinte Boyd, doch er bog in die schmale Straße ein, die hinter den hufeisenförmig angeordneten Häusern vorbeiführte, wo die Cotters wohnten. Das Haus sah exakt so aus wie das, das sie gerade verlassen hatten. »Hat Mrs Driscoll nicht erzählt, sie hätte gehört, Hope wäre abgehauen?«

»Ja, aber ich hoffe, sie meinte aus dem Krankenhaus.« Ihre Gedanken wanderten zur Leiche von Mikey Driscoll. »Im Moment müssen wir Hope Cotter als Verdächtige im Fall des toten Jungen betrachten.«

»Ich dachte, sie hätte das Baby getötet«, sagte Boyd und

beobachtete einen Jungen, der auf einem gescheckten Pferd die Straße entlangritt.

»Sie sagte: ›Ich glaube, ich habe ihn umgebracht.‹ Damit könnte sie auch Mikey gemeint haben.«

Sie stiegen aus dem Auto, und Lottie hämmerte an die Tür. Keine Reaktion. »Wo zum Teufel sind die hin?«

»Hast du wirklich erwartet, dass sie einfach nach Hause geht und auf dich wartet?«

»Sie hat eine kleine Tochter«, sagte Lottie. »Und ich mache mir Sorgen um Lexies Wohlergehen. Ich hätte das Jugendamt informieren sollen.«

»Dafür ist es jetzt zu spät.«

»Wenn du willst, findest du immer die richtigen Worte, oder, Boyd?«, blaffte sie sarkastisch, bevor sie über den wackeligen Zaun stieg und an die Tür von Nummer vierundfünfzig klopfte. Boyd versuchte es bei Nummer zweiundfünfzig, dem Haus mit den vergitterten und verrammelten Fenstern.

Als die Tür einen Spaltbreit geöffnet wurde, trat Lottie einen Schritt zurück. Zwei braune Augen hoben sich von der Dunkelheit ab und blinzelten in das plötzliche Sonnenlicht.

»Was wollen Sie?«

»Wir suchen nach Robbie und Hope Cotter. Ihre Nachbarn. Haben Sie sie heute gesehen?«

»Ich habe niemanden gesehen.«

»Bitte, Miss ...?«

»Wer sind Sie überhaupt?«

Lottie schob einen Fuß über die Schwelle, nur für alle Fälle, und präsentierte ihren Dienstausweis.

»Bullen. Was wollen Sie denn von denen nebenan? Die haben niemandem was getan.« Die Frau versuchte, die Tür zu schließen.

Lottie legte eine Hand auf den Türrahmen und zeigte ein freundliches Lächeln. »Ich möchte nur mit ihnen reden. Es ist sehr dringend.«

Ein Schrei ertönte aus dem Inneren des Hauses, und die Frau drehte sich um. »Pst. Bin gleich da.«

»Miss?«

»Ich habe sie heute ehrlich nicht gesehen. Wenn Sie nun also Ihren Fuß wegnehmen könnten; ich würde mich gern wieder um meine Kinder kümmern.«

Nachdem die Tür ins Schloss gefallen war, schaute Lottie hinüber zu Boyd. Er zuckte mit den Schultern. Die Cotters waren weg.

»Fahren wir zurück ins Büro und fragen herum, ob sie jemand gefunden hat.« Sie schlug die Autotür zu. »Und jemand muss Mikeys Zahnbürste ins Labor bringen. Zu schade, dass wir nicht mit Toby Collins allein reden können. Ich würde zu gern wissen, wovor er Angst hat.«

»Das wird warten müssen. Erst müssen wir eine komplette Fußballmannschaft vernehmen. Und die Zuschauer. Und alle möglichen Leute, die sonst noch was mit dem Spiel zu tun hatten. Und dann sind da noch die anderen Gäste, die gestern Abend im McDonald's waren.«

»Wir könnten uns die Aufnahmen der dortigen Überwachungskameras geben lassen.«

»Kirby soll das machen. Der steht auf Happy Meal.«

»Boyd, ich meine das ernst.«

»Ich auch.«

»Also, was ist Mikey Driscoll gestern Abend zugestoßen?«

»Irgendein Verrückter hat ihn vor dem Schnellrestaurant abgefangen und ihn umgebracht?«

»Boyd, fahr einfach. Ich muss nachdenken.«

NEUNZEHN

Max Collins zog die Kapuze hoch, um sein Gesicht vor den Blicken der Passanten zu schützen, verließ die Siedlung und ging am Kanal entlang in die Stadt. Dort angekommen, überquerte er die Straße und betrat Fallon's Pub. In seiner Tasche hatte er einen Fünfeuroschein und etwas Kleingeld. Es wurde Zeit für einen kleinen Diebstahl. Eigentlich war das gar nicht so sein Ding, aber notwendig, wenn er überleben wollte. Wenn er fliehen wollte. Früher hatte Jim Fallon, der Wirt, ihn umsonst trinken lassen, obwohl er minderjährig war, aber die Zeiten waren vorbei. Trotzdem wollte Max sein Glück versuchen.

Nachdem sich seine Augen an die Dunkelheit gewöhnt hatten, schob er seine langen, vom Nikotin gelben Finger mit den abgebissenen Nägeln unter den Rand der Kapuze und strich sich das Haar glatt. Dann setzte er die Kapuze ab, doch als er den Reißverschluss öffnete, bemerkte er den Zustand seines T-Shirts und zog ihn wieder zu.

»Hi, Jim«, sagte er und setzte sich auf einen Barhocker.

»Ich dachte, die hätten dich eingebuchtet«, erwiderte Jim und sah genauso unfreundlich aus, wie er klang.

»Das war mein Zwillingsbruder.«

»Von mir kriegst du nichts, und du hast auch keinen Zwillingsbruder.«

»Könnte ich aber. Kann man nie wissen.« Max erblickte sein Bild im Spiegel hinter der Bar und dachte, dass er sich selbst auch nichts geben würde.

»Komm schon, Birdy. Ich will dich nicht rauswerfen müssen.« Fallon trocknete das Glas in seiner Hand wütend mit einem zerfledderten Tuch ab, bevor er es auf den Tresen zu den anderen stellte.

Max konnte diesen Spitznamen gar nicht leiden. Den hatte er schon seit der Schule, und er kam daher, dass seine Nase wie ein Krähenschnabel aussah. Aber er sagte nichts.

»Nur ein Bier. Ich brauche nur etwas Mut für ... du weißt schon, was.«

Max bemerkte, wie Fallon rot anlief, und lächelte in sich hinein.

»Ich weiß nicht, was, und mir gefällt auch die Unterstellung nicht.«

»Ein Bier.« Max legte das Geld auf die Theke.

Seufzend griff Fallon nach dem Glas, das er gerade abgetrocknet hatte, füllte es unter dem Zapfhahn auf und knallte es so heftig auf die Theke, dass es über Max' Hand lief. »Behalt dein dreckiges Geld, Birdman. Trink aus, und lass mich dann in Ruhe.«

Max hob das Glas, um Fallon provokant zuzuprosten, doch der verschwand ans andere Ende der Theke. Birdy konnte er gerade noch so tolerieren, aber Birdman hasste er richtig.

Sein Spiegelbild verhöhnte ihn weiter. Die Narbe durch seine Augenbraue hatte er sich mit zehn zugezogen, sie stammte von einer Flasche, und die auf seiner Wange mit zwölf, ebenfalls von einer Flasche, diesmal einer zerbrochenen. An seinen gelben, abgebrochenen Zähnen hatte er selbst schuld; drei Jahre Crack-Konsum. Er rieb sie mit dem Finger ab, als könnte er die Verfärbung so verschwinden lassen. Er hatte es versucht; so sehr hatte er es versucht. Letztes Jahr, im Alter von siebzehn Jahren, hatte er mit dem Crack aufgehört, hatte kalt entzogen, versucht, sich selbst zu retten. Doch er wusste, dass es für jemanden wie ihn, der sich noch unterhalb der untersten Schicht der Gesellschaft befand, nicht viel Hoffnung auf Erlösung gab. Dennoch hatte er sich vorgenommen, etwas aus seinem Leben zu machen. Etwas, das er erreichen konnte, während er in der Gosse lag und zu den Sternen hinaufblickte. Ein berühmter Mann hatte das einmal gesagt, aber er konnte sich nicht erinnern, wer. Manchmal fiel es ihm sogar schwer, sich daran zu erinnern, wer er selbst war.

Die Gespräche um ihn herum schienen zu verstummen, als sich die Tür der Bar öffnete. Max widerstand dem Drang, sich umzudrehen. Er würde warten, bis er im Spiegel sehen konnte, wer es war. Doch bevor er den Kopf hob, spürte er die Hand auf seiner Schulter und die Finger, die sich in den Baumwollstoff seiner Jacke gruben. Er kannte diese Finger.

Die Vögel sangen in dem Baum auf dem Bürgersteig vor dem Pub.

Aber Birdy würde heute Abend nicht singen.

Er konnte nur hoffen, dass er den nächsten Tag noch erlebte.

ZWANZIG

Hope legte Lexie in das schmale Bett, deckte sie bis zum Kinn zu und beobachtete eine Weile, wie das kleine Mädchen die Wange an der Bettdecke rieb. Dann strich sie ihm über das Haar, küsste es auf die Stirn und ging hinunter in die Küche. Dabei tat ihr jeder einzelne Schritt höllisch weh.

»Du bleibst aber nicht lange«, sagte Jacinta Barnes, während sie sich ihre rote Veloursjacke zuknöpfte.

»Kann ich mir einen Kaffee kochen?«, fragte Hope und ignorierte dabei den unfreundlichen Ausdruck auf dem Gesicht von Robbies Ex-Freundin.

»Setz dich. Ich mach das. Du weißt ja eh nicht, wo alles ist.« Jacinta zündete sich eine Zigarette an und hantierte mit dem Wasserkessel und den Bechern. Bei jeder Bewegung wackelte ihr enormer Hintern in dem engen Jogginganzug, den Hope mindestens zwei Größen zu klein einschätzte.

»Warum mussten wir bis hierher nach Athlone fahren?«, flüsterte Hope Robbie zu. »Ich habe doch nichts verkehrt gemacht.«

»Wenn die Polizei an meine Tür klopft und Fragen stellt, weiß ich, dass du was verkehrt gemacht hast.«

»Was ist denn aus unschuldig bis zum Beweis der Schuld geworden?« Sie setzte sich an den Tisch und griff nach Jacintas Zigaretten. »Was dagegen, wenn ich mir eine nehme?«

»Ja, aber mach doch.« Jacinta knallte drei Becher auf den Tisch. »Was hast du denn angestellt?«

Hope zündete die Zigarette an und nahm einen Zug. Davon wurde ihr noch schwindeliger, als ihr ohnehin schon war. Der Schmerz in ihrem Bauch wurde nicht weniger, und sie wusste, dass sie zu viel Blut verlor.

»Gar nichts habe ich angestellt.« Aber was war mit dem Baby passiert, das in ihrem Bauch gewesen war? Sie kniff die Augen zusammen und schlug sich gegen die Stirn. »Zumindest glaube ich das. Ich kann mich nicht erinnern.«

Sie spürte, wie Robbie ihr die Hand von der Stirn nahm, und schaute ihn an.

»Was?«

»Wo ist dein Baby, Hope?«

Tränen stiegen in ihr auf, doch sie schluckte sie herunter, stand auf und schüttelte den Kopf. Ihre Augen waren trocken, ihr Herz war schwer und ihre Gebärmutter leer. »Ich weiß es nicht.« Sie drückte die Zigarette im Aschenbecher aus und nahm Jacinta einen Becher mit Kaffee ab. »Ich setzte mich zu Lexie.«

Angst kroch ihre Wirbelsäule hoch, als sie die Treppe mit dem abgetretenen Teppich und den knarrenden Stufen hinaufstieg. Die Tür quietschte beim Öffnen, und Lexie setzte sich in ihrem Bett auf und streckte beide Hände aus.

»Mummy, ich habe Angst.«

Hope stellte den Kaffeebecher ab und nahm ihre Tochter fest in den Arm. »Du brauchst keine Angst zu haben, Mausi. Ich werde nicht zulassen, dass dir irgendetwas zustößt.«

»Wo sind wir?«

»In Sicherheit, Lexie.«

Während das Mädchen in ihren Armen einschlief und ihr

Kaffee kalt wurde, betete Hope, sich von all den toxischen Einflüssen in ihrem Leben befreien zu können.

Er hatte ihr gesagt, dass sie böse sei. Sie hatte ihm geglaubt. Doch der Priester mit den traurigen blauen Augen hatte ihr gesagt, dass sie ein guter Mensch sei. Wer von beiden hatte nun recht?

Sie legte sich auf das harte Bett und drückte ihre Tochter an sich. Lexie war der wichtigste Mensch in ihrem Leben. Mit ihr selbst konnten sie machen, was sie wollten, aber sie würde kämpfen bis zum letzten Atemzug, um das kleine Mädchen zu beschützen.

Sie musste hier weg. Irgendwie musste sie an die Autoschlüssel kommen und sich an Robbie und seiner Ex-Freundin vorbei hinausschleichen.

Sobald es dunkel war.

EINUNDZWANZIG

Während sich alle auf die Suche nach Hope Cotter machten und zahlreiche Befragungen im Fall Mikey Driscoll stattfanden, hatte Lottie nichts anderes zu tun, als ihre Notizen über Hopes Auftauchen vor der Dienststelle am Morgen abzutippen.

In der PULSE-Datenbank tauchte sie nicht auf. Für ihren Onkel Robbie Cotter waren ein paar Verkehrsverstöße eingetragen. Auch die Suche nach Mikey Driscoll und Toby Collins sowie deren Eltern ergab nichts, nur eine Verwarnung bei Tobys Bruder Max wegen des Besitzes von Drogen der Klasse C. Für den Eigengebrauch.

Während sie versuchte, sich zu konzentrieren, wanderte ihr Blick zur offenen Tür zum Großraumbüro. Stimmen drangen an ihr Ohr, und sie sah, wie Boyd einen Umschlag von seinem Poststapel nahm und ihn öffnete. Er entnahm ein paar Blätter und las.

»Was ist das?«, fragte Kirby und tippte auf die Oberseite seines Computermonitors.

»Sie sind doch der neugierigste Kerl auf der großen weiten Welt«, stellte Boyd fest.

»Deshalb bin ich Detective geworden.«

Boyd hielt die Blätter hoch und verkündete: »Ich bin ein freier Mann!«

»Endlich!« Kirby sprang auf. »Das schreit nach ein paar Drinks! Das müssen wir feiern!«

»Was feiern wir denn?«, rief Lottie aus ihrem Büro.

»Boyd ist jetzt geschieden«, antwortete Kirby. »Endlich.«

Lottie spielte Desinteresse vor, indem sie sich wieder der Arbeit auf ihrem Schreibtisch zuwandte. Doch statt zu arbeiten, überlegte sie, warum Boyd ihr nichts davon erzählt hatte. Jahrelang hatte er sich geweigert, sich von seiner Frau Jackie scheiden zu lassen, von der er schon lange getrennt war und die inzwischen irgendwo in Südspanien lebte. Was würde ihn das wohl kosten? Seine Finanzen sahen nicht allzu rosig aus, das wusste sie. Doch was würde diese Scheidung emotional für ihn bedeuten? Würde er jetzt, da er endlich wieder frei war, sein Interesse wieder ihr zuwenden? Oder würde er sich eine neue Seelenverwandte suchen? Sie war sich nicht sicher, ob sie es herausfinden wollte.

»Du bist aber ruhig geworden.« Boyd stand in ihrer Tür und riss sie aus ihren Gedanken.

»Ich habe einfach nur nichts zu sagen. Hast du den Bericht fertig geschrieben?«

»Welchen Bericht?«

»Du wirst nachlässig. Geh zurück an die Arbeit, Boyd, und nerv mich nicht.«

Als er abzog, war sie sich relativ sicher, dass sie ihn »Blöde Kuh« murmeln hörte.

Sie beschloss, vor der Situation im Büro zu flüchten und sich etwas zu essen zu holen. Wenn sie den Fall mit dem nicht identifizierten Baby und dem mutmaßlichen Mord an Mikey Driscoll lösen wollte, musste sie bei Kräften bleiben. Sie entschied sich gegen Cafferty's und für Danny's Bar. Die meisten Kolleginnen und Kollegen gingen ins Cafferty's, und sie brauchte ein paar Minuten allein in Gesellschaft eines kühlen Weißweins. Nein, beschloss sie, für Wein war es zu früh. Ein Kaffee würde ausreichen müssen.

Im Pub war es dunkel, und sie musste blinzeln, bis sich ihre Augen nach der Helligkeit draußen den neuen Lichtverhältnissen angepasst hatten. An der Bar hockten ein paar Männer und tranken Bier, während einige Frauen mit Handtaschen zu ihren Füßen in der Ecke an der Tür saßen.

Sie durchquerte den ruhigen Raum, winkte die junge Frau hinter der Theke zu sich heran und bestellte einen Kaffee sowie ein Sandwich. Als sie sich einen bequemen Sitzplatz suchen wollte, fiel ihr das Paar am Ende der Bar auf.

Nein, das konnte nicht sein, dachte sie. Mit gesenktem Kopf steuerte sie den Tisch in der hintersten Ecke an. Erst als sie saß und ihren Kaffee bekommen hatte, wagte sie einen weiteren Blick. Er war es. Boyd. In reger Unterhaltung mit einer dunkelhaarigen Frau, deren Frisur ihr bekannt vorkam, und als die Frau lachend den Kopf zurückwarf, spürte Lottie, wie ihr das Herz bis in die Fußsohlen rutschte. Sie musste hier weg. Unbemerkt.

Hastig warf sie ein paar Münzen auf den Tisch, stand auf und floh aus dem Pub.

Auf dem Weg zurück zur Dienststelle überlegte sie, warum Boyd etwas mit der Journalistin Cynthia Rhodes trinken war. Die beiden hatten sehr vertraut gewirkt. Zu vertraut. Was zum Teufel war da los?

Scheiße!

Sie hatte immer noch Hunger.

* * *

Boyd beäugte Cynthia Rhodes mit unverhohlenem Misstrauen. War sie ihm in die Kneipe gefolgt? Oder war es, wie sie behauptete, ein glücklicher Zufall? Was auch immer die Wahrheit war, er musste auf der Hut sein. Er hatte gerade etwas zu essen bestellen wollen, als sie sich auf den Stuhl neben ihm setzte.

»Detective Sergeant Boyd, stimmt's?«, fragte sie und rückte ihre Brille mit einem kurzen, schwarz lackierten Fingernagel zurecht. Ansonsten sah sie, wie er feststellte, als sie ihre Lederjacke auszog, relativ schäbig aus. Ein ACDC-T-Shirt und schwarze Jeans komplettierten den Biker-Look. Dennoch hatte Boyd das Gefühl, dass sie dabei etwas zu dick auftrug und der Look deswegen nicht authentisch wirkte.

»Ja, das bin ich«, sagte er und winkte die Frau hinter der Theke zu sich heran. Hoffentlich würde sein Sandwich so schnell kommen wie der Tee, den er dazu bestellte.

»Für mich auch einen Tee«, sagte Cynthia zu der Frau.

»Ich habe Sie noch nie hier bei Danny's gesehen.«

»Dann sind Sie öfter hier?«

»Das klingt wie ein billiger Anmachspruch.«

»Vielleicht ist es ja einer.« Sie lachte, und ihre perfekten weißen Zähne leuchteten im düsteren Licht des Pubs. »Vielleicht war es aber auch einfach nur eine Frage.«

»Ich bin manchmal hier.«

»Dann könnte ich ja auch häufiger herkommen.« Sie grinste, wurde jedoch sofort wieder ernst. »Ich hörte, Sie haben eine Leiche gefunden.«

»Nein, habe ich nicht.« In diese Falle würde er nicht tappen. Bei ihrem letzten Fall hatte Cynthia beinahe Lotties Karriere ruiniert, indem sie sie unvorbereitet und zu einem unpassenden Zeitpunkt interviewt hatte und die Aufzeichnung anschließend landesweit ausgestrahlt worden war. Nur Lotties Eifer bei der Aufklärung des Verbrechens hatte sie gerettet.

»Ach, kommen Sie schon, die ganze Stadt spricht darüber.«

»Warum fragen Sie dann mich?« Boyd nippte an seinem Tee, der gerade gekommen war.

»Ich merke schon, Sie haben von Lottie Parker gelernt, wie man nichts sagt. Dann lassen wir das Berufliche mal außen vor und unterhalten uns einfach nur.«

»Worüber?«

»Was immer Sie wollen. Fußball. Das Wetter. Ragmullin. Ich bin da nicht wählerisch.«

»Ich dachte, Sie arbeiten wieder in Dublin.«

»Ich arbeite dort, wo es etwas zu berichten gibt. Und aktuell ist Ragmullin wieder in den Nachrichten. Deshalb bin ich hier.«

»Aus mir kriegen Sie nichts raus, Cynthia. Da müssen Sie schon die Pressekonferenz abwarten.« Als er sich leicht zu ihr drehte, glaubte er, Lottie aus dem Pub huschen zu sehen. Aber das konnte nicht sein, oder? Wenn sie es doch gewesen war, was hatte sie wohl gedacht, als sie ihn mit ihrer Erzfeindin plaudern gesehen hatte? Das war nicht gut.

»Und wann ist die?«

»Was?«

»Die Pressekonferenz wegen der Leiche.«

»Welche Leiche?«

»Die Leiche, die hinter dem Vereinsheim gefunden wurde. Meine Herren, Sie machen es mir wirklich nicht leicht.«

Boyds Sandwich wurde vor ihn gestellt, doch der Appetit war ihm vergangen. Während er nach seiner Brieftasche griff, um zu bezahlen, sagte er zu der Journalistin: »Das können Sie haben. Das sind zwar keine Neuigkeiten, aber Sie sehen so hungrig aus.«

Auf das Wechselgeld verzichtete er.

»Hey, Boyd?«

Er drehte sich um.

»Ich wollte nur plaudern. Wirklich.«

»Dafür sollten Sie vielleicht Ihren Freund, den Superintendent McMahon anrufen.« Mit diesen Worten verließ er den Pub.

* * *

Das war nicht so nach Plan verlaufen, dachte Cynthia, als sie in Boyds Sandwich biss. Mit der anderen Hand scrollte sie durch die Kontakte in ihrem Handy und blieb an David McMahon hängen. Sollte sie? Nein, dann würde er nur wollen, dass sie im Tausch gegen Informationen noch mehr Dreck über Lottie Parker ausschüttete. Das hatte sie vor ein paar Monaten mit einem Interview versucht, das Parker in den Vorruhestand hätte katapultieren sollen, aber so weit war es nicht gekommen. Parker war mit einem blauen Auge davongekommen.

Vielleicht konnte sie ihr wieder folgen und sie bei einem Fehler erwischen. Das konnte sie am besten erreichen, indem sie sich mit jemandem aus dem Team anfreundete. Mit einem anderen als David McMahon. Und Boyd gefiel ihr, mit seinem gepflegten Äußeren und dem schnieken Anzug. Seine Ohren standen ein bisschen zu weit ab, aber darüber konnte sie hinwegsehen. Ja, sie würde sich an seine Fersen heften, und dann würde sie Parkers wahre Schwäche herausfinden.

Entschlossen kippte sie ihren Tee herunter und verließ den Pub mit dem Rest des Sandwiches in der Hand.

ZWEIUNDZWANZIG

Lottie schlug die Bürotür zu und schob sich eine Faust in den Mund, damit sie sich nicht auf die Nägel biss. Warum traf Boyd sich mit Cynthia Rhodes? War das der Beginn einer Beziehung, jetzt wo er geschieden war? Nein, ganz bestimmt nicht.

Ein paar Minuten später schlenderte Boyd höchstselbst in das Großraumbüro. Sie konnte ihn durch ihre Glastür hindurch sehen. Er trug dieses selbstgefällige Grinsen, das sie normalerweise liebte; im Moment jedoch verärgerte es sie. Ohne nachzudenken, sprang sie auf und öffnete die Tür.

»Wo warst du?«

»Was essen«, antwortete Boyd, dessen Grinsen verschwand wie bei einem Kind, das mit der Hand in der Keksdose erwischt worden war.

»Ach ja?«

»Himmel, Lottie!« Boyd zog eine Augenbraue hoch. »Was ist denn in dich gefahren?«

»Die Frage ist wohl eher, was in *dich* gefahren ist«, sagte sie schnippisch. »Sagt dir der Name Cynthia etwas?« In Gedanken biss sie sich selbst in den Hintern. Warum hatte sie das bloß gesagt? Aber nun war es zu spät, es wieder zurückzunehmen.

»Wenn du es genau wissen willst, hat sich Ms. Rhodes neben mich gesetzt, als ich gerade auf mein Sandwich gewartet habe, und versucht, ein Gespräch zu beginnen. Gibt es sonst noch was, worüber ich dir Rechenschaft ablegen soll?«

Lottie stieß geräuschvoll die Luft aus, machte auf dem Absatz kehrt und stampfte aus dem Büro. Im Flur lehnte sie sich an die Wand und atmete tief durch.

Als sie aufschaute, stand Boyd neben ihr. »Was sollte das denn da drinnen?«

»Nichts. Hau ab, Boyd.«

Er tat, wie ihm geheißen, und sie schalt sich selbst für ihr kindisches Verhalten. Verdammt, Parker. Es war ein langer Tag. Zu lang. Sie musste nach Hause. Aber zuerst musste sie ihre Arbeit erledigen.

Und dann würde sie was trinken. Scheiß drauf.

Da die Spurensicherung noch am Fundort von Mikey Driscolls Leiche beschäftigt war, würde Lottie auf die Obduktion warten müssen, die vermutlich am nächsten Morgen stattfinden würde, bevor sie wusste, womit sie es zu tun hatte. Die Zahnbürste des Jungen hatte sie zur Analyse eingereicht, damit seine Identität bestätigt werden konnte. Aber ohne Zweifel handelte es sich um Mikey.

Da niemand Hope Cotter irgendwo gesehen hatte, richtete Lottie ihre Aufmerksamkeit auf das Baby. Die Ergebnisse der Obduktion dieser Leiche lagen ihr noch nicht vor. Sie musste an die Teenager denken, die sie gefunden hatten: ihr Sohn und Barry Duffy. Sean ging es gut, das wusste sie, weil sie ihn gefragt hatte, aber sie musste sichergehen, dass Barry auch okay war.

Sie verließ das Revier und machte sich auf den Weg zum Haus der Duffys, das sich auf einem Hektar Land am Rande von Ragmullin an der alten Straße nach Dublin befand. Ihren

Wagen parkte sie auf der Kiesauffahrt vor dem zweistöckigen Gebäude, an dessen Seite sich eine Dachgaube in der weiß getünchten Wand befand. Die Tür war aus massivem Holz und flaschengrün gestrichen. Es gab keine Klingel. Sie hob den Messingklopfer an und ließ ihn laut fallen, während sie überlegte, wie viel Geld sich wohl hinter der schnieken Tür verbarg.

Gerade wollte sie erneut klopfen, als die Tür geöffnet wurde.

»Ich bin Inspector Lottie Parker von der Polizei Ragmullin. Kann ich kurz mit Ihnen reden, bitte?«

Als die hochgewachsene Frau zur Seite trat, um sie hereinkommen zu lassen, fiel Lottie das schmale, besorgte Gesicht auf. Die Haut war so bleich, dass sie fast durchsichtig wirkte. Das dunkle Haar hatte die Frau zu einem lockeren Pferdeschwanz gebunden, der über eine Schulter hing, und die makellosen weißen Jeans passten farblich zu der langen Bluse. Die Füße waren nackt. Lottie schätzte sie auf Mitte dreißig.

»Julia Duffy«, stellte die Frau sich vor, und Lottie schüttelte die ihr angebotene, feuchte Hand. Der Diamant an ihrem Ringfinger war der größte, den sie jemals gesehen hatte. »Sind Sie wegen heute Vormittag hier? Weil Barry die Babyleiche gefunden hat?«

»Ja.« Lottie nahm in einem Ledersessel in einem großen, farblosen Zimmer mit minimalistischem Design Platz. An der Wand hing ein helles Gemälde in einem überdimensionalen Rahmen. Ansonsten gab es keine Dekoration, keine Bücher und keinen Nippes.

»Barry geht es gut. Ein bisschen aufgewühlt, wenn ich ehrlich sein soll. Paul – das ist sein Vater, mein Mann – hat ihm ein leichtes Beruhigungsmittel gegeben. Er ist Arzt. Barry liegt jetzt im Bett und ruht sich aus. Ich glaube, so früh war er zuletzt als Kleinkind in den Federn. Ist denn etwas nicht in Ordnung?«

»Nein, es ist alles in bester Ordnung. Er war mit meinem Sohn Sean am Kanal angeln, als sie die Leiche gefunden haben, was für beide ein traumatisches Erlebnis gewesen sein dürfte. Deshalb wollte ich nur mal schauen, wie es ihm geht.«

»Mit Ihrem Sohn? Sean ist Ihr Sohn? Geht es ihm gut?«

»Alles bestens«, antwortete Lottie und spürte, wie sie rot wurde. Ging es ihm wirklich gut? Ihr Telefonat mit ihrer Mutter war schon ein paar Stunden her. Da war es ihm gut gegangen. Aber jetzt? Verflixt, sie sorgte sich hier um einen Sohn von anderen Leuten, anstatt sich erst um ihren eigenen zu kümmern. Sie war wirklich ein hoffnungsloser Fall.

»Das freut mich.« Julia verflocht die Hände ineinander und runzelte die Stirn. »Gibt es sonst noch was?« Ihr Blick huschte immer wieder zur Tür, und mit ihren großen braunen Augen sah sie aus wie ein verängstigtes Hündchen.

»Ich würde Barry gern morgen auf dem Revier sehen, damit wir eine offizielle Aussage aufnehmen können«, sagte Lottie. »Ein Elternteil muss dabei sein.«

Julia nickte und schaute Lottie dann unter langen, dunklen Wimpern an. »Irgendjemand im Revier hat Barry gegenüber behauptet, dass Sie uns eine Opferbetreuerin zugeteilt haben. Die brauchen wir nicht.«

»Das ist zwar Ihre Entscheidung, aber ich würde Ihnen unbedingt dazu raten, das Angebot anzunehmen. Ich mache mir Sorgen um Ihren Sohn. Die Entdeckung muss ein furchtbarer Schock für ihn gewesen sein.«

Julia zuckte mit den Achseln. »Vermutlich. Wissen Sie schon, wem das Baby gehört? Oder was mit ihm passiert ist?«

»Nein, noch nicht.« Warum war sie hergekommen? Sie hätte lieber auf direktem Weg nach Hause zu ihrer eigenen Familie fahren sollen.

Die Tür wurde geöffnet, und ein Mann kam herein. Auch er war barfuß und trug eine blaue Jeans sowie ein weißes Hemd, bei dem die obersten Knöpfe offen standen. Sein schwarzes Haar war von grauen Strähnen durchzogen und sein

Gesicht lang und faltig. Er schien eine ganze Ecke älter zu sein als seine Frau.

Lottie schüttelte die Hand, die er ihr entgegenstreckte.

»Hallo!«, sagte sie. »Dr. Duffy?«

»Paul«, antwortete er. »Sind Sie wegen Barry hier? Er ruht sich gerade aus. Das ist ja furchtbar, was ihm heute passiert ist.«

»Und dem Baby«, sagte Lottie, ohne nachzudenken.

»Ja, natürlich. Tragisch. Haben Ihre Ermittlungen schon was ergeben?«

»Noch nicht, aber wir arbeiten unter Hochdruck.«

»Davon gehe ich aus.«

Wollte er ihr etwas unterstellen? Sie war sich nicht ganz sicher. Ich bin müde, dachte sie, und sehe und höre Sachen, die gar nicht da sind.

»Können wir Ihnen irgendwie helfen?«, fragte Duffy, setzte sich auf die Sessellehne und nahm die Hand seiner Frau. Damit sie aufhörte, nervös mit ihren Fingern zu spielen, oder aus aufrichtiger Sorge? Hör auf damit, Parker.

»Nein, absolut nicht. Ich wollte nur nachsehen, ob es Barry gut geht und fragen, ob ihm noch etwas eingefallen ist.«

»Er hat kaum ein Wort über die Sache verloren. Das Ganze hat ihn furchtbar mitgenommen.«

»Das glaube ich gern. So etwas möchte niemand erleben, und schon gar kein Junge in dem Alter.« Lottie stand auf. »Nun ja, wenn ihm noch etwas einfällt, dann sagen Sie ihm bitte, dass er mich anrufen soll, und bitte bringen Sie ihn wegen seiner Aussage zum Revier.« Sie holte eine Visitenkarte aus der Tasche.

Paul stand auf und griff danach, bevor seine Frau sie nehmen konnte. »Natürlich. Ich begleite Sie hinaus. Julia, bist du bald fertig mit dem Gemälde? Die Küche sieht aus wie ein Saustall, und wir müssen noch Abendessen machen.«

»Natürlich«, sagte Julia. »Es war nett, Sie kennenzulernen,

Inspector.« Dann war sie verschwunden, bevor Lottie antworten konnte.

Sie spürte eine Hand auf ihrem Ellbogen, mit der Duffy sie zur Eingangstür führte. Die Absätze ihrer Stiefel klackerten auf dem Marmorboden, und sie fragte sich, ob sie sie vielleicht beim Hereinkommen hätte ausziehen sollen. Jetzt war es zu spät.

Als Duffy die Tür öffnete, drehte sie sich zu ihm. Lottie war alles andere als klein, aber er war deutlich über einen Meter achtzig groß, schätzte sie. »Bitte richten Sie Barry aus, dass er jederzeit mit mir reden kann. Über alles. Sie haben ja meine Nummer.«

»Alles klar. Vielen Dank für Ihre Mühen und einen schönen Abend noch!«

Kaum hatte sie die Schwelle übertreten, wurde die Tür auch schon geschlossen. Was war das für eine merkwürdige Atmosphäre im Haus gewesen! Lottie fragte sich, warum Julia Duffy so schüchtern und ängstlich geschaut hatte, als ihr Mann den Raum betreten hatte. Und wie hielt sie es nur aus, dass er so mit ihr umsprang?

Als Lottie das Haus ihrer Mutter erreichte, war sie kein Stück schlauer als zuvor.

DREIUNDZWANZIG

Im Haus war es warm, und der Duft von frisch gebackenem Brot hing in der Luft. Rose machte sich am Ofen zu schaffen und Lottie auf die Suche nach Sean.

Sie fand ihn im Bett sitzend mit dem neuen Kopfhörer über den Ohren, den er in den Nacken zog, als sie eintrat.

»Hi, Mam. Gibt's was Neues zum Baby?«

»Du bist ganz schön blass«, stellte sie fest und setzte sich an die Bettkante. »Hat Granny sich heute gut um dich gekümmert?«

Er verdrehte die Augen. »Bitte, verschone mich mit der. Ich kann ihr ständiges Gewusel nicht mehr ertragen.«

Lottie lachte. »Unser neues Haus ist bestimmt bald fertig. Dann können wir uns wieder entspannen.«

»Ich kann es kaum erwarten.«

»Hast du denn was gegessen?«

»Granny besteht darauf, mich zwangszuernähren. Sie hat Angst, dass ich sonst in Ohnmacht falle oder so. Bitte sag ihr, dass sie damit aufhören soll. Bitte.«

»Du musst noch eine formelle Aussage abgeben. Ich nehm dich morgen mit in die Dienststelle. Ist das okay?«

»Muss das sein?«

»Ja.« Sie stand auf, beugte sich über ihn und hauchte ihm einen Kuss auf das Haupt. »Hast du mir noch irgendetwas zu erzählen, wovon ich noch nichts weiß?«

»Es war nur ein Cider, Mam.«

»Aber klar doch. Aber erzähl mir mal von diesem Barry. Ist das ein neuer Freund von dir?«

»Den kenne ich aus der Schule. Hab mich ein paarmal mit ihm getroffen. Er wohnt die Straße runter. Und ich dachte, du freust dich, wenn ich zur Abwechslung mal raus an die frische Luft gehe!«

»Das tue ich auch. Aber …«

»Aber du hast nicht erwartet, dass ich dir einen neuen Fall finde, oder?«

»Nein, das habe ich in der Tat nicht.«

»Wo sind eigentlich Dads Sachen? Seine Angel?«

»Noch im Revier. Die kannst du morgen Vormittag abholen. Aber geh eine Weile nicht angeln, okay?«

»Ja, ja.« Lottie spürte, wie ihr Sohn sie aufmerksam musterte. Dann sagte er: »Du siehst gestresst aus, Mam.«

»Es war ein anstrengender Tag. Am Nachmittag haben wir noch eine Leiche gefunden.«

»Was? Das ist ja furchtbar. Hoffentlich nicht wieder ein Baby. Das wäre echt abgefahren.«

»Es war ein Kind. Ein Junge. Und ich musste seine Mutter informieren. Manchmal hasse ich meinen Job.«

»Wer war es denn?«

»Mikey Driscoll. Gerade mal elf Jahre alt.« Als sie ihren Sohn ansah, entging ihr nicht, wie er besorgt die Augenbrauen zusammenzog. »Was ist denn los, Sean? Kanntest du ihn?«

»Klar, Mam. Mikey hat eine Weile Hurling bei den unter Achtjährigen gespielt, während ich bei den unter Zwölfjährigen war. Er war das netteste und ruhigste Kind, dem ich je begegnet bin. Erst gestern hab ich ihn beim Spiel gesehen. Er hat ein echt tolles Tor geschossen.«

»Und welchen Eindruck hat er gestern auf dich gemacht?«

»Er war selig. Hat von einem Ohr zum anderen gestrahlt, weil er das Siegertor geschossen hat. Oje, Mam, ich kann das gar nicht glauben.«

»Ich hätte gar nichts sagen sollen. Mach dir bitte keinen Kopf deswegen. Ruh dich aus. Ich suche eben deine Schwestern und Louis. Das Haus ist so ruhig.«

»Oh, die sind in die Stadt gegangen, um Ruhe vor Granny zu haben.«

Lottie schaute auf ihrem Handy nach der Uhrzeit. »Inzwischen sollten sie aber wieder hier sein. Es wird spät.«

»Es ist Sommer. Lass sie doch ein bisschen Spaß haben.«

»Sagt der weise alte Mann. Haben sie Louis mitgenommen?«, fragte Lottie.

»Ich denke schon. Frag doch die böse Hexe des Westens.«

Lottie stieß Sean leicht von sich. »Sei nicht so frech.« Sie war froh, dass seine dramatische Entdeckung offensichtlich keinen Schaden bei ihm hinterlassen hatte. Hoffentlich blieb es dabei.

In der Küche brachte der Geruch nach einem vor sich hin köchelnden Eintopf ihren Magen vor Vorfreude zum Knurren. Ihre Mutter saß am Tisch und las die Zeitung.

»Du musst auf den Jungen aufpassen«, sagte Rose, ohne aufzusehen.

»Das weiß ich, und ich bin dir auf ewig dankbar, dass du dich um ihn kümmerst, während ich bei der Arbeit bin.«

»Nun werd mal nicht schnippisch. Ich weiß, dass du arbeiten musst, und ich weiß, dass er schon fünfzehn ist; dennoch solltest du den Kindern mehr Zeit widmen.«

Lottie schluckte den Köder nicht. Sie war nicht in der Stimmung für einen Streit. Der heutige Tag war schon traumatisch genug gewesen. »Wo sind denn die Mädchen? Und Louis?«

»Die sind gegen drei in die Stadt gegangen. Chloe muss später noch arbeiten. Sicherlich sind sie gleich wieder zu Hause. Ich habe ihnen erzählt, dass ich heute Eintopf koche. Den mögen sie.«

Im Winter vielleicht, dachte Lottie, aber doch nicht bei der sommerlichen Hitze. Sie hoffte, dass ihre Töchter wenigstens versuchen würden, rechtzeitig aufzutauchen und etwas zu essen, sonst würde Rose wieder schmollen. Seit sie nicht nur mit ihren drei Kindern, sondern auch mit ihrer Mutter zusammenwohnte, wusste Lottie manchmal gar nicht, ob sie gerade kam oder ging.

Eine schwitzende Katie rauschte herein und zog einen Kinderwagen hinter sich her.

»Hi, Mam«, sagte sie, als sie Lottie bemerkte. »Ich muss Louis die Windel wechseln, die ist ganz schön voll.« Sie nahm den Jungen auf den Arm und trug ihn in Richtung Schlafzimmer. »Mit dem kann man echt nirgendwo hingehen.«

»Wo ist Chloe?«, fragte Lottie.

»Wir haben uns gestritten, wie üblich«, rief Katie, und Louis begann zu weinen. »Ich wollte mir Babyklamotten angucken, und sie wollte ein Paar Jeans kaufen. Da haben wir uns in die Haare gekriegt, und sie ist abgerauscht.«

»Zickenalarm!«, rief Sean, der gerade in die Küche kam.

»Das Abendessen ist fertig!«, verkündete Rose und stand auf. »Ich hoffe doch sehr, dass sie gleich kommt.«

»Sonst kann sie das Essen immer noch in die Mikrowelle schieben«, meinte Lottie und nahm ein paar Teller aus dem Küchenschrank.

Der scharfe Blick, den Rose ihr zuwarf, genügte, um sie zum Schweigen zu bringen.

»Ich mein ja nur«, murmelte Lottie leise vor sich hin. Dabei fragte sie sich immerzu, warum Boyd mit Cynthia Rhodes im Pub gewesen war.

VIERUNDZWANZIG

Das Fahrzeug schaukelte hin und her. Die Rückbank war allein zu diesem Zweck ausgebaut worden.

Als der Mann fertig war, trat er nach Max, als wäre er Hundekot an seinem Schuh.

Max tastete nach seiner Jeans und versuchte, sie hochzuziehen. Der Geruch nach Zigarettenrauch weckte in ihm die Sehnsucht nach Nikotin und etwas Stärkerem. Irgendetwas, das den Schmerz vertrieb.

»Du wirst mir langsam ein bisschen zu alt«, sagte der Mann.

»Das ist dein Problem.«

Erneut zog er an der Zigarette. »Klugscheißer.«

»Und du bist ein Arschloch«, sagte Max.

»Du auch. Und jetzt raus hier. Ich muss noch die Bingo-Ladys abholen.«

Max sprang aus dem Wagen. Im schwindenden Abendlicht war niemand zu sehen außer ein paar Joggern im Park mit ihren Handys am Oberarm und den Kopfhörern in den Ohren. Auspuffgase strömten aus dem wegfahrenden Fahrzeug, und das Bier, das er vorhin in Fallon's Bar hinuntergestürzt hatte, bahnte sich seinen Weg aus dem Magen und landete am Straßenrand. Als er sich vorbeugte, glaubte er, jemanden hinter einem Baum am Eingang zum Park zu sehen. Jetzt halluzinierte er schon, dachte er. Er brauchte einen Joint. Und zwar dringend.

Er wischte sich den Mund mit dem Handrücken ab und machte sich auf den Weg in die Stadt.

* * *

Toby konnte nicht glauben, was er gerade gesehen hatte. Er rutschte an der Rinde des Baums herunter. Max? Was hatte der in dem Minibus getan? Und warum hatte er sich übergeben?

Er legte eine Hand auf seinen Bauch. Jetzt war ihm schlecht. Er brauchte sich diese dummen Fragen gar nicht zu stellen. Er wusste ganz genau, was sein Bruder getan hatte. Geld verdient, und zwar auf die einzige Weise, die Max Collins kannte. Mikey hatte ihm davon erzählt. Mikey hatte davon gewusst. War Mikey deshalb jetzt tot?

Tränen liefen über seine Wangen, als er sich an die Nachricht erinnerte, die Max ihm vorhin überbracht hatte. Er rupfte ein paar Grasbüschel aus dem Boden. Grub die Fingernägel in die Erde. Biss sich auf die Unterlippe. Unterdrückte den Schrei, der unbedingt aus seiner Kehle wollte.

Eigentlich war er nur in den Park gekommen, um sich die Standpauke seines Vaters wegen seines Stotterns nicht weiter anhören zu müssen. Sein Geschrei klingelte immer noch in seinen Ohren. Würde das jemals aufhören?

Die Glocke der Kathedrale schlug zur vollen Stunde.

Bald würde seine Mutter nach Hause kommen. Sie arbeitete immer recht lange. Zu lange. Spielte im Joyce die Sklavin, und das für einen Hungerlohn. Vielleicht wollte sie auch seinem Vater aus dem Weg gehen. Ja, bestimmt. Oder hatte das alles mit Max zu tun?

Toby wischte sich die Nase mit dem Rücken seiner

dreckigen Hand ab und stand auf. Alle hatten Angst vor Max, aber nur Toby wusste, dass Max auch Angst hatte. Wobei er keine Ahnung hatte, wovor.

FÜNFUNDZWANZIG

Das Haus, das Lottie gemietet hatte, befand sich am anderen Ende der Stadt, von dort aus gesehen, wo sie bisher gewohnt hatte. Es hatte jahrelang leer gestanden. Erst vor Kurzem hatten die Sanierungsarbeiten begonnen.

Es handelte sich um ein frei stehendes Haus mit fünf Zimmern. Somit war es ideal für Lottie und ihre Familie, aber es war noch einiges darin zu tun.

Nachdem sie ein paar Löffel von dem Eintopf heruntergewürgt hatte, auf den sie plötzlich doch keine Lust mehr gehabt hatte, bekam Lottie einen Anruf von Ben Lynch, dem Ehemann von Maria, der ihren Rat brauchte. Dankbar ergriff sie die Gelegenheit, aus dem Haus ihrer Mutter zu entkommen.

»Danke, dass Sie die Zeit für mich gefunden haben«, sagte Ben, der mit einem Pinsel in der Hand auf der Leiter stand, als sie zur Haustür hereinkam.

»Was gibt es denn für ein Problem?«

Er stieg die Sprossen herunter und legte den Pinsel auf einer Farbdose ab. Dann griff er nach einer Farbkarte und deutete auf das Türkisgrün, das Lottie für die Küchenwände ausgewählt hatte.

»Das ist ausverkauft und kommt erst in einer Woche wieder rein, also müssten Sie was anderes aussuchen. Sonst werden wir im Leben nicht nächste Woche fertig.«

»Schade, das Türkis hat mir echt gut gefallen.« Sie nahm ihm die Farbkarte ab und setzte sich auf die Lehne eines Sessels, der mit einem Laken abgedeckt war. Das Haus war teilmöbliert, was gut war, weil das Feuer all ihre Habseligkeiten zerstört hatte. Sie deutete auf einen ähnlichen Farbton. »Der hier ist auch schön. So wählerisch bin ich nicht.«

»Super! Tut mir leid, dass ich Sie deshalb hierherbeordert habe.«

»Schon okay. Ich musste da sowieso mal raus. Meine Mutter hat bei der Hitze Hühnereintopf gekocht und uns alle gezwungen, davon zu essen.«

»Sie hätten mir was davon mitbringen können.«

Lottie schaute zu Ben hoch. Er war deutlich größer als Maria, was nicht allzu schwierig war, und sein Gesicht sah viel jugendlicher aus als das von seiner Frau, obwohl er mit seinen fast vierzig Jahren älter war als sie. Seine Malerlatzhose hing locker über einem weißen T-Shirt.

»Jetzt dauert es ja nicht mehr lange, bei Ihnen und Maria«, sagte sie. »Dann haben Sie noch ein Baby. Wow.«

»Ja, ne? Ein Lottogewinn hätte mich nicht mehr überraschen können. Da wird sich einiges verändern im Hause Lynch.«

»Wie alt ist euer Jüngster jetzt? Fünf?«

»Fünf und sieben sind die beiden anderen. Und jetzt noch ein Baby. Das wird spaßig.«

Lottie stand auf. »Immerhin haben Sie Ihren Job an der Uni, damit Ihnen nicht langweilig wird.«

»Ich sag Ihnen was, ich bin ganz froh über diese Extraarbeit. Das College ist über den Sommer geschlossen, und Maria ist bei diesem Wetter recht unflätig, insofern bin ich ganz froh, abends aus dem Haus zu kommen. Und überhaupt renoviere ich sehr gern.«

»Sie sollten das hauptberuflich machen«, meinte Lottie lachend.

Auch Ben lachte. Seine Augen leuchteten unter der Glühbirne. Sie verspürte ein leichtes Kribbeln in der Magengegend. Wäre er nicht mit Lynch verheiratet, wäre sie womöglich an ihm interessiert. Denk noch nicht einmal dran, warnte sie sich selbst. Sie hatte ein Talent dafür, Dinge kompliziert zu machen.

»Bringen Sie mich bloß nicht auf dumme Gedanken.« Er wandte sich wieder seiner Leiter zu und griff nach dem Pinsel. »Hiermit sollte ich bis zum Wochenende fertig sein.«

»Und ich habe das Geld bereit, sobald Sie so weit sind.«

»Nicht nötig. Hab eine E-Mail von Mr Rickard bekommen. Der hat die Rechnung schon beglichen. Das Geld ist bereits auf meinem Konto.«

Lottie fiel die Kinnlade herunter. »Was?«

»Sogar noch mit ein bisschen extra. Kann mich wirklich nicht beschweren. Morgen hol ich die Farbe und leg los.«

»Okay.«

»Lottie? Bitte verstehen Sie das nicht falsch, aber Sie sehen etwas zerstreut aus. Haben Sie was auf dem Herzen, worüber Sie reden möchten?«

Sie zögerte. »Ich hatte einfach nur einen anstrengenden Tag. Zwei Leichen. Ein Baby und ein elfjähriger Junge. Das setzt mir ganz schön zu. Außerdem wissen wir noch nicht, wo wir mit unseren Ermittlungen ansetzen sollen.«

»Wir leben in einer schrecklichen Welt, was?« Er stieg die Leiter wieder hoch. »Ich bin übrigens ein guter Zuhörer, wenn Sie mal reden möchten. Jederzeit.«

»Danke, Ben. Geht schon.« Egal was passierte, sie wusste, dass sie sich immer auf Boyd verlassen oder mit Pater Joe sprechen konnte. Noch jemanden, dem sie ihr Herz ausschütten konnte, brauchte sie wirklich nicht.

Auf dem Weg zurück zu Rose rief sie Boyd an. Er ging nicht ran. Gerade jetzt, wo ich dich brauche, dachte sie.

*   *   *

Das Zimmer von Leo Belfield im Joyce Hotel war annehmbar, auch wenn die Möbel schon bessere Tage gesehen hatten. Aber die Bettwäsche war sauber und frisch.

Er schaute aus dem Fenster auf die Main Street von Ragmullin und dachte an die Serie der Ereignisse, die ihn hierhergeführt hatte. Und immer noch hatte er nicht entschieden, wie er vorgehen sollte. Aber er wusste, dass er diese Lottie Parker kennenlernen musste. Mit ihr hatte er bisher nur einmal geredet, am Telefon, und da hatte sie ihn abgewimmelt. Er mochte hochnäsige Tussis nicht und erwartete eine Entschuldigung. Und zwar persönlich. Die Gelegenheit dafür würde sich bald ergeben.

Aber zuerst wollte er alles über sie herausfinden, was es herauszufinden gab. Und da er Polizist war, würde er damit jemanden beauftragen, der wusste, wie man Dreck ausgräbt. Also entweder einen anderen Polizisten oder einen Journalisten.

Er schloss den obersten Knopf seines Hemds und zog seine Krawatte fest. Dann schlüpfte er in seine Lederjacke und machte sich auf den Weg, um die Bewohner von Ragmullin auszuhorchen, die die Hotelbar bevölkerten. Und mit dem so erworbenen Wissen würde er seine Mission starten.

SECHSUNDZWANZIG

Der Junge schlenderte durch das Industriegebiet. Er war sauer. Ständig stritten alle über irgendetwas. Seine Mutter war inzwischen noch schlimmer als sein Vater. Sie war eine echte Zicke, dachte er, aber dann hatte er ein schlechtes Gewissen, so etwas auch nur zu denken. Sie war keine Zicke. Nur eine verlorene Seele. So hatte er sie seinen Vater eines Abends nennen hören.

Seine Mutter tat ihm leid. Er liebte sie, wirklich, wusste aber nicht, wie er ihr helfen konnte. Sein Vater tat ihr nicht gut. Ständig ging er wegen Kleinigkeiten an die Decke. Alles, was ihn interessierte, war gesundes Essen. Vogelfutter, wie seine Mutter es nannte. Wer kann denn schon von Vogelfutter leben?, fragte sie dann. Der Junge lächelte. Ja, ja. Wie auch immer. Er sollte jetzt besser nach Hause gehen. Es war schon spät. Sehr spät.

Trotz der funkelnden Sterne am Himmel war es im Industriegebiet dunkel, und er bekam Angst. Als er über einen Stapel Reifen vor dem alten Recyclinglager sprang, vernahm er das leise Brummen eines Automotors. Er duckte sich und hielt den Atem an, wagte es nicht, den Kopf zu heben.

Schließlich hört er das Auto mit heulendem Turbomotor

wegfahren. Er wartete noch ein paar Minuten. Und dann noch ein paar, bevor er die schmale Straße in Richtung der dunklen Unterführung unter den Bahngleisen entlanglief. Irgendjemand hatte die Glühbirnen zerschlagen. Er mochte die Dunkelheit nicht, obwohl er in seinem Leben schon so viel Dunkelheit erlebt hatte, dass er eigentlich daran gewöhnt sein sollte.

Er zog am Gürtel seiner Jeans und schnallte ihn ein Loch enger, damit ihm die Hose nicht herunterrutschte. Bald würde er sich eine neue besorgen müssen. Aber seine Mutter würde ihm keine kaufen, wenn er sich weiterhin wie eine Made verhielt. So hatte sie ihn tatsächlich genannt. Er würde mal online bei ASOS gucken, wenn er zu Hause war. Die Jogginghosen, die von den Knöcheln bis zu den Knien eng und im Schritt weit waren, gefielen ihm. So etwas trugen die Teenager heute. Yeah. Schwarz mit einem grünen Streifen an der Seite. Die fand er gut.

Das dachte er gerade, als er hörte, wie ein Auto von hinten an ihn heranfuhr und langsamer wurde. Jemand ließ das Fenster herunter.

»Was machst du denn so spät noch hier draußen? Ist das nicht ein bisschen gefährlich für einen jungen Mann wie dich?«

Der Junge lief weiter, drehte jedoch leicht den Kopf, um zu sehen, mit wem er es zu tun hatte. Puh. Das war kein Massenmörder, der es auf ihn abgesehen hatte. Erst erkannte er das Auto und dann die Person am Steuer.

»Hi«, sagte er schüchtern.

»Steig ein. Ich fahr dich nach Hause.«

Der Junge öffnete die Beifahrertür und ließ sich auf den Sitz fallen. Dann schnallte er sich an und hörte, wie die Türen verriegelt wurden. Mit den Turnschuhen berührte er etwas im Fußraum. Er schaute hinunter. Da war eine durchsichtige Plastiktüte, und darin befand sich ein Paar nagelneue Fußballshorts.

* * *

Die Mutter des Jungen rieb sich die Augen und reckte und streckte sich. Was war passiert? Sie schaute sich um und stellte fest, dass sie auf dem Sofa eingeschlafen war. Mal wieder. Sie klickte auf die Sky-Taste der Fernbedienung und sah, dass es fast zwei Uhr morgens war. O Gott.

Mühsam setzte sie sich auf und hörte eine Flasche unter das Sofa rollen und an den Heizkörper dahinter schlagen. Mit der Fernbedienung noch in der Hand hielt sie inne und horchte. Ihr Mann hatte einen tiefen Schlaf, insbesondere nach ein paar Bier. Zumindest hoffte sie, dass er im Bett lag. Sie hatte ihn nicht hereinkommen hören. Die zweite Flasche Wein war ein Fehler gewesen, dachte sie, als sie aufstand und spürte, wie sich der Raum drehte. Sie kniete sich hin und fischte die Flasche unter dem Sofa hervor. Dann nahm sie die andere vom Couchtisch und versteckte beide in einem Küchenschrank. Morgen würde sie die Sammlung zum Recyclinghof bringen.

Und dann musste sie an ihren Sohn denken und an den Streit, den sie am Nachmittag gehabt hatten. War er überhaupt zu Hause? Wenn er wusste, was gut für ihn war, schlief er jetzt tief und fest in seinem Bett.

Sie schaltete erst den Fernseher aus und dann die Lichter, bevor sie so leise wie möglich die Treppe hinaufschlich. Die Zimmertür ihres Sohnes stand einen Spaltbreit offen. Seltsam. Sie drückte sie ganz auf und erschrak. Sein Bett war leer. Sie schaltete das Licht ein und stellte fest, dass er gar nicht nach Hause gekommen war.

Panik stieg in ihr auf, und sie blieb wie angewurzelt stehen. Ihre Hände zitterten, und ihre Knie gaben fast nach. Wo konnte er denn sein um diese Uhrzeit? Sie würde ihn umbringen. Und dann dachte sie, dass es vielleicht besser war, dass er sie nicht betrunken gesehen hatte, obwohl es nicht das erste Mal gewesen wäre. Sie ging wieder aus seinem Zimmer in den Flur und überlegte, was sie tun sollte.

»Was zum Teufel machst du denn hier?« Ihr Mann stand hinter ihr.

»Himmel, du hast mich fast zu Tode erschreckt.«

»Du bist schon wieder betrunken«, stellte er fest. »Wo ist denn der Junge?« Er spähte über ihre Schulter.

Sie zuckte mit den Achseln, traute sich nicht zu sprechen, weil sie lallen könnte.

»Ich mach den kleinen Scheißer alle, wenn ich ihn zwischen die Finger kriege. Wie viel Uhr ist es denn?« Er ging ins Badezimmer und klappte den Toilettensitz hoch.

Sie hörte ihren Mann pinkeln und wünschte, ihr Leben wäre wieder so wie früher. Bevor alles schiefgelaufen war.

SIEBENUNDZWANZIG

Wieder einer weg. Fühlt sich gut an.

Ich schiebe den schweren Riegel an der Hintertür durch den Ring und drehe das doppelte Sicherheitsschloss zu. Dann mache ich das Licht aus und gehe durch das Haus zur Vordertür. Werfe einen Blick durch den Türspion, sehe aber nichts als die schwarze Nacht. Dann vergewissere ich mich, dass alle Schlösser geschlossen sind. Zu meiner Rechten hängt auf Augenhöhe das Nummernpad für die Alarmanlage. Ich gebe den vierstelligen Code ein, höre, wie die Anlage aktiviert wird, und schalte das Rotlicht für die Nacht ein, bevor ich alle anderen Lichter lösche.

Als ich die Treppe hinaufgehe, bin ich mir nicht sicher, ob ich das Richtige tue. Kann ich das Böse sicher ausschließen oder pulsieren seine giftigen Tentakel bereits innerhalb der Wände dieses Hauses?

Ein Zittern des Unbehagens kriecht meine Wirbelsäule hinauf, während ich mit den Hausschuhen an den Füßen den Flurteppich entlang zum Schlafzimmer schlurfe. Mit der Hand am Türknauf halte ich inne. Horche. Alles ist ruhig. Doch als ich die Tür nach innen aufdrücke, bin ich mir sicher, ein ange-

strengtes Keuchen hinter mir zu hören, und spüre, wie sich die Haare an meinem Nacken aufstellen.

Schnell schlüpfe ich durch die Tür, schlage sie hinter mir zu und schließe sie ab. In der Dunkelheit lehne ich mich gegen das schwere Holz, wohl wissend, dass es gegen den Feind, den ich fürchte, nichts ausrichten kann. Weil der bereits in mir ist.

Sie mussten sterben. Nur so kann ich die Dämonen loswerden. Ich reibe meine Hände aneinander, die immer noch zittern, und rufe mir die Erinnerung an den dünnen Hals ins Gedächtnis, das Fleisch wie das eines Babys, so weich und geschmeidig in meinen Händen. Das Knacken des Knochens, oder war es Knorpel? Das Licht in den Augen, das langsam erlosch. Der stumme Mund. Das Blut, das aus dem Gesicht wich, bis es schließlich weiß war wie Alabaster.

Als meine Atmung wieder normal ist, schalte ich das Licht an und bereitete mich auf eine Nacht voll erholsamen Schlafs vor.

Ich habe die Dämonen beruhigt. Zumindest für heute Nacht.

TAG ZWEI

DIENSTAG

ACHTUNDZWANZIG

Das Morgenlicht war zu hell und die Vorhänge zu dünn. Hope drehte sich auf die Seite und bemerkte, dass Lexie nicht neben ihr lag. Sie setzte sich auf und hörte das Kind unten um die Wette mit einer Zeichentrickfigur im Fernsehen singen. Gott sei Dank, dachte sie.

Sie schwang ihre Beine über die Bettkante und spürte etwas Feuchtes unter sich. Die Bettwäsche war voller Blut, und die Schmerzen in ihrem Bauch wurden wieder heftiger. Sie brauchte einen Arzt. Doch sie konnte kein Risiko eingehen. Weil sie keine Ahnung hatte, was sie mit ihrem Baby gemacht hatte, und die Polizei nach ihr suchte.

* * *

Lottie hatte nicht gut geschlafen. Die Morde gingen ihr nicht aus dem Kopf. Stunden hatte sie damit verbracht, an Chloe zu denken, die erst spät nach Hause gekommen war und aussah, als wäre sie in einen Boxkampf geraten. Das Mädchen sollte nicht in einem Pub arbeiten, auch nicht, wenn sie dort nur die Gläser einsammelte. Und auch nicht, wenn sie dadurch unabhängiger wurde. »Mir geht es gut, mach dir keine Sorgen um mich«, war alles, was sie aus ihrer siebzehnjährigen Tochter herausbekommen hatte. Manchmal hatte Lottie nicht übel Lust, ein Ticket in die Mongolei zu buchen. Ohne Rückfahrkarte. Aber so bald würde es wohl nicht dazu kommen.

Und dann war da noch Boyd. Denk noch nicht einmal dran.

In einem Plastikdöschen für Vitamintabletten, das sie in einer Schreibtischschublade versteckte, fand sie eine Xanax und schluckte sie ohne Flüssigkeit herunter.

Hier saß sie also, sie war geduscht, sah frischer aus, als sie sich fühlte, und trug eine Jeans, die Katie gehörte. Sie selbst hatte keine gescheiten Klamotten mehr. Ihre Tochter und ihr Enkel waren zum Zeitpunkt des Feuers mit dem Großvater des Jungen in New York gewesen und mit einem Koffer nach Hause gekommen, dessen Gewicht deutlich über dem Dreiundzwanzig-Kilo-Limit gelegen hatte. Allerdings konnte sie sich nicht ewig an Katies Kleiderschrank bedienen, dachte Lottie. Sobald das Haus fertig war und sie einziehen konnten, würde sie sich neue Sachen kaufen. Abgesehen von der Jeans trug sie ein langärmeliges weißes T-Shirt, das ihre Mutter ihr aufgeschwatzt hatte. »Damit nicht jeder deine viel zu dünnen Arme sehen muss«, hatte sie gesagt. Und Lottie hatte sich im Spiegel betrachtet und zugeben müssen, dass Rose recht hatte. Wie üblich. Sie hatte so viel abgenommen, dass sie Ähnlichkeit mit einer Vogelscheuche bekam. Heute musste sie unbedingt daran denken, etwas zu essen.

Sie starrte die Falltafel an. Zwei Leichen. Das nicht identifizierte Baby und der elfjährige Mikey Driscoll.

»Das Baby muss das von Hope Cotter sein«, sagte Lynch.

»Dafür haben wir bisher keine DNA-Bestätigung. Das Blut wird noch analysiert. Und wir sollten lieber keine Vermutungen anstellen.«

»Es ist aber ganz schon offensichtlich, dass es ihres ist.«

Lynch verschränkte trotzig die Arme. »Warum wurde sie noch nicht gefunden?«

Ihre Kollegin war aber heute schlecht gelaunt, dachte Lottie.

»Sie wird doch gesucht. Mit einem vierjährigen Kind im Schlepptau kann man sich nicht allzu gut verstecken.«

»Sie hat ihren Onkel, der ihr hilft«, nörgelte Lynch weiter.

»Hat die PULSE-Suche irgendwas über sie ergeben?« Sie meinte die Datenbank der Polizei, eine wichtige Informationsquelle.

»Der Onkel hat ein paar Strafzettel für Falschparken bekommen und einmal, weil sein Auto nicht angemeldet war, aber sonst nichts weiter«, berichtete Boyd.

»Irgendeine Spur von seinem Auto?«

»Noch nicht.« Boyd musterte das Blatt in seiner Hand. »Über Hope spuckt PULSE gar nichts aus.«

»Was nur bedeutet, dass sie bisher nicht erwischt wurde«, meinte Lottie.

»Oder dass sie bisher nichts angestellt hat«, sagte Boyd und krempelte sorgfältig seine Hemdsärmel hoch. Dann überprüfte er, ob sie auch gleich lang waren.

»Wir müssen das Jugendamt informieren. Vielleicht haben die sie auf dem Radar«, schlug Lottie vor.

»Na, bei dem Vorhaben, was aus denen herauszubekommen, wünsche ich viel Glück.«

Warum machten ihr heute Morgen nur alle das Leben so schwer? Sie blies die Wangen auf und beschloss, dass sie zumindest so tun musste, als hätte sie das Sagen.

»Sobald mir die Obduktionsergebnisse des Babys vorliegen, wissen wir mehr.« Sie betrachtete erneut die Falltafel und legte einen Finger auf das Foto von Mikey Driscoll. Das Foto, das seine Mutter aufgenommen hatte, nicht das von seiner Leiche, das die Spurensicherung gemacht hatte. »Ich hoffe, die Rechtsmedizinerin hat heute Vormittag noch Zeit für Mikey. Lynch,

Sie haben doch mit seiner Mutter gesprochen. Wie hält sie sich?«

»Nicht so gut.«

Lottie verzog das Gesicht, sagte jedoch nichts.

Lynch konsultierte ihre Notizen. »Die Opferbetreuerin ist bei ihr. Wir haben versucht, ihren Ex-Mann Derek ausfindig zu machen, aber der arbeitet zurzeit in Dubai. Den können wir also von unserer nicht existenten Verdächtigenliste streichen.« Theatralisch blätterte sie eine Seite um. »Eine Sache ist aber komisch. Mikey hatte am Sonntag sein Handy nicht dabei. Jen hat es in seinem Zimmer unter einem Stapel Klamotten auf dem Boden seines Kleiderschranks gefunden. Sie behauptet, normalerweise wäre er nirgendwo ohne das Ding hingegangen. Er hat es sogar mit in die Schule geschmuggelt.«

»Vielleicht wollte er nicht riskieren, dass es beim Fußballspiel geklaut wird. Handelt es sich um ein neueres Modell?«

»Nein, es ist ein altes von Jen, das sie ihm nur gegeben hat, damit sie ihn erreichen kann, wenn was ist.«

»Irgendetwas von Interesse in den Chats oder auf der Anruferliste? Arbeitet die Technik daran?« Lottie überlegte, ob es so klug war, einem Elfjährigen überhaupt ein Handy zu geben, doch dann fiel ihr ein, dass sie Sean eines gekauft hatte, als er kaum älter gewesen war.

»Aber klar. Sie gucken sich auch seine Konten in den sozialen Medien an.«

»Soziale Medien? Aber er war doch erst elf!«

»Nur Snapchat. Kein Facebook oder so. Ich sage Bescheid, falls sie was entdecken.« Lynch starrte Lottie böse an.

Was um Himmels willen habe ich dir denn getan?, fragte sich Lottie.

»Konnten Sie ein Persönlichkeitsprofil des Jungen erstellen?«

»Seine Mutter spricht nur in den höchsten Tönen von ihm.

Aber sie steht unter Schock, und wir beide wissen, dass Mütter nicht immer den klarsten Blick auf ihre Kinder haben.«

War das ein Seitenhieb gegen sie? Lottie schob den Gedanken beiseite. »Erzählen Sie, was sie zu sagen hatte, und dann befragen wir Freunde und Nachbarn. Mal sehen, ob die ihre Aussagen bestätigen können.«

»Er war ein fleißiger Junge«, berichtete Lynch. »Gut in der Schule, wobei seine Noten bei den Sommerprüfungen ein bisschen abgerutscht sind. Aber es war auch sein letztes Jahr in der Grundschule, und Jen meinte, er musste sich noch an den Gedanken gewöhnen, auf die weiterführende Schule zu wechseln. Seine Hobbys waren Sport und seine PlayStation. Daddeln und Fußball also.«

»Das ist ganz normal für einen Elfjährigen«, stellte Lottie fest. »Und ich muss es ja wissen.« Für einen klitzekleinen Moment wünschte sie, sie könnte die Zeit zurückdrehen und Sean wäre wieder elf. Damals war ihre Familie sicher und vollständig gewesen. Und Adam hatte noch gelebt.

»Ich dachte, dein Sohn hätte es eher mit Hurling?«, fragte Lynch.

Lottie schüttelte die Erinnerung aus ihrem Kopf. »Sie wissen, was ich meine.« Sie hörte Boyd auflachen und verschränkte die Arme. »Uns geht es hier um Mikey Driscoll. Ist in den letzten Wochen irgendetwas Besonderes gewesen? Ärger zu Hause oder so?«

»Laut Jen war alles in bester Ordnung. Sie hat Mikey zum letzten Mal am Sonntagnachmittag gesehen, bevor er losgezogen ist, um sich mit seinen Mannschaftsfreunden zum Spiel zu treffen. Dann ist sie zum Bingo und hat ihrer Aussage nach zwanzig Euro gewonnen. Nachdem sie wieder zu Hause war, hat sie sich eine Flasche Merlot mit ihrer Nachbarin Dolores geteilt. Da sie dachte, Mikey wäre bei Toby, so wie er es ihr gegenüber behauptet hatte, ist sie am nächsten Morgen einfach zur Arbeit gegangen. Sie ist Fitnesstrainerin im Sweat-It-Out. Es ist normal, dass sie Mikey nicht kontaktiert, wenn er bei einem Freund übernachtet, sagt sie. Manchmal braucht er Abstand von ihr. So hat sie das ausgedrückt.«

»Er war doch erst elf«, meinte Boyd.

»Herzlich willkommen in der neuen Welt«, sagte Lottie. »Ist er gemobbt worden?«

»Zumindest glaubt Jen das nicht. Sie sagte nur, dass er Schwierigkeiten hatte, sich an den Gedanken zu gewöhnen, die Grundschule zu verlassen. Vielleicht ist da noch mehr dran. Ich grabe heute mal tiefer.«

»Tun Sie das«, sagte Lottie. »Und ich rede noch mal ein Wort mit Toby Collins. Wir müssen jedes einzelne Mitglied der Fußballmannschaft befragen und auch die Zuschauer beim Spiel und jeden, der was mit dem Team zu tun hatte. Wie kommen wir mit diesen Befragungen voran?«

»Bisher gibt es nichts zu berichten«, antwortete Boyd.

Kirby hustete. »Es gibt da etwas, was mich wundert.«

»Klingt gefährlich«, meinte Boyd.

»Schießen Sie los«, forderte Lottie Kirby auf und ignorierte Boyd.

Kirby schleppte seinen massigen Körper zur Falltafel und fuhr sich mit der Hand durch das dichte Haar. Er betrachtete das Foto der Leiche des Jungen an der Wand hinter dem Vereinsheim. Dann deutete er auf ein anderes Foto des Jungen, das mit ein paar Schritten Abstand aufgenommen worden war.

»Da stehen drei Müllcontainer«, sagte er. »Zwei für Rest- und zwei für Recylingmüll. Warum wurde die Leiche nicht einfach in einen davon geworfen? Ein paar Müllsäcke darüber, und schon wäre das Risiko einer Entdeckung deutlich geringer gewesen.«

Lottie ging vor den Falltafeln auf und ab. »Der Mörder wollte, dass die Leiche gefunden wird. Ich glaube, er will und damit etwas sagen. Aber was?«

Ihre Worte hallten von den Wänden wider, und alle im Raum versanken in grübelndes Schweigen.

Lynch war die Erste, die wieder etwas sagte. »Sie gehen davon aus, dass der Mörder ein Mann ist. Ich finde, wir müssen uns Mikeys Mutter mal ganz genau ansehen.«

»Wir sehen uns jeden ganz genau an, der etwas mit Mikey zu tun hatte«, sagte Lottie mit kalter Stimme. »Lynch, finden Sie heraus, ob sich der Vater, Derek Driscoll, tatsächlich in Dubai aufhält. Wir müssen Mikeys Schritte zurückverfolgen, seit er am Sonntagnachmittag sein Zuhause verlassen hat. Kirby, Sie gehen die offiziellen Aussagen der Teenager durch, die die Leiche entdeckt haben.« Sie dachte kurz nach. »Wann wurden die Container das letzte Mal benutzt?«

»Das Vereinsheim war am Sonntagabend geöffnet. Nach dem Fußballspiel der Jungs wurde da wohl ein einundzwanzigster Geburtstag gefeiert. Danach wurden leere Flaschen von der Bar und anderer Müll in die Tonnen geworfen. Die nächste Veranstaltung findet am kommenden Samstagabend statt. Bis dahin ist das Vereinsheim geschlossen. Für diese Woche sind weder Spiele noch Trainings angesetzt, insofern sind die einzigen Personen, die sich zurzeit auf dem Grundstück aufhalten, Leute wie Fonzie und Konsorten.«

»Sobald die Obduktion an Mikey abgeschlossen ist, haben wir einen klareren Zeitablauf, mit dem wir arbeiten können.« Nach einer kurzen Pause fuhr Lottie fort: »Aber wir müssen jeden befragen, der am Samstagabend auf dieser Party war. Wir wissen, dass Mikey um einundzwanzig Uhr noch gelebt hat, weil er bei McDonald's gesehen wurde. Überprüfen Sie die Aufnahmen der Sicherheitskameras des Vereinsheims auf alles, was Ihnen verdächtig vorkommt. Irgendeine muss doch aufgenommen haben, wie die Leiche abgelegt wurde. Kann man mit dem Auto bis an das Vereinsheim heranfahren?«

»Ja.« Kirby konsultierte seine Notizen. »Immerhin muss ja

der Müllwagen irgendwie an die Container kommen, um sie zu entleeren.«

»Kontaktieren Sie die Spurensicherung und fragen Sie nach, ob sie irgendwas gefunden haben. Und dann besorgen Sie sich die Aufnahmen der Kameras im McDonald's sowie von jedem anderen Laden in der Straße.«

»Wird erledigt«, sagte Kirby.

»Ich fahre so lange nach Tullamore, um bei der Obduktion dabei zu sein.«

»Soll ich mitkommen?«, fragte Boyd.

»Du findest heraus, ob es irgendwelche Fortschritte bei der Suche nach Hope Cotter gibt und ...«

Sie wurde vom schrillen Klingeln eines der Telefone in der Einsatzzentrale unterbrochen und wartete, bis Boyd den Anruf entgegengenommen hatte.

Der Ausdruck auf seinem Gesicht, nachdem er aufgelegt hatte, gefiel ihr gar nicht. »Was ist denn los?«

»Wir haben noch eine Leiche.«

NEUNUNDZWANZIG

Der Ladystown Lake befand sich rund sieben Kilometer von Ragmullin entfernt. Hier hatte ein Fischer die Leiche um Viertel vor acht Uhr morgens entdeckt. Es war nicht versucht worden, sie zu verstecken. Der Junge lag auf einem flachen Stein am Seeufer in einem privaten Anlegebereich, den man nur betreten konnte, wenn man den Code zum Tor wusste.

Lottie bahnte sich den Weg durch eine Gruppe uniformierter Gardaí, während Kirby und Lynch begannen, den Fischer zu befragen. In ihrem Schutzoverall spürte sie, wie der Schweiß zwischen ihren Brüsten hinabrann und sich der Bügel des BHs in ihr Fleisch bohrte. Die Sonne stand noch nicht hoch am Himmel, und dennoch lag die Lufttemperatur bereits bei fast zwanzig Grad. Ein Vogelschwarm in den Bäumen über ihrem Kopf wetteiferte trällernd mit dem Stimmengewirr am Boden.

Ein paar Leute von der Spurensicherung trafen ein, doch von ihrem Teamchef Jim McGlynn war nichts zu sehen. Lottie fehlte die Geduld, um hier herumzustehen, bis die Ausrüstung angeschleppt und ein Zelt aufgebaut war, und so duckte sie sich unter dem Absperrband hindurch und ging auf die Leiche zu. Boyd folgte ihr dicht auf den Fersen.

»McGlynn will sicherlich, dass du auf ihn wartest«, sagte er.

»Wer bist du, meine Mutter?«

»Okay, ich bin ja schon ruhig.«

»Das wäre mal eine nette Abwechslung.« Sie blieb einen halben Meter vor dem flachen Stein stehen und betrachtete die Leiche. »Himmel, Boyd, das sieht hier ja ähnlich aus wie bei dem Jungen gestern.«

Ich weiß nicht, wie lange ich das noch durchhalte, dachte sie, und spürte ihr Herz in der Brust pochen. Eins, zwei, drei, zählte sie. Einatmen. Ausatmen. Einatmen. Als sie merkte, dass sich ihr Herz wieder beruhigte, trat sie an die Leiche heran.

Der Junge lag auf dem Rücken, und sie konnte erkennen, dass er recht jung war. Vielleicht elf oder zwölf. Nackt bis auf ein Paar Fußballshorts. Sein kurz geschnittenes rotes Haar funkelte im Sonnenlicht wie spitze Stacheln. Um seinen Kopf herum lagen Wildblumen ähnlich derer, die bei Mikey Driscoll gefunden worden waren.

Sie erschauderte, als hätte ein Eiszapfen ihre Brust durchdrungen. Dieser Junge erinnerte sie an ihren Bruder. Eddie war ungefähr in seinem Alter gewesen, als sie ihn das letzte Mal gesehen hatte. Vor über vierzig Jahren. Ein kleiner Racker, frech und frei von Sorgen. Bis ihr Vater sich das Leben genommen hatte. Oder war er auch ermordet worden? Sie musste der Sache auf den Grund gehen. Was wohl aus Eddie geworden wäre, wenn ihr Vater nicht gestorben wäre? Wie wäre sein Leben verlaufen, wenn er nicht in diese Institution des Grauens eingeliefert und durch die Hand eines pädophilen Priesters ermordet worden wäre? Sie wusste, dass die Schuld an all dem nicht allein beim Selbstmord ihres Vaters lag. Eines Tages würde sie die ganze Wahrheit herausfinden.

»Alles gut?«, fragte Boyd.

Hastig schüttelte sie den Schatten der Vergangenheit ab, der sie wie eine Lawine eingeschlossen hatte, und konzentrierte sich auf den Jungen vor ihr.

»Sein Genick ist gebrochen«, stellte Boyd fest, als er um den Stein herumging.

»Danke, Sherlock.« Sie bewegte sich gegen den Uhrzeigersinn, sodass sie am Kopf des Jungen aufeinandertrafen. »Er ist so sauber … Fast so, als wäre er gewaschen worden. Ich bezweifle, dass wir DNA-Spuren finden, mit denen wir etwas anfangen können.« Sie deutete auf seinen Oberarm. »Guck mal, da sind blaue Flecken.«

Sie hörte Stimmen hinter sich.

»Verlassen Sie umgehend meinen Tatort.«

Jim McGlynn kam keuchend auf sie zu, im Schutzanzug und mit Mund-Nasen-Schutz. Seine grünen Augen funkelten böse.

»Ich wollte mir nur einen Eindruck verschaffen«, verteidigte sich Lottie. »Der Mund des Jungen ist geöffnet. Bitte untersuchen Sie ihn auf fremde Flüssigkeiten.«

»Erklären Sie mir nicht, wie ich meinen Job zu machen habe.« McGlynn öffnete seinen Forensikkoffer. »Aus dem Weg.«

»Warten Sie kurz«, sagte Lottie. »Was ist das da in seiner Hand?« Sie trat noch näher an die Leiche heran.

»Fassen Sie bloß nichts an«, befahl McGlynn.

»Das hatte ich auch nicht vor.«

»Sie könnten gerade Fußspuren verwischen und damit Beweise zerstören, also verschwinden Sie.«

»Der Boden ist steinhart.« Aber sie fügte sich und trat einen Schritt zurück. »Könnten Sie seine Faust öffnen, bitte?«

Seufzend hob McGlynn den Arm des Jungen mit seiner behandschuhten Hand an und öffnete die Finger. Mit einer Pinzette holte er drei Butterblumen mit zerquetschten und aderigen Blütenblättern heraus. Er ließ sie in einen Beweismittelbeutel fallen und beschriftete diesen.

»Was hat es damit auf sich?«, fragte Lottie an Boyd gewandt.

»Vielleicht hat er danach gegriffen, als er auf dem Boden lag?«

Lottie blickte sich am harten, zerklüfteten Seeufer um. »Von hier sind die nicht. Und die Blumen um seinen Kopf herum auch nicht. Können Sie schon sagen, seit wann er tot ist?« Sie wartete, während McGlynn den Jungen auf die Seite drehte und ein Thermometer einführte. »Und bitte kein technisches Kauderwelsch.«

Nach einer halben Minute antwortete McGlynn: »So um die fünf Stunden. Den genaueren Zeitpunkt des Todes wird die Rechtsmedizinerin festlegen können, wenn sie die Obduktion durchführt. Ich kann Ihnen aber jetzt schon sagen, dass er nach seinem Tod auf diesen Stein gelegt wurde. Wo er vorher war, wissen wir nicht, oder?«

Lottie schüttelte den Kopf. »Danke. Ich rufe Jane an.«

»Ich nehme an, dass es sich um eine Zungenbeinfraktur handelt, aber das kann die Rechtsmedizinerin bestätigen, wenn sie ihn aufschneidet.« Er deutete mit einem behandschuhten Finger auf den Nackenbereich. »Hier sind Kratzspuren von Fingernägeln. Die könnten von ihm selbst stammen, als er sich gewehrt hat, aber mit etwas Glück sind sie vom Täter.«

»So wie ich mein Glück kenne ...«, setzte Lottie an.

»So wie ich dein Glück kenne ...«, sagte Boyd gleichzeitig.

»Ich stecke seine Hände in Tüten«, sagte McGlynn.

Der Schutzoverall klebte an ihr. Sie musste so schnell wie möglich aus dem Ding raus. »Sonst noch was, bevor wir gehen?«

»Abgesehen von den Hämatomen kann ich keine äußeren Verletzungen erkennen. Wobei seine Fußsohlen zerkratzt sind.

Vielleicht hat ihn jemand auf dem harten Boden, den Sie bereits erwähnten, in den Tod laufen lassen.«

Lottie öffnete den Mund und wollte etwas sagen.

McGlynn kam ihr zuvor. »Keine Sorge. Ich tüte sie ein.«

»Danke«, antwortete Lottie.

Als sie einen letzten Blick auf den toten Jungen warf, konnte sie das mütterliche Gefühl nicht abschütteln. Sie verspürte den bescheuerten Drang, eine weiche Decke zu holen und ihn darin einzuwickeln. Bevor sie den Tatort noch weiter kontaminieren konnte, ging sie weg.

* * *

Toby Collins wachte durch einen Schrei auf. Er setzte sich kerzengerade im Bett auf und schaute sich um. War der Schrei aus seinem eigenen Mund gekommen? Vielleicht hatte er einen Albtraum gehabt. Er schüttelte den Kopf. Sollte er etwas geträumt haben, konnte er sich nicht daran erinnern.

Ein dünner Lichtstreifen schien durch den Schlitz zwischen den dicken Vorhängen aus Baumwolle hindurch und teilte den Raum in zwei Hälften. Er drückte sich an die Wand, wollte so weit vom Bett seines Bruders wegkommen wie möglich.

Nur ein Nachttisch und ein schmaler, abgewetzter Läufer trennten die beiden Einzelbetten voneinander. Max lag vollständig bekleidet auf dem Rücken da und schnarchte. Während Toby ihn anstarrte, drehte er sich auf die Seite, und seine lauten Atemzüge wurden von einem leiseren Pfeifen abgelöst. Auf dem Bett neben ihm lagen ein paar Münzen, und Toby sah eine Rolle Geldscheine aus der Gesäßtasche seines Bruders ragen. Er schaute genauer hin. Der äußere Schein sah aus wie ein Fünfziger. Davon könnte er sich die neueste Version von *Call of Duty* oder *FIFA* kaufen. Seine Finger kribbelten. Greif zu! Aber er zog die Hand zurück. Max würde ihn umbringen.

Er musste auf die Toilette, hatte aber Angst, seinen Bruder zu wecken, wenn er die Tür öffnete. Nachdem er gehört hatte, dass Mikey tot war, hatte er gedacht, nie wieder ein Auge zuzubekommen. Dennoch hatte er die ganze Nacht durchgeschlafen.

Er kniete sich hin und steckte den Kopf unter dem Vorhang durch. Er stützte sich gegen das abgeschliffene Fensterbrett, das sein Vater immer hatte lackieren wollen, wozu er aber nie gekommen war, und starrte hinaus in den ruhigen Morgen. War es seine Schuld, dass Mikey tot war?

Seine Blase drückte immer stärker. Jetzt musste er wirklich auf die Toilette. Leise glitt er aus dem Bett. Max stieß einen lauten Schnarcher aus. Toby öffnet die Tür, biss die Zähne zusammen, weil sie quietschte, und schlich hinaus auf den engen, mit Teppich belegten Treppenabsatz. Die Tür zum Schlafzimmer seiner Eltern war geschlossen und die zum Zimmer seiner kleinen Schwester ebenfalls. Die Badezimmertür hingegen stand offen. Schnell ging er hinein und erleichterte sich. Anschließend setzte er sich auf den fleckigen Linoleumboden und weinte um Mikey.

Mit wem sollte er jetzt spielen?

DREISSIG

Am Empfang kratzte sich Garda Gilly O'Donoghue an der Seite ihres Gesichts, wobei sie darauf achtete, nicht den Pickel zu erwischen, der sich in der Nacht gebildet hatte. Sie musste wirklich besser auf ihre Ernährung achten. Kirby hatte die ungute Angewohnheit, spätabends Fast Food mitzubringen. All ihr Meckern über seine ungesunde Lebensweise verpuffte ungehört. Niemals würde er sich für sie oder irgendjemand anderen ändern. Kirby war halt ... Kirby. Und sie liebte ihn genauso, wie er war.

Plötzlich wurde ihr Morgen um einiges schlimmer. Eine Frau stürmte durch die Tür hinein. In der Hand hielt sie ein zerknittertes Foto.

»Sie müssen ihn finden! Hier ist ein Foto von ihm. Bitte, nehmen Sie es. Ich weiß, dass es nicht allzu gut ist. Ich habe es von meinem Handy ausgedruckt. Es ist nur schwarz-weiß – wir haben keinen Farbdrucker –, eigentlich ist er ein sehr bunter, fröhlicher Kerl. Immer am Lachen und Witzemachen. Also, meistens. Bitte, tun Sie was!« Ihre Stimme wurde mit jedem Wort lauter.

»Kommen Sie erst mal herein«, sagte Gilly mit sanftem

Tonfall, um die aufgebrachte Frau zu beruhigen, als ein Mann hereinkam und den Arm um die Schulter der Frau legte.

»Unser Sohn ist verschwunden«, sagte er.

»Wie heißen Sie?«

»Victor Shanley. Das ist meine Frau Sheila. Kevin ist gestern Abend nicht nach Hause gekommen.«

»Okay.« Gilly nahm einen Stift in die eine Hand und streckte die andere nach dem Foto aus. Tinte lief aus und verschmutzte ihre Fingerspitzen. »Wie heißt Ihr Sohn mit vollem Namen?«

»Kevin Joseph Shanley«, antwortete Sheila. »Er ist erst elf und gestern Nachmittag mit seinen Freunden zum Fußballspielen gegangen. Danach ist er nicht wieder nach Hause gekommen. Erst dachte ich, er wäre mit zu einem Freund gegangen, und wir haben die ganze Nacht herumtelefoniert, aber niemand hat ihn gesehen, und er war bei keinem seiner Freunde und ... O mein Gott, ich weiß gar nicht, was ich denken soll!«

»Hatten Sie hier schon angerufen? Um ihn als vermisst zu melden?« Selbst durch die Glastrennwand hindurch konnte Gilly den Alkohol im Atem riechen. Sie war sich jedoch nicht sicher, ob beide danach rochen oder nur Sheila Shanley.

»Ja, so gegen drei Uhr heute Morgen. Dann kam ein Polizeiauto mit zwei Gardaí darin, die herumfahren und nach ihm Ausschau halten wollten. Sie meinten, er wäre wahrscheinlich bei einem Trinkgelage unten am Kanal.« Sheila warf sich ihrem Mann an die Brust. »Aber so einer ist Kev nicht. Er ist doch erst elf.«

»Haben sich die Polizisten schon bei Ihnen gemeldet?«, fragte Victor. »Wir müssen ihn finden.«

»Warten Sie kurz.« Gilly gab den Namen des Jungen in den Computer ein. Da war er. Um Viertel nach drei als vermisst gemeldet. Kein weiterer Eintrag, was unternommen wurde. Verdammt. »Bitte nehmen Sie im Wartezimmer Platz. Ich hole jemanden, der hier übernimmt, und dann komme ich zu Ihnen, und wir reden.«

»Sie sollten lieber jemanden holen, der da draußen nach meinem Jungen sucht!«, blaffte Victor.

»Er ist ein guter Junge. Macht uns nie Schwierigkeiten«, sagte Sheila gerade, als Gilly die Tür zum Wartezimmer für sie öffnete. »Musik. Er liebt Musik. Streamt sie ständig am Computer. Wenn er nicht gerade Fußball spielen ist.«

»Bitte setzen Sie sich. Ich bin in zwei Minuten wieder da. Möchten Sie einen Tee?«

»Ich möchte meinen Sohn.«

Gilly schloss die Tür hinter sich. Sie hoffte inständig, dass der Junge gesund und munter wieder auftauchen würde, doch dann musste sie an die Leiche denken, die vorhin am See gefunden worden war. Das halbe Revier war darauf angesetzt worden. Verdammt.

* * *

Als Lottie durch den abgesperrten Bereich hindurch zurück zu ihrem Auto ging, sah sie den Angler, der die Leiche gefunden hatte, mit Kirby bei einer Gruppe von Gardaí stehen.

»Daryl Cross?«

»Das bin ich.« In seinen Händen hielt er einen Fischerhut, mit dem er herumspielte.

Er war ungefähr vierzig Jahre alt, glatt rasiert und mit allem ausgestattet, was man zum Angeln brauchte. Er erinnerte Lottie an Adam.

»Die Boote dort auf dem See.« Sie deutete mit dem Finger darauf. »Waren die schon da, als Sie heute Morgen hergekommen sind?«

»Ich war um halb acht hier. Dann habe ich zehn Minuten gebraucht, um das Auto auszuräumen und zur Anlegestelle zu laufen. Für die habe ich einen Schlüssel. Mit dem habe ich gestern um dreiundzwanzig Uhr abgeschlossen. Insofern kann ich nicht genau sagen, ob die Boote da schon draußen waren, ich bin mir aber relativ sicher.«

»Und warum hat dann nicht einer der Männer die Leiche gefunden?« Sie fragte sich, ob einer von ihnen vielleicht in der Nacht auf dem See gewesen war und etwas gesehen hatte.

Cross hob eine Augenbraue und schaute sie konsterniert an.

»Sie wissen schon, dass das hier nicht die einzige Anlegestelle ist? Rund um den See gibt es noch einige andere. Immerhin reden wir hier von gut und gern dreißig Kilometern Ufer. Die Boote können von sonst wo abgelegt sein. Um diese Jahreszeit sind ständig Boote auf dem Wasser.«

Lottie suchte die Gegend mit den Augen ab. »Ständig?«

»Meistens. Von früh bis spät.«

Sie wandte sich an Kirby. »Wir müssen mit jedem reden, der da gerade auf dem See ist, und herausfinden, wer letzte Nacht geangelt hat.«

»Wie zum Teufel sollen wir das denn anstellen? Sehen Sie sich doch mal um. Das Ufer ist voller Buchten und Winkel.«

»Sie brauchen eine Karte, auf der alle Anlegestellen verzeichnet sind«, sagte Cross.

Als Antwort steckte Kirby sich eine Zigarre in den Mund. Schweißperlen liefen über sein gerötetes Gesicht. »Und ich nehme an, Sie haben eine solche Karte?«

Cross beugte sich nach unten, öffnete den Reißverschluss seiner Angeltasche und holte eine zusammengefaltete, leicht zerfledderte Karte heraus. »Vermutlich finden Sie auch eine über Google, aber ich glaube, diese hier ist deutlicher.« Er reichte sie Kirby.

»Schicken Sie Polizisten zu jeder einzelnen Anlegestelle. Vom Revier aus organisieren wir das dann genauer«, befahl Lottie.

Cross kratzte sich am Kopf.

»Was?«

»Ich hätte das gleich sagen sollen. Auf der Karte sind nur die öffentlich zugänglichen Anlegestellen verzeichnet. Ich habe keine Ahnung, wie Sie die Duzenden von privaten Anlegestellen finden möchten.«

»Boyd?«, rief Lottie. Er kam angelaufen und stellte sich neben sie. »Wie finden wir alle Anlegestellen am Seeufer?«

»Keine Ahnung.«

Ein anderer, älterer Angler trat vor. »Sie könnten den Lord fragen. Der weiß das sicherlich.«

Lottie schaute ihn an und musste blinzeln, weil die Sonne hinter ihm sie blendete. »Den Lord?«

»Sie wissen schon, den alten Kerl im Swift House. Wobei ich glaube, dass der bereits tot ist. Ich habe gehört, dass sein Enkel jetzt dort wohnt, aber das könnte ein Gerücht sein. Swift Dock befindet sich rund fünfhundert Meter in diese Richtung, aber es führt nur ein Privatweg dorthin.«

Lottie schaute zu McGlynn und seinem Team, die im Zelt ein- und ausgingen. Die Leiche des Jungen war vor neugierigen Blicken abgeschirmt, aber es würde eine ganze Weile dauern, bis sie das Bild des Opferlamms aus ihrem Kopf herausbekommen würde.

»Haben Sie die Kontaktdaten und die Aussage von Mr Cross notiert? Und die der anderen Männer auch?«

»Klar«, antwortete Kirby.

Sie wandte sich wieder an die Angler. »Sie können jetzt alle wieder gehen. Geangelt wird hier heute nicht mehr. Und ich würde es begrüßen, wenn Sie auf dem Weg nach Hause nicht mit der Presse reden würden. Wir müssen den Jungen noch identifizieren und seine Angehörigen informieren.«

Daryl Cross schüttelte den Kopf, sammelte seine Sachen zusammen und machte sich mit seinen Freunden und in Begleitung mehrerer Polizisten auf den Weg.

Lottie riss sich den Schutzoverall vom Leib und steckte ihn ein eine Papiertüte, die ihr ein Mitglied der Spurensicherung hinhielt. Am Absperrband entlang ging sie zum Ufer. Weicher Schaum lag über den Kieselsteinen, und eine warme Brise wehte ihr den Duft nach Sommer in die Nase. Um die Boote herum schwammen Schwäne.

Sie hob ein Steinchen auf, warf es ins Wasser und sah zu, wie sich um die Einwurfstelle größer werdende Kreise bildeten. Auf den Booten angelten die Männer weiter. War jemand unter ihnen, der genau wusste, was hier vor sich ging? Sie hatte keine Ahnung, konnte sich des Gefühls jedoch nicht verwehren, dass sie es mit demselben Mörder zu tun hatten, der wieder zuschlagen würde.

Sie schaute zurück über ihre Schulter. Für den Bruchteil einer Sekunde glaubte sie, dass jemand sie beobachtete.

EINUNDDREISSIG

Ich war wieder am See. Habe gewartet und zugesehen.

Er sah so wunderschön aus, wie er dalag, mit seiner blassen Haut und dem roten Haar. Wie ein Engel, der nur darauf wartet, dass eine Wolke ihn in den Himmel trägt.

Und dann ist der Angler mit all seinen Gerätschaften und einem Schlüssel in der Hand zur Anlegestelle gekommen. Es muss ein furchtbarer Schock für ihn gewesen sein, als er sah, was ich dort aufgebahrt hatte.

Lautlos trat ich von einem Fuß auf den anderen, beobachtete ihn und erfreute mich an seinem Entsetzen und der Panik. Und ich empfand keinerlei Mitleid für ihn. Meine Gedanken waren bereits bei meinem nächsten Zielobjekt.

Das Grauen, das mich und die Meinen heimgesucht hat, darf nicht weitergehen. Die Dämonen, die meine Seele befallen haben, werden befriedigt.

Ich nahm eine Hand in die andere und bildete mit meinen Fingern einen Gebetstempel. Aber ich betete nicht zu einem Gott im Himmel.

Ich betete zu den Feuern der Hölle, damit sie mich von meinem Leid erlösen.

Ich wandte mich ab. Das lange, trockene Gras raschelte unter meinen Füßen. Ich hatte keine Angst, dass mich jemand hören oder sehen könnte. Sie waren anderweitig beschäftigt.

ZWEIUNDDREISSIG

Toby putzte sich die Zähne. Er wusste, dass sie hervorstanden, und wunderte sich, dass er deswegen nie einen Spitznamen verpasst bekommen hatte. Bugs Bunny oder so. Sein Bruder wurde Birdy genannt, weil seine Nase wie ein Schnabel aussah. Seine Granny hatte mal einen Hund mit dem Namen Toby gehabt. Zumindest hatte seine Mutter ihm das erzählt. Der Hund war an dem Tag gestorben, an dem der Junge geboren worden war. Und seine Granny war so traurig über den Tod ihres Haustiers gewesen, dass seine Mutter zu seinem Gedenken das Baby Toby genannt hatte. Und genauso fühlte er sich gerade. Wie ein toter Hund. Nur dass er nicht tot war. Sein bester Freund aber schon.

Er hielt seinen Mund unter das laufende Wasser und spülte ihn aus. Dann drehte er den Wasserhahn zu, wischte sich das Gesicht mit dem Handtuch ab und ging zurück in sein Zimmer. Max schnarchte immer noch. Als er das Wiehern der Pferde hinter den Häusern hörte, ging er zum Fenster. Er wünschte, jemand würde sie retten.

Dann erinnerte er sich an den Tag, an dem Mikey und er die Schule geschwänzt und einen Sack Karotten geklaut und sich runter an den Kanal zu der Stelle geschlichen hatten, wo die Pferde normalerweise angebunden waren. Er musste lächeln. Einem armen Schecken hatten sie den kompletten Inhalt des Sacks verfüttert. Zu gern würde er das noch mal tun. Doch dann fiel es ihm wieder ein. Solche Tage würde es nie wieder geben.

»Toby? Stehst du heute noch auf?«

Seine Ma.

Er versuchte zu antworten. Öffnete den Mund. Doch es kam kein Ton heraus. Er versuchte es erneut und zwang einen Laut aus seiner Kehle. Doch mehr als ein ersticktes Stöhnen brachte er nicht hervor. Tränen traten ihm in die Augen, seine Nase lief und sein gesamter Körper war von Einsamkeit und Kummer gebeutelt.

Er konnte nicht sprechen.

Noch nicht einmal fluchen.

* * *

Der amtierende Superintendent David McMahon stolzierte gerade in der Einsatzzentrale herum, als Lottie mit ihren Detectives hereinkam. Was soll das denn?, dachte sie sich. Er trug seine komplette Uniform mit der Mütze unter dem Arm.

»Was ist der Anlass?« Sie warf ihre Tasche auf den Boden neben den Tisch an der Stirnseite des Raums.

»Schon mal was von Pressekonferenzen gehört? Ich habe nicht vor, dort mit leeren Händen aufzutauchen. Also, haben Sie irgendwelche Informationen für mich?«

»Es würde helfen, wenn ich wüsste, worum es bei der Pressekonferenz geht.«

»Kanal. Baby. Leiche. Fußballvereinsheim. Noch eine Leiche.« Er trat so nahe an sie heran, dass Spucketröpfchen auf ihrer Wange landeten. »Klingelt da in Ihrem leeren Gehirn was?«

Lottie holte tief Luft, zählte bis drei und atmete dann aus. Sie würde weder kontern noch flüchten. Die Genugtuung gönnte sie ihm nicht.

»Ich komme gerade von einem Tatort mit einem weiteren verdächtigen Todesfall. Wenn Sie mir fünf Minuten geben, stelle ich Ihnen ein paar Informationen ...«

»Fünf Minuten? Ich habe noch nicht einmal fünf Sekunden. Eigentlich sollte ich schon dort sein.« Er machte Anstalten zu gehen, drehte sich dann jedoch um. »Verdächtiger Todesfall?«

Wenn Sie nicht so benebelt von Ihrem eigenen Deodorant wären, dachte sie, wüssten Sie davon. Aber sie konnte sich gerade noch zurückhalten, das auszusprechen.

»Heute Morgen um Viertel vor acht wurde die Leiche eines Jungen gefunden. Ein Angler hat sie an einer abgelegenen privaten Anlegestelle am Ladystown Lake entdeckt.«

»Das hat uns gerade noch gefehlt.«

»Ich glaube kaum, dass der Junge darum gebeten hat, ermordet zu werden.«

»Ermordet? Sind Sie sicher?«

»Noch ist es nicht bestätigt. Aber er hatte Hämatome auf Hals und Armen, und er ist tot.« Sie konnte sich den Sarkasmus in der Stimme nicht verkneifen. »Wir hoffen, dass die Rechtsmedizinerin die Obduktion schnell durchführen kann. Dann weiß ich mehr. Aber zuerst muss ich herausfinden, wer er ist.«

»Tun Sie das«, sagte McMahon. »Ich versuche inzwischen, den Fragen auszuweichen.«

»Dann hoffe ich, dass Ihre Uniform aus Teflon ist.«

»Was?«

»Sie sind gut darin, Fragen auszuweichen, Sir.« Lottie hatte sich gerade noch wieder gefangen.

Nach einer kurzen Pause sagte er: »Gibt es was Neues zu dem Mädchen, das aus dem Krankenhaus geflüchtet ist?«

»Wir waren heute Morgen sehr beschäftigt, aber ich kümmere mich gleich darum.«

»Ich möchte, dass sie umgehend gefunden und festgenommen wird. Sie ist unsere Hauptverdächtige im Fall des toten Babys, vielleicht auch im Fall des Jungen. In der Pressekonferenz werde ich erwähnen, dass wir eine Verdächtige haben und noch heute die Festnahme durchführen werden.«

»Das halte ich nicht für klug«, sagte Lottie und straffte die Schultern. »Wir wissen nicht, wo sie ist, und haben bislang keine Verbindung zwischen ihr und dem toten Baby herstellen können. Und zu dem Driscoll-Jungen schon gar nicht.«

»Sie ist blutverschmiert hier aufgetaucht, hat behauptet, sie hätte jemanden umgebracht, und laut den Ärzten hat sie vor Kurzem entbunden. Seit wie vielen Jahren sind Sie nun schon Detective, Parker? Machen Sie sich doch nicht lächerlich. Finden Sie Beweise. Wenn ich wieder zurück bin, will ich, dass sie in einer Zelle sitzt. Und vergessen Sie nicht, dass sie auch die beiden Jungs getötet haben könnte.«

»Ich glaube, Sie handeln ein bisschen vorschnell, aber lassen Sie mich das machen und ...«

Weiter kam Lottie nicht. McMahon hatte die Einsatzzentrale bereits verlassen.

Sie hängte das Foto des Jungen auf der Steinplatte an die Falltafel. Neben das der Leiche des Babys. Neben das der Leiche von Mikey Driscoll. Jane hatte beide Obduktionen für heute Vormittag angesetzt, dann aber die Leichenhalle wegen des neuesten Opfers verlassen müssen. Und so verzögerte sich alles.

»Okay, allerseits. Wir haben drei verdächtige Todesfälle. Kirby, Sie gehen zum Vereinsheim, wie wir bereits besprochen haben, und dann zu McDonald's, weil Mikey Driscoll dort zuletzt gesehen wurde. Boyd und ich finden so viel wie möglich über das Opfer am See heraus.«

»Die Tode der beiden Jungs müssen etwas miteinander zu tun haben«, sagte Boyd.

»Das glaube ich auch. Heute Nachmittag treffen wir uns wieder hier und besprechen, was wir bis dahin herausgefunden haben.«

»Gut«, sagte Boyd, klang aber alles andere als glücklich.

Lottie drückte die Schultern durch. »Zuerst müssen wir das Baby identifizieren. Das Labor vergleicht die DNA von Hope Cotter mit der des Babys, sobald wir sie haben. Wie üblich sind die dort überlastet, insofern weiß nur Gott, wann wir die Ergebnisse haben.«

Lynch kam herein und setzte sich. Dabei verlangsamte ihr riesiger Bauch jede ihrer Bewegungen.

»Lynch, könnten Sie mit den Duffys sprechen? Sorgen Sie dafür, dass Barry zur Befragung erscheint und einen Elternteil mitbringt.«

»Und was ist mit Sean?«, fragte Lynch.

»Der kommt später her.« Lottie wollte nicht, dass ihr Sohn formell befragt wurde, musste jedoch die Vorschriften einhalten. Insbesondere jetzt, da Cynthia Rhodes um Boyd herumschnüffelte. Sie warf ihm einen Blick zu, doch er hielt den Kopf nachdenklich gesenkt. Also fuhr sie fort.

»Was das letzte Opfer angeht: Wurde der Junge als vermisst gemeldet? Gehen Sie die Datenbanken durch, sowohl lokal als auch national. Wir müssen ihn identifizieren. Ich möchte, dass ein gutes Foto von ihm veröffentlicht wird, nicht eines, auf dem er aussieht wie eine Totenmaske.« Sie betrachtete das Bild, das sie an die Falltafel gehängt hatte. Nein, das durfte auf keinen Fall öffentlich werden. »Haben wir Zeugen, die ihn am See gesehen haben? Laut Jim McGlynn war er bis zwei Uhr morgens vermutlich noch am Leben. Wo war er da? Und wie ist er an den See gekommen? Überprüfen Sie Überwachungskameras und befragen Sie Taxifahrer. Finden Sie jeden, der letzte Nacht am See oder auf der Straße am See gewesen sein könnte. Kirby, hatten Sie mit den Anglern Glück?«

»Wir haben Polizisten an allen Anlegestellen platziert. Also, an allen, die wir finden konnten. Den Lord müssen wir noch ausfindig machen und befragen.«

»Und was ist mit unserer anderen Arbeit?«, fragte Boyd.

Musste er schon wieder die Nervensäge spielen?, dachte Lottie. »Verteilen Sie die neu.«

»Wird erledigt«, erwiderte er wenig begeistert.

Lottie seufzte. Sie brauchte ihn auf ihrer Seite. Jetzt mehr denn je. Und verdammt, sie brauchte was zu trinken.

»Außerdem«, fügte er hinzu, »müssen wir ernsthaft in Betracht ziehen, dass Hope auch die zwei Jungs getötet haben könnte.«

»Es ist nicht so, dass ich darüber noch nicht nachgedacht hätte«, sagte sie. Sie hoffte einfach nur, dass McMahon das auf seiner Pressekonferenz nicht ausplaudern würde.

Gerade als Lottie die Einsatzzentrale verlassen wollte, kam Garda Gilly O'Donoghue hereingestürmt.

»Ich glaube, ich habe ihn.«

»Wen?«

»Den Jungen am See.« Gilly machte eine kurze Pause, in der sie versuchte, wieder zu Atem zu kommen. Dann ging sie zur Falltafel. Betrachtete das Foto des Jungen, wie er mit dem Gesicht zur Sonne auf der Steinplatte lag. »Kevin Shanley.« Sie drückte Lottie das ausgedruckte Foto in die Hand.

Lottie studierte die farblose Aufnahme des helläugigen, grinsenden Jungen. Ihre Hand zitterte. Das war ihr Opfer. Gilly reichte ihr noch ein Blatt.

»Die Eltern waren heute Vormittag hier und haben ihn als vermisst gemeldet.« Sie berichtete Lottie vom Besuch der Shanleys.

Lottie schaute sie an. »Sind Sie gerade beschäftigt?«

»Ich bin eigentlich am Empfang.«

»Okay. Ich gucke mal, ob ich eine Vertretung für Sie finde. Wir brauchen gerade jeden Mann.« Beim Anblick von Gillys Gesichtsausdruck fügte sie hinzu: »Und jede Frau. Jeden, der uns bei den Leichen helfen kann. Sind Sie dabei?«

»Natürlich«, antwortete Gilly lächelnd.

»Wo sind die Eltern?«

»Wieder zu Hause. Soll ich eine Opferbetreuerin vorbeischicken?«

»Dafür müssen wir jemanden von einem anderen Revier anfordern. Lynch hat die Ausbildung zwar, führt aber gerade Befragungen durch. Ich fahre schon mal mit Boyd rüber, und Sie schauen, dass sie eine Opferbetreuerin finden, okay?«

»Und was ist mit dem Empfang?«, fragte Gilly.

»Darum kümmere ich mich schon. Jetzt muss ich erst mal zu den Shanleys.«

DREIUNDDREISSIG

Detective Maria Lynch litt wie der sprichwörtliche Hund und konnte nur hoffen, dass sie nicht so übel aussah, wie sie sich fühlte. Julia Duffy saß neben ihrem Sohn Barry im Vernehmungsraum 1. Sie trug ein maßgeschneidertes rotes Kleid sowie lange, rote Ohrringe, und ihr Haar war so kunstvoll hochgesteckt, wie Lynch es auch gern mal hinkriegen würde.

Barry machte nun einen entspannteren Eindruck als gestern, was aber auch nicht allzu schwierig war. Mit zur Seite gekämmten Haaren fläzte er sich auf dem Stuhl und durchbohrte sie mit seinem aufmerksamen Blick. Was ist dein Problem?, fragte sie sich in Gedanken. Eine junge Polizistin schaltete das Aufnahmegerät ein, und Lynch begann mit der Befragung.

»Mrs Duffy, sind Sie einverstanden, dass wir Ihren Sohn im Zusammenhang mit dem Fund der Leiche eines männlichen Säuglings gestern Vormittag am Kanal befragen?«

»Wir haben ja wohl kaum eine Wahl, oder?«, nörgelte Barry.

»Barry!«, rief Julia erschrocken aus. »So redet man nicht mit der Polizei. Sei gefälligst höflich.«

Die Luft im Raum war unglaublich stickig. Lynch fuhr sich mit dem Finger um den Kragen ihres T-Shirts. Sie brauchte Luft. Aber zuerst musste sie ihren Job hier erledigen.

»Du warst zusammen mit Sean Parker am Kanal angeln, und zwar genau zwischen der Hafenbrücke und der Dublin Bridge. Stimmt das?«

»Das stimmt.«

»Wie hast du die Leiche gefunden?«

»Ich hab sie gar nicht gefunden. Das war Sean. Wir haben gerade Dosen weggeworfen und wollten nach Hause gehen, und da hat eine der Dosen etwas im Wasser getroffen. Etwas ... im Schilf. Sean hat es mit seiner Angelrute zu uns rangezogen. Und dann haben wir gesehen, dass es ... ein Baby war.« Seine Stimme wurde brüchig, und seine gespielte Lässigkeit verschwand.

»Schon okay. Lass dir Zeit«, sagte Lynch freundlich.

»Das ist alles, was er weiß«, sagte Julia.

»Und was habt ihr getan, nachdem ihr die Leiche gefunden habt?« Lynch hielt ihren Blick auf den Jungen gerichtet.

Er zuckte mit den Schultern und vergrub das Kinn in der Brust. »Sean hat den Notruf gewählt. Das war's.«

»Ist dir in der Nähe irgendjemand aufgefallen?«

»Nein. Warum?«

»Warst du schon einmal da? An exakt der Stelle?«

»Ich angel da manchmal. Die Forellen kommen von der Brutstelle und schwimmen in den Kanal. Manchmal hat man Glück, aber meistens sind es nur Brassen.«

»Wann warst du zum letzten Mal dort?«

»Weiß nicht. Vor ein paar Tagen. Samstag, glaube ich.« Barry schaute auf. »Warum fragen Sie mich das alles? Die Angelstelle kennen eine ganze Menge Leute.«

»Aber nur du und Sean habt das Baby gefunden.« Lynch wurde schwindelig. Sie hielt sich an der Tischkante fest, damit sie nicht auf den Boden kippte. Warum hatte die verdammte

Lottie Parker ihr ausgerechnet diesen Fall zugewiesen? Sie wusste doch, wie sehr sie das mitnahm. Das war so was von unsensibel.

»Sonst weiß ich nichts.« Barry verschränkte die Arme. Seine Mutter fummelte an einem Knopf ihres Kleides herum und drückte sich die Handtasche an die Brust, bereit zur Flucht.

»Können wir jetzt gehen?«

»Glaubst du, ihr solltet die Leiche finden?«, fragte Lynch.

»Was ist das denn für eine bescheuerte Frage!«, rief Julia und stand auf. Lynch bemerkte, wie sorgfältig sie darauf bedacht war, weder Tisch noch Stuhl zu berühren. »Mein Sohn war zufällig angeln, und sein Freund hat zufällig eine Leiche gefunden. Ende.«

Ende? Das bezweifelte Lynch. Das war erst der Anfang. »Für den Moment können Sie gehen. Bist du mit der Entnahme einer DNA-Probe einverstanden, Barry? Nur damit wir dich ausschließen können, wenn wir am Tatort Spuren finden.«

Barry zuckte gleichgültig mit den Schultern, doch seine Mutter sagte: »Dafür brauchen Sie doch eine richterliche Verfügung, oder?«

»Oder sein Einverständnis. Das würde die Sache maßgeblich erleichtern.«

»Das kriegen Sie nicht.« Julia stürmte zur Tür.

»Ich habe nichts dagegen. Machen Sie das ruhig mit der DNA«, mischte Barry sich ein.

Lynch seufzte erleichtert auf. Die uniformierte Polizistin holte ein Wattestäbchen heraus und entnahm damit einen Abstrich von der Wangeninnenseite des Jungen.

»Sollte dir noch irgendetwas einfallen, was uns weiterhelfen könnte, dann ruf mich bitte an.« Lynch reichte Barry ihre Visitenkarte. »Irgendjemand hat das Baby ins Wasser gelegt. Und entweder hat diese Person es vorher getötet oder es ist ertrunken.« Sie zog ein Foto des toten Säuglings aus der Akte und legte es auf den Tisch.

War sie zu weit gegangen? Barry wurde kreidebleich, während das Gesicht seiner Mutter rot anlief.

»Wie können Sie es wagen!«, stieß Julia durch zusammengebissene Zähne aus. »Ich werde dafür sorgen, dass mein Mann eine offizielle Beschwerde gegen Sie einreicht.«

Nachdem Julia ihren Sohn zur Tür hinausgeschleift hatte, fiel Lynch auf, dass sie gesagt hatte, dass sie ihren Mann die Beschwerde einreichen lassen würde. Warum konnte sie das nicht selbst tun, wenn sie doch so verärgert war? Sie ließ die junge Polizistin mit dem Papierkram allein und eilte nach draußen, um frische Luft zu schnappen.

Sie war inzwischen im letzten Trimester, und ihre Morgenübelkeit war mit voller Wucht zurückgekehrt. Sie konnte es kaum erwarten, bis das Baby auf der Welt war. Doch dann musste sie an das Foto des toten Babys im Kanal denken, und prompt erbrach sie das Frühstück auf die Stufen hinter dem Revier.

VIERUNDDREISSIG

Toby saß am Tisch und schob das Rührei auf dem Teller vor sich mit der Gabel hin und her.

»Iss auf«, befahl seine Mutter.

Er konnte ihr nicht sagen, dass er keinen Hunger hatte. Konnte ihr nicht sagen, dass er nicht sprechen konnte. Er musste immerzu daran denken, dass es seine Schuld war, dass sein bester und einziger Freund tot war.

Verdammte Kackscheiße. Er schaute schnell auf, für den Fall, dass er das laut gesagt hatte. Aber seine Mutter stand mit dem Rücken zu ihm und verstaute ihre Arbeitsschürze in der Umhängetasche.

»Ich mache heute früher Schluss und bin so gegen sechs wieder da«, sagte sie. »Tut mir leid, dass ich nicht den ganzen Tag bei dir bleiben kann. Kommst du zurecht?«

Er nickte.

Sie legte ihm einen Arm um die Schulter und küsste ihn auf das Haar. »Toby. Ich weiß, dass es schwer wird ohne Mikey. Denk immer daran, dass er jetzt bei den Engeln ist und keine Sorgen mehr hat.«

Aber ich bin noch hier, dachte Toby. Und jetzt habe ich all die Sorgen.

»Max, du holst nachher deine Schwestern von der Kita ab, und pass auf deinen Bruder auf. Wehe, du haust ab und hängst in der Stadt rum. Der Rasen hinter dem Haus muss gemäht werden, und euer Vater ist gegen drei zu Hause. Okay?«

Toby dachte, dass es wohl nichts Schlimmeres gab, als den ganzen Tag lang in der Obhut von Max zu sein. Die Haustür schlug zu, und seine Mutter war weg. Er wusste, dass sie hart für sie alle arbeitete. Vor allem, seit sein Vater von seinem Einsatz zur Friedenssicherung in Syrien zurückgekehrt war und jetzt den Großteil seiner Tage im Wettbüro oder im Pub verbrachte. Er konnte es kaum erwarten, dass die Schule wieder anfing. Dann fiel ihm wieder ein, dass er im September auf die weiterführende Schule kam. Und Mikey nicht dabei sein würde.

»Hier ist ein Fünfer, Tobes«, sagte Max. »Geh runter zum Imbiss an der Ecke, und hol mir ein Hähnchensandwich. Und zwar zackig. Mein Kater heilt sich nicht von allein. Nun geh schon, beweg deinen faulen Arsch!«

Toby nahm das Geld und war froh darüber, einen Grund zu haben, der bedrückenden Enge im Haus zu entfliehen. Er wusste, dass es für dieses Gefühl ein Wort gab. Irgendwas mit - phobie. Es fiel ihm nicht mehr ein.

Mikey hätte es gewusst.

Mikey hatte alles gewusst.

* * *

Lottie war sich nicht sicher, wie lange sie diese Art von Arbeit noch machen konnte. Verzweifelten Familien schlechte Nachrichten zu überbringen.

Die Shanleys wohnten in einem Fünfzimmerhaus in der Greenway Road. Alle Häuser sahen zwar unterschiedlich aus, waren aber ähnlich ausgestattet. Gehoben. Man sah ihnen ihren Wert an. Der Rasen der Shanleys war so penibel gemäht, dass sie kurz dachte, es handele sich um einen Kunstrasen. In der Einfahrt standen zwei silberfarbene Limousinen. Zweckmäßig, aber dennoch cool.

Das Innere des Hauses wirkte ebenso entspannt, bis Lottie und Boyd das Wohnzimmer betraten, in dem sich mehrere Personen befanden. Alle erstarrten, bevor sie auch nur den Mund aufmachte. Sofort wusste sie, wer von ihnen die Mutter des Jungen war. Sheila Shanley heulte auf und ließ sich in einen Sessel fallen.

»Kann ich bitte kurz Mr und Mrs Shanley sprechen?«, bat Lottie.

Schweigend verließ ein Besucher nach dem anderen erst den Raum und dann das Haus. Victor Shanley stand mit den Händen tief in den Hosentaschen da und machte sich auf das gefasst, was nun kommen würde. Die Knöpfe seines blauen kurzärmeligen Hemdes spannten vor der Brust. Der geht wohl gern ins Fitnessstudio, schlussfolgerte Lottie.

»Wir wollten gerade die Suche zu organisieren. Sie wissen schon. Die Felder. Der Kanal. Eigentlich überall ...« Victor stand unbeholfen neben seiner Frau im Sessel herum.

Oje, dachte Lottie. Der folgende Teil ihrer Arbeit war der schlimmste. Gleich würde sie jede noch so vage Hoffnung, die diese Familie gehabt hatte, zerstören.

»Es tut mir leid ...«, setzte sie an, doch bevor sie den Satz beenden konnte, schluchzte Sheila laut auf und vergrub den Kopf unter ihren Armen auf der Armlehne.

Boyd wollte zu ihr gehen und sie trösten, doch Victor legte sofort seinen Oberkörper über ihren. In seinen Armen wirkte sie wie ein Vogel mit einem verletzten Flügel.

Mit dunklen und feuchten Augen schaute er hinauf zu Lottie.

»Sagen Sie es«, forderte er sie auf. »Verlängern Sie unser Leiden nicht noch mehr.«

»Es tut mir leid, Ihnen das sagen zu müssen, aber vor Kurzem haben wir die Leiche eines Jungen am Ufer des Ladystown Lake gefunden.«

»Das kann nicht unser Kev sein.« Sheila hob den Kopf. Ihr Haar war ungekämmt, und an ihren Augen klebte Mascara, die nicht von heute stammte. »Er kann nicht schwimmen. Niemals wäre er in die Nähe des Sees gegangen. Wie sollte er überhaupt dahin gekommen sein? Das ist doch Unsinn. Er spielt gerade irgendwo Fußball. Sie irren sich. Sie irren sich ganz sicher.«

Boyd trat seinen Schritt auf sie zu. »Es tut mir leid, aber das Foto, das Sie Garda O'Donoghue gegeben haben, stimmt mit der Beschreibung der Leiche überein.«

»Raus hier.« Victor stand auf und baute sich vor ihnen auf. »Ich will nichts mehr von diesem Blödsinn hören.«

Lottie bemerkte, dass Boyd in Richtung Tür ging, sie selbst jedoch nahm auf einem Stuhl Platz, der ihr am nächsten stand. Sie würde nicht von der Stelle weichen.

»Ich weiß, wie schmerzhaft das für Sie sein muss, aber ich muss Ihnen ein paar Fragen stellen.«

»Ein andermal. Nicht jetzt.« Victors Auftreten als starker Mann fiel augenblicklich in sich zusammen. »Könnten Sie uns jetzt bitte allein lassen?«

»Leider nicht. Noch nicht. Bereits gestern wurde die Leiche eines anderen Jungen entdeckt, und wir müssen herausfinden, ob es zwischen den beiden Toten einen Zusammenhang gibt.«

»Wovon reden Sie?« Sheila hob den Kopf. »Ich dachte, sie hätten gesagt, dass dieser Junge ... den Sie für meinen Kevin halten ... ertrunken wäre.«

»Er wurde am See gefunden; das ist korrekt. Aber wir glauben nicht, dass er ertrunken ist. Wir haben Grund zu der Annahme, dass es sich um Fremdeinwirkung handelte.«

»Dieser andere Junge ... von dem habe ich in den Nachrichten gehört. Er wurde ermordet, oder?«, fragte Victor.

»Davon gehen wir aus«, antwortete Boyd.

»Das ist aber noch nicht bestätigt«, fügte Lottie hinzu und warf ihm einen bösen Blick zu.

»Aber wie ... Ich verstehe nicht.« Victor sackte neben seiner Frau zusammen. Ungläubig klammerten sie sich aneinander.

Lottie beugte sich vor. »Als Sie Kevin als vermisst gemeldet haben, wo dachten Sie da, wäre er gewesen?«

»Draußen, Fußball spielen. Aber er ist nicht nach Hause gekommen.«

»Ich weiß, dass Sie schon in der Nacht die Polizei angerufen haben, aber offiziell als vermisst gemeldet haben Sie ihn erst am nächsten Morgen. Warum haben Sie so lange gewartet?«

»Ich dachte, dass er noch nach Hause kommt.«

»Haben Sie sich gestritten?« Lottie beobachtete, wie die Eheleute einen Blick miteinander austauschten. »Sie hatten einen Streit mit Kevin, und danach ist er weggelaufen? War es so?«

Sheila nickte.

»Ist das schon einmal passiert?«

Victor antwortete: »Ein paarmal. Kevin hat sich verändert im letzten Jahr.«

»Seit Ferienbeginn ist seine Laune immer schlechter geworden«, erklärte Sheila. »Er hat sich vollkommen zurückgezogen. Saß immer nur in seinem Zimmer. Hat keinen Sport mehr getrieben. Und ich habe an ihm herumgenörgelt. Wie das eine Mutter halt so tut. Draußen ist schönes Wetter und du hockst die ganze Zeit nur hier drinnen rum.«

Lottie dachte an Sean und seine Computerspielerei. Früher war das Hurling sein Ventil gewesen. Und jetzt war er einmal draußen zum Angeln gewesen und hatte prompt eine Leiche gefunden. Manchmal war das Leben echt scheiße.

»Haben Sie mit seinen Lehrern über sein Verhalten gesprochen?«

»Ich bin ein paarmal von der Schule angerufen worden. Kev war in ein paar Streitigkeiten verwickelt. Was ihm überhaupt nicht ähnlich sah.«

»Ich brauche eine Liste seiner Freunde«, sagte Lottie. »Hatte er in letzter Zeit irgendwelche neuen Freunde? Jemand, den Sie nicht gutheißen würden vielleicht?«

Sheila dachte kurz nach. »Nein. Wenn überhaupt, hat er die paar Freunde verloren, die er früher hatte. Er ist noch nicht einmal am Sonntag beim Fußballfinale gewesen. Hoffentlich kriegt er trotzdem eine Medaille. Die wird ihn aufheitern.«

Lottie zuckte zusammen. Sheila befand sich noch im Stadium der Verleugnung.

»War Kevin im selben Team wie Mikey Driscoll?«

»Früher war er immer beim Training, aber in den letzten Monaten nicht mehr. Er hat sich sogar geweigert, am Sonntag zur Unterstützung seines Teams zum Spiel zu gehen.«

»Haben Sie ihn gefragt, warum?«

»Ja, aber er hat sehr patzig reagiert. Meinte, das ginge mich nichts an. Ist es denn zu glauben? Und das von einem Elfjährigen!«

»Haben Sie ihn bestraft?« Vielleicht war das der Grund, warum der Junge nachts draußen unterwegs gewesen war.

»Nein, haben wir nicht«, mischte Victor sich ein. »Sport ist ein Hobby, keine Pflichtveranstaltung. Wenn mein Sohn nicht spielen wollte, dann hatte er dafür sicherlich einen guten Grund.«

»Welchen Grund?«, hakte Lottie nach.

»Das weiß ich doch nicht. Aber was hat das alles mit dem toten Jungen zu tun, den Sie am Vereinsheim gefunden haben?«

»Vermutlich nichts. Nur die Tatsache, dass Kev und Mikey in derselben Mannschaft gespielt haben.« Erneut fiel ihr ein

Blick zwischen den Eheleuten auf. »Kannten Sie Mikey Driscoll oder seine Mutter?«

Sheila ließ den Kopf hängen und schluchzte erneut. Victor schüttelte den Kopf. »Ich wüsste nicht, was das damit zu tun haben sollte. Kann ich meinen Sohn sehen?«

Lottie beschloss, das Thema erst einmal auf sich beruhen zu lassen. Die schwierigen Fragen würde sie später stellen. Sie hatte das unbedingte Gefühl, dass es eine Verbindung zwischen den Shanleys und den Driscolls gab, außerhalb der Schule und der Fußballmannschaft. Aber das würde sie noch früh genug herausfinden.

»Kann ich mir mal Kevins Zimmer ansehen?«

»Warum? Wonach suchen Sie?«, fragte Victor. »Kev hat keine Drogen genommen, falls es das ist, was Sie glauben. Er war doch noch ein Kind.«

»Ich möchte nur kurz einen Blick hineinwerfen«, sagte Lottie freundlich, aber bestimmt.

»Ich möchte aber nicht, dass Sie irgendetwas anfassen.«

»Hatte Kevin ein Handy? Ich müsste seine Kontakte überprüfen.«

»Das habe ich vor einem Monat konfisziert«, antwortete Sheila. »Zur Strafe, weil er ... nun ja, weil er da schon mal die halbe Nacht weggeblieben war. Aber damals ist er nach Hause gekommen.«

»Er war erst elf. Haben Sie sich denn gar keine Sorgen um ihn gemacht?«

»Das haben wir doch schon gesagt«, meinte Victor. »Er ist in letzter Zeit ein bisschen schwierig geworden.«

Lottie bohrte nicht weiter nach. Die Eltern waren zu aufgewühlt. »Ich würde dennoch gern einen Blick in sein Handy werfen, bitte.«

»Aber das hat er nur zum Musikhören verwendet«, behauptete Sheila.

»Ich würde es mir trotzdem gern ansehen. Und seinen Computer auch.«

»Sein Computer steht oben in seinem Zimmer«, sagte Victor.

»Dann gehe ich mal rauf.«

»Mein Sohn ist tot.« Sheila vergrub ihr Gesicht in ein Taschentuch.

Lottie stand auf.

»Ich führe Sie nach oben«, sagte Victor und ging zur Tür.

»Bleiben Sie lieber bei Ihrer Frau. Sie braucht Sie jetzt.«

Er nickte nur. Seine muskulösen Arme hingen nutzlos an seinem Körper herab, und sein kurzes, blondes Haar war feucht vom Schweiß. »Die zweite Tür links, neben dem Badezimmer.«

Sheilas Stimme folgte Lottie, als sie hinter Boyd die Treppe hinaufging.

»Alles, was mir von meinem Kev noch geblieben ist, ist in diesem Zimmer!«

Die Tagesdecke des FC Liverpool auf dem Einzelbett des Jungen und das Poster der Mannschaft an der Wand verrieten Lottie, dass er ein echter Fußballfan gewesen war. Unten in seinem Kleiderschrank befand sich sein Sportbeutel mit Fußballschuhen, einer leeren Wasserflasche, einem Handtuch und einem grünen Trikot darin. Grün war, wie sie erfahren hatte, die Farbe des Munbally-Teams.

Boyd inspizierte den Schreibtisch in der Ecke.

»Ganz schön großes Zimmer«, bemerkte Lottie. »Hast du was gefunden?«

Mit seinen langen Fingern bewegte Boyd die Maus, und ein pausiertes Actionspiel erfüllte den Bildschirm.

Sie schaute ihm über die Schulter. »Das Spiel hat Sean auch. Das spielt man online. Vielleicht finden wir heraus, mit wem Kev interagiert hat.«

»Das sollen sich die Jungs von der Technik mal ansehen«, meinte Boyd.

»Erinnere mich daran, dass ich Sheila noch mal wegen des Handys frage.«

»Elfjährige mit Handys.« Boyd schüttelte den Kopf.

Lottie kniete sich hin und warf einen Blick unter das Bett. Eine zusammengeknüllte Socke und jede Menge Staub. Sie schlug die Tagesdecke zurück und fand die andere Socke. Traurig lächelte sie und öffnete die Schublade der Kommode neben dem Bett.

»Er war ganz schön ordentlich. Für einen Jungen. Bei meinem Sean fliegt der ganze Kram auf dem Boden herum.« Die drei Schubladen enthielten Unterwäsche, T-Shirts und Jogginghosen. Keine weißen Fußballshorts weit und breit.

Sie nahm sich wieder den Kleiderschrank vor. Kevins alte Schuluniform hing darin neben seiner neuen. Für die Schule, auf die er niemals gehen würde. Sanft fuhr sie mit den behandschuhten Fingern darüber und versuchte, sich von der menschlichen Seite dessen, womit sie es zu tun hatte, zu distanzieren.

»Und, haben Sie was Belastendes gefunden?« Victor stand an der Tür.

»Wir versuchen nur, uns ein Bild von Ihrem Sohn zu machen«, antwortete Lottie, obwohl sie sich nicht verteidigen musste. »Wo ist sein Schulranzen?«

Victor zuckte mit den Achseln. »Vielleicht im Hauswirtschaftsraum. Den habe ich seit Ferienbeginn nicht mehr gesehen. Sheila wollte diese Woche die neuen Bücher für ihn kaufen.«

»Kann ich ihn mir mal ansehen?« Lottie ging am Vater des Jungen vorbei und die Treppe hinunter.

Im Hauswirtschaftsraum bemerkte sie mehrere leere Glasflaschen, die an der Wand standen. Vierzehn Stück zählte sie, bevor Victor ihr die Sicht versperrte.

»Hier ist sein Ranzen.« Er nahm einen roten Rucksack vom

Wandhaken. »Schauen Sie ruhig rein. Sie werden keine Drogen finden.«

»Mr Shanley«, sagte Lottie seufzend. »Ich suche nicht nach Drogen. Ich versuche nur herauszufinden, warum jemand ihrem Sohn etwas antun wollen würde. Und wer es gewesen sein könnte.«

»Ich weiß, ich weiß.« Er fuhr sich mit der Hand über das Gesicht und massierte seinen Nasenrücken mit Daumen und Zeigefinger. »Seine Mutter ... Sheila ... sie hat Kevin nie verstanden. Immerzu haben sie sich in die Haare gekriegt. Aber sie liebt ihn. Hat ihn geliebt.«

Lottie bemerkte, dass er die leeren Flaschen betrachtete. »Hatten sie kürzlich eine Party?«

»Die will ich schon ewig zum Glascontainer bringen. Ich hatte nur zu viel zu tun.« Ihre Frage beantwortete er nicht.

»Womit denn?«

Dem musste man wohl alles aus der Nase ziehen, dachte Lottie, denn er antwortete nur: »Arbeit.«

»Wo arbeiten Sie denn?«

»Im Sweat-It-Out. Als Personal Trainer.«

Lottie schaute Boyd, der an der Tür stand, mit einer hochgezogenen Augenbraue an. Victor arbeitete im selben Studio wie Mikeys Mutter. »Also kennen Sie Jen Driscoll doch?«

»Warum wollen Sie das wissen?« Das defensive Zusammensinken seiner breiten Schultern stand im krassen Gegensatz zu seiner trotzigen Gegenfrage.

»Ich habe Sie vorhin gefragt, ob Sie Mikey und seine Mutter kennen, und das haben Sie verneint.«

»Ich habe es nicht verneint. Ich habe gar nichts gesagt.«

Das stimmte. »Waren Sie seit gestern mal bei den Driscolls?«

»Nein.«

»Warum nicht?«

»Das mit Mikey habe ich erst heute Morgen gehört.«

»Ach so.« Lottie glaubte ihm kein Wort.

»Glauben Sie, die beiden haben was miteinander zu tun?«

»Was?«

»Die beiden ... Tode. Mikey und Kevin.«

»Das weiß ich nicht. Was ich jedoch weiß, Mr Shanley, ist, dass ich später noch mal wiederkomme, weil ich formelle Aussagen von Ihnen und Ihrer Frau brauche.«

»Wozu?«

»Ich glaube, dass Sie etwas verbergen. Und darüber sollten Sie gut nachdenken. Ich werde herausfinden, wer Kevin getötet hat, insofern sollten Sie die Lügen und Halbwahrheiten lieber bleiben lassen.«

Ohne ein weiteres Wort griff Lottie nach Kevins Schulranzen und verließ mit Boyd den Hauswirtschaftsraum, während Victor ihnen mit offenem Mund hinterherstarrte.

Auf dem Weg zur Haustür schaute sie noch kurz zu Sheila, die wie ein verlorenes Kind im Sessel kauerte. Die Haare hingen ihr ins Gesicht und ihre Schultern bebten. Sie weinte.

»Die Spurensicherung kommt nachher vorbei, um sich das Haus anzusehen. Und ich schicke Ihnen eine Opferbetreuerin, die sich für die nächsten Tage um Sie kümmert. Ruhen Sie sich aus. Sie brauchen jetzt all Ihre Kraft.«

Victor öffnete die Haustür. Lottie trat hinaus in die angenehm frische Luft und das grelle Sonnenlicht. Ihr war gar nicht aufgefallen, wie dunkel es im Haus gewesen war.

»Das hier wollten Sie doch haben«, sagte Victor. Lottie nahm ihm das kleine schwarze iPhone ab. »Das gehörte Kevin. Aber er hat es im letzten Monat nicht benutzt.«

»Warum haben Sie es konfisziert? Was hat er denn angestellt?«

»Das haben wir doch schon erzählt. Er ist die halbe Nacht weggeblieben.«

»Und wo ist er gewesen?«

»Das weiß ich nicht mehr. Ist jetzt aber auch egal, oder? Er kommt nicht mehr zurück. Unser Kev ist für immer fort.«

Lottie ging zum Auto. Boyd öffnete ihr den Kofferraum. Sie schob Kevins Handy in einen Beweismittelbeutel aus Plastik und den Rucksack in ein größeres Exemplar aus Papier. Dann verstaute sie beides im Kofferraum und schloss die Klappe. Um den Computer würde sich die Spurensicherung kümmern. Lieber früher als später.

Mit einem letzten Blick auf den tadellosen Rasen und Victor, der immer noch in der Tür stand, schüttelte sie den Kopf und setzte sich ins Auto. Hundert weitere Fragen, die sie den Shanleys stellen wollte, schossen ihr durch den Kopf. Was zum Teufel übersah sie hier?

FÜNFUNDDREISSIG

Sean Parker lehnte sich in Barrys Gamingstuhl aus Leder, während sein Freund auf einem Kissen auf dem Boden saß. Er musste zugeben, dass es sich ein bisschen seltsam anfühlte, nach allem, was gestern passiert war. Beide hatten einen Controller in der Hand und spielten *FIFA*. Eigentlich wäre er lieber in seinem eigenen Zimmer, aber da war nicht genug Platz für zwei. Je früher sie in das neue Haus zogen, desto besser. Sonst würde er noch eine seiner Schwestern umbringen. Oder beide.

»Die sind wirklich unerträglich«, klagte er stöhnend.

»Ich hätte gern eine Schwester«, meinte Barry.

»Hättest du nicht. Zumindest keine wie meine. Die sind ständig am Streiten. Wenn es nicht um Make-up geht, dann um Jeans oder Schuhe. In einer Tour. Sogar der kleine Louis hat die Schnauze voll davon.«

»Woher willst du denn wissen, wovon ein Baby die Schnauze voll hat?«, fragte Barry. »Tor!«

»Scheiße, ich habe nicht auf meinen Abwehrspieler aufgepasst.« Sean biss die Zähne zusammen und versuchte, sich auf das Spiel zu konzentrieren. Der Bildschirm war mindestens sechzig Zoll groß und nahm fast die ganze Wand ein. So ein Glückspilz, dachte er und beneidete Barry um seinen Luxus. Wenn sie umzogen, würde er sich das größte Zimmer sichern.

»Tor!«, rief Barry erneut.

»Ach, scheiße. Können wir noch mal anfangen?«

Die Tür wurde geöffnet.

»Hallo, Mrs Duffy«, begrüßte Sean Barrys Mutter.

»Du weißt doch, dass du mich Julia nennen sollst«, sagte sie. »Was soll denn der Lärm hier drinnen?«

»Tut mir leid, Mrs Duffy ... Ich meine Julia. Wir spielen *FIFA.*«

»Und ich bringe ihn lauter zum Weinen als die Pussy Neymar.«

»Barry! Nicht solche Ausdrücke.«

»Tut mir leid, Mum.«

»Ich habe euch Limonade und Kekse in den Wintergarten gebracht. Wann immer ihr wollt!«

Leise verschwand sie wieder.

Limonade? Wintergarten? Sean überlegte, ob sie im neuen Haus wohl auch einen Wintergarten haben würden. Irgendwie bezweifelte er das.

»Scheiß auf die Limo«, meinte Barry. »Lass uns lieber draußen irgendwo einen richtigen Ball kicken.«

* * *

Bertie Harris war klein und übergewichtig. Sein Aussehen täuschte darüber hinweg, dass er nicht nur Hausmeister und für den Getränkeausschank und so ziemlich alles, was anfiel, zuständig war, sondern auch die unter Zwölfjährigen mittrainierte.

»Es ist nicht einfach heutzutage, Freiwillige zu finden«, meinte er, als er die Tür aufschloss.

Kirby folgte ihm ins Vereinsheim. »Aber Sie werden doch

bezahlt, oder?« Er schätzte Harris auf irgendetwas zwischen dreißig und fünfzig Jahre. Mit Blick auf seine eigene runde Taille überlegte er, ob Gilly ihn wohl auch so sah. Dann bemerkte er, dass der Mann etwas sagte.

»Mindestlohn. Aber wohl besser als nichts.«

»Was war denn hier am Sonntagabend los?«

»Das Fußballspiel der Jungs war so gegen halb acht zu Ende, spätestens um Viertel vor acht. Bis die letzten gegangen waren, war es fast halb neun. Und dann war Party angesagt. Ein einundzwanzigster Geburtstag einer jungen Frau hier aus der Gegend. Natalie oder Naomi oder so. Viele Leute. Billiger Alkohol. Sie wissen ja, wie das ist.«

»Sind Sie nach dem Spiel mit zu McDonald's gegangen?«

»Klar. Ich hab mich da blicken lassen, war aber um neun wieder hier.«

»Um wie viel Uhr war die Geburtstagsparty zu Ende?«

»Um eins. Um halb zwei waren alle weg.«

»Und um wie viel Uhr sind Sie gegangen?«

»Um Viertel vor zwei habe ich abgeschlossen, und um zwei Uhr lag ich zu Hause im Bett.«

»Kann das jemand bestätigen?«

Zwei verengte Augen durchbohrten Kirby. Der verzog keine Miene. Bertie schaute zuerst weg.

»Nein. Nicht wirklich. Es sei denn, einer meiner neugierigen Nachbarn hat mein Auto kommen hören. Ich wohne allein.«

»Haben Sie hier schon sauber gemacht?« Kirbys Sohlen klebten bei jedem Schritt am Boden fest.

»Natürlich habe ich das. Ich war gestern um acht Uhr morgens hier und erst um eins wieder zu Hause. Nur die Böden muss ich noch wischen.«

»Und Ihnen ist draußen nichts Ungewöhnliches aufgefallen?«

Harris neigte leicht den Kopf. »Sie meinen die Leiche?

Nein, die habe ich nicht gesehen. Ich war die ganze Zeit hier. Hab vor der Tür geparkt, genau wie Sie jetzt.«

»Haben Sie denn gar keinen Müll weggebracht?« Er hat ja wohl sicherlich wenigstens die leeren Flaschen in den Glascontainer geworfen, dachte Kirby.

»Das steht noch alles im Abstellraum hinter der Bar. Wollte ich heute Morgen als Erstes erledigen. Aber ... Sie wissen schon. Dann ging das nicht mehr.« Harris schüttelte den Kopf. In seinem Nacken bildete sich eine Fleischwulst.

Kirby nahm sich vor, unbedingt abzunehmen. So wie Harris wollte er in ein paar Jahren auf gar keinen Fall aussehen.

Er folgte dem Mann durch den offenen Raum mit einer Theke an der einen Seite und aufeinandergestapelten Tischen und Stühlen auf der anderen. Harris ging durch eine Tür am Ende des Raums und schaltete das Licht ein. Das Büro war winzig. Auf einem Ablagebrett türmten sich Ringordner, und ein weiteres diente als Schreibtisch. Darauf standen ein altmodisches Computermodem und ein klobiger Monitor. Der Stuhl war klein und seine Räder drehten sich, als Bertie sich darauf setzte.

»Also. Wie kann ich Ihnen helfen?«

»Ich hatte gehofft, dass ich die Aufzeichnungen Ihrer Überwachungskameras haben könnte«, antwortete Kirby. »Die von den Kameras draußen.«

»Warum sagen Sie das nicht gleich?« Bertie erhob sich umständlich und schob Kirby wieder aus der Tür. Dann schloss er einen Wandschrank auf und enthüllte die hochmoderne technische Ausstattung darin.

»Wow!«, stieß Kirby beeindruckt aus.

»Hier haben wir den ganzen Schnickschnack«, meinte Bertie und drückte ein paar Tasten auf einem Display. Eine DVD glitt seitlich aus dem Gerät. »Da ist die letzte Woche drauf. Nehmen Sie die ruhig mit.«

»Haben Sie sie sich schon angesehen?«

»Nein. Dazu bestand kein Anlass. Die würde ich mir nur angucken, wenn hier jemand eingebrochen wäre.«

»Und da sind auch die Aufnahmen von der Kamera hinten am Vereinsheim drauf?« Kirby konnte sein Glück kaum fassen.

»Ich denke schon.«

Nachdem Bertie die Tür wieder abgeschlossen hatte, fragte Kirby: »Warum befindet sich der Kram von den Überwachungskameras nicht im Büro?«

»Wenn hier jemand einbricht und die Kameras sieht, dann schaut er logischerweise zuerst im Büro nach dem Aufnahmegerät. Aber ich bin schlauer als die.« Ein Grinsen breitete sich auf Harris' pausbäckigen Wangen aus.

»Ich muss Sie bitten, auf dem Revier vorbeizukommen und eine formelle Aussage abzugeben.«

»Warum? Ich habe Ihnen doch gerade alles gesagt.«

»Mikey Driscoll ist tot. Und Sie waren an dem Abend mit den Jungs im McDonald's. Können Sie sich an irgendetwas von dem Abend erinnern, was mit Mikey zu tun hat?«

»Nein. Das war ganz schön voll da. Ich habe nichts gesehen, was Ihnen weiterhelfen könnte.«

»Das lassen Sie bitte mich beurteilen. Dort wurde der Junge zuletzt gesehen.«

»Ich kann mich nicht erinnern, irgendetwas oder irgendjemand Verdächtiges gesehen zu haben.«

»Unsere Befragung wird zeigen, ob Sie etwas gesehen haben oder nicht. Bitte kommen Sie morgen Vormittag aufs Revier. Es dauert auch nicht lange. Nur eine Stunde oder so.«

»Eine Stunde?«

»Kommen Sie einfach hin. Ich möchte Sie nicht abholen müssen.«

Draußen betrachtete Kirby noch mal die Stelle, an der Mikeys Leiche gefunden worden war. Das Absperrband hing lose herum, und eine abgemagerte Katze stand da und schaute ihn mit bedrohlich aufgestelltem Schwanz böse an.

»Buh!«, sagte Kirby und ging zu seinem Auto.

SECHSUNDDREISSIG

Nach ihrem Besuch bei den Eltern von Kevin Shanley setzte Lottie Boyd an der Dienststelle ab und fuhr weiter nach Tullamore.

Die Luft in der Leichenhalle war so wie immer. Der stechende Geruch nach Desinfektionsmitteln übertünchte den Gestank des Todes. Grelle Lampen, saubere Fliesen und sterile Edelstahltische. Lottie bekam eine Gänsehaut. Hoffentlich war die Obduktion am Baby schon fertig, denn bei der wollte sie wirklich nicht zusehen.

Sie zog die sterile Schutzkleidung über und folgte Jane Dore in den Sezierraum. Auf zwei Seziertischen konnte sie unter den Tüchern die Umrisse von Leichen ausmachen. Das Baby war nicht dabei. Sehr gut, dachte sie und stieß den Atem aus, den sie angehalten hatte, seit sie den Raum betreten hatte.

»Sind Sie mit der Obduktion des Babys schon fertig?«

»Ja«, antwortete Jane.

»Und?«

»Tod durch Strangulation.«

»Es ist nicht ertrunken?«

»Es war schon tot, als es ins Wasser geworfen wurde.«

»Ist es lebend geboren worden?«

»Ja, aber nach der Geburt hat es nur ein paar Minuten gelebt. Vermutlich wurde ihm eine Hand um den Hals gelegt.«

»Eine Hand?«

»Ja. Der Abdruck reicht über das gesamte Gesicht bis hinter die Ohren.«

»Himmel hilf. Da war wohl jemand wütend!«

»Oder die Mutter wollte sich kein Kind ans Bein binden.«

Lottie war überrascht. Die Rechtsmedizinerin äußerte selten Vermutungen, und noch seltener wurde sie emotional.

»Irgendetwas, anhand dessen wir die Mutter identifizieren können?«

»Ich habe Blut für einen DNA-Vergleich abgenommen«, sagte Jane. »Jetzt müssen Sie sie nur noch finden.«

»Im Krankenhaus haben sie bestimmt eine Probe von ihr«, sagte Lottie und dachte dabei an Hope. »Irgendwelche fremden Substanzen? Konnten Sie Fingerabdrücke isolieren?« Sie brauchte unbedingt irgendetwas, um zu wissen, wo sie mit ihren Ermittlungen ansetzen sollte.

»Keine anderen Substanzen, und Fingerabdrücke sind unwahrscheinlich. Außerdem ist es schwer zu sagen, wie lange das Baby im Wasser lag. Möglicherweise bis zu zwei Tage.« Jane drehte sich weg und ging zu der Leiche, die auf dem ihr nächsten Edelstahltisch lag.

»Haben Sie schon mit der Obduktion von einem der Jungs angefangen?«

»Der zweite ist gerade erst reingekommen.« Sie zog das Tuch von der ersten Leiche. »Das hier ist Mikey Driscoll.«

Lottie verspürte den üblichen Anflug von Übelkeit, und ihre Nieren zogen sich zusammen. Sie wusste nicht, ob sie sich übergeben oder urinieren musste.

»Laut seiner Mutter war er ein guter Junge.«

Jane hob eine perfekt gezupfte Augenbraue und neigte den Kopf zur Seite.

»Was?«, fragte Lottie.

»Ich fürchte, das wird Ihnen nicht gefallen.«

»Schießen Sie los. Nach den letzten paar Tagen glaube ich nicht, dass mich noch irgendetwas schocken kann.«

Jane konsultierte ihre Notizen. »Zuerst die Todesursache. Quetschung des Schildknorpels. Er wurde erwürgt.«

»Wie das Baby«, stellte Lottie fest.

Jane nickte. »Die Fleckenmuster deuten darauf hin, dass er woanders ermordet wurde.« Sie deutete auf die Leichenflecken.

»Haben Sie irgendwelches forensische Material gefunden?«

»Die Leiche wurde vermutlich mit einem Schwamm gewaschen. Ich habe Partikel eines gelben Schwamms in einem Ohr gefunden.«

»Scheiße.« Mit was für einem kranken Mistkerl hatten sie es hier zu tun? Lottie schüttelte den Kopf.

Jane schaute sie an. »Kommen wir nun zu der Sache, die Ihnen nicht gefallen wird ...«

Lottie hielt den Atem an, während die Rechtsmedizinerin die Leiche auf die Seite drehte. Sie fing Janes gequälten, hoffenden Blick über dem Mund-Nasen-Schutz auf. Was hoffte sie? Dass das, was sie gleich sagen wollte, nicht wahr war? Sie atmete aus. »Fahren Sie fort.«

»Erhebliche Gewebeschäden. Intern und extern.«

»Meine Güte. Er war doch erst elf!« Lottie spürte, wie sich die Haare auf ihren Armen protestierend aufstellten, und ihr Nacken kribbelte, als wäre sie gerade durch einen Dornenbusch gekrochen. All ihre inneren Organe wollten sich umdrehen und entleeren. Sie hielt eine behandschuhte Hand vor ihren Mund mit der Maske. Sie musste hier raus.

»Ich weiß«, sagte Jane.

»Vor Kurzem oder länger her?«

»Beides. Aber nichts aus den Stunden vor seinem Tod. Keine fremden Körperflüssigkeiten, die ich auf DNA testen könnte.«

»O Gott. Seine arme Mutter. Himmel, Jane, geben Sie mir irgendetwas. Diese Verbrechen müssen irgendwie zusammenhängen.«

Die Rechtsmedizinerin ging hinüber zum anderen Tisch.

»Mit dem zweiten Jungen muss ich erst noch anfangen, aber ich habe mir die Leiche bereits oberflächlich von außen angesehen. Und ich bin niemand, der Mutmaßungen anstellt, wie Sie wissen.«

»Nur dieses eine Mal«, bettelte Lottie. »Vielleicht bekomme ich so eine Ahnung, womit wir es zu tun haben.«

»Okay. Ich glaube, auch er wurde erwürgt, und er hat ähnliche innere Verletzungen.« Jane zog das Tuch weg und drehte die Leiche auf die Seite. »Das hat meine erste Untersuchung ergeben. Außerdem wurde auch er nicht dort ermordet, wo er gefunden wurde. Die vollständige Obduktion führe ich durch, sobald ich mit dem Papierkram zu den anderen Opfern fertig bin. Danach weiß ich mehr.«

Lottie drehte sich um, griff nach einem Mülleimer, zog die Maske herunter und übergab sich.

»Um seinen Kopf herum lagen Blumen«, sagte sie anschließend und wischte sich den Mund ab.

»Die habe ich schon ins Labor geschickt.«

»Irgendwelche Anzeichen für einen Kampf?«

»Nein. Das trifft auf beide Jungs zu.«

»Also sind sie freiwillig mit ihrem Mörder mitgegangen. Jemand, dem sie vertraut haben? Jemand, der beide Jungs kannte?«

»Das ist Ihr Job, Lottie. Möchten Sie hierbleiben, während ich meinen mache?«

»Nein. Ich muss mit Jen Driscoll reden«, sagte Lottie. Und danach würde sie noch einmal bei den Shanleys vorbeischauen.

Sie floh aus dem kalten Raum in das strahlende Sonnenlicht.

SIEBENUNDDREISSIG

Toby kickte den Ball gegen die Wand.

»Hey, du! Verschwinde mit dem Ball oder ich schlitze ihn auf!«

Er schaute hoch zu dem Fenster, aus dem die Nachbarin den Kopf steckte. Der Vorhang und ihre Haare flatterten im Wind. Er hob den Ball auf, drehte sich um und ging mit gesenktem Kopf über den Rasen weg. Jemand hatte ihn kürzlich gemäht. Unter seinen gefakten Chucks blieb das Schnittgut hängen. Er vermisste Mikey.

Am Ende des Grünstücks blieb er stehen. An der Wand hing Max herum und rauchte eine Selbstgedrehte. Vermutlich ein Joint, dachte Toby.

»Komm her!«, rief Max.

Scheiße.

»Ich sagte, komm her!«

Es gab keinen Ausweg. Toby ging zu seinem Bruder und blieb vor ihm stehen.

»Du hast mir mein Wechselgeld gar nicht wiedergegeben.«

Toby öffnete den Mund und wollte sagen, dass er kein Wechselgeld bekommen hatte. Das Hähnchensandwich hatte fünf Euro fünfzig gekostet. Er hatte sogar noch fünfzig Cent von seinem eigenen Geld drauflegen müssen. Aber er brachte kein Wort heraus.

»Bist du jetzt stumm? Wo ist mein Wechselgeld?«

Toby wollte weggehen, doch Max packte ihn am Kragen seines T-Shirts und zog ihn dicht an sein säuerlich riechendes Gesicht heran. Da galoppierte ein Pony auf dem Pfad auf die beiden zu. Als Toby ausweichen wollte, fiel er auf Max, und beide landeten im kleinen, rechteckigen Vorgarten.

»Ihr kleinen Nichtsnutze! Geht mir aus dem Weg!« Der Reiter bohrte die Hacken in das arme Tier und ritt davon. Max stand auf, sprang über die Mauer und nahm die Verfolgung auf.

Toby lächelte vor sich hin. Es kam nicht oft vor, dass jemand Max zurechtwies, aber wenn er es mitbekam, fühlte es sich ausgesprochen gut an. Für einen Moment vergaß er, dass er furchtbaren Hunger hatte, aber nichts essen konnte. Dass er nicht sprechen konnte. Dass sein bester Freund getötet worden war. Und dann sah er, wie Barry Duffy und ein anderer Typ auf ihn zukamen.

»Was geht?«, fragte Barry.

Toby zuckte die Achseln.

»Wir gehen ein bisschen kicken. Kommst du mit?«

Toby spürte Barrys Arm um seine Schultern. Seine Finger bohrten sich in seinen Nacken. Kneteten ihn.

Er versuchte zu sagen, dass er nicht mitkommen wollte. Aber kein Wort kam ihm über die Lippen, und seine Füße bewegten sich nicht. Barry guckte ihnen mit seinem Vater oft beim Training zu. Er vermittelte gern den Eindruck, als würde er aushelfen, aber Toby wusste, dass er die anderen mobbte. Er trat sie und brachte sie zum Fallen, wenn die Erwachsenen nicht zusahen.

Toby ging mit Barry und seinem Freund mit, den Fußweg entlang und um das Haus herum auf den Kickerplatz zu.

Eigentlich jedoch hätte er sich am liebsten umgedreht und wäre weggerannt.

* * *

Lottie holte Gilly O'Donoghue bei der Dienststelle ab und fuhr mit ihr nach Munbally Grove. Boyd organisierte ein Team, das alle Lehrer und Klassenkameraden der toten Jungs kontaktieren sollte. Was sich als schwierig erwies, weil viele im Urlaub waren.

Beim Gedanken daran, dass jemand Mikey und Kevin missbraucht hatte, zog sich Lotties Magen zusammen. Das waren kleine Kinder, Herrgott noch mal!

Dolores öffnete Jens Tür. Lottie folgte ihr ins kleine Wohnzimmer.

Sie erkannte Mikeys Mutter kaum wieder. Die Frau wirkte dünner, wie eingefallen, gebrochen. Sie saß in einem schmalen, ausgefransten Sessel und hatte einen Fußball-Hoodie um ihre Schultern gelegt. Die Finger hatte sie in einem Schul-Sweater in ihrem Schoß vergraben, und ihr Körper schaukelte zu einer unhörbaren Melodie vor und zurück. Vor ihr auf dem Couchtisch stand eine Tasse Tee, die sie nicht angerührt hatte.

Dolores stand hilflos und mit blassem Gesicht in der Tür. »Sie sitzt einfach nur da. Will weder essen noch trinken. Weint nur. Es ist herzzerreißend.«

Lottie nickte Dolores zu, bedeutete Gilly mit einer Handbewegung, sich zu setzen, und näherte sich Jen. Sie konnte den Schmerz der Frau förmlich spüren. Er bohrte sich in ihre Haut.

»Jen? Ich müsste kurz mit Ihnen reden. Das ist meine Kollegin, Garda Gilly O'Donoghue. Wenn Sie irgendetwas brauchen, ist Gilly für Sie da.«

Die Frau schaukelte weiter vor und zurück. Tränen liefen über ihr Gesicht. »Er war alles, was ich hatte. Wer hat mir mein Baby genommen?«

»Können wir reden? Über Mikey.«

»Er war so ein kluges Kind. Mein Sohn. Warum hat ihm das jemand angetan? Ich will nicht mehr leben.« Sie neigte den Kopf von einer Seite auf die andere und starrte Lottie an. Ihre Augen waren blutunterlaufen vom vielen Weinen. Ein Ausdruck von Trauer und Tod lag darin. »Wie soll ich denn jetzt weiterleben?«

»Es ist schwer, ich weiß das. Gehen Sie immer eine Minute nach der anderen an. Ich will nicht behaupten, dass es leichter wird, denn der Schmerz über den Verlust wird Sie für immer begleiten. Aber er wird erträglich. Irgendwann. In der Zukunft. Aber jetzt, jetzt müssen Sie trauern.« Lottie nahm Jens eiskalte Hand in ihre und drückte sie mitfühlend.

»Danke«, sagte Jen. »Danke, dass Sie so ehrlich sind.«

»Leider muss ich Ihnen dennoch ein paar Fragen stellen. Ich weiß, dass Ihnen das herzlos erscheinen muss, aber nur so kann ich herausfinden, warum Mikey das angetan wurde ... und von wem.«

Jen setzte sich etwas aufrechter hin. Der Hoodie rutschte von ihren Schultern. Lottie zog ihn wieder hoch und setzte sich dann auf den Couchtisch und wartete auf eine Antwort.

»Okay. Legen Sie los. Fragen Sie.« Jen lächelte schwach. »Ich möchte über Mikey reden. Ich muss über ihn reden.«

Lottie blies die Wangen auf und holte tief Luft. »Ich habe hier eine Liste der Personen, die mit dem Fußballverein zu tun haben, und ich müsste von Ihnen wissen, wer sonst noch in engem Kontakt zu Mikey stand.«

Jen zog die Augenbrauen zusammen und blinzelte. »In engem Kontakt? Wie meinen Sie das?«

»Leute wie seine Lehrer und Leiter von Arbeitsgemeinschaften nach dem Unterricht. So was in der Art.« Lottie wies Gilly stumm an, Notizen zu machen.

Jens Hände zitterten, und ihre Augen waren weit aufgerissen. »Sie glauben, jemand, den ich kenne, hat meinen Sohn getötet?«

»Wir müssen einfach irgendwo anfangen.«

Sie zog die Nase hoch. »Die Namen von allen Leuten aus dem Fußballverein haben Sie?«

»Ja, die offizielle Liste. Sagen Sie mir erst mal, mit wem er dort viel zu tun hatte.«

»Ich bin fast nie mitgegangen. Hätte ich sollen, das weiß ich. Bin ich aber nicht.«

»Nennen Sie mir einfach die Namen, von denen Sie wissen, dass Mikey sie mal erwähnt hat.«

Wieder zog sie die Nase hoch. »Rory Butler. Das ist der Trainer.«

»War der mal hier?«

»Rory?« Jen schaute mit tränenerfüllten Augen ungläubig auf. »Der hält sich für was Besseres. Niemals würde so jemand hierherkommen.«

»Was Besseres? Wie meinen Sie das?«

»Er ist wohl finanziell gut gestellt und hat einen hochnäsigen britischen Akzent. Mikey hat mal versucht, ihn zu imitieren.« Sie lächelte traurig bei der Erinnerung daran.

»Und warum arbeitet er dann im Fußballverein?«, überlegte Lottie. Soweit sie gehört hatte, kamen alle Kinder dort aus schwierigen sozialen Verhältnissen. Deshalb war es wohl so eine große Sache gewesen, dass sie am Sonntag das Finale der unter Zwölfjährigen gewonnen hatten. Und Mikey hatte wesentlich zu diesem Erfolg beigetragen.

Jen zuckte die Achseln, und der Hoodie rutschte erneut von ihren Schultern. »Da müssen Sie ihn schon selbst fragen.« Dann schwieg sie. Lottie wartete. »Vielleicht wollte er etwas für die Gemeinschaft tun. Wie nennt man solche reichen Leute noch, die so was tun? Leute wie Richard Branson?«

»Philanthropen. Ich rede später mit Mr Butler. Wer fällt Ihnen noch ein?«

»Bertie Harris. Das ist der Co-Trainer, Hausmeister, Busfahrer. Nein, das stimmt nicht. Wes Finnegan ist der Busfahrer.«

»Wes Finnegan? Sein Name steht nicht auf der Liste.«

»Der ist ein Blutsauger. Fährt auch den Bingo-Bus. Bei dem krieg ich immer Gänsehaut, aber ich würde sagen, er ist harmlos.«

Lottie schüttelte den Kopf. »Blutsauger« und »harmlos« passten für ihr Verständnis nicht zusammen. Diesen Finnegan mussten sie sich definitiv näher ansehen. »Und wer noch?«

»Ich bin mir nicht sicher. Paul Duffy vielleicht. Der hilft bei den Spielen aus. Sein Sohn hat früher auch gespielt, aber jetzt nicht mehr, glaube ich. Dr. Duffy ist aber dabeigeblieben und hilft jetzt bei den anderen Mannschaften.«

»Okay«, sagte Lottie. Dann musste sie den Duffys wohl noch einen Besuch abstatten. Vielleicht hatten sie jemanden bemerkt, der sich verdächtig verhielt. Ihre Gedanken wanderten wieder zu dem Baby, das ihr Sohn und Barry am Kanal gefunden hatten. Zwei Tragödien an einem Tag. »Hat Mikey mal von Barry Duffy erzählt?«

Jen versuchte, sich zu erinnern. Schloss die Augen. Schüttelte den Kopf. »Daran kann ich mich nicht erinnern. Tut mir leid.«

»Stand er sonst jemandem von den Erwachsenen nahe? Hat jemand ihm besondere Aufmerksamkeit geschenkt?«

Jen schüttelte den Kopf. »Ich war nie bei seinen Trainings oder Spielen. Ich musste immer arbeiten ... Danach war ich beim Bingo. Das Fußballfeld ist direkt nebenan, auf der anderen Seite der Mauer. Ich dachte, er wäre da sicher. Wie konnte ich mich nur so geirrt haben?«

»Bitte machen Sie sich keine Vorwürfe. Wir wissen noch gar nicht, ob sein Tod irgendetwas mit dem Fußballverein zu tun hat. Zuletzt wurde er im McDonald's gesehen, insofern kann es gut sein, dass ihn dort jemand gesehen hat oder mit

dem Auto an ihm vorbeigefahren ist. Wir wissen es noch nicht.«
Lottie machte sich im Kopf eine Notiz, Kirby wegen der Bilder
aus den Überwachungskameras zu fragen.

»An weitere Erwachsene, die mit dem Team zu tun haben,
kann ich mich nicht erinnern. Haben Sie denn schon alle
Eltern und Familien befragt?«

»Wir sind noch dabei und reden auch mit den Leuten von
der gegnerischen Mannschaft, die nach Ragmullin angereist
ist.«

»Und? Schon irgendwelche Spuren?«

»Noch nicht, tut mir leid.« Lottie seufzte. Sie hatten absolut
nichts, nur die andere Leiche. »Und in der Schule? Wie lief es
da? Gab es irgendwelche Lehrer oder Betreuer, denen Mikey
nahestand?«

»Er hatte in den letzten zwei Jahren immer dieselbe Lehrerin. Miss Conway. Sie ist mindestens sechzig, und Mikey hat sie
geliebt.«

Lottie machte sich im Kopf eine weitere Notiz, Boyd zu
fragen, ob er Miss Conway kontaktiert hatte. Er war für die
Liste aus der Schule zuständig und hatte vermutlich bereits mit
ihr telefoniert. »Hat sich Mikeys Stimmung seit Ferienbeginn
verbessert?«

Jen dachte kurz nach. »Ehrlich gesagt war er schlechter
drauf als sonst. Hat viel Zeit in seinem Zimmer verbracht und
dort gespielt, wie er sagte. Ich weiß, das ist nicht gut für ihn,
aber ich musste arbeiten, und er schien einigermaßen zufrieden
zu sein.«

»Wer hat auf ihn aufgepasst, wenn Sie bei der Arbeit
waren?«

Jens blasses Gesicht lief rot an, und sie schüttelte den Kopf.
»Es ging ihm gut. Dolores hatte ein Auge auf ihn, und ich habe
immer jede Menge Essen vorbereitet. Ich bin keine schlechte
Mutter.«

»Das wollte ich damit auch gar nicht sagen, Jen. Ich

versuche nur herauszufinden, ob jemand hier gewesen sein könnte, während Sie bei der Arbeit waren.«

Dolores straffte die Schultern. »Ich hätte es gemerkt, wenn jemand hier gewesen wäre. Mein Küchenfenster befindet sich direkt neben meiner Haustür. Von dort aus kann ich das Gartentor sehen.«

»Und Sie haben niemanden bemerkt, der tagsüber vorbeigekommen ist, während Jen bei der Arbeit war, oder abends, wenn sie beim Bingo war?«

Die Nachbarin zuckte die Achseln. »Nicht dass ich wüsste.«

»Sie gehen doch auch zum Bingo, oder? Wie viele Abende die Woche?«

Eine kurze Stille entstand. Dolores schaute Jen fragend an. Diese sprach zuerst: »Wir sind fast alle Abende da. Abgesehen vom Pub kann man hier sonst nichts machen, und ich gehe nicht gern in den Pub.«

»Also war Mikey oft allein, ist das korrekt?«

Jen nickte langsam. »Aber er hat auch viel Zeit mit Toby Collins verbracht.«

»Und kannte er Kevin Shanley?«

Jen setzte sich gerade auf. Zum ersten Mal sah sie ausgesprochen aufmerksam aus. »Warum fragen Sie nach Kev?«

»Es tut mir leid, das sagen zu müssen, aber wir haben heute Morgen seine Leiche gefunden.«

»O mein Gott!«, stieß Jen aus. »Die arme Sheila! Und der arme Victor!«

Dolores eilte an die Seite ihrer Freundin. »Ruhig, Jen, es ist alles gut.«

Die Uhr auf dem Kaminsims schlug so plötzlich, dass Lottie aufschreckte und die Tasse Tee zu Boden warf. »Tut mir leid.«

»Lassen Sie das ruhig liegen«, sagte Jen.

»Ich hole ein Tuch.« Dolores eilte in die Küche. Gilly stand auf und folgte ihr.

Jen rollte sich in ihrem Sessel zu einem Ball zusammen und schluchzte. »Kevin und Mikey. Warum?«

»Ich tue mein Bestes, um das herauszufinden.«

»Tun Sie mehr.«

»Sie haben die Shanleys bei ihren Vornamen genannt. Kennen Sie sie gut?«

Jen presste die Lippen zusammen. Tränen liefen ihre Wangen entlang und tropften ihr vom Kinn. »Ich dachte, wir würden über Mikey reden.«

»Ich versuche, so viele Informationen zusammenzutragen wie möglich.«

»Kevin und Mikey sind ... waren in derselben Klasse.«

»War Kevin auch in der Fußballmannschaft?«

»Nicht mehr, soweit ich weiß.«

»Warum nicht?«

»Das weiß ich nicht. Das müssen Sie seine Eltern fragen.«

Lottie hatte das Gefühl, dass ihre Ermittlungen von Minute zu Minute komplizierter wurden. »Können Sie mir irgendetwas über die Shanleys erzählen?«

Jen drehte den Kopf weg. »Nicht wirklich. Wir kannten einander nicht gut. Kevin und Mikey waren nicht allzu eng befreundet. Tut mir leid, aber mehr kann ich dazu nicht sagen.«

Dolores kam mit einer Küchenrolle zurück und begann, den verschütteten Tee aufzuwischen. Mit all den Personen im Wohnzimmer fühlte sich der Raum zu klein an.

Lottie ging zur Tür. »Bitte rufen Sie mich an, wenn Ihnen noch irgendetwas einfällt, was uns dabei helfen könnte, herauszufinden, wer Mikey getötet hat.«

Als sie ging, hörte sie Jen hinter sich wieder schluchzen. Erst dann fiel ihr ein, dass sie den Missbrauch an Mikey gar nicht angesprochen hatte. Aber die arme Frau hatte im Moment weiß Gott schon Kummer genug.

ACHTUNDDREISSIG

Als Lottie wieder in der Dienststelle eintraf, lief Kirby gerade mit einem Telefon am Ohr in der Einsatzzentrale auf und ab. Nach dem Besuch bei Jen Driscoll hatte sie nicht die Kraft gehabt, ein ähnliches Gespräch mit den Shanleys zu führen. Später. Oder morgen Vormittag. Vielleicht konnte sie auch einfach Kirby und Lynch schicken.

Kirby legte auf und brachte Lottie über sein Gespräch mit Bertie Harris auf den neuesten Stand.

»Ein einundzwanzigster Geburtstag?«, wiederholte sie. »Und wie viele Leute waren da?«

»Das war gerade Naomi Jones am Telefon. Es war ihre Party. Und sie schätzt, dass ungefähr sechzig Gäste da waren.«

»Wir müssen sie alle identifizieren und befragen.« Lottie zupfte an ihren strähnigen Haaren herum und verspürte das dringende Bedürfnis nach einer Dusche. »Wir haben mehrere Tote, müssen eine Unzahl von Befragungen durchführen und es gibt nicht eine einzige brauchbare Spur. Wir drehen uns im Kreis, wie üblich.«

»Ich habe die Aufzeichnungen von den Überwachungskameras.« Kirby hielt eine DVD hoch.

Lottie stürmte auf ihn zu. »Und?«

»Ich bin gerade erst gekommen und hatte noch nicht die Zeit, sie durchzugucken. Steht ganz oben auf meiner To-do-Liste. Gemeinsam mit den Aufnahmen aus dem McDonald's.«

»Die haben Sie auch?«

»Ich hab sogar ein Happy Meal auf Kosten des Hauses dazu gekriegt.« Kirby lächelte.

»Kümmern Sie sich sofort darum, und lassen Sie mich wissen, falls Sie was finden. Woher haben Sie die Aufnahmen aus dem Vereinsheim?«

»Bertie Harris hat sie mir gegeben, wobei ich sagen muss, dass ich den ein bisschen zwielichtig finde.«

»Zwielichtig? Aber er hat Ihnen die Aufnahmen doch freiwillig gegeben, oder?«

»Vielleicht nur, damit wir ihn nicht auf dem Radar haben. Zumal er Zeit gehabt hätte, die Aufnahmen zu manipulieren.«

»Vielleicht war er auch einfach nur hilfsbereit«, sagte Lottie.

»Oder er weiß, dass da nichts drauf ist«, mischte Boyd sich ein und krempelte seine Ärmel hoch.

»Ich mein ja nur«, sagte Kirby.

»Checken Sie ihn gründlich«, wies Lottie ihn an. »Gleich nachdem Sie sich das Band angesehen haben.«

»Es ist eine DVD«, sagte Boyd.

Lottie ging weg, ohne ihn weiter zu beachten. Ihr gesamter Körper schrie nach einer Pause. Aber sie hatten zu viele Tote, als dass sie eine Pause machen könnte.

Kurz darauf kehrte sie wieder um und kam zurück.

»Die beiden Jungs wurden sexuell missbraucht«, sagte sie.

Ihre Worte wurden mit ohrenbetäubendem Schweigen quittiert.

»Scheiße.« Kirby sprach als Erster.

»Und beide wurden nicht dort ermordet, wo sie gefunden

wurden«, fügte Lottie hinzu und ließ das Thema Missbrauch in die Köpfe der Männer sickern.

»Also müssen wir den Tatort finden«, sagte Boyd.

»Was Neues von der Schule?«

»Ich habe mit Miss Conway gesprochen, der Lehrerin der Jungs«, berichtete Boyd und schob ein paar Papiere auf dem Schreibtisch herum. »Sie ist im Juni in Rente gegangen, war aber ausgesprochen hilfsbereit. Hat weder Datenschutz noch Durchsuchungsbefehl erwähnt, Gott sei Dank. Sie geht bei der Schule vorbei und besorgt uns die Mitarbeiterliste. Ich habe Lynch hingeschickt, die sie abholen soll. Und dann können wir die Befragungen der Kinder, Eltern und Lehrer organisieren.«

»Komm mit«, sagte Lottie.

»Wohin?«

»Wir müssen uns mit Rory Butler unterhalten, dem Trainer der Mannschaft.« Sie griff nach ihrer Handtasche. »Du errätst nie, wo der wohnt.«

»Aber ich wollte mir gerade was zu essen holen«, protestierte Boyd. »Ich bin am Verhungern.«

»Das kann warten. Und du fährst.«

* * *

Barry stellte Toby immerzu Fragen über Mikey. Toby zuckte nur mit den Schultern. Er konnte nicht darüber reden. Er konnte überhaupt nicht reden.

»Spielst du online?«, fragte Sean.

Toby nickte.

»FIFA?«

Toby nickte erneut.

»Was noch?«

Schulterzucken.

»Alter, du redest nicht viel, oder?«

Toby neigte den Kopf leicht zur Seite. Selbst wenn er reden könnte, wollte er nicht.

»Ich spiele *Call of Duty*«, erzählte Sean.

»Ich auch«, sagte Barry. »Wenn wir nicht gerade Babys aus dem Kanal fischen.« Er lachte.

Toby fand überhaupt nichts lustig daran.

»Halt die Klappe, Barry«, herrschte Sean ihn an und wandte sich dann an Toby. »Geht's dir gut?«

Toby kickte den Ball weg und rannte ihm nach. Er wollte so weit von Barry wegkommen wie möglich. Er hörte rennende Füße hinter sich und schaute über die Schulter zurück. Just in diesem Moment verpasste Barry ihm eine Blutgrätsche und warf ihn zu Boden. Toby wand sich auf dem frisch gemähten Rasen und versuchte, den älteren Jungen von sich zu stoßen.

»Memme!« Barry boxte ihm in die Schulter.

Sean versuchte, Barry von Toby wegzuziehen. »Jetzt hör auf, dich wie ein Arschloch aufzuführen! Du jagst ihm doch Angst ein.«

»Pass bloß auf, sonst bist du der Nächste«, flüsterte Barry in Tobys Ohr, bevor er aufstand und sich das Gras von den Klamotten klopfte.

»Was sollte das denn, Barry?«, fragte Sean und streckte Toby eine Hand hin, um ihm beim Aufstehen zu helfen.

Ja, was sollte das denn?, dachte Toby. Er beobachtete, wie Barry sich umschaute, bevor er sich vorbeugte.

»Erst Mikey Driscoll, dann Kevin Shanley. Beides waren Freunde von dir, nicht wahr, kleiner Toby?«

»Es wurde noch ein Junge ermordet? Oder was willst du damit sagen?«, fragte Sean.

»Ja, letzte Nacht. Wurde am Ladystown Lake gefunden. Ich hab's heute Morgen mit meiner Mutter im Autoradio gehört.«

»Und im Radio wurde auch sein Name gesagt?«, hakte Sean nach.

Barry berührte seine Nase mit dem Finger. »Find's doch selber raus.« Dann schnappte er sich den Ball und schoss ihn einmal übers Feld.

Sean lief ihm hinterher. »Du schummelst. Ich war noch gar nicht bereit.«

Toby sackte auf dem Boden zusammen und rupfte Löwenzahn aus dem Rasen. Die Luft steckte ihm irgendwo im Hals fest, und er konnte nicht atmen. Er versuchte, nicht durchzudrehen, was gar nicht so einfach war.

Stimmte das? War Kev auch tot? Wegen dem, was passiert war? Und würde er der Nächste sein?

Er sah den Ball nicht kommen, der auf ihn zuflog, und wurde mit voller Wucht ins Gesicht getroffen.

»Das nächste Tor gewinnt«, rief Barry.

* * *

Hope schubste Lexie auf der Schaukel in dem ungepflegten Garten an. Auf beiden Seiten und hinter dem Garten befanden sich weitere Häuser. Sosehr sie Munbally Grove auch hasste, im Moment wünschte sie, wieder dort zu sein. Weg von Jacinta und dem Gras und dem Alkohol. Zu Hause in ihrem eigenen Bett, und Lexie in ihrem. Was hatte sich Robbie dabei gedacht, sie hierherzubringen? Angst vor der Polizei, hatte er behauptet. Aber warum? Sie hatte nichts falsch gemacht. Oder doch? Sie war panisch aus dem Krankenhaus geflohen, weil sie sich nicht daran erinnern konnte, was mit ihrem Baby passiert war. Aber warum war sie überhaupt vor dem Garda-Revier aufgetaucht?

»Mummy, mach langsamer. Ich fall runter«, kreischte Lexie, und Hope zog die Schaukel an ihre Brust. Dann nahm sie ihre Tochter in den Arm und wollte mit ihr zurück ins Haus gehen, doch Robbie stand in der Tür und blockierte sie.

»Was?«, fragte sie.

»Du bist in den Nachrichten. Komm rein. Schnell.«

»In den Nachrichten?« Sie ließ Lexie runter und schob sich an ihrem Onkel vorbei. »Und was sagen sie?«

»Dass du eine Mörderin bist«, mischte Jacinta sich ein. Rauch stieg aus ihrem Mund wie die Tentakel eines bösen Geistes.

Mit offenem Mund und gespitzten Ohren stand Hope auf der Türschwelle und lauschte der Reporterin, die vor dem Garda-Revier in Ragmullin stand und live berichtete. Kurz zuvor hatte eine Pressekonferenz stattgefunden.

Als der Neunzig-Sekunden-Bericht fertig war, schaute Hope zu Robbie, der Lexie an der Hand hielt, und sagte: »Ich muss nach Hause.«

NEUNUNDDREISSIG

Das Swift House lag in einer Gegend, die aussah wie ein Gemälde von John Constable. Lottie betrachtete ihre Umgebung. Könnte jemand von hier aus zum Seeufer gelangt sein? Sie war sich sicher, dass sie sich in der Nähe des Fundorts von Kevin Shanleys Leiche befanden.

Rosen in voller Blüte säumten die Hecken und erfüllten die Luft mit ihrem Duft. Das Haus hatte drei Stockwerke und sah mit den zahlreichen Einbuchtungen entlang der Traufe und den zwei Türmchen an beiden Seiten aus wie eine Burg. Das Mauerwerk an den Außenwänden sah alt aus, die Fenster jedoch waren modern.

»Ich habe die meiste Zeit meines Lebens in Ragmullin verbracht, aber dieses Haus hier habe ich noch nie gesehen«, meinte sie staunend.

»Das liegt daran, dass es bis vor ein paar Jahren nur eine Ruine war. Und dann habe ich es wiederaufgebaut.«

Lottie drehte sich auf dem Absatz um. Die Stimme war hinter ihr erklungen. Ein Kopf mit dunkelbraunem Haar tauchte über einem Rosenbusch auf, gefolgt von einem Gesicht mit einem gepflegten Vollbart. Boyd würde den Look Designer-

Stoppeln nennen. Der Mann stand auf, zog die Gartenhand-
schuhe aus und kam auf sie zu. Er trug ein schmutziges weißes
T-Shirt und Cargo-Shorts. Lottie fand ihn gar nicht
unattraktiv.

»Rory Butler.«

Mit den langen, schlanken Fingern und ordentlich
gekürzten Nägeln sah seine Hand aus wie eine Gartenharke.
Sie war vollkommen sauber.

Lottie stellte sich und Boyd vor. Butler war in seinen Dreißigern, und dort, wo kein Bart wuchs, sah man reine Haut. Er
hatte leuchtend blaue Augen.

»Sie sind etwas jünger, als ich erwartet hatte«, sagte sie,
ohne nachzudenken.

»Und was haben Sie erwartet?«

»Ich weiß auch nicht ... Vielleicht einen alten Mann im
Tweed-Anzug mit einer Flinte über der Schulter, mit der er auf
Fasane schießt.«

Er lachte, und trotz der furchtbaren Fälle, derentwegen sie
hier war, musste sie lächeln.

»Da haben Sie meinen Großvater vortrefflich beschrieben.
Den Vater meiner Mutter. Er hieß auch Rory. Rory Swift.«
Seine Augen strahlten freundlich.

»Wohnt Ihre Mutter auch hier?«

»Nein. Mein Vater konnte sich mit dem Land nie anfreun-
den. Also sind meine Eltern bei der ersten Gelegenheit, die sich
ihnen bot, nach London abgehauen. Vor drei Jahren ist mein
Großvater gestorben, und ich bin zurückgekommen und habe
mein Geld in dieses Anwesen gesteckt.«

»Sieht toll aus«, sagte Lottie und fragte sich dabei, wie er es
geschafft hatte, sie in diesen Small Talk zu verwickeln.
»Können wir uns irgendwo unterhalten? Im Schatten?«

»Bitte entschuldigen Sie, wo habe ich nur meine Manieren
gelassen! Bitte, hier entlang.«

Er führte sie um das Haus herum. Vor ihnen breitete sich

eine gepflasterte Terrasse aus, und Lottie staunte über die modernen Gerätschaften und Außenmöbel.

Der Ausdruck in ihren Augen entging ihm nicht. »Ich gebe gern Partys. Und bei den Grillpartys kommt dieses Spitzengerät zum Einsatz. Im Moment ist das perfekte Wetter dafür.«

»Wow, hier passen ja gut und gern hundert Leute drauf«, schwärmte Boyd.

»Das ist leicht übertrieben, aber vierzig sind kein Problem.«

Rory führte sie zu einem Tisch unter einem Sonnenschirm, und Lottie ließ sich auf einen Stuhl mit Polster fallen. Ihre Knochen schmerzten, und als Butler ihnen Kaffee anbot, hoffte sie, er würde dazu ein paar Sandwiches oder zumindest Kekse reichen. Doch anstatt ins Haus zu gehen, setzte er sich zu ihnen und drückte auf einen goldenen Knopf auf dem Tisch. Boyd hob eine Augenbraue, und Lottie hoffte, dass er jetzt keinen schlauen Kommentar loslassen würde.

Eine junge Frau in Jeans und einer weißen Schürze erschien, und Butler bat sie, Kaffee aufzusetzen. »Vielleicht finden Sie ja auch ein paar Stücke Kuchen dazu.«

Dann wandte er sich wieder Lottie zu. »Also, was möchten Sie mit mir besprechen?«

Sie beschloss, ohne Umschweife zur Sache zu kommen. »Sie trainieren die Fußballmannschaft der unter Zwölfjährigen, ist das richtig?«

»Ja. Schrecklich, was mit dem armen Mikey passiert ist.«

»Wir müssen Sie zu Sonntagabend befragen.«

»Ich habe bereits einen Anruf von einem Ihrer Detectives erhalten, dass ich vorbeikommen und eine Aussage abgeben soll. Das wollte ich heute noch erledigen. Sind Sie deshalb hier?«

»Deshalb und noch aus einem anderen Grund«, antwortete Lottie. »Heute Morgen haben wir am Seeufer die Leiche eines Jungen gefunden. An einer Anlegestelle namens Tudenham Point. Haben Sie schon davon gehört?«

»O Gott, nein. Wer ist es denn? Und was ist passiert?« Sein Gesicht wurde ganz blass, und er rutschte zur Stuhlkante vor. »Tudenham Point ist nur ein paar Hundert Meter das Ufer entlang von hier entfernt. Wenn man die Straße nimmt, ist die Strecke länger.« Dann begriff er. »Sie denken ja wohl nicht, dass ich etwas damit zu tun habe?«

»Das wollte ich damit nicht sagen.« Lottie hoffte, dass der Kaffee bald kommen würde. Sie war schon ganz schwach vor Hunger. »Wie kam es dazu, dass Sie Trainer der Kindermannschaft wurden?«

»Ich habe mich freiwillig gemeldet. Wollte mit meiner Zeit etwas Sinnvolles anfangen. Ich spiele Fünfer-Fußball, und vor ungefähr anderthalb Jahren hat jemand erwähnt, dass die Kindermannschaft in Munbally einen Trainer sucht. Und da dachte ich mir, probier ich das doch mal aus.«

»Und was haben Sie selbst davon?«

»Das gute Gefühl, dass die Jungen draußen an der frischen Luft sind, zusammen im Team spielen, Wettbewerbe austragen und gewinnen. Ich habe ihrem sonst eher tristen Leben einen Sinn gegeben.«

»Sie haben auch Mikey Driscoll trainiert.«

»Ja. Ein toller junger Fußballer. Und bevor Sie fragen: Ich hatte nur beim Training mit ihm zu tun.«

»Und was ist mit Kevin Shanley?«

»Kevin? Ist er der Junge, der heute gefunden wurde?«

»Haben Sie ihn trainiert?«

»Ja. Aber in letzter Zeit nicht mehr. Er ist nur ab und zu aufgetaucht.«

»Wann haben Sie die beiden zum letzten Mal gesehen?«

»Mikey habe ich am Sonntagabend gesehen. Kevin seit Wochen nicht mehr. Vielleicht war er beim Spiel; das weiß ich nicht. Das ist ja furchtbar. Haben Sie schon irgendwelche Spuren?«

»Wir müssen eine formelle Befragung mit Ihnen durchführen.« Lottie hatte nicht vor, Informationen preiszugeben. »Wissen Sie von irgendwelchen privaten Zugangspunkten hier in der Gegend?«

»Zugangspunkten?«

»Sie wissen schon. Zum See. Das Tor zu dem Bereich, in dem wir die Leiche gefunden haben, wird nachts abgeschlossen, und ohne Boot oder Zugangscode kommt man da nicht rein. Deshalb suchen wir nach anderen Wegen, die der Mörder genommen haben könnte.«

Er lehnte sich zurück, als wäre sein Körper eine sich entspannende Feder. Der Kaffee wurde gebracht. Er wartete, bis alle Tassen gefüllt waren und der Kuchen in Stücke geschnitten war, und antwortete dann: »Also glauben Sie, er hat ein Boot verwendet?«

»Das ist die eine Theorie. Die andere ist, dass er Ihren Privatweg genommen hat.«

»Hier in der Gegend gibt es zahlreiche Anlegestellen. Irgendwo habe ich im Haus eine alte Karte. Ich suche sie Ihnen heraus, wenn Sie möchten.«

»Das wäre toll.« Lottie nippte an ihrem Kaffee und genoss das Aroma und den Geschmack. Er war stark, also genau so, wie sie ihn gerade brauchte. »Haben Sie an den letzten Abenden irgendwelche ungewöhnlichen Aktivitäten bemerkt?«

»Sehen Sie sich doch um«, antwortete er. »Hier ist es absolut ruhig und abgelegen.«

»Aber immerhin veranstalten Sie auf Ihrer Terrasse ja Partys für vierzig Personen.« Das hatte nicht sarkastisch klingen sollen, tat es aber vermutlich. Butler stellte seine Kaffeetasse scheppernd auf die Untertasse auf dem Tisch. Erkannte sie da ein leichtes Zittern seiner Hand?

»Inspector Parker, ich bin vierunddreißig Jahre alt. Ich habe zwar London verlassen, London mich aber nicht. Ich mag die Ruhe hier, aber ab und zu mache ich auch gern Party.«

Defensiv? Hmm. »Bitte entschuldigen Sie, das war unhöflich von mir«, sagte sie und fragte sich, warum sie plötzlich seine Art zu sprechen imitierte. »Ich wollte lediglich eine Beobachtung äußern. Wann hatten Sie das letzte Mal Gäste hier?«

Er zuckte mit seinen breiten Schultern. »Vor einer Woche oder zehn Tagen oder so.«

»Haben Sie eine Freundin? Oder einen Freund?«

»Ich bin Single. Zurzeit«, antwortete er mit einem entwaffnenden Funkeln in den Augen.

Lottie spürte, wie sie rot wurde. »Kann sonst jemand bestätigen, wo Sie die letzten beiden Abende und Nächte waren?«

»Das bezweifle ich. Wie Sie sehen können, lebe ich allein. Helen ist nur tagsüber hier.«

Sie sollte sich sein Alibi genauer ansehen, aber im Moment wollte sie vor allem herausfinden, wie nahe am See sich sein Haus befand.

»Wir sind über die Straße hierhergekommen, die von der Hauptstraße abgeht. Führt die anschließend weiter bis zum Ufer?«

»Die öffentliche Straße endet an diesem Grundstück und wird dann zum Privatweg. Was die Leute nicht daran hindert, hier langzufahren.«

Lottie saß dem Mann gegenüber, der Kontakt zu beiden Jungen gehabt und außerdem Zugang zum See hatte, und fragte sich, warum sie ihn nicht längst aufs Revier bestellt hatte.

»Haben Sie letzte Nacht ein Auto gehört oder irgendwelche anderen Geräusche?«

»Nein. Wie Sie vielleicht festgestellt haben, sind die Fenster im gesamten Haus dreifach verglast.«

Nein, das war ihr nicht aufgefallen. Sie nippte erneut an ihrem Kaffee und warf dabei Boyd, der sich gerade das letzte Stück Kuchen einverleibte, einen Blick zu.

»Ist es okay, wenn ich von hier aus zum See laufe?«, fragte sie Butler.

»Natürlich. Wenn Sie einen Moment warten, ziehe ich mich eben um und komme mit.«

Nachdem er im Haus verschwunden war, sagte Boyd: »Ein charmanter junger Mann.«

»Du bist genauso durchschaubar wie dieser Glastisch. Warum kannst du ihn nicht leiden?«

»Weil er viel redet, aber nichts sagt. Dreifach verglast? Wo arbeitet er? Woher bezieht er sein Einkommen? Das würde ich gern wissen.«

Lottie kam nicht dazu, ihn schnell genug zu warnen, dass Butler wieder hinter ihm auftauchte.

»Ich habe mit einundzwanzig mein eigenes Online-Versicherungsunternehmen aufgebaut, das ziemlich erfolgreich ist. Aber das können Sie alles auf meiner Wikipedia-Seite nachlesen.« Er trug nun ein makellos weißes Hemd, griff nach seiner Kaffeetasse und trank sie aus. »Bitte folgen Sie mir.«

»So ein wunderschöner Abend heute«, sagte Butler.

Lottie musste ihm zustimmen. Das Wasser war spiegelglatt und reflektierte das Blau des Himmels. Ein leichter Dunst lag über der Mitte des Sees, und von ein paar Booten aus wurde geangelt. Zwei Schwäne tauchten am Ufer mit dem Kopf unter, schlugen mit ihren schwarzen Beinen um sich und glitten durch das Schilf zu ihrer Rechten davon.

Sie ging zum steinigen Ufer und schaute nach links. Keine fünfhundert Meter entfernt konnte sie die Stelle sehen, an der Kevins Leiche gefunden worden war. Sie war noch abgesperrt, und ein uniformierter Garda stand neben dem Zelt. Eine gruselige Stille lag in der Luft.

»Wo ist die Anlegestelle für die Boote, die diesen Zugang zum See nutzen?«

»Da drüben.« Butler deutete hinter sich nach rechts. Sie folgte seinem Finger und entdecke zwei Boote unter einem

Dach aus Plexiglas, unter dem Platz für zwei weitere Wasserfahrzeuge war.

»Gehören die Ihnen?«

»Sie gehörten meinem Großvater. Ich bin nie mit ihnen gefahren. Bei beiden muss der Motor gewartet werden.«

»Und die zwei anderen Plätze, wer nutzt die?«

»Niemand. Die meisten Leute haben ihre Boote zu Hause, glaube ich, und vertäuen sie nur tagsüber hier.«

»Ich sehe hier keine Autos. Kann ich daraus schließen, dass sich gerade niemand auf dem See befindet, der diese Anlegestelle nutzt?«

»Kommen Sie mit.« Butler verschwand zwischen zwei Hecken.

Boyd setzte sich vor Lottie in Bewegung. »Ganz schön hochnäsiger Macker, oder?«, flüsterte er.

»Halt die Klappe, Boyd.«

»Was haben Sie gesagt?«, fragte Butler.

»Ein ziemlicher Acker«, antwortete Lottie mit Blick auf die zerpflügte Rasenfläche unter ihnen. »In der letzten Woche hat es doch gar nicht geregnet. Ist das nicht ungewöhnlich?«

»Vergessen Sie nicht, dass es in den drei Wochen davor permanent geregnet hat. Und auch am Wochenende sind einige Schauer runtergegangen.«

Vor ihnen öffnete sich eine Lichtung. Drei Jeeps parkten hintereinander am Rand einer schmalen Straße, in deren Mitte Gras wuchs.

»Wissen Sie, wem die gehören?«

»Nein.«

»Ich dachte, das hier wäre Privatgelände.«

»Ich kann die Leute nicht daran hindern, es dennoch zu betreten. Von hier aus kann man direkt bis zum Ufer fahren. Dort legen sie mit dem Boot ab, dann parken sie hier und gehen anschließend angeln.«

Lottie schaute sich um. Durch die großen Bäume war die

Gegend zwar recht schattig, aber sie konnte zahlreiche Reifen-spuren auf dem Kiesboden erkennen. Sie fotografierte die Kennzeichen der Jeeps mit dem Handy.

»Könnten Sie uns jetzt die Karte heraussuchen, bitte?«

»Die ist im Haus.«

Sie gab sich alle Mühe, ihren Blick von seinen langen, gebräunten Beinen abzuwenden, als sie hinter ihm herging.

Im Haus angekommen, blieb Lottie bewundernd stehen. Boyd fiel die Kinnlade herunter, und sie schlug sich mit der Hand vor den Mund. Sie wurden von Rory Butlers heller Inneneinrich-tung förmlich geblendet. Die modernen Möbel sahen aus wie in einer Architekturzeitschrift: weiß, steril und neu.

»Boah«, entfuhr es ihr.

»Der übliche verwendete Ausdruck ist ›wow‹«, sagte Butler lachend.

»Wow«, sagte sie. »Das ist unerwartet. Von außen würde man niemals erwarten, dass es von innen so aussieht.«

»Wie ein IKEA-Katalog«, meinte Boyd. Lottie warf ihm einen bösen Blick zu.

»Das hat mit IKEA so gar nichts zu tun«, erwiderte Rory. »Saubere Linien, reines Weiß und sehr teuer.«

»Haben Sie das alles selbst gemacht?«

»Nein«, antwortete er. »Ich habe es nur bezahlt.«

Er drückte einen Knopf auf einer Fernbedienung, und eine Schublade glitt aus etwas, das Lottie für eine Wand gehalten hatte. Alles war eingebaut. Butler blätterte flink durch die Dokumente darin.

Lottie bestaunte unterdessen das Gemälde über dem Einbauschrank. Es war hell und abstrakt und befand sich in einem breiten weißen Holzrahmen unter entspiegeltem Glas. Es war nicht signiert. Wo hatte sie so etwas erst kürzlich schon einmal gesehen? Sie wollte ihn gerade fragen, doch da stand er schon mit einer Karte in der Hand vor ihr.

»Das hier ist sie. Die Markierungen stammen von meinem Großvater. Bitte seien Sie vorsichtig damit. Sie ist recht alt. Darauf sind alle Anlegestellen entlang des Ufers markiert – auch die privaten. Mit Sicherheit sind einige dabei, die Sie online nicht finden.«

Boyd nahm sie ihm ab. »Ich kopiere sie in der Dienststelle und bringe sie Ihnen dann zurück. Sind Sie sicher, dass niemand bezeugen kann, wo Sie sich letzte Nacht aufgehalten haben?«

Lottie bemerkte, wie Butlers Blick langsam von Boyd zu ihr wanderte. Dann zog er die Augenbrauen zusammen.

»Niemand. Warum?« Die Sorgenfalte auf seiner Stirn wich nun einem schelmischen Lächeln.

»Sie haben Zugang zum Seeufer. Wir müssen feststellen, wo Sie letzte Nacht und heute Morgen gewesen sind.«

Das Lächeln verließ sein Gesicht so schnell, als hätte ihm jemand eine Ohrfeige verpasst.

»Ich war hier. Allein. Um neun Uhr ist Helen gekommen. Brauche ich ein Alibi?«

»Sie kannten beide der toten Jungs, Mikey Driscoll und Kevin Shanley. Wir müssen auch wissen, wo Sie am Sonntagabend waren.« Lottie verschränkte die Arme und lehnte sich an einen der weißen Einbauschränke.

»Wenn ich gewusst hätte, dass ich ein Alibi brauche, hätte ich dafür gesorgt, dass jemand bei mir ist«, antwortete er verhalten.

»Ihnen wird nichts vorgeworfen«, erklärte sie. »Das ist Ihnen klar, oder?«

»Hören Sie, ich wohne hier allein. Ich kann Ihnen kein Alibi bieten. Tut mir leid.« Er ging zur Tür. »Bitte sorgen Sie dafür, dass ich die Karte unversehrt zurückerhalte. Es handelt sich um ein Familienerbstück.«

»Ich bringe Sie Ihnen höchstpersönlich zurück«, versprach Boyd.

»Wann können Sie im Revier vorbeischauen und eine formelle Aussage abgeben?«, fragte Lottie.

»Passt Ihnen morgen früh?«

»Dann sehen wir uns morgen um neun.«

Sie gingen nach draußen. »Die Rosen sind wirklich wunderschön«, schwärmte Lottie. »Haben Sie die alle selbst gepflanzt?«

»Jetzt stellen Sie wahrhaft alberne Fragen. Einen schönen Tag noch.«

Als sie wieder beim Auto waren, fragte sie: »Warum musstest du ihn aber auch unbedingt verärgern?«

»Ich? Dieses arrogante Arschloch ist so selbstverliebt, dass er ...«

»Das reicht jetzt. Wir hatten beide einen langen Tag. Ich muss nach Hause.«

Boyd fuhr schweigend los. Lottie trommelte mit den Fingern auf dem Sitz.

»Warum hat er so viel Geld in die Sanierung eines alten Hauses mitten im Nirgendwo gesteckt?«, überlegte sie laut.

»Genau das habe ich mich auch gerade gefragt«, meinte Boyd. »Das muss Millionen gekostet haben.«

»Wirft sein Unternehmen tatsächlich so viel ab?«

»Ich checke ihn nachher mal durch.«

»Ich finde, wir haben genug anderes zu tun, als uns damit zu beschäftigen, welche Motive Mr Butler für die Renovierung seines Hauses hatte.« Lottie schaute hinaus in die untergehende Sonne. »Immerhin haben wir einen Mörder zu finden.«

»Und Hope Cotter.«

* * *

Rory Butler stand am Fenster und sah den Detectives nach. Dann steckte er beide Hände tief in die Hosentaschen, seufzte und ging zu seiner gut ausgestatteten Bar. Er goss sich einen doppelten Wodka ein, trank ihn in einem Zug aus und füllte das Glas wieder auf. Das Abendlicht traf v-förmig auf das Regal, und der Staub, der aufwirbelte, als er die Flasche zurück-stellte, sah aus wie eine Schar Glühwürmchen.

»Willst du den Rest des Abends wie ein Idiot dastehen?«

Er hörte die Stimme hinter sich, drehte sich jedoch nicht um. Er wollte niemanden sehen. Nicht mit den Tränen in seinen Augen. Nicht jetzt.

»Himmel, Rory. Sei doch nicht so ein Trottel.«

»Geh weg. Lass mich allein. Ich will jetzt einfach nur meine Ruhe haben«, sagte Rory.

Er hörte das Glas zersplittern, bevor er bemerkte, dass er es gegen die Wand geworfen hatte.

VIERZIG

Garda Gilly O'Donoghue gähnte. Sie saß wieder am Empfang, aber ihre Schicht war fast zu Ende.

»Sie glauben also, das Geld ist aus Ihrem Bus geklaut worden?«

»Ja, da bin ich mir ganz sicher.« Er grunzte mehr, als dass er sprach.

Mit gezücktem Stift betrachtete Gilly Mr Wesley Finnegan. Obwohl sie hinter dem Empfangstresen saß, konnte sie seinen Kopf von oben sehen. Der kann höchstens einen Meter fünfzig groß sein, dachte sie. Sein Kopf war kahl und hatte einen Sonnenbrand sowie Altersflecken. Auf seinem Kinn zeigten sich Bartstoppeln, und der Kragen seines karierten Hemds lag flach auf den Schultern seiner gefütterten Weste. Schweißtropfen bildeten sich auf seiner Oberlippe, und er machte einen ausgesprochen nervösen Eindruck. Irgendwo hatte sie seinen Namen heute schon mal gelesen oder gehört. Vielleicht im Zusammenhang mit den Morden an den beiden Jungs? Wenn sie mal Detective werden wollte, brauchte sie ein besseres Gedächtnis.

»Warum haben Sie das Geld in Ihrem Bus gelassen?«,

fragte sie und versuchte, wenigstens ein Mindestmaß an Enthusiasmus in ihre müde Stimme zu legen.

»Da lass ich es immer.« Jedes einzelne Wort wurde von einem atemlosen Schnaufen begleitet. Der raucht vermutlich schon sein Leben lang, schloss Gilly.

»Das war aber nicht sehr klug.«

»Warum sagen Sie das?« Er verengte empört die Augen.

»Ich bin nicht dumm. Das Geld war unter meinem Sitz versteckt.«

»Und Sie haben Stammkunden. Jeder von denen wusste vermutlich, wo Sie Ihr Geld aufbewahren. Haben Sie mal daran gedacht?«

»Die Bingo-Ladys?« Er lachte. »Die interessieren sich nur für ihre Marker und Karten.«

»Okay.« Gilly schrieb ihren Fallbericht weiter.

»Sie brauchen das mit den Bingo-Ladys nicht aufzuschreiben. Ich weiß, wer das Geld geklaut hat.« Diesmal wurde Finnegan von einem Hustenanfall durchgeschüttelt.

»Ach ja?« Seufzend legte Gilly den Stift ab, lehnte sich im Stuhl zurück und verschränkte die Arme.

»Klar weiß ich das.«

»Wenn Sie wissen, wer es war, warum verlangen Sie Ihr Geld dann nicht selbst zurück?« Es war ein anstrengender Tag gewesen.

»Ich will, dass Sie ihn festnehmen. So krieg ich mein Geld zurück, und er kriegt einen Denkzettel verpasst.«

»Und verraten Sie mir auch, wer dieser mysteriöse Dieb ist?«

Sie beobachtete, wie sich Finnegan mit einem nikotingelben Finger einen nicht existenten Tropfen unter der Nase wegwischte. Seine Zahnleiste auf der einen Seite kaute energisch auf einem Kaugummi herum. Er warf einen Blick über seine Schulter, bevor er sich mit dem Kopf der Schutzwand aus Plexiglas näherte. Gilly wich unwillkürlich zurück.

»Max Collins. Hört auch auf den Namen Birdy.«

»Und wo wohnt dieser Mr Collins?« Sie blies die Wangen auf und nahm den Stift wieder in die Hand.

»Das müssen Sie schon selbst herausfinden, denn das weiß ich nicht. Er ist Abschaum und hat vermutlich keinen festen Wohnsitz, wie Sie das nennen.«

»Alter?«

»Sechsundvierzig.«

»Und wie sieht er aus?«

»Moment, ich dachte, Sie wollten mein Alter wissen«, sagte Finnegan. »Birdy ist so um die achtzehn. Hat eine Narbe durch die Augenbraue und dann noch eine auf der Backe.« Er fuhr sich mit dem Finger den Kiefer entlang. »Groß und dünn, aber sauber, wie auch immer er das hinkriegt.«

Gilly hatte genug von seinen verbalen Ergüssen.

»Ich werde ihn überprüfen.« Sie schob ihm das Formular unter der Glaswand hindurch. Das war alles nur Hörensagen, es gab keine Beweise, aber sie wollte Finnegan loswerden, ihre Schicht beenden, nach Hause gehen und sich unter die kalte Dusche stellen. »Bitte tragen Sie hier Ihren Namen sowie Ihre Telefonnummer und Ihre Adresse ein. Ich melde mich bei Ihnen, wenn wir etwas herausfinden.«

»Ich brauch das Geld. Die Kfz-Steuer für den Bus ist fällig. Ich will ja keine Mahnung von euch kassieren.« Er lachte kurz und steif auf.

»Wir melden uns. Und wenn Sie Mr Collins vor uns finden, sagen Sie uns bitte Bescheid.«

»Mach ich.«

Wesley Finnegan drehte sich um und ging zur Tür hinaus. Gilly hatte das Gefühl, als würde eine Schnecke langsam ihren Arm hinunterkriechen und eine Schleimspur hinterlassen. Sie schüttelte sich. Es war wirklich ein anstrengender Tag gewesen.

* * *

Auch in der Einsatzzentrale wurde der Tag beendet. Während Lottie auf die Nachtschicht wartete, holte sie die Schulbücher aus Kevin Shanleys Ranzen, blätterte sie durch und suchte nach irgendeinem noch so kleinen Hinweis. Aber in ihrem Kopf herrschte Chaos, und ihre Gedanken rasten.

»Ich brauche einen Backgroundcheck zu Rory Butler«, sagte sie, zog das nächste Buch aus dem Rucksack und öffnete es. »Ich will wissen, wer er ist, wo er war und wie er an sein Geld gekommen ist.«

»Wird erledigt«, verkündete Boyd enthusiastisch.

»Victor Shanley arbeitet im selben Fitnessstudio wie Jen Driscoll. Das liefert uns einen Anhaltspunkt, dem wir nachgehen müssen. Finde heraus, ob im Privatleben der beiden irgendetwas auftaucht, was Grund für einen Mord an ihren Söhnen sein könnte.« Dann wandte sie sich an Kirby. »Haben Sie was für mich?«

»Ich bin die Aufzeichnungen der Überwachungskameras durchgegangen. Nichts. Aber die DVD ist auffällig. Alle Stunde oder so fehlen rund zehn Minuten. Vielleicht ist das was, vielleicht auch nicht. Ich notiere mir die Zeiten und spreche Bertie Harris drauf an.«

»Lynch. Haben Sie sich mit der Lehrerin getroffen?«

»Ich habe die Liste der Schüler und Lehrer, und ich habe auch schon mit einem Großteil des Kollegiums gesprochen. Manche davon sind im Ausland im Urlaub, was sie als Mörder ausschließt.«

»Überprüfen Sie sie dennoch. Was ist mit den Klassenkameraden der Jungs und deren Eltern?«

»Für deren Befragungen habe ich ein Team aus uniformierten Polizisten zusammengestellt. Ein paar der Kinder sind auch in der Fußballmannschaft, insofern haben wir die schon abgehakt.«

»Das spart Ihnen immerhin ein bisschen Arbeit.« Lottie

musterte ihre schwangere Kollegin. »Geht es Ihnen gut? Sie sahen schon mal besser aus.«

»Ich bin nur müde, das ist alles.«

»Lassen wir es gut sein für heute. Die Arbeit rennt uns über Nacht nicht weg.«

»Die beiden toten Jungs und das tote Baby aber auch nicht«, sagte Lynch.

»Apropos, gibt es irgendwelche Sichtungen von Hope Cotter oder ihrem Onkel?«

»Robbie hatte mal eine Freundin«, antwortete Kirby. »Die wohnt in Athlone.«

»Dann fahren Sie hin und fragen nach.«

»Aber ich muss noch die Aufnahmen vom McDonald's durchgucken!«

»Prioritäten, Kirby«, sagte Lottie und griff nach dem nächsten Buch aus Kevins Schulsachen.

»Ach du Schreck«, stieß Lynch aus. Ihr Gesicht füllte sich mit Leben.

Kirby stand auf. »Dein Baby?«

»Nein, nein. Hau ab, Kirby.« Sie hielt ein Blatt Papier hoch. »Boss, sehen Sie sich das mal an. Die Liste aller Mitarbeiter an der Schule. Schauen Sie mal, wer dort halbtags geputzt hat.«

Lottie las die Zeile, auf die Lynch deutete.

»Hope Cotter. Wow. Damit haben wir noch eine Verbindung zu den Jungs.«

»Welchen haben wir denn schon?«, fragte Kirby und drehte eine nicht angezündete Zigarre zwischen den Fingern hin und her.

»Sie wohnt auch in Munbally Grove.«

»Aber die Shanleys wohnen in Greenway«, warf Boyd ein.

»Ja, aber erst seit maximal einem Jahr. Davor haben sie in Munbally gewohnt.«

»Wann hast du das denn herausgefunden?«

Sie hielt das Schulbuch hoch. »Hier drin hat Kevin seine

alte Adresse notiert.« Sie zeigte den anderen die Innenseite des Buchumschlags. »Munbally Grove.«

»Vielleicht ist er deshalb raus aus der Fußballmannschaft. Er ist ans andere Ende der Stadt gezogen und wollte nichts mehr mit denen zu tun haben«, mutmaßte Boyd.

»Oder seine Eltern wollten vor irgendetwas flüchten. Eine Affäre vielleicht?«, überlegte Lottie und musste an ihre Unterhaltung mit Victor Shanley denken und an ihren Verdacht, dass er mehr als eine kollegiale Beziehung zu Jen Driscoll haben könnte.

»Sie drehen sich ja ganz schön im Kreis.« McMahon stand in der Tür. »Ich dachte, Hope Cotter wäre Ihre Hauptverdächtige?«

»Für den Mord an dem Baby vielleicht«, antwortete Lottie.

»Für den Mord an den Jungs habe ich eher Rory Butler, den Fußballtrainer, im Verdacht«, ergänzte Boyd.

»Wir sind noch dabei, Beweise zusammenzutragen«, erklärte Lottie schnell.

»Soweit ich sehen kann, sammeln Sie vor allem Moos! Bringen Sie den Ball ins Rollen. Ich will morgen früh nicht herkommen und erfahren, dass schon wieder ein Junge irgendwo tot aufgefunden wurde. Die Medien setzen mir schon genug zu. Kapiert? Die machen mir die Hölle heiß. Die wollen Antworten, und ich will einen Verdächtigen in einer Zelle. Alle Granitzellen – die, wenn ich das mal eben hinzufügen darf, ein Vermögen gekostet haben – sind leer. Unser Budget ist bis zum Anschlag überzogen. Bis zum verdammten Anschlag!« Er holte tief Luft. »Ich will einen Verdächtigen, und ich will, dass dieser Verdächtige angeklagt wird, und ich will, dass der Granit mit seinem Arsch poliert wird.«

Er warf einen Blick auf die Falltafel, an der Fotos der Toten hingen, aber noch keine von Verdächtigen, und schritt hinaus. Er knallte noch nicht einmal die Tür hinter sich zu.

»Sie haben den Mann gehört«, verkündete Lottie. »Bevor

ich für heute Schluss mache, will ich noch kurz mit Mikeys
Freund Toby Collins reden. Mal sehen, ob er was über Kevin
weiß.«

* * *

Während Julia Duffy darauf wartete, dass Paul nach Hause
kam, dachte sie darüber nach, wie ihr Leben zu einem bloßen
Dahinvegetieren verkommen war.

Irgendwo bellte ein Hund. Schon seit einer Stunde. Kinder
sprangen ein paar Häuser weiter auf einem Trampolin herum.
Sie griff nach den Kopfhörern mit Geräuschunterdrückung und
zog sie sich über die Ohren. Jetzt war es besser.

Das Abendessen war fertig und stand zum Warmhalten im
Ofen. Barry saß hoffentlich in seinem Zimmer und spielte am
Computer. Von Angelausflügen hatte er wohl erst mal die Nase
voll. Sie hatte nichts dagegen, wenn er angeln ging, das war
immer noch besser, als auf der Straße herumzulungern. Oder?
Und so hatte die ganze Sache immerhin etwas Gutes: Er war zu
Hause, wo sie ihn im Auge behalten konnte. Und falls er das
Haus verließ, würde sie das mitbekommen.

Kaum hatte sie das gedacht, nahm sie den Kopfhörer ab.
Ging nach oben. Öffnete seine Zimmertür. Leer.

Wo war er hin? Sie rannte wieder nach unten, nahm das
Telefon von der Küchentheke und rief ihn an. Er ging nicht ran.
Hoffentlich war er wieder zu Hause, bevor sein Vater kam.

Paul würde bald da sein. Sie musste noch duschen und sich
herrichten.

Sie musste ihn bei Laune halten.

Sonst würde es womöglich wieder so werden wie vorher.

EINUNDVIERZIG

Lottie fuhr sich mit den Fingern durch die Haare und polierte sich anschließend mit ebendiesen die Zähne. Sie war müde und von allem frustriert. Boyd parkte das Auto, und sie gingen zur Haustür.

Ein paar lärmende Kinder kickten eine Colaflasche aus Plastik auf dem Fußweg herum, andere kreischten und schrien, während sie sich gegenseitig über die Rasenfläche jagten. Normalerweise hätte sie sich über diese Unbekümmertheit der Kinder gefreut, aber im Moment trübte ihr mangelnder Fortschritt bei den Ermittlungen ihre Laune.

Doch die Kinder waren nicht allein. Vor den meisten Haustüren saß eine ängstliche Mutter auf der Treppe. Nach vorn gebeugt, wachsam, manchmal mit einem Säugling auf dem Arm oder einen Kinderwagen mit dem Fuß vor- und zurückschiebend. Ihr Blick war misstrauisch.

Lottie klingelte an der Tür.

Sie hörte, wie eine Kette gelöst wurde. Dann ging die Tür auf.

»Hallo, Toby. Dürfen wir kurz reinkommen?«

Ihr fiel auf, dass das Gesicht des Jungen ganz blass wurde vor Angst.

»Schon okay. Du brauchst keine Angst zu haben. Ich möchte nur kurz mit dir über deinen Freund Mikey reden. Ist das okay für dich?«

Er biss sich auf die Unterlippe und machte die Tür weiter auf.

Im Flur roch es merklich nach Gras, doch die Augen des Jungen sahen klar aus, trotz des Drecks in seinem Gesicht und auf seinem T-Shirt und dem Riss in seiner Jeans. In einem seiner schwarzen Chucks fehlte der Schnürsenkel, sodass er bei jedem Schritt auf den Fliesenboden klatschte, als der Junge die Detectives in die Küche führte.

»Sind deine Eltern auch da?«, fragte Lottie, während Boyd an der Tür stehen blieb.

Toby schüttelte den Kopf. Trotz seiner Körperhöhe sah er jünger aus als elf. Ein Kind, das seinen Wachstumsschub nicht aufhalten konnte. Sofort machte sie sich Sorgen um ihn und zog einen Stuhl heran.

»Setz dich, Toby.«

Er tat, wie ihm geheißen. Lottie nahm auf einem Stuhl ihm gegenüber Platz.

»Ich möchte nur kurz mit dir reden. Du weißt ja, dass ich herausfinden möchte, wer deinem Freund das angetan hat, oder?« Sie sollte nicht mit ihm reden, ohne dass ein Elternteil anwesend war, war jedoch bereit, die Konsequenzen zu tragen, wenn sie nur etwas aus ihm herausbringen konnte.

Er nickte. Spielte unter dem Tisch mit seinen Fingern. Sie bemerkte, dass seine Schultern bebten.

»Warst du auch mit Kevin befreundet?«

Nicken.

»Wart ihr alle drei zusammen beste Freunde? Mikey, Kev und du?«

Schulterzucken. Was hatte das zu bedeuten?

»Weißt du, warum Kevs Familie aus Munbally weggezogen ist?«

Kopfschütteln.

»Toby, warum kannst du nicht mit mir reden?«

Erneut zuckte der Junge mit den Schultern, und er sah auf. Erst zu ihr, dann zu Boyd. Seine Mundwinkel hingen herunter, und seine Augen waren angstvoll aufgerissen. Er konnte tatsächlich nicht reden, begriff Lottie. War es der Schock? Oder etwas anderes?

Also versuchte sie es mit einer letzten Frage. »Kennst du Hope Cotter?«

Toby sprang auf und rannte aus der Küche. Sein Gesicht war weiß wie ein Bettlaken.

Als Lottie und Boyd wieder in der Dienststelle eintrafen, hatte Kirby die Aufnahmen der Überwachungskameras im McDonald's durchgesehen.

»Ich habe gerade mal schnell nachgeschaut, wann die Personen auftauchen, die für uns von Interesse sein könnten«, sagte er. »Und die Uhrzeiten notiert.«

Lottie betrachtete die Liste. »Also hat Mikey das Restaurant um einundzwanzig Uhr zehn verlassen. Eine Minute später ist Wes Finnegan gegangen. Er ist der Busfahrer?«

»Korrekt.«

»Und dann Rory Butler um einundzwanzig Uhr sechzehn.«

»Genau. Und die Duffys um einundzwanzig Uhr achtzehn.«

»Irgendeine Spur von Bertie Harris?«

»Ich muss noch die Aufnahmen der anderen Kamera durchgehen. Diese hier hängt an der Seitentür.«

»Ist Ihnen etwas Verdächtiges aufgefallen?«

»Ich habe angefangen, als die Mannschaft reingekommen ist, und um halb zehn aufgehört, als die meisten weg waren. Die

Stimmung sieht für mich sehr ausgelassen und fröhlich aus. Mikey sitzt die meiste Zeit allein rum. Was merkwürdig ist; immerhin hat er das Siegertor geschossen. Aber die Bilder sind auch ein bisschen verschwommen, und ich kann nur die eine Seite des Restaurants sehen.«

»Okay. Morgen früh will ich einen vollständigen Bericht haben. Irgendwas aus Athlone gehört?«

»Ich habe eine Telefonnummer dieser Jacinta Barnes bekommen und wollte sie anrufen, um zu hören, was sie zu sagen hat. Und dann vielleicht vorbeifahren.«

»Wenn Sie das Gefühl haben, dass sie etwas verschweigt, fahren Sie rüber, aber verschwenden Sie bitte keine wertvolle Zeit, die Sie für die wichtigen Aufnahmen der Überwachungskameras brauchen.«

»Okay, Boss.«

ZWEIUNDVIERZIG

Um neunzehn Uhr übergab Gilly O'Donoghue an Garda Thornton. Endlich war ihr Arbeitstag zu Ende. Sie ging nach unten in die Umkleide, um ihre Tasche und ihre Jacke zu holen. Sie freute sich auf einen kühlen Drink später mit Kirby. Allein beim Gedanken daran musste sie lächeln.

Draußen stieß sie förmlich mit dem Busfahrer zusammen, der zuvor den Diebstahl angezeigt hatte. Wie hieß er noch gleich? Des oder Wes oder so.

»Haben Sie ihn schon verhaftet? Diesen dreckigen Dieb?«

»Ich habe Feierabend, Sir.«

»Ich will doch nur wissen, ob Sie ihn verhaftet haben.«

Der Mann zog am Tragegurt ihrer Tasche. Gilly drehte sich zu ihm um. Sofort ließ er die Hand fallen. Jetzt fiel ihr sein Name wieder ein.

»Mr Finnegan, wir ermitteln gerade in zwei Mordfällen an zwei Jungen und haben alle Hände voll zu tun. Ich kümmere mich morgen um Ihr gestohlenes Geld. Jetzt gehe ich nach Hause.«

Auf dem Weg zu ihrem Auto warf sie einen Blick zurück.

Er stand immer noch da mit der Zigarette zwischen den Fingern, schwitzend und mit herabhängender Kinnlade.

Sie fuhr von der Dienststelle weg und machte sich auf den Weg zur Main Street. An der Ampel blieb sie stehen und wartete ungeduldig auf Grün.

Es war die Narbe, die sie einen zweiten Blick riskieren ließ. Genau so eine hatte Wes beschrieben. Der Teenager ging mit einer Kapuze über dem Kopf den Gehweg entlang. Als er die Straße in Richtung Gaol Street überquerte, konnte sie sein Gesicht sehen. Sie trug noch ihre Uniform. Sie könnte ihn anhalten. Und was dann?

Als die Ampel grün wurde, bog sie rechts ab und fuhr langsam weiter. In Höhe des Gerichtsgebäudes ragte ein riesiger Kran bedrohlich über die Straße. Sie hielt auf dem Gehweg an und beobachtete den Jugendlichen im Rückspiegel. Trotz der Hitze trug er eine Kapuze. Vielleicht sollte sie ihm folgen. Und sei es nur, um Finnegan ruhigzustellen.

Sie schaute ihm nach, wie er die Gaol Street entlangschlenderte, und als sie sich sicher war, welche Richtung er von dort aus einschlagen würde, fuhr sie ihm hinterher.

An der Windhundrennbahn hielt sie mit dem Auto auf den doppelten gelben Linien an. Heute Abend fand ein Rennen statt, und das Stadium war voller Menschen und Hunde.

Sie behielt den Rückspiegel im Auge. Er musste hier entlangkommen. Eine andere Möglichkeit gab es nicht. Es sei denn, er hatte sie bemerkt. Doch plötzlich erschien er. Bummelte völlig sorglos vor sich hin. Aber ich weiß alles über dich, Birdy, dachte sie. Zumindest all das, was sie in der PULSE-Datenbank über ihn gefunden hatte.

Sie ließ ihn nicht aus den Augen. Er ging an ihr vorbei und bog dann ins Industriegebiet ab. Da gibt es nicht viel, dachte sie. Nur ein paar Outlets und leer stehende Gebäude sowie eine Straße, die um die Stadt herumführte und deren Nebenstraßen die Main Street kreuzten. Vor ein paar

Monaten hatte Gillys Neugier zur Rettung einer entführten jungen Frau beigetragen, und diese Neugier befiel sie nun wieder.

Sie legte einen Gang ein und fuhr los. Als sie jedoch den Kreisverkehr passiert und das Industriegebiet erreicht hatte, war Max Collins verschwunden.

»Wo bist du hin?«, murmelte sie frustriert.

Nachdem sie die Strecke zweimal auf- und abgefahren war, gab sie auf. Inzwischen konnte er überall sein, und sie hatte Hunger. Kirby kam nachher vorbei, und sie wollte was kochen. Und zwar was Leichtes, mein Lieber, dachte sie.

* * *

Die Ereignisse des Tages lasteten schwer auf Lotties Schultern, als sie die Tür zum Haus ihrer Mutter aufschloss. Aus dem Wohnzimmer hörte sie Stimmen, doch sie wollte noch niemanden sehen. Erst musste sie sich den Geruch nach Tod und die Tränen der zerstörten Familien abwaschen.

In ihrem Zimmer schlug ihr nostalgische Klaustrophobie entgegen. Zu viele Jahre hatte sie in diesem Bett gelegen und die Blümchentapete angestarrt, an der immer noch die Poster der Popstars hingen, die inzwischen keine Stars mehr waren und vermutlich auch nicht mehr poppig. Sie schlüpfte aus ihren Klamotten, zog den Bademantel ihrer Mutter über und verschwand über den Flur ins Badezimmer. Im neuen Haus würde sie ein eigenes Bad haben, das direkt von ihrem Schlafzimmer abging. Sofern sie das größte Zimmer für sich beanspruchen konnte, bevor ihr eine ihrer Töchter zuvorkam.

Sie ließ den Bademantel von den Schultern gleiten, drehte den Wasserhahn der Dusche ganz auf und stellte sich unter den dünnen Strahl. Sie musste noch im neuen Haus nach dem Rechten sehen. Vielleicht ging sie nachher eine Runde joggen und schaute dort vorbei. Einfach nur, um dem ständigen

Gequatsche und Gestreite zu entgehen. Sie schloss die Augen und ließ das Wasser den Tag von ihr spülen.

Doch so einfach war das nicht. Sie sah das Baby vor sich. Wehrlos. Tot. Warum? Durch wessen Hand war es gestorben? Wer hatte es im Schilf versteckt, in der Hoffnung, dass der kleine Körper nie gefunden wurde? Sie musste noch mal mit Pater Joe reden, über die junge Frau, die er erwähnt hatte, die Frau, von der sie sicher war, dass es sich um Hope Cotter gehandelt hatte. Und warum war Toby nach Erwähnung von Hopes Namen aufgesprungen und weggelaufen? Der arme Junge war völlig traumatisiert. Er brauchte Hilfe. Sie würde mit seinen Eltern reden. Morgen.

Sie trat auf den kalten Fliesenboden und stellte fest, dass sie vergessen hatte, ein Handtuch mitzunehmen. Also zog sie den Bademantel wieder an und huschte zurück in ihr Zimmer, wobei sie nasse Fußspuren hinterließ. Wieder etwas, worüber ihre Mutter meckern konnte.

* * *

Der Strahl der Dusche war kräftig. Toby schloss die Augen und stand einfach nur da und ließ das Wasser auf sich prasseln. Die Polizistin hatte ihm Angst eingejagt. Warum hatte sie ihn nach Hope gefragt?

»Toooby-tiiiby! Komm raus! Wir müssen Piiipi!«

Er stellte das Wasser ab.

Seine kleinen Schwestern Meggy und Kim standen draußen vor der Tür. Die süßen kleinen Nervensägen. Er trocknete sich ab und zog sich eine saubere Unterhose sowie die Jeans mit den Grasspuren und das T-Shirt an, das er schon den ganzen Tag getragen hatte. Er wollte nicht, dass seine Mutter sich über den Wäscheberg beschwerte, den er produzierte.

Mit einem Kamm, in dem jede Menge von Max' Haaren steckten, fuhr er sich durch den sogenannten Mopp und mit

den Fingern entlang der rasierten Ränder über seinen Ohren.
Er würde den Rasierapparat seines Vaters brauchen, um die
wieder in Ordnung zu bringen. Und er würde Max bitten, das
zu übernehmen. Vielleicht erwischte er ihn ja mal mit guter
Laune.

Er schloss die Badezimmertür auf. Niemand stand davor.
Diese kleinen Hexen. Er konnte jemanden in der Küche
rumoren hören. Seine Mutter war wohl zu Hause. Wenigstens
musste er sich dann nicht mehr um seine Schwestern kümmern.

In seinem Zimmer setzte er sich auf sein Bett und dachte an
Mikey und Kev. Dann dachte er an Rory. Der war bestimmt am
Boden zerstört. Rory hatte sich immer um sie gekümmert. Aber
war das alles? Ein Trainer, der sich um seine Spieler kümmerte?
Oder war da noch was? Nein. Rory war einer von den Guten.
Oder nicht? Er hatte die älteren Jungs davon abgehalten, sie zu
ärgern. Nicht dass das Toby häufig passiert wäre. Auch Mikey
hatte sich für ihn eingesetzt. Beim Gedanken daran, wie anders
es heute gewesen wäre, wenn Mikey bei ihm wäre, musste er
lächeln. Dann wäre das Arschloch Barry Duffy nicht so mit ihm
umgesprungen.

Ein Schauer lief Toby zwischen den Schultern herunter,
und plötzlich wurde seine Haut ganz kalt. Innerlich hatte er das
Gefühl, als hätte er Bohnen gegessen und jetzt einen Bläh-
bauch und müsste rülpsen oder furzen, oder vielleicht wollte er
auch einfach nur schreien.

Es war, als würde ein Vogel auf seinem Hinterkopf
herumhacken.

Der ihm sagte ...

Ihm was sagte?

Es zu sagen?

Nein.

Toby wusste, dass er das niemals tun könnte.

Er schaltete seine PlayStation ein. Na ja, eigentlich gehörte
sie Max, weil er sie letztes Weihnachten bezahlt hatte. Das

Geld dafür auszugeben, war ihm vermutlich nicht leicht gefallen, aber Toby war sehr dankbar.

Er öffnete YouTube. Kev hatte YouTube geliebt. Musik überhaupt. Toby wurde ein beliebtes Video angezeigt, und er klickte darauf.

Und stutzte. Das Video sah aus wie eine verschwommene Kopie eines Originals und dauerte nur dreißig Sekunden. Er spielte es noch mal ab. O Gott, dachte er. Das ist Mikey. Tot. O Gott, o Gott, o Gott.

Er musste hier raus.

* * *

Der alte Recyclinghof für Autoreifen, der schon vor zwei Jahren geschlossen worden war, diente Max als inoffizielles Versteck. Manchmal stieg er auch im Hostel in der Kennedy Street ab, wenn sein Vater ihn rauswarf, aber hier war sein geheimer Zufluchtsort. Er war dünn genug, um zwischen den Toren hindurchzupassen, die mit einer Kette und einem Schloss miteinander verbunden waren. Als er drinnen war, blinzelte er, damit sich seine Augen an die Dunkelheit gewöhnen konnten, und ging dann auf das zu, was mal ein Büro gewesen war.

Der Bodentresor war noch intakt, und er hatte sich Schlüssel dafür anfertigen lassen. Er öffnete ihn und nahm seine Einnahmen heraus. Zählte sie durch. Fügte das Geld hinzu, das er aus Wes Finnegans Bus geklaut hatte. Bald hatte er genug Geld. Aber er wollte mehr haben als nur genug. Nicht aus Gier, sondern aus Überlebenswillen. Er musste die Flucht planen. Für sie beide.

Die alten Wellblechtore quietschten, und die Kette schepperte. Schnell brachte er sein Geld in Sicherheit, schloss den Tresor ab und versteckte den Schlüssel.

Als er einen Blick durch die zerbrochene Glasscheibe des

Büros warf, sah er den Mann hereinkommen. Max stellte sich aufrecht hin. Sein Herz wurde hart. Das hier war ein Job. Er war nicht mehr der verlorene und verletzliche Junge von früher. Nur ein paar wenige wussten, wo er zu finden war. Langsam verließ er sein Versteck.

»Komm her, du Abschaum. Und zwar schnell. Nicht trödeln. Mach schon!«

Max stand regungslos da. Du kannst ruhig warten, du Wichser, dachte er.

»Ich sagte, du sollst herkommen, du faules Stück Scheiße.« Er hielt ihm einen Fünfzigeuroschein hin.

Max bewegte sich vorwärts.

»Ich habe gehört, du hast einen jüngeren Bruder.«

»Vergiss es«, sagte Max und sah zu, wie der Mann mit dem Geldschein vor seiner Nase herumwedelte.

»So spricht man aber nicht mit Älteren. Du musst Respekt lernen.«

Max versenkte die Hände in den Hosentaschen. Niemals würde der Typ Toby in seine schmierigen Finger kriegen.

Der Mann grinste. »Toby. So heißt er doch, oder? Ich weiß, dass du geklaut hast. Ich weiß, dass du Geld brauchst. Und da, wo das hier herkommt, gibt es noch viel mehr.«

Max sagte nichts.

Der Mann steckte das Geld wieder ein. »Ich will Toby. Morgen Abend komme ich wieder. Und dann erwarte ich, dass du ihn mitbringst. Wenn nicht, halte ich mich vielleicht an eine deiner kleinen Schwestern.«

»Du lässt gefälligst deine dreckigen Finger von meinen Schwestern!«

»Dann tu, was ich dir sage.«

»Wie viel?«, hörte Max sich selbst sagen.

DREIUNDVIERZIG

»Arbeitest du heute Abend?«, fragte Lottie Chloe, als diese in engen Jeans und einer weißen Bluse, bei der die oberen drei Knöpfe geöffnet waren, in die Küche kam. Ihr roter Spitzen-BH lugte daraus hervor.

»Ja«, antwortete Chloe knapp und knabberte an einer rohen Karotte.

»Aber heute ist Dienstag!«

»Wow, bin ich froh, eine Kommissarin zur Mutter zu haben.«

»Lass sie in Ruhe«, mischte Rose sich ein. Sie stand vor dem Spiegel im Flur und kämmte ihr kurzes graues Haar.

»Sie ist meine Tochter«, sagte Lottie. »Und ich wusste nicht, dass da mitten in der Woche so viel los ist.«

»Die haben gefragt, ob ich kommen kann, und ich werde bezahlt, egal wie viel da los ist.« Chloe warf den Rest der Karotte in den Mülleimer.

»Das gehört auf den Kompost«, tadelte sie Rose.

»Hat die etwa Augen am Hinterkopf?«, flüsterte Chloe ihrer Mutter zu.

Lottie lächelte ihre Tochter an. »Komm nicht so spät. Hier. Ich geb dir das Geld für ein Taxi.«

»Ich habe selbst Geld, danke.« Chloe schlüpfte in eine Jeansjacke und verließ die Küche.

»Komm nicht so spät!«

»Das sagtest du bereits. Tschüss, Gran.« Die Tür schlug zu.

»Du musst den Kindern mehr Freiraum geben. Sie werden erwachsen.«

Lottie verkniff sich eine Retourkutsche. Sie war nicht in der Stimmung, sich mit ihrer Mutter zu streiten. Nach dem Duschen hatte sie sich eine Laufhose und ein Sporttop von Nike angezogen. Zwar hatte sie gerade eine trockene Lasagne gegessen, die den Großteil des Tages im Backofen verbracht hatte, aber sie musste jetzt hier raus.

»Ich gehe laufen.«

»Du hast doch gerade erst gegessen.«

Erzähl mir was, was ich nicht weiß, Mutter. Sie hoffte, dass sie das nicht laut gesagt hatte, und ging zur Haustür.

Dann blieb sie stehen. »Wo ist Sean?«

»Bei einem Freund.«

»Bei welchem Freund?« Lottie spürte, wie sich die Haare in ihrem Nacken aufstellten.

»Barry. Der, mit dem er gestern angeln war. Gibt's was Neues zu dem armen Baby?«

»Nein, nichts.« Sie zog die Tür hinter sich zu und ging langsam den Weg entlang. Kaum hatte sie die Straße erreicht, fing sie an zu joggen. Sie war sich nicht sicher, was sie von Seans Freundschaft mit Barry halten sollte. Jen Driscoll hatte gesagt, dass Dr. Duffy mit der Fußballmannschaft der unter Zwölfjährigen zu tun hatte. Wieder eine Befragung für ihre To-do-Liste. Sie musste die Beweggründe des guten Doktors herausfinden. Und wenn Rory Butler morgen nicht in der Dienststelle auftauchte, würde sie ihn per Haftbefehl holen lassen.

Sie blieb stehen und rief Boyd an, um zu fragen, ob er mit ihr joggen wollte. Er ging zwar ran, gab aber an, unterwegs zu sein. Sie legte auf, ohne zu fragen, was »unterwegs« bedeutete. Quälende Einsamkeit ersetzte die Müdigkeit in ihren Knochen.

Sie atmete den Duft von frisch gemähtem Rasen ein und betrachtete die Sonne, die hinter den Feldern auf der Rückseite des Hauses ihrer Mutter unterging. Da fiel ihr wieder ein, dass sie bei ihrem neuen Haus vorbeilaufen wollte, um zu sehen, wie Ben vorankam. Gute Idee. Langsam joggte sie wieder los, spürte mit jedem Schritt neue Energie, lief flüssiger und kräftiger.

Sie kam an der Tabakfabrik vorbei, an der offensichtlich Bauarbeiten stattfanden. Vielleicht ging es mit der Stadt endlich wieder aufwärts. An der Dublin Bridge konnte sie den Kran hoch über dem Gerichtsgebäude sehen. Wie ein Galgen hing er über der Stadt. Bevor ihr klar wurde, wohin sie lief, befand sie sich in Munbally Grove. Und in der Abendluft roch sie etwas, was sie nicht identifizieren konnte.

Sie drosselte ihr Tempo, lief aber weiter. Durch das Labyrinth der Häuser, die so dicht beieinander gebaut waren, dass man vermutlich tagsüber das Pfeifen der Wasserkocher und nachts das Schnarchen der Nachbarn hören konnte. Auf einem der grünen Rasenstücke vor einem Halbkreis aus Häusern spielten ein paar Kinder Fußball. Die Eltern standen an der Haustür Wache. Das war es, was sie gerochen hatte. Angst.

Ihr Herz zog sich zusammen, und sie musste ihre Atemzüge zählen, um weiterlaufen zu können. Ein Baby und zwei Jungs waren ermordet worden, und sie war dafür verantwortlich, dass der oder die Mörder gefunden wurden. Die Last dieser Aufgabe wurde noch deutlicher, als sie die ängstlichen Blicke auf sich spürte, die jede einzelne ihrer Bewegungen beobachteten.

Sie musste hier weg.

Nachdem sie rechts abgebogen war, befand sie sich in einer

identisch aussehenden Straße. Wieder bog sie rechts ab. Joggte auf den Fußballplatz und das Vereinsheim zu. Dorthin, wo Mikey Driscoll gefunden worden war. Es wurde bereits dunkel, und das gelbe Licht der Straßenlaternen warf lange Schatten über den Platz. Am Tor blieb sie stehen und lugte über das Absperrband, das die Gardaí angebracht hatten und das sich nun sanft in der leichten Brise bewegte.

Sie rüttelte am Tor, doch es war verschlossen. Zu schade, dass es nicht in der Nacht von Sonntag auf Montag verschlossen gewesen war. Sie kletterte über die niedrige Mauer und sprang auf das Gelände. Hinter dem Vereinsheim schaute sie sich um. Versuchte, die Stelle durch die Augen des Mörders zu sehen.

Warum hast du den Jungen hierher gebracht? Du hast ihn nicht hier getötet, das wissen wir, dachte sie. Jane Dore hatte ihr gesagt, dass Spuren sowohl auf Mikeys als auch auf Kevins Leiche darauf hindeuteten, dass sie woanders getötet worden waren. Sie schaute hoch zu den Kameras. Warum hast du riskiert, die Leichen zu transportieren? Oder wusstest du, dass du hier nicht aufgenommen werden würdest? Hoffentlich hatte Kirby morgen etwas für sie.

Sie duckte sich unter dem Absperrband hindurch und stellte sich dorthin, wo vielleicht der Mörder gestanden hatte, nachdem er Mikey Driscoll auf das Grasbett gelegt hatte. Zwischen die Müllcontainer. Lag darin eine subtile Botschaft? Abfall neben Wachstum. Die Leiche lag zwischen Blumen und sollte gefunden werden. Ganz eindeutig. Sie drückte mit den Fingern gegen ihre Schläfen. Und dann dachte sie an Kevin Shanley. Auf dem Stein am See. Irgendetwas war da, aber sie kam nicht drauf. Vielleicht morgen, wenn ihr Gehirn wieder frischer war. Ja, Mikey Driscoll, ich werde herausfinden, wer dir und Kevin Shanley das angetan hat. Dann musste sie wieder an das im Kanal entsorgte Baby denken.

Seufzend drehte sie sich um und kletterte zurück über die

Mauer auf die Straße. Joggte in Richtung Stadt. Als sie in die Friars Street einbog, bemerkte sie einen Mann, der einfach nur dastand und die Lippen bewegte, als würde er die beiden Messingmönche befragen, die mit ihren hohlen Augen über die Stadt wachten.

Solche Leute muss es auch geben, würde ihre Mutter sagen.

Jetzt musste sie über die Stadt wachen. Sie musste diesen Mörder aufhalten, bevor noch ein weiteres Kind sein Leben lassen musste. Und mit diesem Gedanken wurden ihre Beine wieder schwer, und sie spazierte den Rest des Weges zu ihrem neuen Zuhause.

Das Licht brannte, und durch das Fenster konnte sie Ben Lynch auf einer Trittleiter stehen und die Wohnzimmerdecke streichen sehen.

Sie blieb stehen. Sollte sie reingehen und nachsehen, wie er vorankam? Maria war in letzter Zeit etwas schwierig gewesen, noch schwieriger als sonst. Es war schon spät, insofern war das vielleicht nicht die beste Idee. Aber sie musste mit jemandem reden.

Sie klopfte ans Fenster.

* * *

Leo Belfield war sich alles andere als sicher, ob ihm die Kleinstadtatmosphäre von Ragmullin gefiel. Eine Million Meilen entfernt von den Wolkenkratzern, die er gewohnt war.

Er war den ganzen Tag auf den Beinen gewesen und hatte Informationen gesammelt. Ein Auto gemietet. War viele Meilen gefahren. Hatte sich schließlich daran gewöhnt, dass man hier auf der linken Straßenseite fuhr und sich auch das Lenkrad auf der anderen Seite des Autos befand. Anders als er es aus den Staaten gewohnt war.

Die von seiner Mutter Alexis versteckten Dokumente hatten ihn hierher geführt, und er musste herausfinden, was sie bedeuteten. Nach dem, was er bisher erfahren hatte, war das hier Alexis' Heimatort gewesen, und es war möglich, dass er eine Halbschwester hatte. Handelte es sich dabei um Lottie Parker? Er musste mit ihr reden. Da er jedoch keine Ahnung hatte, wie er sie ansprechen sollte, hatte er beschlossen, den Privatdetektiv zu spielen und erst mal ein bisschen zu graben.

Und seine erste Quelle war jemand, der auch gut im Graben war. Eine Journalistin.

* * *

Sean hatte nicht zum Abendessen bei Barry bleiben wollen.

»Nein, danke, Mrs Duffy. Meine Gran kocht jeden Tag, und wenn ich nicht zu Hause esse, wird sie sauer.«

»Es ist genug für alle da. Bitte iss mit uns. Ich find es toll, wenn Barry Freunde mitbringt. Das kommt nicht allzu häufig vor.«

Sean fing den Seitenblick auf, den Julia Barry zuwarf, konnte die unausgesprochene Botschaft dahinter jedoch nicht verstehen. Er schaute auf sein Handy und wunderte sich, dass seine Mum noch nicht angerufen hatte, um zu fragen, wo er blieb.

»Na gut«, sagte er und nahm widerwillig am Tisch Platz.

»Hast du dir die Hände gewaschen?«, fragte Paul.

Das hatte er nicht, aber da er nicht wieder aufstehen wollte, nickte er. Er musste immer noch daran denken, wie Barry den Jungen vorhin behandelt hatte. Toby. Das war nicht nett gewesen, und er wollte bei einem solchen Mobbing auch nicht mitmachen. Vielleicht hätte er sich für Toby einsetzen sollen, aber der war einfach weggerannt. Er würde morgen mal nach ihm sehen. Gucken, ob es ihm gut ging. Bestimmt wohnte er irgendwo in der Nähe des Fußballplatzes.

»Sean?«

Erst jetzt bemerkte er, dass Julia ihn angesprochen hatte. »Tut mir leid. Ich war mit meinen Gedanken woanders.«

»Wir beten immer vor dem Essen. Bitte neige den Kopf.«

Sean mochte es gar nicht, wenn man ihm sagte, was er tun sollte, aber er befand sich in einem fremden Haus und war dazu erzogen worden, den Glauben anderer Leute zu respektieren.

Paul Duffy griff nach seiner Hand. Julia sprach ein Gebet, das er noch nie zuvor gehört hatte. Dann wurde seine Hand losgelassen, und er begriff, dass von ihm erwartet wurde, dass er sich bekreuzigte. Hoffentlich hatte er alles richtig gemacht.

»Was habt ihr Jungs denn heute Nachmittag so gemacht?«, fragte Julia. »Ich dachte, du wärst in deinem Zimmer, Barry, und war überrascht, als ich gesehen habe, dass du weg warst.«

»Es ist zu warm, um den ganzen Tag drinnen rumzuhocken«, erklärte Barry.

»Du hast die Frage deiner Mutter nicht beantwortet«, maßregelte ihn Paul.

»Wir waren Fußball spielen«, mischte Sean sich ein.

»Ja«, stimmte Barry zu. »Da in der Nähe, wo der tote Junge gefunden worden ist.«

»Was ist nur aus dieser Stadt geworden«, seufzte Julia und legte ihre Gabel ab. »Erst ein Baby und dann dieser Junge.«

»Heute wurde noch einer gefunden«, erzählte Paul.

»Das ist ja furchtbar.«

Sean mochte das Essen nicht. Es schmeckte nach ... nichts. Irgendein gesundes Zeug, das teilweise wie Brotkrümel aussah und schmeckte wie Sägemehl. Und dann noch ein Teller mit Grünzeug. Igitt. Die Lasagne seiner Gran wäre ihm gerade deutlich lieber gewesen. Er blendete das Gespräch aus und konzentrierte sich darauf, das Essen von einer Seite des Tellers auf die andere zu schieben, damit es so aussah, als würde er essen.

»Hast du gar keinen Hunger?«, fragte Julia.

Erwischt. »Nicht wirklich.«

»Es gibt griechischen Joghurt mit Beeren zum Nachtisch. Möchtest du was davon?«

»Ich sollte jetzt wirklich nach Hause«, sagte Sean und legte sein Besteck ab. »Meine Mum fragt sich sicherlich schon, wo ich bleibe.«

»Dann ruf sie doch an, damit sie beruhigt ist.«

»Nein, wirklich.« Er stand auf. »Ich muss los.«

»Wir stehen erst auf, wenn alle fertiggegessen haben«, flüsterte Barry.

Sean setzte sich wieder. Von dem nackten Weiß der Wände wurde ihm langsam schwindelig. Und plötzlich vermisste er das überfüllte Haus seiner Gran.

* * *

Boyd saß an der Bar des Joyce Hotels in der Innenstadt von Ragmullin. Das Licht war gedämpft, und in einer Ecke saß ein Mann, spielte Gitarre und sang dazu. Ungefähr zehn Leute saßen an der Bar und ein paar weitere an den Tischen.

Mit einem Pint Lagerbier in der Hand starrte er auf sein Handy auf dem Tisch. Vielleicht hätte er mit Lottie joggen gehen sollen. Aber er wollte nicht ständig für sie verfügbar sein. Er hatte seinen Standpunkt klargemacht, und sie hatte ihn zurückgewiesen. Pech für dich, Lottie.

Er trank noch einen Schluck, war mit dem Herzen jedoch nicht dabei. Und dann sah er über den Rand seines Glases hinweg an der Bar die kurzen schwarzen Locken einer Person, die er kannte.

Sie drehte leicht ihren Kopf, und er erkannte ihr Profil, obwohl sie heute keine Brille trug. Er nahm sein Glas, stand auf und ging auf sie zu.

Sie lachte und warf den Kopf zurück.

Boyd blieb jäh stehen.

Cynthia Rhodes befand sich in Begleitung eines Mannes,

den er nicht kannte. Dennoch kam er ihm selbst im schummrigen orangeroten Licht merkwürdig bekannt vor. Dabei war er sich sicher, ihn noch nie in seinem Leben gesehen zu haben.

Er ging zurück an seinen Platz, nippte an seinem Bier und beobachtete die beiden aus dem Augenwinkel.

Schließlich hatte er nichts anderes zu tun.

VIERUNDVIERZIG

Maria Lynch kämmte sich die Haare, denen die Schwangerschaftshormone zusetzten, was ihr überhaupt nicht gefiel. Sie fächerte Luft unter ihr Baumwollhemd mit Blümchenmuster und schlüpfte in eine weite Pyjamahose.

Sie brauchte Ben. Jetzt. Die Kinder schauten im Wohnzimmer viel zu laut irgendeine Zeichentrickserie. So gern würde sie gerade mit einem Erwachsenen reden. Das Bild des toten Babys wollte einfach nicht aus ihrem Kopf verschwinden. Sie fuhr sich mit der Hand über den gewölbten Bauch und hielt den Atem an. Wartete. Endlich spürte sie ein leichtes Treten. Dann noch mal. Gott sei Dank.

Sie ging ins Wohnzimmer und setzte sich zu den Kindern, doch ein dunkler Schatten der Vorahnung hing über ihr. Warum? Lag es an der Fernsehsendung? Am Plappern und Lachen der Kinder? Sie wusste es nicht, aber sie wusste, dass sie Ben bei sich haben wollte. Sie waren eine Familie. Er sollte bei ihnen sein. Und nicht Lottie Parkers bescheuertes Haus renovieren.

Entschlossen schaltete sie den Fernseher aus, sehr zum Missfallen der Kinder.

»Aber Mam, es ist doch noch gar nicht Schlafenszeit!«

»Ich weiß. Wir fahren jetzt rüber zu Daddy und gucken nach, wie weit er mit dem Streichen ist. Und auf dem Rückweg holen wir uns vielleicht Pommes.«

»Au ja!«, jubelten die Kinder im Chor.

Sie zogen sich ihre Kapuzenpullover über, und Lynch scheuchte sie zum Auto.

Nach allem, was in den letzten zwei Tagen passiert war, wollte sie ihren Ehemann bei sich haben.

* * *

»Sie sind ja schon fast fertig, Ben!« Lottie drehte sich im Wohnzimmer um die eigene Achse. »Tolle Farbe!«

»Besser als Türkis?«

»Ich muss zugeben, ja.« Sie ließ sich auf den mit dem Laken bedeckten Sessel fallen.

»Sie sehen mitgenommen aus.« Er stellte sich vor sie. »Harten Tag gehabt?«

»Mehr als hart.«

»Wollen Sie darüber reden? Maria sagt immer, dass ich ein guter Zuhörer bin.«

Lottie lächelte ihn an. »Hoffentlich geht's ihr gut. Der Anblick des toten Babys hat ihr sicherlich zugesetzt.«

Ben hockte sich auf die Armlehne des Sessels. »Davon hat sie mir gar nichts erzählt.«

»Vermutlich wollte sie nicht, dass Sie sich Sorgen machen.« Lottie unterdrückte ein Gähnen und sprang auf. Sie war müde und musste noch mehrere Kilometer zurück zum Haus ihrer Mutter joggen. Und jetzt war sie auch noch in ein Fettnäpfchen getreten. Wie typisch für sie.

»Ich rede heute Abend mal mit ihr«, meinte Ben. »Es ist nicht gut für den Blutdruck, Sachen in sich hineinzufressen.«

Lottie legte ihre Hand auf seine. »Maria ist zäh. Um sie müssen Sie sich keine Sorgen machen.«

Sie spürte, wie er ihre Hand drückte, und auf einmal fühlte sich alles falsch an. Sie waren nicht mehr einfach nur zwei Personen, die sich miteinander unterhielten. Eine Spannung lag in der Luft. Und plötzlich begann sie zu weinen.

»O Gott, Lottie, was ist denn los?«

Sie drehte ihm den Rücken zu. »Ich bin so eine Heulsuse in letzter Zeit. Normalerweise weine ich nicht wegen jeder Kleinigkeit.« Sie fühlte seine Hand auf ihrer Schulter. »Aber die beiden toten Jungs ... Ich muss die ganze Zeit an sie denken. Irgendetwas übersehe ich.«

Er drehte sie um, legte ihr seine mit Farbe benetzte Hand unter das Kinn und zwang sie, ihn anzusehen.

»Sie sind eine der besten Ermittlerinnen, die ich kenne, Lottie Parker – abgesehen von meiner Frau, versteht sich. Gehen Sie nicht so hart mit sich selbst ins Gericht. Gehen Sie schlafen und morgen sieht die Welt schon ganz anders aus. Befehl vom Arzt.«

Sie lächelte. »Sie sind kein Arzt.«

»Könnte ich aber sein!« Er lachte. »Dieses Lächeln steht Ihnen schon viel besser. Und jetzt verschwinden Sie nach Hause, und ich mache hier meine Arbeit fertig, bevor Maria nach mir sucht.«

Er umarmte sie fest, bevor er wieder nach Farbeimer und Pinsel griff.

»Danke, Ben.«

»Wofür?«

»Fürs Zuhören.«

Als sie ging, bemerkte sie draußen auf der Straße die Scheinwerfer eines Autos, das zur Seite ausscherte und davonraste.

* * *

»So ein verlogener, lügender Scheißkerl«, schimpfte Maria Lynch leise, ließ den Motor an und drückte aufs Gas.

»Mummy! Du hast ein böses Wort gesagt!«

»Tut mir leid, Schatz. Wir sind gleich wieder zu Hause.«

»Ich will Pommes. Du hast gesagt, wir holen Pommes.«

»Morgen. Bitte, lass mich eben in Ruhe fahren.«

Ihre Kinder verfielen in Schweigen, und Lynch überlegte, was sie nun tun sollte. Sie hatte mit ihrem Verdacht richtiggelegen. Lottie Parker würde dafür bezahlen.

Sie hatte sie schon einmal davonkommen lassen. Aber diesmal nicht.

Sie spürte einen heftigen Tritt ihres Babys.

Tränen liefen ihr über das Gesicht, und sie umklammerte das Lenkrad, ohne auf die Rufe der Kinder zu achten, die wollten, dass sie langsamer fuhr.

»Ben«, flüsterte sie. »Wie kannst du mir das antun?«

FÜNFUNDVIERZIG

Es war schon fast dunkel, als das Auto vor Robbies Haus anhielt. Hope stieg aus und nahm die schlafende Lexie auf den Arm, während Robbie sich um das Gepäck kümmerte.

Im Haus ging sie in der Dunkelheit direkt nach oben, legte Lexie in ihr Bett und sich selbst daneben. Der ruhige Atem ihrer schlafenden Tochter ließ ihr Herz aufgehen. Sie musste an das Baby denken, das in ihrer Gebärmutter gewachsen war. Ihr Baby. Was war damit passiert? Sie wünschte, sie könnte sich erinnern.

Sie ging wieder nach unten und baute sich vor Robbie auf, der gerade durch die Fernsehsender zappte.

»Ich brauch das Auto.«

»Warum?«

»Nur für eine Stunde oder so.«

»Himmel, Hope, ich dachte, du wolltest dich unauffällig verhalten. Die Polizei von halb Irland sucht vermutlich gerade nach dir. Wo willst du denn hin?«

»Frag nicht, dann muss ich auch nicht lügen.«

Sie fing den Autoschlüssel auf, den er ihr zuwarf.

»Danke, Robbie.«

Als sie die Haustür hinter sich zuzog und zum Auto schlich, hatte er seine Aufmerksamkeit wieder dem Sky-Programm zugewandt.

* * *

Toby wusste, dass er am besten nach Hause gehen sollte. Aber er hatte keine Lust, in der Stille herumzuhocken, die ihn schon den ganzen Tag lang umgab. Selbst die Tatsache, dass er wusste, dass Max die halbe Nacht unterwegs sein würde, konnte ihn nicht nach Hause locken. Und so schlenderte er durch den Tunnel zum Ufer des Kanals. Eigentlich sollte er Angst haben, sagte er zu sich selbst, aber er fühlte sich unnatürlich ruhig.

Durch die Lichter der Stadt und den Vollmond am Himmel war der Weg am Kanal entlang gut zu sehen. Ab und zu blieb er stehen, hob eine Handvoll Steinchen auf und warf sie beim Gehen ins Wasser. Mikey hätte das gefallen, dachte er. Mitten in der Nacht rumzulaufen. Im Mondschein. Dann schoss ihm das Bild von Mikeys Gesicht in den Kopf, und er rannte los.

Vorhin hatte es kurz geregnet, aber inzwischen aufgehört. Er hoffte, dass es nicht wieder anfangen würde. Er hatte keine Jacke dabei, trug nur sein Chelsea-T-Shirt. Das Mikey so sehr gehasst hatte. Ha, dachte er. Mikey und Kev waren Liverpool-Fans gewesen.

Er spürte, wie ihm das Lächeln verging, als er daran dachte, dass er nie wieder irgendetwas mit Mikey unternehmen würde. Ihn nie wieder beim Fußball schlagen würde. Wobei Mikey wirklich ein tolles Tor geschossen hatte, das musste er zugeben. Damit hatten sie das Finale gewonnen. Mit Mikeys Tor. Und dann hatte er selbst sich wie ein Arschloch verhalten und Mikey nicht bei sich übernachten lassen.

Inzwischen befand er sich bei der Hafenbrücke. Er hatte gar nicht bemerkt, dass er so weit gelaufen war. Die Glocke der Kathedrale schlug. Wenn er jetzt nicht endlich nach Hause ging, bevor sein Vater seine Abwesenheit bemerkte, war er so gut wie tot.

Er überquerte die Brücke und eilte in Richtung Stadt. Um das Einkaufszentrum herum und durch den Tunnel war der schnellste Weg nach Hause.

Dann fiel ihm ein, dass Mikey am Sonntagabend vielleicht genau diesen Weg genommen hatte. Wenn er überhaupt so weit gekommen war.

Er spitzte die Lippen und versuchte zu pfeifen, obwohl er wusste, dass er nicht pfeifen konnte. Mikey hatte es gekonnt. Aber Mikey würde nie wieder pfeifen.

Er sah eine Gruppe junger Leute aus dem Fallon's Pub an der Ecke kommen und wich auf die Straße aus, um sie vorbeizulassen. Nachdem sie verschwunden waren, kam ein Auto von hinten an ihn herangefahren. Als es langsamer fuhr, schaute er hin. Sein Herz klopfte wie wild. Er sprang zurück auf den Gehweg, hielt den Kopf gesenkt und rannte los. Und stieß mit einer jungen Frau zusammen, die gerade aus dem Pub kam.

»Hey, Kleiner. Guck, wo du hinläufst.« Sie packte ihn am Arm.

Toby wand sich aus ihrem Griff. Das Auto raste davon.

»T-tut mir leid«, stotterte er. Auf wundersame Weise war seine Stimme nach einem Tag des Schweigens wieder da.

Sie stand da, löste ihr langes blondes Haar und fing dann an, es wieder zu einem Knoten auf dem Hinterkopf zu binden.

»Du musst doch schon längst im Bett sein«, sagte sie mit einem Haargummi zwischen den Zähnen. »Du siehst ja aus, als hättest du den Teufel höchstpersönlich gesehen. Soll ich jemanden anrufen, der dich abholt?« Jetzt war sie fertig mit ihren Haaren. Ihre Augen waren hell und freundlich. »Du solltest um diese Zeit nicht allein hier draußen rumlaufen. Du weißt doch, dass in letzter Zeit zwei Jungs umgebracht worden sind.«

Toby brach in Tränen aus.

SECHSUNDVIERZIG

Da wusste ich, dass ich nicht anders konnte.

Sobald ich es getan hatte, wollte ich es wieder tun. Mein Ziel verschwand in der dunkelsten Ecke meines Verstands und wurde durch reinste Euphorie ersetzt. Der Moment des Todes, das Verschwinden des Lebens – diese Sekunde vor dem letzten Ausatmen der Luft, die nie wieder eingeatmet werden würde. Das Aufreißen der Augen, bevor sich die langen Wimpern auf das junge Fleisch legten.

Ja. Ich hatte noch viel zu tun. Ich würde meine Macht auf mehr als nur eine Weise zeigen. Der Faden eines Spinnennetzes streifte mein Gesicht, als ich mich neben den Baum kniete. Ich schaute hinauf zu dem schwarzen Tier, das hoch und runter und rund herum webte, und war fasziniert. Hob die Hand, legte sie um ihr Werk und drückte zu. Als ich meine Hand wieder öffnete, war die Spinne nur noch ein schwarzer Klumpen und ihr Netz nicht mehr existent.

Über mir zwitscherten die Vögel, bevor sie sich auf einem Zweig niederließen. Ich strich mit der Hand über den Stängel einer Butterblume und rupfte sie mitsamt der Wurzel aus der ausgetrockneten Erde. Dann schaute ich hinauf in den Himmel und spürte die ersten Tropfen des willkommenen Regens auf dem Gesicht.

Heute hatte ich versagt.

Er war entkommen.

Aber ich wusste, dass ich noch eine Chance bekommen würde.

Morgen Abend?

Ich stand auf, ließ die Blume fallen und ging weg.

TAG DREI

MITTWOCH

SIEBENUNDVIERZIG

Ich hatte die Detectives, die in Ragmullin herumschnüffelten, im Auge behalten. Die hatten keine Ahnung, stellten nur den falschen Leuten die falschen Fragen. Na ja, fast.

Die Krähe beobachtete mich mit ihren schwarzen Augen und dem gelben Schnabel. Ich klatschte in die Hände, und sie flog in die Bäume davon.

Ich schaute zum Fenster des Jungen hinauf und bemerkte, dass sich die Baumwollvorhänge bewegten. Er war da drin. Versteckte sich. Vor mir?

»Ich werde dich holen, kleiner Junge«, flüsterte ich und ging zurück zu meinem Auto. Versteckte mich vor aller Augen. Niemand sah mich an. Niemand wusste, dass ich unter ihnen weilte. Ich war unsichtbar. Aber nicht mehr lange.

Ich werde dich holen.

ACHTUNDVIERZIG

Auf der Treppe zur Dienststelle wimmelte es von Reportern, Kameras, Handys und Mikrofonen. Kastenwagen mit Satellitenschüsseln darauf parkten entlang der engen Straße.

Sie hätte die Hintertür nehmen sollen. Aber jetzt war sie hier, und es blieb ihr nichts anderes übrig, als sich einen Weg durch die Menge zu bahnen.

»Inspector Parker!« Cynthia Rhodes trat als Erste hervor und hielt Lottie ein Mikrofon unter die Nase. »Was unternehmen Sie, um die Kinder von Ragmullin vor diesem Serienmörder zu schützen?«

Eigentlich hatte sie die Stufen hinaufstürmen und alle Fragen ignorieren wollen. Presseerklärungen abzugeben war die Aufgabe des diensthabenden Superintendenten McMahon. Aber Cynthia war ihr wie eine Schnecke unter die Haut gekrochen. Hast du denn deine Lektion immer noch nicht gelernt, Parker?, schalt Lottie sich selbst. Doch nachdem sie Boyd am Montag in vertrauter Unterhaltung mit der Reporterin in Danny's Pub gesehen hatte, konnte sie sich schlicht nicht zurückhalten. Also räusperte sie sich und drehte sich mit dem Gesicht zu den Journalisten um.

»Wir von der An Garda Síochána arbeiten unermüdlich daran, die Verantwortlichen für diese Morde zur Rechenschaft zu ziehen. Wenn Sie uns weiter unsere Arbeit machen lassen, bin ich mir sicher, dass es keine weiteren dieser furchtbaren Todesfälle geben wird. Den Familien der Opfer möchte ich persönlich mein tiefstes Beileid aussprechen, und wenn irgendjemand Informationen hat, so unbedeutend sie Ihnen auch scheinen mögen, rufen Sie bitte die Hotline an. Wenn Sie mich jetzt entschuldigen würden ...« Sie machte Anstalten, die Treppe hinaufzugehen.

»Ist das Baby von derselben Person ermordet worden wie die beiden Jungs?«, fragte Cynthia.

Ohne sich umzudrehen, antwortete Lottie: »Wir gehen allen Spuren nach.«

»Also bestreiten Sie nicht, dass in Ragmullin ein Serienmörder sein Unwesen treibt?«

»Meine Güte.« Lottie fuhr auf der Stufe herum. »Wenn Sie mich bitte nicht weiter behindern würden und aufhören könnten, Panik zu verbreiten, könnten wir vielleicht unsere Arbeit erledigen.«

»Ist Rory Butler, der Fußballtrainer der Jungs, ein Verdächtiger?«

Lottie starrte die Reporterin an. Was sollte das denn? »Woher haben Sie diese Information?«

»Ich habe meine Quellen, die natürlich anonym bleiben.«

Das selbstgefällige Grinsen ärgerte Lottie mehr als die nichtssagende Antwort. Boyd, dachte sie. Verfluchter Mistkerl. Da sie nicht ausfällig werden wollte, sagte sie lieber nichts und verschwand wortlos durch die Tür in den relativ sicheren Empfangsbereich.

Ein Mann, der darin auf einer Holzbank gesessen hatte, stand auf.

»Scheiße«, sagte Lottie.

* * *

Toby lag zusammengerollt auf dem Bett und weigerte sich, zum Frühstück nach unten zu kommen. Seine Mutter hatte es vor rund fünf Minuten aufgegeben, nach ihm zu rufen. Max' Bett war leer. Er war wohl die ganze Nacht nicht nach Hause gekommen.

Toby griff nach dem Controller seiner PlayStation und schaltete sein Spiel ein. Aber ohne Mikey machte es ihm keinen Spaß, und er verkroch sich wieder ins Bett. Ein Ping der Konsole meldete den Eingang einer neuen Nachricht. Vermutlich so eine wie die, die er gestern Abend bekommen hatte, bevor er im Dunkeln rausgegangen war. Zum Glück war er dieser netten jungen Frau begegnet, Chloe. Sie hatte darauf bestanden, ihn zum Tunnel zu begleiten, und erzählt, dass ihr Bruder immer *Call of Duty* spielte. Toby hatte geantwortet, dass er *FIFA* lieber mochte. Und dann hatte sie gesagt, dass sie Sean mal danach fragen würde. Sean? Doch nicht derselbe Sean wie der, der gestern mit Barry Duffy unterwegs war?

Erst dann fiel Toby auf, dass er tatsächlich mit Chloe hatte sprechen können. Das war merkwürdig.

Erneut pingte die PlayStation. Er ging zum Schreibtisch, öffnete die Nachricht und las sie. Dann ließ er den Controller fallen und öffnete den Mund, um nach seiner Mutter zu rufen, brachte jedoch keinen Ton heraus.

Er sprang zurück ins Bett, vergrub sich unter der Bettdecke und legte das Kissen über seinen Kopf.

Heute würde er keinen Fuß vor die Tür setzen.

Max konnte sich sein Hähnchensandwich selbst holen, falls er verkatert nach Hause kam.

* * *

Hope beschloss, dass sie aus dem Haus musste. Sie wusste nicht, was sie sonst tun sollte. Lexie nahm sie mit. Sie wählte die Straßen im hinteren Teil der Stadt, doch als sie die Burke Road verließ, spürte sie, dass jemand sie beobachtete. Sie nahm Lexie auf den Arm und rannte los, die Straße entlang, bis zum Ende. Erst dann warf sie einen Blick über ihre Schulter. Da war niemand, der ihr folgte. Sie blieb stehen. Schnappte nach Luft. Stellte fest, dass Lexie weinte.

»Tut mir so leid, Baby«, sagte sie. »Mummy hat Angst gekriegt.« Sie war völlig durch den Wind und hatte keine Ahnung, wie sie so weiterleben sollte. Sie musste herausfinden, was mit dem Baby passiert war.

»Schaukeln?«, fragte Lexie.

Hope ließ ihre Tochter herunter, stellte sie auf den Boden und hielt sie fest an der Hand.

»Okay, Mausi, wir gehen in den Park.«

Sie zog sich die Kapuze ihres Hoodies über den Kopf, um ihr Gesicht zu verbergen, und lief so schnell es Lexie zuließ. Dabei schaute sie sich permanent um, falls die Polizei ihr auf den Fersen war. Oder jemand anders.

* * *

Chloe stand vor der Tür zu Seans Zimmer. Sie war zu, aber sie drehte dennoch am Türknauf, öffnete sie und trat ein.

Ihr Bruder saß im alten Schaukelstuhl ihrer Gran mit einem Controller in der Hand. Sie stützte ihre Hände auf die Hüfte, ließ sie jedoch fallen, als sie sich selbst im Spiegel sah. Das Ebenbild ihrer Mutter! O Gott, nein, dachte sie.

»Spielst du auch mal nicht an der PlayStation, Sean Parker?«

»Kurz überlegen«, antwortete Sean. »Äh … nein.«

»Ich wollte nur fragen, ob du auch manchmal *FIFA* mit einem Jungen namens Toby Collins spielst.«

»Woher soll ich das wissen? Online haben alle einen Nick-name. Scheiße. Jetzt bin ich tot.« Sean schloss die Augen und schlug sich mit der Hand gegen die Stirn.

»Warum bist du tot?« Chloe schaute ihrem Bruder über die Schulter auf den Bildschirm.

»So ist halt das Spiel.« Sean legte den Controller auf seinen Schoß und drehte sich zu ihr. »Woher kennst du diesen Toby Collins?«

»Er ist gestern Abend buchstäblich in mich reingerannt, als ich von der Arbeit kam. Er sah ziemlich verängstigt aus, also habe ich ihn ein Stück nach Hause begleitet.«

»Wie alt war er denn?«

»Weiß nicht. Zehn oder elf.«

»Und in dem Alter spaziert er allein durch die Stadt, obwohl hier ein Mörder frei rumläuft?«

»Sei nicht so melodramatisch. Ich bin ja froh, dass ich nur einen Bruder habe. Du bist eine echte Nervensäge.«

»Bist du fertig? Darf ich jetzt weiterspielen?«

»Ich habe Toby erzählt, dass du *Call of Duty* spielst. Halt mal nach ihm Ausschau und finde heraus, ob es ihm gut geht.«

»Okay, Mutter Teresa.«

»Du weißt doch noch nicht einmal, wer das ist«, konterte Chloe.

»Gran hat's mir erzählt. Ätsch.«

»Guck einfach mal nach diesem Toby, okay?«

»Wenn ich seinen Nickname wüsste, würde ich das ja viel-leicht machen, aber ohne geht das nicht.«

»Weißt du was, Sean? Du bist schlimmer als Mam. Ständig sprichst du in Rätseln.«

Da er sie nicht mit einer Antwort beehrte, machte sie sich auf die Suche nach Katie. Vielleicht würde ihre Schwester mit ihr reden. Sie hörte Louis in der Küche weinen. Oder auch nicht ...

* * *

Nachdem Chloe die Tür hinter sich zugemacht hatte, starrte Sean auf den Bildschirm, ohne etwas zu sehen.

Toby Collins. Das war der Junge, den Barry gestern geärgert hatte. Der wohnte irgendwo in Munbally Grove. Und er war ein Freund von Mikey gewesen. Sean erinnerte sich an den Ausdruck schierer Freude auf Mikeys Gesicht nach dem Spiel am Sonntag. Vielleicht sollte er tatsächlich mal nach Toby sehen.

Er stand auf, schlüpfte aus seinem Schlafanzug und zog sich an. Mal gucken, ob er Toby finden konnte. Er hatte ausgesehen, als brauchte er einen Freund. Schnell verschlang er Tee und Toast und sagte seiner Gran, dass er sich mit Barry treffen würde. Wobei er nicht vorhatte, das zu tun. Womöglich würde der sonst noch verlangen, dass er den Rosenkranz betete oder zur Kirche ging oder irgendwas anderes Religiöses tat. Und dann dachte Sean, dass es wenig christlich gewesen war, wie Barry Toby gestern behandelt hatte.

Er zog den Reißverschluss seiner schwarzen Kapuzenjacke zu und verließ das Haus. Der Boden war feucht. In der Nacht hatte es wohl geregnet, dachte er. Er konnte die Erde riechen, diesen frischen Geruch, der entsteht, wenn es nach Tagen des Sonnenscheins eine Nacht lang geregnet hat. Es roch gut, und er lächelte.

Doch das Lächeln verging ihm, als er sah, wer da am Gartentor seiner Gran lehnte.

NEUNUNDVIERZIG

»Da bin ich. Wie gewünscht«, sagte Rory Butler und deutete einen Salut an.

»Ach ja, stimmt. Sie wollen eine Aussage machen.«

»Sie haben es erfasst«, antwortete er. »Aber Sie sehen aus, als würden Sie nach der Begegnung mit dem Mob da draußen erst mal einen Kaffee brauchen.«

»Kommen Sie mit.« Sie nickte Gilly hinter der Glasscheibe zu, gab den Code in das Nummernpad ein und führte Butler in den Vernehmungsraum.

»Ich bin gleich wieder bei Ihnen. Nehmen Sie Platz. Ich muss nur kurz einen Beisitzer organisieren und ein DNA-Testset holen.«

»Moment mal«, sagte er und zog seine graue Wildleder-jacke aus. »Ich weiß gar nicht, ob ich eine Probe abgeben möchte. Eigentlich bin ich nur hier, um eine formelle Aussage abzugeben. Das haben Sie zumindest gestern gesagt.«

Lottie seufzte. »Mr Butler, ich habe einen ausgesprochen anstrengenden Tag vor mir. Sie sind entweder hier, um bei unseren Ermittlungen zum Tod von zwei Jungs zu helfen, oder nicht. Bitte entscheiden Sie sich.«

Er antwortete, indem er einen Stuhl zu sich heranzog und seine Jacke über die Lehne hängte. Die Cargohose von gestern hatte er gegen marineblaue Chinos, ein rosa Hemd und braune Slipper ohne Socken ausgetauscht. Er setzte sich.

»Wenn ich schon mal hier bin, können Sie genauso gut loslegen«, sagte er mit einem schüchternen Grinsen.

»Warten Sie kurz.«

Sie fand Boyd im Büro und kehrte mit ihm in den Vernehmungsraum zurück. Als sie bereit waren, begann sie mit der Befragung.

»Bitte nennen Sie Ihren Namen und Ihre Adresse für das Band.«

»Rory Butler, Swift House, Ragmullin.«

»Wie lange wohnen Sie schon dort?«

»Drei Jahre.«

»Und wo haben Sie vorher gewohnt?«

»In London. Wobei ich im Swift House geboren wurde. Meine Familie ist nach England gezogen, als ich elf war.«

»Warum sind Sie umgezogen?«

»Habe ich Ihnen das nicht schon gestern erzählt?«

Lottie bedachte ihn mit ihrem besten abschätzigen Blick.

Er lenkte ein. »Mein Vater hat dort einen besseren Job bekommen.«

»Und warum sind Sie nach Ragmullin zurückgezogen?«

»Mein Großvater ist gestorben und hat mir das Haus vererbt. Und ich habe es saniert und bin dort eingezogen.« Er rutschte unruhig auf dem Stuhl herum. »Ich verstehe nicht, was diese Fragen mit den Morden zu tun haben.«

Lottie ignorierte seinen Einwand und fuhr fort.

»Wohnen Sie allein?«

»Meistens«, antwortete er.

»Was heißt das?«

»Manchmal, wenn es sich ergibt, übernachtet mal jemand

bei mir. Aber zurzeit bin ich allein. Helen, meine Haushälterin, ist jeden Tag von neun bis fünf da.«

»Wie sind Sie dazu gekommen, die unter Zwölfjährigen im Fußball zu trainieren?«

»Auch das habe ich Ihnen schon gestern erzählt. Ich wollte etwas für die Allgemeinheit tun. Und ich weiß, wie schwer es ist, Ehrenamtliche zu finden. Und da ich ein bisschen Fußball spielen kann, habe ich mich als Freiwilliger gemeldet.«

»Wie lange trainieren Sie die Mannschaft schon?«

»Anderthalb Jahre oder so.«

»Bitte erzählen Sie mir von Sonntagabend.«

»Sonntagabend?«

»Da war das Finale, wie ich gehört habe.«

»Ja. Das war ein tolles Spiel. Fünf Minuten vor Abpfiff stand es unentschieden. Und dann stürmte der kleine Mikey plötzlich los.« Er schwieg kurz, senkte den Blick und spielte mit seinen Händen herum. »Mikey hat ein Tor geschossen, und wir haben gewonnen.«

»Mikey Driscoll?«

»Genau der.«

»Wo waren Sie zu dem Zeitpunkt?«

»Ich stand an der Seitenlinie und habe mich heiser gejubelt.«

»Und nach dem Spiel?«

»Da habe ich mit der Mannschaft geredet und alle zu McDonald's eingeladen.«

»Sind Sie mit ihnen zum McDonald's gefahren?«

»Ich bin allein hingefahren. Ein Teil der Jungs ist mit dem Minibus gefahren und andere mit ihren Eltern.«

»Um wie viel Uhr war das?«

Er zuckte mit den Schultern. »So gegen acht. Oder halb neun. Ich weiß es nicht genau. Können Sie das nicht anhand der Überwachungskameras überprüfen?«

Sie ignorierte seinen Kommentar.

»Haben Sie mit den Jungs und deren Familien gegessen? Und haben Sie für alle bezahlt?«

»Ja und ja.«

»Um wie viel Uhr sind Sie gegangen?«

»Das wissen Sie doch sicherlich bereits, warum verschwenden Sie meine Zeit? Und Ihre?« Er hob eine Augenbraue.

Er war unruhig, bemerkte Lottie. Warum? Sie wusste, dass er das Restaurant um einundzwanzig Uhr sechzehn verlassen hatte. »Ich warte, Mr Butler.«

»Ich weiß es nicht. So gegen Viertel nach neun, schätze ich.«

»Und haben Sie mit Mikey Driscoll gesprochen?«

»Wann?«

»Im Restaurant.«

»Wahrscheinlich habe ich ihm gratuliert. Vielleicht gefragt, ob er noch Pommes möchte. Ich kann mich wirklich nicht erinnern.«

»Und draußen? Haben Sie ihn da gesehen?«

»Draußen? Nein. Ich bin auf direktem Weg zu meinem Auto auf dem Parkplatz gegangen und nach Hause gefahren.«

»Ist Ihnen irgendjemand aufgefallen, der vor dem Restaurant oder auf dem Parkplatz herumgelungert hat?«

»Ich kann mich nicht erinnern. Moment mal. Wes habe ich gesehen. Der fährt den Mannschaftsbus. Bringt die Jungs zu den Auswärtsspielen.«

»Sie meinen Wesley Finnegan?«

»Ja.«

Die Befragung von Mr Finnegan stand Lottie noch bevor. »Haben Sie Mikey auf der Straße oder auf seinem Heimweg gesehen?«

»Ich kann mich nicht erinnern.« Er fuhr sich mit der Hand durch das sorgfältig frisierte Haar.

»Und Sie sind direkt nach Hause gefahren?«

»Das habe ich doch schon gesagt.«

»Gibt es jemanden, der das bezeugen kann?«

»Nein.«

»Mochten Sie Mikey?«

»Was ist das denn für eine Frage?«

»Bitte antworten Sie.«

»Ich habe ihn nicht mehr und nicht weniger als die anderen Jungs gemocht. Er war ein guter Fußballspieler.«

»Kennen Sie seine Mutter, Jen Driscoll?«

»Ich glaube nicht.«

Lottie glaubte, einen Anflug von Nervosität in seinen Augen zu erkennen, doch sein Mund veränderte sich nicht. »Sind Sie sicher?«

»Wie gesagt.«

Das würde sie schon noch herausfinden. »Was haben Sie am Montag gemacht?«

Er neigte den Kopf zur Seite, als würde er nachdenken. Seine Gesichtszüge sahen nun merklich entspannter aus. »Ich habe im Garten gearbeitet. Den ganzen Tag. Es war ein schöner und sonniger Tag. Perfekt für die Gartenarbeit.«

An einem perfekten Tag würde ich ja was anderes tun, dachte Lottie. »Und abends? Nachts? Was haben Sie da gemacht?«

»Da war ich zu Hause, nehme ich an. Worum geht es?«

»Um Kevin Shanley. Sie wissen, dass er gerade mal einen halben Kilometer von Ihrem Haus entfernt tot aufgefunden wurde?«

»Das haben Sie mir gestern erzählt.« Er verschränkte die Arme. Jetzt ist er genervt, dachte Lottie.

»Kevin hat früher auch in Ihrer Mannschaft Fußball gespielt. Erinnern Sie sich an ihn?«

»Der mit den roten Haaren? Ja, klar.«

»Warum hat er nicht mehr in Ihrem Team gespielt?«

»Das müssen Sie seine Eltern fragen, nicht mich.«

»Das werde ich. Wann haben Sie ihn zum letzten Mal gesehen?«

»Inspector, ich weiß wirklich nicht, worauf Sie mit Ihren Fragen hinauswollen. Ich habe nichts mit den Toden der Jungs zu tun. Wenn Sie vorhaben, auf dieser Schiene weiterzufahren, werde ich mir einen Anwalt nehmen müssen.«

»Und welche Schiene wäre das?« Lottie steckte sich den Stift hinter das Ohr und lehnte sich über den Schreibtisch. Musterte ihn.

»Ihr Ton ist sehr vorwurfsvoll. Ich habe den Jungs nichts getan. War das alles? Dann gehe ich jetzt.« Er schob den Stuhl zurück und stand auf. Nahm seine Jacke von der Lehne.

Lottie lächelte. Sie hatte ihn verunsichert. Aber hatte er die beiden Jungs getötet? Mit welchem Motiv? Sie hatte keine Ahnung.

Als er zur Tür ging, sagte sie: »Dann nehmen wir jetzt die DNA-Probe.«

»Wissen Sie was? Das können Sie knicken. Wenn Sie die wollen, müssen Sie mich entweder festnehmen oder einen richterlichen Beschluss erwirken. Aber meine Einwilligung kriegen Sie jetzt nicht.«

Sie ließ ihn gehen.

Boyd hatte das ganze Gespräch über kein Wort gesagt. Jetzt wandte Lottie sich ihm zu und fragte: »Was denkst du?«

»Das ist einfach nur eine einsame Seele, die sich für die Jungs einsetzt und dann plötzlich in eine Mordermittlung gerät.«

»Ist das sarkastisch gemeint?«

»Wahrscheinlich.«

»Tut er dir leid?«

»Es spielt keine Rolle, was ich fühle.«

Lottie starrte ihn mit offenem Mund an, während er seinen Papierkram nahm und den Raum verließ.

FÜNFZIG

Max hob sein Arbeitslosengeld ab und schob die zusammengerollten Geldscheine in seine Jeanstasche.

Er befand sich in einem Dilemma. In einem riesigen Dilemma. Mit dem zwielichtigen und widerlichen Wes Finnegan konnte er umgehen. Aber jetzt ging es um eine ordentliche Menge Kohle. Er konnte sie förmlich riechen.

Zu Hause rannte er die Treppe hinauf, um sich kurz aufs Ohr zu legen, bevor er sah, was der heutige Tag brachte.

Toby stand am Fenster.

»Was guckst du da, Tobes?«

Der Junge schüttelte den Kopf. Meine Herren, seit der Sache mit Mikey hatte er keine zwei Wörter mehr gesagt. Beim Gedanken an Mikey fiel Max das Video wieder ein, das er auf YouTube gesehen hatte und von dem er hoffte, dass Toby es nicht angezeigt worden war. Fonzie konnte sich auf was gefasst machen. Er hatte vor, ihm jedes einzelne jämmerliche Barthaar rauszureißen. So ein Wichser.

»Ich werde sterben«, flüsterte Toby.

»Was hast du gesagt?« Max sprang vom Bett auf und ging zu seinem kleinen Bruder.

Ihr Vater rief aus dem Zimmer nebenan: »Hört auf mit dem Rumspringen! Ich versuche hier zu schlafen!«

»Jetzt hast du Dad aufgeweckt«, sagte Toby.

»Sag mir, was los ist.«

Toby drehte sich zu ihm um, und Max erschrak. Wo sonst sein übliches Lächeln erstrahlte, befanden sich nun weiße Lippen in einem noch weißeren Gesicht, und seine Augen hatten tiefschwarze Ränder.

»Hast du überhaupt geschlafen?«, fragte Max.

Toby schüttelte den Kopf.

»Hey, Kleiner, das ist doch scheiße. Du musst mit mir reden. Sag mir, was los ist.«

Toby starrte ihn an, und Max hatte das Gefühl, dass er direkt durch ihn hindurchschaute. Jetzt bekam er es mit der Angst zu tun.

»Mikey«, flüsterte der Junge.

»Was mit Mikey passiert ist, war Pech. Das ist alles«, sagte Max.

»Und Kev.«

»Noch mehr Pech.«

»Ich bin der Nächste.«

»Was zum ... Weißt du was, Tobes? Du musst mal runterkommen. Hey, ich hab meine Stütze geholt. Hast du Bock auf McDonald's?«

»Da habe ich ihn zum letzten Mal gesehen.«

»Wen?«

»Mikey. Er wollte bei mir übernachten, aber ich habe ihn nicht gelassen. Und eigentlich ist das deine Schuld, nicht meine.«

»Wovon zum Teufel redest du?«

Max musterte seinen jüngeren Bruder. Sah die Tränen in seinen Augenwinkeln. Das Zittern seiner Lippe. Und dann wusste er es. Er wusste, dass Toby recht hatte. Es war wirklich alles seine Schuld.

Er zog den Jungen an sich, drückte ihn an seine Brust und tätschelte ihm den Rücken. Dann beugte er sich hinunter und blickte ihm in die traurigen Augen. Streckte beide Arme aus und legte ihm die Hände auf die Schultern.

»Ich krieg das wieder hin.«

Toby schüttelte den Kopf. »Das hast du das letzte Mal auch gesagt.« Er wand sich aus Max' Griff und floh aus dem Zimmer.

Max hörte ihn die Treppe hinunterpoltern und die Haustür hinter sich zuschlagen. Durch das Fenster konnte er Toby über den Rasen rennen sehen, als wäre der Teufel höchstpersönlich hinter ihm her. Fast verlor er dabei den einen Chuck, bei dem der Schnürsenkel fehlte.

Max ließ sich auf sein Bett fallen, schüttelte den Kopf und überlegte, was er als Nächstes tun sollte.

»Was soll denn der ganze Lärm?«, schrie sein Dad. »Kann man in seinem eigenen Haus jetzt noch nicht einmal mehr in Ruhe schlafen? Ihr Nervensägen!«

* * *

Das Erste, was Lottie nach der Befragung von Rory Butler brauchte, war ein starker Kaffee. Die Kantine befand sich auf der anderen Seite des Gebäudes. Kurz überlegte sie, Kirby zu bitten, ihr einen heißen Americano mitzubringen, beschloss dann jedoch, dass die Bewegung ihren Muskeln, die von der gestrigen Joggingrunde schmerzten, guttun würde. Und Kirby war mit den Aufnahmen der Überwachungskameras beschäftigt und mit den Befragungen, die mit den Fans der Fußballmannschaften durchgeführt worden waren. Viel Lauferei und Papierkram und immer noch kein entscheidender Hinweis. Ja, sie brauchte dringend einen Kaffee.

Als sie im Flur um die Ecke ging, lief sie direkt Maria Lynch in die Arme. Sofort spürte sie die Kälte, die von ihrer Kollegin ausging.

»Hallo!«, begrüßte Lottie sie. »Ich will mir gerade einen Kaffee holen. Möchten Sie mitkommen?« Sie spürte, wie etwas an ihrem Arm zog und schaute an sich herunter. Lynch hatte ihre Finger wie ein Schraubstock um ihr Handgelenk gelegt. »Hey, was soll das denn?«

»Halten Sie sich von meinem Ben fern«, sagte Lynch leise, aber mit unüberhörbar drohendem Unterton.

Lottie schaute zu der kleineren Frau herunter, löste ihren Arm aus ihrem Griff und riss die Augen auf. »Ich habe keine Ahnung, wovon Sie reden.«

»Natürlich haben Sie das. Sie und Ben. Hinter meinem Rücken. Sie Schlampe.« Lynchs Tonfall war so scharf, dass Lottie die Schnitte förmlich in ihrem Fleisch spürte.

Kapitulierend hob sie die Hände und sagte: »Das müssen Sie mir erklären, denn ich habe wirklich keine Ahnung, wovon Sie reden.«

Mit schwingendem Pferdeschwanz drehte Lynch auf dem Absatz um. »Ich behalte Sie im Auge.«

»Ach, um Himmels willen, Maria, kommen Sie zurück!«

Lottie folgte Lynch den Flur entlang. Packte sie am Arm. Doch Lynch schlug ihre Hand weg.

»Wagen Sie es nicht, mich anzufassen. Und wenn ich Ihre Hand noch mal in der Nähe von meinem Ben sehe, säge ich sie Ihnen eigenhändig ab. Das schöre ich.«

Lottie starrte Lynch mit offenem Mund hinterher, wie sie sich mit dem schweren Babybauch umständlich von ihr entfernte.

Was um alles in der Welt sollte das denn?

* * *

Hope schubste ihre Tochter langsam auf der Schaukel an und schaute sich dabei immer wieder um. Am anderen Ende des

Spielplatzes fiel ihr ein Junge auf. Er saß mit gesenktem Kopf einfach nur da.

Sie spürte ein paar Tropfen auf ihren nackten Armen. Es fing an zu regnen. Sie hob Lexie von der Schaukel.

»Zeit, nach Hause zu gehen«, sagte sie.

Als sie sich mit ihrer Tochter an der Hand umdrehte, schaute sie noch mal hinüber zu dem Jungen. Jetzt hob er den Kopf. Und sie erkannte ihn.

»Toby?«

* * *

Lottie saß in der Kantine und hielt sich an einem Becher Kaffee fest. Boyd nahm ihr gegenüber Platz.

»Was ist los?«, fragte er.

»Heute ist nicht mein Tag. Lieber als den Kaffee hätte ich gerade was anderes zu trinken.«

Er lachte.

»Das ist nicht lustig. Lynch glaubt, ich hätte eine Affäre mit ihrem Mann.«

Jetzt lachte Boyd noch lauter.

»Ich mein's ernst.«

»Das sind nur die Schwangerschaftshormone.«

»Woher willst du das denn wissen?«

»Hab ich gehört.«

»Und was soll ich jetzt machen?«

»Deine schlechte Laune an jemand anderem auslassen?«

»Sei doch mal kurz ernst«, bat sie.

Er schaute sie an, die Augen voller Mitgefühl. »Es ist wegen der Jungs, oder? Und diesem Arsch von Butler. Das hat doch nichts mit Lynchs lebhafter Fantasie zu tun.«

»Du hast wie immer recht. Ich habe das schreckliche Gefühl, dass der Mörder noch nicht fertig ist.«

»Wir müssen uns darauf konzentrieren, was Mikey und Kev

miteinander verbindet. Was hat irgendeinen Irren dazu bewogen, zwei Jungs zu erwürgen?«

»Und wie die Leichen drapiert wurden! Ich kann mir das nicht erklären.«

Gilly O'Donoghue kam in die Kantine und schnell auf sie zu.

»Was gibt's denn?«, fragte Boyd.

»Vermutlich nichts, aber dieser Busfahrer, Wesley Finnegan, war gestern hier und hat einen Diebstahl aus seinem Fahrzeug gemeldet.«

»Und?«

»Und Kirby meinte, er könnte etwas mit den Morden an den Jungs zu tun haben. Und der Typ, den er des Diebstahls beschuldigt, ist Max Collins. Das ist der Bruder von Toby Collins. Und das ist der Junge, der ...«

»... mit beiden Opfern befreundet war«, vervollständigte Lottie ihren Satz. »Boyd, wir müssen mit Finnegan reden.«

EINUNDFÜNFZIG

Lottie schüttete ihren Kaffee in einen Becher zum Mitnehmen. Boyd fuhr den Wagen vor die Dienststelle.

Wesley Finnegan wohnte sieben Kilometer außerhalb von Ragmullin. Ein Feldweg führte zu seinem Cottage. Den konnte man aufgrund der zwei Minibusse, die an der Straße parkten, unmöglich verfehlen.

Lottie sprang aus dem Wagen und ging, ohne auf Boyd zu warten, durch den Vorgarten auf die Haustür zu. Einen wirklichen Weg dorthin gab es nicht. Regen fiel beständig auf ihr Gesicht und wühlte den Matsch unter ihren Stiefeln auf.

Sie betätigte die Türklingel. Das Haus sah ungepflegt aus, so als hätte man es sich selbst überlassen. Lottie konnte sich kaum vorstellen, dass jemand in diesen bröckelnden Mauern lebte. Efeu wucherte über der Tür und klammerte sich in langen Ranken in die Risse im verblichenen Kieselrauputz.

»Niemand da.« Sie ging um das Haus herum zur Rückseite.

Hier hatte jemand versucht, einen Schuppen zu bauen, der jedoch eher aussah wie eine hässliche Baracke. Drei Seiten bestanden aus Wellblech, und als Dach dienten verzinkte Bleche. Eine Tür gab es nicht. Das Gebäude war der Witterung schutzlos ausgesetzt. Im Inneren stand ein Mann auf einem Betonklotz über die offene Motorhaube eines Busses gebeugt. Was für ein Zwerg, dachte Lottie. Er war kaum größer als einen Meter fünfzig.

»Mr Finnegan?« Er war patschnass. Seine Ärmel waren hochgekrempelt und gaben den Blick frei auf seine ölverschmierten Arme. Zwischen seinen trockenen, rissigen Lippen hing eine Zigarette.

»Wer will das wissen?«, fragte er.

Sie stellte sich vor. »Können wir kurz drinnen reden? Hier draußen ist es ein bisschen feucht.«

»Ich arbeite gerade.« Er spuckte die Zigarette aus und trat mit seinem Stiefel darauf.

Lottie stellte sich im Schuppen unter. Er war lang genug, um den Bus unterzubringen, aber nicht breit genug für irgendetwas anderes. Langsam ging sie an der Seite des Fahrzeugs entlang. Sie spürte die Feuchtigkeit und die Kälte. Ein Vogel flatterte mit seinen Flügeln und krächzte in einer Ecke über ihrem Kopf. Ich hasse Vögel, dachte sie, und ging wieder zu Finnegan.

»Sind Sie wegen dem geklauten Geld hier?«, fragte er.

»Wir ermitteln zu den beiden Morden an Mikey Driscoll und Kevin Shanley.«

»Schlimme Sache.« Er hob ein öliges Handtuch vom Boden auf und rieb die Hände daran ab. Dann, als würde die Erkenntnis ihn treffen, fragte er: »Was hat das mit mir zu tun?«

Vom Geräusch des Regens, der auf das Dach prasselte, bekam Lottie Kopfschmerzen. »Können wir ins Haus gehen?«

»Da drinnen ist es sehr unordentlich. Hier draußen wär mir lieber. Dann kann ich auch weiterarbeiten, während Sie reden.« Er griff nach einem Schraubenschlüssel und wandte sich wieder dem Motor zu.

Lottie trat nahe an ihn heran. Von seinem Körpergeruch

musste sie fast würgen. »Wir können uns entweder im Haus unterhalten oder auf dem Revier. Was ist Ihnen lieber?«

Finnegan hörte auf zu arbeiten und schaute zu Boyd, als erhoffte er sich von ihm irgendeine Art männliche Solidarität. Da er diese nicht bekam, ließ er den Schraubenschlüssel fallen, ging über den Hof und murmelte dabei unaufhörlich vor sich hin. Lottie glaubte, zwei seiner Wörter zu verstehen: »Schlampe« und »Arschloch«.

Von innen sah das Cottage noch heruntergekommener aus als von außen, auch wenn Lottie das kaum für möglich gehalten hätte. Wesley Finnegan war offensichtlich eher in seiner selbst gebauten Garage zu Hause als in seiner Küche.

Er nahm einen Stapel Zeitschriften von einem Stuhl und bedeutete Lottie, sich zu setzen. Sie blieb lieber stehen, aber Boyd nahm das Angebot an.

In der Küche war es kalt. Auf dem Herd stapelten sich die Töpfe, und auf dem Boden stand ein Korb mit Torf. Sie fragte sich, wann hier zum letzten Mal ein Feuer angezündet worden war. Eine Wäscheleine aus Plastik, an der wahllos ein paar Kleidungsstücke hingen, verlief längs durch die Küche. Sie senkte den Blick. Finnegans Unterwäsche wollte sie wirklich nicht sehen.

Er hantierte mit einem Wasserkocher. Wie hatte er den nur gefunden?

»Wir möchten keinen Tee, danke«, sagte Boyd.

»Setzen Sie sich bitte«, sagte Lottie.

Finnegan grunzte, stellte einen Plastikkorb mit eingerollten Socken darin von einem Stuhl auf den Tisch und nahm Platz. Lottie ging durch die vollgestellte Küche zu dem kleinen, dicken Mann. Sie beugte sich über ihn, wich dann jedoch zurück. Wann hatte er sich wohl zuletzt gewaschen?

»Mr Finnegan, wir …«

»Nennen Sie mich Wes. So nennt mich jeder.«

Lottie stellte sich gerade hin, öffnete den Reißverschluss ihrer Jacke und verschränkte die Arme.

»Wir möchten mit Ihnen über die zwei ermordeten Jungs reden.«

»Glauben Sie, ich hätte diesen armen, wehrlosen Dingern so was antun können? Da sind Sie bei mir an der falschen Adresse, Fräulein.«

»Ich stelle nur Fragen.«

»Noch haben Sie gar keine Frage gestellt.«

Oh. Ein Klugscheißer. Sie ging um den Tisch herum zu dem schweigenden Boyd und stellte sich neben ihn.

»Wo waren Sie von Sonntagabend um halb acht bis Dienstagmorgen?«

Finnegan verengte die Augen. Jetzt war er misstrauisch. Mit öligen Fingern pulte er an seinen kurzen, rissigen Nägeln. Plötzlich wurde die Stille von der Kuckucksuhr unterbrochen, die zur vollen Stunde schlug. Lottie erschrak. Sie kam sich vor wie in einer längst vergangenen Zeit.

»Sonntag. Da hab ich die Bingo-Tour gefahren. Da können Sie jeden fragen.«

»Ich frage aber Sie.«

»Ich weiß nichts über die armen Jungs.«

»Meine Güte, beantworten Sie doch einfach die Frage.« Boyd schlug mit der Hand auf den Tisch. Na endlich stärkt er mir den Rücken, dachte Lottie.

Finnegan setzte sich gerade auf und tippte sich mit den Fingerspitzen an die Schläfen. Der Regen draußen trommelte nun hörbar stärker, und in der Küche wurde es dunkler.

»Ich war beim Spiel. Ich fahr die Jungs zu den Auswärtsspielen und wollte sie im Finale unterstützen. Sie haben die ganze Saison echt gut gespielt.«

»Sie sagten doch, Sie hätten die Bingo-Tour gefahren?«, hakte Lottie nach.

»Sonntagabends ist Bingo in Gaddstown, also nur kurz die

Straße rauf. Da hab ich die Damen und die paar wenigen Herren abgesetzt und bin zurück, um mir das Spiel anzugucken. Es war schon fast zu Ende, aber es war ein toller Sieg. Richtig was los. Alle haben ihre Medaillen bekommen und sind dann in die Stadt, was essen.«

»Sind Sie mitgefahren?«

»Ich hab ein paar der Jungs mit dem Minibus mitgenommen. Die, die nicht von ihren Eltern gebracht werden konnten.«

»Und wer war das?«

»Ich weiß die ganzen Namen nicht.«

»Ich gebe Ihnen einen Hinweis: Mikey Driscoll? Kevin Shanley?«

»Der kleine Shanley war in letzter Zeit nicht so oft beim Training. Seine Familie ist aus Munbally weggezogen.«

Lottie schaute zu Boyd. »Wissen Sie, warum sie weggezogen sind oder warum Kevin aufgehört hat, in der Mannschaft zu spielen?«

»Das müssen Sie seine Eltern fragen.«

Die gleiche Antwort hatte auch Butler gegeben.

»Wen haben Sie am Sonntagabend nach dem Spiel zu McDonald's gefahren?«

»Das hab ich doch schon gesagt, ich weiß es nicht. Vielleicht war der kleine Driscoll dabei. Und sein Freund. Weiß nicht genau, wie der heißt.«

»Toby Collins?«

»Kann sein.« Finnegans Augen bildeten nun eine dünne Linie. »Und ein paar andere. Und ein paar der Eltern.«

Lottie seufzte. Also waren auch Erwachsene im Bus gewesen. »Sie sind also beim McDonald's angekommen. Und dann?«

»Ich hab sie an der Seitentür rausgelassen und dann hinter dem Laden geparkt. Dann bin ich rein zu den anderen. Da hab ich einen doppelten Cheeseburger mit Pommes gegessen und eine große Cola getrunken, wenn Sie es genau wissen wollen.«

»Um einundzwanzig Uhr elf haben Sie das Restaurant verlassen. Was haben Sie dann getan?«

»Ich bin wieder nach Gaddstown gefahren und hab gewartet, bis die Damen und Herren fertig mit ihrem Bingo waren. Dann hab ich alle nach Hause gebracht und bin selber heim. Ins Bett. In mein eigenes Bett. Allein.«

Wenn er der Mörder war, musste sie Lücken in seiner Aussage finden. Jetzt würden alle, die er mit dem Bus zum Bingo gefahren hatte, befragt werden müssen. Die Liste wurde immer länger.

»Dann kommen wir zu Montagabend«, sagte sie. »Was haben Sie da gemacht?«

Sie zog einen Stuhl heran, ohne zu bemerken, dass darauf eine schwarze Katze lag. Die Katze stand auf, streckte sich und hüpfte auf den Boden, wo sie um ihre Beine herumstrich. Lottie schauderte, scheuchte sie weg und setzte sich.

»Montagabends ist Bingo in Tullamore.«

»Haben Sie wieder alle hin- und zurückgebracht?«

»Für die Tour brauch ich den Bus mit vierundfünfzig Sitzen, aber meiner ist kaputt. Also musste ich einen Ersatz finden. Deshalb ist Pat Kinnity aus Kilbeggan die Tour gefahren. Der hat so einen Bus.«

»Hmm«, murmelte Lottie.

»Was soll das heißen?«, fragte Finnegan und schaute sie an. Schweißperlen bildeten sich auf seinem kahlen Kopf.

»Wenn Sie am Montagabend nicht die Bingo-Tour gefahren sind, was haben Sie dann getan?«

»Ich hab am Vierundfünfzigsitzer gearbeitet. Das ist der da draußen im Schuppen. Der Vergaser ist im Eimer.«

»Warum kaufen Sie keinen neuen?«, fragte Boyd.

»Mein Geld wurde gestohlen, schon vergessen? Was unternehmt ihr überhaupt, um den Dieb zu schnappen?« Er schlug mit der Handfläche auf den Tisch.

»Damit haben wir nichts zu tun«, antwortete Boyd.

Lottie mischte sich ein: »Als Sie den Diebstahl gemeldet haben, erwähnten Sie, dass Max Collins das Geld geklaut haben könnte.«

»Ja.«

»Ist das einer Ihrer Bingo-Spieler?«

»Nein.«

»Woher kennen Sie ihn dann?«

Finnegans Finger spielten mit einer getrockneten Bohne, die auf dem Tisch lag. »Ich kenn ihn halt. Aus dem Pub«, fügte er hinzu.

»Aus welchem Pub?«

»Fallon's.«

Da arbeitete Chloe, dachte Lottie. Vielleicht war es an der Zeit, dass ihre Tochter einen anderen Nebenjob fand.

»Kennen Sie ihn noch woanders her?«

»Ich weiß nicht, was Sie meinen.«

Lottie beschloss, dass sie mit diesem Max Collins würde reden müssen. Sie stützte die Arme auf den Tisch auf, nahm sie aber sofort wieder weg, als sie spürte, wie klebrig die Oberfläche war.

»Und was ist mit der Nacht von Montag auf Dienstag? Kann jemand bezeugen, dass Sie hier waren?«

»Ich wohn allein.«

»Das habe ich schon verstanden.«

»Ich hab die ganze Nacht an der Schrottkarre da draußen geschraubt.«

»Ich fürchte, Sie müssen mit uns aufs Revier kommen.«

»Ich will meinen Anwalt.«

»Wozu brauchen Sie denn einen Anwalt?« Lottie konnte sich einen entnervten Ton nicht verkneifen.

»Weil Sie nur einen armen Busfahrer sehen, der kein Alibi hat, und deshalb wollen Sie mir einen Mord anhängen, mit dem ich nichts zu tun hab. Sie sind Blutsauger. Sie saugen mir das Blut aus. Und deshalb will ich einen Anwalt.«

»Sie kannten beide Jungs. Sie haben sie zu den Spielen gefahren und ...«

»Moment mal. Wenn ich die Jungs zu einem Spiel gefahren hab, waren immer Erwachsene dabei. Der Trainer, manchmal Dr. Duffy und immer der Hilfstrainer. Der ist wie ein Frettchen, wenn es um die Jungs geht. Wo immer die hingehen, geht er mit.«

»Meinen Sie Bertie Harris oder Rory Butler?«

»Harris. Ich bin nie mit irgendjemandem aus der Mannschaft allein. Und jetzt will ich, dass Sie beide sich verpissen.«

»Und *ich* möchte, dass Sie aufs Revier kommen und eine DNA-Probe abgeben.« Lottie hatte genug von seinem Gequatsche. »Außerdem hätte ich gern Ihr Einverständnis, dass sich die Spurensicherung mal Ihre Busse ansieht.«

Finnegans Gesicht veränderte sich umgehend. Er lief hochrot an, und seine knopfartigen Augen verdunkelten sich. Dann fuhr er von seinem Stuhl hoch und erschrak dabei die Katze, die es sich zu seinen Füßen bequem gemacht hatte.

»Sie können sich verpissen, aber plötzlich!«

»Ich würde mich auch gern in Ihrem Haus umsehen, wo ich schon mal hier bin.«

»Raus! Sofort raus! Und kommen Sie gefälligst nicht wieder, solange Sie keinen Durchsuchungsbefehl haben!« Er öffnete seinen Gürtel und schnallte ihn sich eine Öse enger um die Hüfte. Lottie bemerkte, dass eine Schlaufe fehlte und sein Bauch über dem schmutzigen Hosenbund hing. Sie hatte überhaupt keine Lust, noch mehr Zeit in seiner Anwesenheit zu verbringen, ging um den Tisch herum und baute sich vor ihm auf.

»Mr Finnegan, es ist in Ihrem eigenen Interesse, uns bei den Ermittlungen zu helfen. Tun Sie es nicht, könnte ich denken, dass Sie etwas zu verbergen haben.«

»Durchsuchungsbefehl. Ohne den kriegen Sie keinen Fuß

mehr in meine Tür. Und jetzt sag ich es zum letzten Mal:
Verpissen Sie sich.«

Lotties Blick fiel auf die Kleidung, die an der Leine
baumelte. Ein ausgesprochen weißes Stück ragte hinter einem
verblassten blauen Hemd hervor. Sie streckte eine Hand aus
und zog das Hemd vorsichtig zur Seite. Starrte die weißen
Fußballshorts an.

Langsam drehte sie sich zu Finnegan um. Das wütende Rot
war ihm aus dem Gesicht gewichen und hatte nichts als blasse,
fleckige Haut hinterlassen.

»Das kann ich erklären«, sagte er.

»Das hoffe ich«, antwortete Lottie.

ZWEIUNDFÜNFZIG

Hope pulte einen Aufkleber aus dem Buch und reichte ihn Lexie. Das Kind fand einen Platz an der Wand, der ihm gefiel, und klebte Peppa Wutz dorthin.

»Hope, kochst du heute was zu Mittag oder was?«, rief Robbie von unten.

»Oder was?«, fragte sie.

»Oder ich hole uns was. Willst du was?«

»Chicken-Nuggets«, rief das kleine Mädchen hocherfreut.

»Chicken-Nuggets, Big Mac und Pommes«, rief Hope nach unten zu ihrem Onkel.

Als sie hörte, wie die Haustür zugeschlagen wurde, zog sie noch einen Aufkleber ab, und Lexie nahm ihn ihr vom Finger. Hopes Haut prickelte vor Angst. Nachdem Toby förmlich vom Spielplatz geflohen war, war sie schnell nach Hause gegangen. Was wohl mit ihm los war? Er hatte sich benommen wie ein verängstigtes Kaninchen.

Sie rieb mit der Hand über die schlaffe Haut, unter der ihr Baby neun Monate lang gewachsen war. Sie konnte nicht mal um das Kind trauern, denn sie hatte es nie gewollt. Beim Gedanken an den Kindsvater erschauderte sie und kniff die

Augen fest zu. Versuchte, sich an irgendetwas aus jener Nacht zu erinnern. Aber alles war schwarz und leer. Die Polizei wollte sie im Zusammenhang mit dem toten Baby, das sie im Kanal gefunden hatten, befragen. Robbie hatte sie mit Fragen bombardiert, aber alles, woran sie sich erinnern konnte, war, dass sie in einer Pfütze aus Blut erwacht und blindlings herumgelaufen war, bis sie vor dem Polizeirevier gestanden hatte. Warum war sie ausgerechnet dorthin gegangen? Hatte sie ihr Baby tatsächlich getötet? Oder hatte das jemand anders getan? Sie atmete schwer, als ihr klar wurde, dass ihr Leben jetzt nur noch gefährlicher werden würde.

Sie war allein mit ihrer Tochter und fühlte sich nackt und den Gefahren da draußen schutzlos ausgeliefert. Sie konnte die Gefahr förmlich anfassen, sie war so real wie die weichen Kuppen von Lexies Fingern.

Sie kannte diese Angst. Neun Monate lang hatte sie mit dieser Angst gelebt. Und jetzt wartete sie mit einer anderen Art von Angst darauf, dass die Polizei vor ihrer Tür stand.

Sie schlug sich mit der Faust gegen die Stirn. Warum nur konnte sie sich nicht daran erinnern, was passiert war?

»Warum bist du so wütend, Mummy?«

Als Hope die Augen öffnete, sah sie ihr kleines Mädchen, das sie mit angsterfülltem Gesicht anstarrte.

»Mummy ist nicht wütend, Mausi. Komm, wir holen uns ein Eis aus der Truhe.« Sie hob ihre Tochter hoch, die die Arme um den Hals ihrer Mutter schlang, und trug sie nach unten.

Sie erreichten gerade die unterste Stufe, als ein Schatten hinter dem Glas der Eingangstür erschien.

DREIUNDFÜNFZIG

Lottie rief Jim McGlynn an und bat ihn, mit seinem Team von der Spurensicherung jeden Zentimeter von Wes Finnegans Grundstück zu durchsuchen. Anschließend orderte sie einen Streifenwagen, der den Arsch des Busfahrers zur Dienststelle bringen sollte.

Schweigend saß sie neben Boyd, während sie zurück in die Stadt fuhren, und dachte über Finnegans Ausreden nach. Angeblich hatte er die Fußballshorts eines Tages in einer Plastiktüte in seinem Bus gefunden, als er von einem Auswärtsspiel zurückkam. Und dann hatte er ihr etwas ausgesprochen Ungewöhnliches gesagt und etwas enthüllt, was sie nun zum Haus von Dr. Paul Duffy führte.

Sowohl Mrs als auch Dr. Duffy waren zu Hause. Lottie hatte keine Ahnung, ob Barry auch da war, aber das war gerade auch gar nicht wichtig.

»Sie haben Glück, mich hier anzutreffen. Mittwochs arbeite ich nur den halben Tag«, sagte Paul Duffy und führte die beiden Ermittler in das farblose Wohnzimmer.

Lottie kam die Spärlichkeit gerade sehr gelegen, und sie atmete die saubere Luft ein. Das komplette Gegenteil vom

Gestank in Wesley Finnegans Hütte. Duffy trug ein maßgeschneidertes, cremefarbenes Hemd ohne Krawatte, Bluejeans
und Flipflops. Flipflops? Sie konnte den Regen draußen an das
Fenster prasseln hören.

Julia rauschte herein. Ihr langes schwarzes Haar hing offen
um ihr Gesicht. »Will jemand Tee?«, fragte sie.

»Nein, danke«, antwortete Boyd.

»Ich nehme gern eine Tasse, wenn es Ihnen keine
Umstände macht«, sagte Lottie. Sie mussten ungestört mit Paul
reden.

Nachdem Julia das Wohnzimmer verlassen hatte, um
irgendwo in einer abgelegenen Ecke des Hauses den Tee zuzu-
bereiten, nahm Lottie gegenüber des Arztes Platz, der es sich
in einem Sessel bequem machte. Boyd zog sich einen Stuhl
mit hoher Rückenlehne heran und setzte sich aufrecht darauf.
Mit seinen überkreuzten Knöcheln spiegelte er Duffys
Haltung.

»Barry geht es inzwischen ganz gut, also wie kann ich Ihnen
helfen? Sind Sie mit Ihren Ermittlungen dazu, wer das Baby im
Kanal abgelegt hat, schon weitergekommen?«

Lottie lehnte sich im Stuhl zurück. Warum nur hatte sie das
Gefühl, er würde sie tadeln?

»Das Baby ist nicht einfach nur abgelegt worden. Es wurde
ermordet. Und wir sind nicht wegen des Babys oder wegen
Ihres Sohnes hier.«

»Warum dann?« Duffy stellte die Füße nun nebeneinander
und lehnte sich vor.

»Zwei Jungs wurden ermordet aufgefunden, und ...«

»Ich weiß. Ganz furchtbar.«

»Sie sind der Physiotherapeut der Mannschaft, ist das
korrekt?«

»Nicht offiziell. Ich helfe nur aus. Die meiste Zeit trage ich
Wasser.«

»Dr. Duffy, wir befragen jeden, der mit den toten Jungs in

Kontakt stand. Wir versuchen herauszufinden, wer sie zuletzt gesehen hat und ...«

»Da muss ich Sie schon unterbrechen.« Er hob die Hand. »Ich helfe nur freiwillig aus. Ich bin kein Vorstandsmitglied oder sonst irgendwas. Ich bin nur dazu gekommen, weil Barry früher in der Mannschaft gespielt hat, und bin dann irgendwie dabeigeblieben, obwohl er das Fußballspielen inzwischen aufgegeben hat. Aber er hilft mir manchmal.«

Lottie schob ihre Tasche unter den Stuhl und beugte sich vor. »Ich würde Ihnen gern ein paar Fragen stellen. Und zwar offiziell«, fügte sie hinzu und benutzte dabei den Ausdruck, den er selbst verwendet hatte. »Wir können entweder hier reden oder auf dem Revier. Sie haben die Wahl.«

Er verschränkte die Arme, wodurch sein tadelloses Hemd zerknitterte. »Fahren Sie fort.«

Bevor Lottie weiterreden konnte, wurde die Tür geöffnet und Julia schob einen Servierwagen mit einer Teekanne und mehreren Porzellantassen darauf herein. Sie schaute von einer Person zur anderen. »Störe ich?«

Sie stellte den Wagen zwischen den Stühlen ab und goss Tee in die Tassen. Nachdem alle voll waren, fügte sie Milch aus einem Kännchen hinzu und setzte sich.

»Mrs Duffy«, begann Lottie, »wir befragen gerade Ihren Mann. Macht es Ihnen etwas aus, uns allein zu lassen?«

»Aber wir haben keine Geheimnisse ...«, setzte Julia an.

»Geh einfach«, befahl Paul. »Ich rufe dich, wenn wir hier fertig sind.«

Seine Frau stand auf und knallte ihre Tasse auf das Tablett, sodass sie den Tee darin verschüttete. Dann drehte sie sich um und verließ schweigend den Raum.

»Tut mir leid«, sagte Paul. »Julia ist manchmal ein bisschen impulsiv. Aber sicherlich sind wir sowieso fast fertig.«

»Wir haben noch nicht einmal angefangen«, murmelte Boyd.

Lottie warf ihm einen Blick zu, um ihn zum Schweigen zu bringen. Aus Erfahrung wusste sie, dass ein solches Gespräch ganz schnell eine ungute Wendung nehmen konnte.

»Wir haben gerade über die Fußballmannschaft gesprochen. Wann hat Barry das Spielen aufgegeben?« Sie versuchte, Duffy in Sicherheit zu wiegen, bevor sie zu den schwierigen Fragen kam.

»Barry hat nichts damit zu tun«, antwortete er.

Lottie hielt seinem Blick stand und gewann.

»Mein Sohn hat in jeder Altersgruppe mitgespielt, bis zu den unter Sechzehnjährigen. Letztes Jahr jedoch hat er beschlossen, mit dem Fußballspielen aufzuhören. Er ist aber dabeigeblieben und hat bei den jüngeren Mannschaften ausgeholfen, und so habe auch ich meine ehrenamtliche Tätigkeit behalten.«

»Warum hat er aufgehört?«, fragte Boyd.

»Er hat wohl einfach das Interesse verloren. Einen echten Grund hat er nicht genannt.« Duffy wandte sich an Lottie. »Sie haben doch auch einen Sohn, Inspector. Dann wissen Sie, wie Teenager so sind. Ihre Interessen wechseln von einer Minute zur anderen.«

Sie nickte und musste daran denken, dass Sean gestern zum Abendessen hier gewesen war. Sie musste ihn unbedingt fragen, welchen Eindruck er von der Familie hatte. »Welche Funktion üben Sie aktuell in den Kindermannschaften aus?«

»Rory hat mich gebeten auszuhelfen, wenn ich Zeit habe.«

»Rory Butler?«

»Ja.«

»Sind Sie miteinander befreundet?«

»Eher Bekannte, würde ich sagen.«

»Und Sie sind schon seit Jahren in den Kindermannschaften aktiv?«

»Ist das eine Frage?«

»Ja.«

»Ich habe Ihnen doch gerade gesagt, dass ich wegen Barry in allen Altersstufen aktiv war.«

Lottie stellte ihre Tasse ab, lehnte sich jedoch nicht zurück. Sie musste zum Punkt kommen.

»Erzählen Sie mir von den Fußballshorts.«

Duffy zeigte keine Reaktion. Kein Blinzeln, kein Zittern der Hand. Lediglich ein leichtes Beißen auf die Unterlippe.

»Ich weiß nicht, wovon Sie reden.«

»Wes hat uns davon erzählt.« Verdammt, dachte sie. Sie hätte seinen Namen nicht nennen dürfen.

»Finnegan? Der Busfahrer? Der Mann ... na ja, der steht auf der untersten Stufe der Menschheit.«

Lottie warf Boyd einen Blick zu. Der schüttelte den Kopf. Er überließ die weitere Befragung ihr.

»Gehe ich recht in der Annahme, dass Sie ihn nicht mögen?«

»Wie kann man den mögen? Ich traue ihm keinen Zentimeter über den Weg. Was hat er denn über mich gesagt?«

»Er hat nichts über Sie gesagt. Nur erwähnt, dass Sie die Jungs ermutigt haben, alle die gleichen weißen Fußballshorts zu tragen, sogar beim Training. Weil das ihr Zugehörigkeitsgefühl zur Mannschaft stärken würde. Was für mich überhaupt keinen Sinn ergibt.«

»Na und? Ich verstehe nicht, was das mit den toten Jungs zu tun hat.«

Lottie ignorierte die Frage. »Also bestreiten Sie nicht, die Jungs mit den Fußballshorts ausgestattet zu haben?«

»Die meisten Jungs stammen aus schwierigen sozialen Verhältnissen. Ihre Familien haben kaum Geld, und das Geld, was da ist, wird oftmals versoffen oder in irgendwelche Venen gespritzt. Ich habe dem Verein Geld für neue Sportkleidung gespendet, aber so wie Bertie Harris den Laden führt, habe ich keine Verbesserung der Ausstattung der Kinder beobachten können.«

»Also geben Sie zu, den Jungs neue Fußballshorts gekauft zu haben?«

»Ich kann mich nicht genau erinnern, aber vermutlich habe ich das. Die Shorts und noch ein paar andere Fußballsachen. Das macht mich nicht zum Mörder.«

»Warum hatte Wes Finnegan eine solche Hose in seinem Besitz?«

Duffy lehnte sich zurück, öffnete den Mund und lachte. »Ich habe keine Ahnung. Sie sind die Ermittler. Das müssen Sie schon selbst herausfinden.«

»Wo waren Sie am Sonntagabend, Mr Duffy?«, fragte Lottie. Er ging ihr inzwischen richtig auf die Nerven.

»Ich war beim Spiel und anschließend mit der Mannschaft bei McDonald's. Und danach bin ich nach Hause. Julia kann das bestätigen.«

»Und am Montagabend?«

»Da war ich hier. Mit Julia.«

»Und Barry? Wo war der?«

»Mein Sohn hat mit all dem nichts zu tun. Er hatte einfach nur das Pech, die Leiche des Babys zu finden. Glauben Sie bloß nicht, dass Sie ihn sonst irgendwo reinziehen können. Sie sollten jetzt gehen.« Er deutete auf die Tür.

»Ich würde gern noch mit Julia sprechen.«

»Wozu?«

»Um mir Ihre Alibis bestätigen zu lassen.«

Für einen Mann seiner Größe erhob er sich recht schnell, doch Lottie ließ sich nicht aus der Ruhe bringen. Auch sie stand auf, verfing sich in der Eile jedoch mit einem Fuß im Riemen ihrer Handtasche und fiel fast hin. Boyd fasste sie am Rücken an der Jacke und verhalf ihr wieder in die Senkrechte.

»Tut mir leid.« Sie hängte sich die Tasche über die Schulter. »Ich rede nur kurz mit Julia.« Sie ging zur Tür, die Duffy jedoch vor ihr erreichte.

»Halten Sie Julia da raus. Sie steht unter einem enormen

Druck wegen Barry und der Sache mit dem Baby. Er hat genug durchgemacht. Wir alle.«

»Mr Duffy, Sie sind in unseren Ermittlungen zum Tod zweier Jungs eine Person von Interesse. Wenn Sie als solche ausgeschlossen werden möchten, sollten Sie mit uns kooperieren.«

Duffy seufzte, öffnete die Tür und rief: »Julia? Komm mal bitte her.«

Fast sofort stand sie vor ihnen. Sie hielt ein flauschiges weißes Handtuch, an dem sie sich gerade die Hände abtrocknete.

»Die Detectives bräuchten von dir die Bestätigung, dass du am Sonntag- und am Montagabend mit mir hier warst.«

»Ich war hier.« Julia schluckte. »Mit ihm, meine ich.«

»Und Sie waschen die Kleidung der Mannschaft?«, fragte Lottie.

»Ich und ein paar der anderen Eltern. Wir wechseln uns ab.« Julias Blick wanderte zu ihrem Mann, der hinter Lotties Schulter stand.

»Haben Sie die Sachen am Sonntag abgeholt?«

Paul Duffy ging nun an Lottie vorbei, stellte sich neben seine Frau und legte ihr einen Arm um die Schulter. Beschützend oder besitzergreifend?

»Die Jungs haben die Sachen nach dem Spiel anbehalten. Sie waren so selig, dass sie gewonnen hatten«, erklärte Paul. »So. Jetzt haben wir aber zu tun.«

Auf dem Weg zur Haustür fragte Boyd: »Haben Sie die Mannschaftskleidung selbst gekauft, Paul, oder hat das Julia erledigt?«

»Ich weiß nicht, was Sie meinen«, sagte Julia.

»Wir kaufen hauptsächlich online ein«, antwortete Paul.

»Was?« Julia riss sich von ihrem Mann los. »Wovon redest du?«

Lottie lächelte. »Die beiden ermordeten Jungs trugen die

gleichen neuen Fußballshorts. Was merkwürdig ist, weil Kevin Shanley gar nicht mehr in der Mannschaft gespielt hat. Wir haben Grund zu der Annahme, dass ihr Mann die Hosen gekauft hat. Wussten Sie das nicht?«

»Paul?«, fragte Julia mit herabhängenden Mundwinkeln und verwirrten Augen.

Duffy drückte ihr die Schulter und sagte zu Lottie: »Einen schönen Tag noch.«

Als sie auf die Veranda hinausgingen, fuhren gerade zwei Jungs mit dem Fahrrad in die Einfahrt. Lottie bekam ein ungutes Gefühl im Magen, als sie Sean und Barry erkannte. Sie verspürte den Drang, ihren Sohn sofort von hier weg und nach Hause zu bringen.

»Sean«, sagte sie, als die Jungs näherkamen. »Ich glaube, deine Granny hat für heute was geplant. Fahr mal lieber nach Hause.«

Sean schien erleichtert zu sein. »Bis dann, Barry«, rief er, trat kräftig in die Pedale und verließ die Einfahrt.

Im Auto drehte sich Boyd zu ihr um. »Was sollte das denn?«

»Wenn ich es weiß, lass ich es dich wissen.«

VIERUNDFÜNFZIG

Rory Butler saß auf dem großen Stein und schaute hinaus auf das ruhige Wasser des Sees. Die Aktivitäten zu seiner Linken waren beendet, aber er konnte immer noch das Absperrband an der Steinplatte hängen sehen, auf der Kevins Leiche gefunden worden war. Er dachte an Mikey. Der arme Mikey.

Er schüttelte den Kopf und schaute zu seiner Rechten. An den Bäumen und wilden Büschen vorbei. Sein Großvater hatte ihm erzählt, dass man es als Kühlkammer verwendet hatte. Damals, als es noch keine Kühlschränke gegeben hatte. Unter Efeu und Gestrüpp war die Tür kaum zu sehen, sofern man nicht direkt danebenstand. Nur eine Handvoll Leute wussten von der Existenz. Sein Großvater hatte es zwar ausgebaut, aber Rory hatte keine Verwendung dafür. Er war froh, dass die Polizei nicht weiter nachgeforscht hatte, weil es nichts mit ihnen zu tun hatte. Und er hatte schmerzhaft erfahren müssen, dass manche Sachen lieber geheim blieben. Zumindest war ihm das so gesagt worden. Vor langer Zeit. Er hatte auch ohne die Polizei vor seiner Tür genug Probleme.

Er stellte den Becher mit kaltem Kaffee ab, stand auf und

füllte seine Lunge mit frischer Luft. Lauschte dem Gezwitscher der Vögel auf den Zweigen um ihn herum. Die Geräusche sollten ihn eigentlich beruhigen, doch dem war nicht so.

Er fragte sich, ob es wohl richtig gewesen war, wieder ins Swift House zu ziehen, nach Ragmullin zurückzukehren, mit all der Last der Vergangenheit, die hier auf ihn wartete.

Als ein leichter Nieselregen einsetzte, nahm er den Kaffeebecher und ging den Weg zurück zu dem Haus, das er nun sein Zuhause nannte.

* * *

Barry öffnete den Kühlschrank und inspizierte den Inhalt auf der Suche nach etwas Essbarem. Irgendetwas, was nicht zu Saft gepresst war.

»Geh in dein Zimmer, Barry«, forderte seine Mutter ihn auf.

»Aber ich will noch mal raus. Hier drinnen ist es scheiße langweilig.« Mit leeren Händen schloss Barry die Kühlschranktür und bemerkte seinen Fehler erst, als die Ohrfeige ihn traf und seinen Kopf gegen die Wand beförderte.

»Barry! Nicht solche Ausdrücke!«

Sein Vater stand in der Tür. »Tu, was deine Mutter dir sagt. Geh in dein Zimmer.«

»Warum?«, fragte Barry.

»Weil ich es sage«, antwortete seine Mutter. »Und ich will nicht, dass du noch mal mit dem Sohn dieser Polizistin rumhängst. Er ist nicht der richtige Umgang für dich. Hast du das verstanden?«

Er bemerkte den Blick seines Vaters und wusste, dass er jetzt lieber keine Diskussion anzetteln sollte. Aber die konnten ihn mal, alle beide. Von denen würde er sich ganz bestimmt nicht vorschreiben lassen, mit wem er befreundet war. Das hatten sie bereits sein ganzes Leben lang getan. Jetzt war das allein seine Entscheidung.

So laut, wie es ihm mit seinen Turnschuhen mit den weichen Sohlen möglich war, stampfte er die Treppe hinauf und knallte seine Zimmertür theatralisch zu.

FÜNFUNDFÜNFZIG

»Wir können genauso gut jetzt gleich bei den Shanleys vorbeischauen«, sagte Lottie.

Boyd fuhr in Richtung Greenway. »Habe ich mir die eigenartige Stimmung bei den Duffys nur eingebildet?«

»Nein, das ging mir genauso. Er wirkt sehr dominant. Julia tut mir leid. Sie scheint richtig Angst vor ihm zu haben.«

»Findest du?«

»Du nicht?«

Boyd streckte sich und gähnte. »Ich weiß auch nicht. Aber irgendwas stimmt da definitiv nicht.«

»Müde?«, fragte Lottie.

»Julia?«

»Nein, Klugscheißer. Bist *du* müde?«

»Ein bisschen. Dieser Fall ist echt anstrengend.«

»Ich weiß. Irgendwie bin ich nur damit beschäftigt, mit trauernden Personen und verschwiegenen Zeugen zu reden.« Sie schaute ihn von der Seite an. »Was hast du gestern Abend noch gemacht?«

»Ich war was trinken.«

»Wo?«

»Inwiefern ist das relevant?«

»Ich betreibe nur Konversation.«

»Wenn du es unbedingt wissen willst: Ich war im Joyce.«

»Da gehst du aber sonst nicht hin.« Sie konnte ihn einfach nicht in Ruhe lassen.

»Mir war mal nach einer neuen Umgebung. Wo ich nicht ständig jemandem über den Weg laufe, der mich kennt.«

»So wie mir zum Beispiel?«

»Es geht nicht immer um dich, Lottie.«

Gekränkt streckte sie beide Beine im Fußraum aus und schaute demonstrativ aus dem Beifahrerfenster. Durch die Geschwindigkeit, mit der Boyd fuhr, verschwamm die Stadt da draußen zu einem Kaleidoskop aus Farben.

»Tut mir leid«, sagte er.

»Schon okay. Ich war nur neugierig. Dachte, dass du vielleicht unterwegs warst, um deine Scheidung zu feiern.«

»War ich nicht.« Er klang jetzt deutlich freundlicher. »Und was hast du noch so gemacht?«

»Ich war joggen. Ich habe mal so gar keine Kondition. Vielleicht gehe ich heute Abend wieder. Kommst du mit?« Sie warf ihm einen verstohlenen Blick zu. Unerschütterlich schaute er nach vorn auf die Straße.

»Ich weiß noch nicht, was ich heute Abend mache. Aber ich sage dir Bescheid«, sagte er und bog ab nach Greenway.

Im Haus der Shanleys waren alle Vorhänge zugezogen. Eine schwarze Schleife und ein weißer Zettel an der Tür zeugten von ihrem Trauerfall.

Victor führte sie ins Wohnzimmer. Verwandte und Freunde aus allen Teilen Irlands hatten sich darin versammelt und trauerten.

»Wann können wir unseren Kevin nach Hause holen? Wir müssen seine Beerdigung organisieren«, meinte Victor.

»Können wir irgendwo in Ruhe miteinander reden?«, fragte Lottie.

Er führte sie durch die Menge in die Küche, in der genauso viel Gedränge herrschte. Dann öffnete er die Hintertür. Der Garten bot eine kleine Terrasse mit Betonboden und einem Tisch und Stühlen darauf sowie einem Grill in der Ecke. Alles war nass von dem jüngsten Regenschauer. Ein Sonnenstrahl kämpfte sich gerade an einer Wolke vorbei und ließ die Tropfen verdampfen.

»Schön hier«, sagte Boyd.

»Pflegeleicht«, antwortete Victor. »Wann kann ich meinen Sohn nach Hause holen?«

»Leider wissen wir noch nicht, wann seine Leiche freigegeben werden kann«, antwortete Lottie. »Sobald ich mehr weiß, sage ich Ihnen Bescheid.«

Victor holte ein Tuch und wischte die Stühle trocken. Nachdem sie Platz genommen hatten, fragte er: »Stört es Sie, wenn ich rauche?«

Auch Boyd zündete sich eine Zigarette an. Sosehr Lottie sich auch nach einer Dosis Nikotin sehnte, lehnte sie ab und begnügte sich mit dem Passivrauchen.

»Victor«, begann sie, »wir haben von der Rechtsmedizinerin beunruhigende Neuigkeiten über Kevin erhalten.«

»Beunruhigend? Was meinen Sie damit?«

Sie blies die Wagen auf und versuchte, sich zu sammeln. Wie sollte sie die Sache am besten angehen? Gerade heraus, beschloss sie.

»Bei der Obduktion hat die Rechtsmedizinerin festgestellt, dass Kevin missbraucht worden ist. Nicht kürzlich«, fügte sie hinzu. »Sondern schon vor einer Weile.«

Victor stand der Mund offen. Die Zigarette hing gefährlich an seinen Lippen. Dann fasste er sich mit beiden Händen an den Kopf und sank auf seinem Stuhl zurück.

»Ich wusste, dass da was war. Aber nie, auch nicht in meinen schlimmsten Albträumen, hätte ich *das* erwartet. Mein armer Junge.«

»Wann hat er anfangen, sich auffällig zu verhalten?«, fragte Lottie.

»Bevor wir aus Munbally weggezogen sind. Wir dachten, es läge an der Gegend da. Viele Drogen und so. Das ist alles nicht gut für einen Jungen. Also haben wir beschlossen, von dort wegzuziehen. Aber Kevins Verhalten wurde nicht besser. Im Gegenteil: Er hat sich noch mehr zurückgezogen und wurde gleichzeitig aggressiver.«

»Inwiefern?«

»Man konnte ihm nichts recht machen. Sheila hat das auf die Pubertät geschoben, aber ich hatte das Gefühl, dass da mehr dran war. Und jetzt weiß ich, dass das stimmte.« Seine Hand mit der Zigarette hielt auf halbem Weg zum Mund inne. »Zu dem Zeitpunkt hat seine Mutter richtig angefangen zu trinken. Mein Gott. Wusste sie davon?«

»Ich muss mit Ihrer Frau sprechen«, sagte Lottie.

»Aber Missbrauch? Wer? Warum? Ich verstehe das nicht. Das wird Sheila umbringen.«

»Soll ich Ihnen ein Glas Wasser holen?«, bot Lottie an. Er musste sich beruhigen, sonst würde sie nichts mehr aus ihm herausbekommen.

»Nein, nein.«

»Fühlen Sie sich in der Lage, darüber zu reden?«

»Das muss ich doch, oder?«

»Wer könnte ihrem Sohn nahegekommen sein? Könnten Sie mir eine Liste erstellen?«

»Niemand. Auf jeden Fall fällt mir gerade niemand ein. Vielleicht kennt seine Mutter jemanden, aber ich kann da jetzt nicht reingehen und ihr solche Fragen stellen.«

»Deshalb frage ich ja auch Sie.«

Victor schloss die Augen. Tränen liefen ihm unter seinen kurzen Wimpern die Wangen hinunter. »Der arme Kevin. Was muss er wohl durchgemacht haben? Und wir haben ihn bestraft. Ihm das Handy weggenommen. Ihn in sein Zimmer gesp...«

»Ihn in sein Zimmer gesperrt?«, hakte Lottie nach.

»Ja. Nachdem er die halbe Nacht weggeblieben war. Was muss er nur von uns gedacht haben? Warum hat er mir nichts erzählt?«

»Glauben Sie, er könnte Mikey Driscoll davon erzählt haben?«

»Mikey? Warum sollte er dem was erzählt haben?«

»Waren sie denn nicht miteinander befreundet?«

»Doch, schon, glaube ich. Ich weiß es nicht.«

»Hatte er noch andere Freunde?«

Victor zuckte mit den Achseln. »Da muss ich nachdenken.«

Lottie verkniff sich einen Seufzer und bemerkte, dass Boyd sich noch eine Zigarette ansteckte. Er bot auch Victor eine an, der sie nahm und ihm dankend zunickte.

»Es gibt da einen Jungen, mit dem er viel rumgehangen hat, als wir noch in Munbally gewohnt haben. Aber ich glaube, der war eher mit Mikey befreundet als mit Kev. Toby irgendwas. Wie war noch der Nachname? Collins. Ja. Toby Collins.«

»Den kennen wir«, sagte Boyd.

»Er hat einen älteren Bruder. Viel älter. Der müsste jetzt so siebzehn sein oder achtzehn. Ein fies aussehender Kerl.« Victor schaute auf. Mit großen Augen. Ungläubig. »Glauben Sie, der Bruder könnte meinen Sohn missbraucht haben? Den Kerl bringe ich höchstpersönlich um. Vielleicht hat *er* ja Kev und Mikey getötet. Meinen eigenen Sohn, und ich wusste von nichts ...« Victor sank auf seinem Stuhl in sich zusammen.

»Gab es noch andere Erwachsene, die Interesse an Kevin hatten? Lehrer oder Leute, die mit der Fußballmannschaft zu tun hatten, zum Beispiel?« Lottie war klar, dass sie ihn beeinflusste, wusste aber nicht, was sie sonst tun sollte.

»Ich dachte, das wären alles nette Männer, die ihre Zeit

opfern, um sich um eine Mannschaft zu kümmern, aus der nie was werden wird.«

Lottie überlegte, ob der Kinderschänder zwangsläufig auch der Mörder war. Wahrscheinlich. Obwohl sie keine Beweise dafür oder dagegen hatte, glaubte sie nicht, dass Victor sich an seinem eigenen Sohn vergangen hatte. Oder an Mikey Driscoll. Dennoch konnte sie ihn nicht als Verdächtigen ausschließen.

»Ihr Sohn, Mr Shanley, trug nagelneue Fußballshorts, als er gefunden wurde. In seinem Zimmer jedoch haben wir nichts in der Art entdeckt. Ich kann Ihnen ein Foto zeigen, vielleicht erkennen Sie sie ja.«

»Da müssen Sie Sheila fragen, und ich glaube nicht, dass sie aktuell in der Lage ist, mit Ihnen zu reden. Wo sind denn die Sachen, die er vorher anhatte?«

»Die haben wir noch nicht gefunden.«

»Okay. Ich frage Sheila später und sage Ihnen dann Bescheid.«

»Vielen Dank. Eine Sache noch. Kennen Sie Hope Cotter?«

»Nein, aber den Namen habe ich in den Nachrichten gehört. Irgendwas mit dem toten Baby.«

»In welcher Beziehung stehen Sie zu Jen Driscoll?«, fragte sie schnell, um ihn zu überrumpeln.

Er hob den Kopf und schaute sie durch den Tränenschleier hindurch an. »Wollen Sie mir etwas anderes als eine kollegiale Beziehung unterstellen?«

»Ich stelle nur Fragen.«

»Was zwischen Jen und mir lief, ist lange her und hat nichts mit dem Tod meines oder ihres Sohnes zu tun.«

»Und was lief da zwischen Ihnen?«

»Es war nur eine Affäre. Vor ein paar Jahren. Wir arbeiten zusammen. Alles andere ist vorbei. Bitte verraten Sie Sheila nichts. Sie weiß nichts davon.«

»Kannten Sie Jens Ehemann?«

»Der ist seit zehn Jahren nicht mehr im Land. Ich glaube

nicht, dass er sich jemals um sein Kind gekümmert hat.« Er stand auf und ging ins Haus.

»Worauf wolltest du denn damit hinaus?«, fragte Boyd.

»Vielleicht hat seine Beziehung mit Jen bei irgendjemandem eine mörderische Ader geweckt.« Lottie griff nach ihrer Tasche und der Jacke. Die Wolken am Himmel versammelten sich inzwischen zu einer schwarzen Masse. Es war an der Zeit, mit Sheila Shanley zu sprechen.

* * *

Victor brauchte keine drei Minuten, bis sie das Haus für sich hatten. Lottie schaute ihm zu, wie er alle Besucher hinausscheuchte, wobei seine angespannten Muskeln unter dem Hemd vor aufgestauter Wut bebten.

Sheila trank einen Schluck aus einem Glas. Brandy, wie Lottie riechen konnte. Sie sog das Aroma ein und widerstand dem Drang zu fragen, ob sie auch einen haben könnte. Ihnen stand ein schwieriges Gespräch bevor.

»Legen Sie los«, sagte Sheila und lallte dabei ein wenig.

Lottie wollte gerade Luft holen, als Victor ihr zuvorkam.

»Sheila, sie haben etwas äußerst Beunruhigendes herausgefunden. Es hat mit Kev zu tun.«

»Er ist tot. Ist das nicht beunruhigend genug?« Ihre Augen waren glasig.

»Vielleicht sollten wir dieses Gespräch später fortsetzen«, schlug Lottie vor. Die Mutter hatte in ihrer Verzweiflung eindeutig zu viel getrunken. Sie versuchte, Victors Blick aufzufangen.

»Sie haben meine Freunde aus gutem Grund davongejagt, also fangen Sie schon an mit Ihren Fragen.« Sheila streckte ihr Glas aus. Victor nahm eine Flasche, die neben dem Sessel auf dem Boden stand, und schenkte ihr ordentlich nach.

»Es tut mir leid, das so direkt sagen zu müssen, Sheila, aber wir vermuten, dass Kevin missbraucht wurde.«

»Ich habe ihm nie was getan.«

»Nicht diese Art von Missbrauch«, sagte Lottie und hoffte, dass Sheila verstand, was sie meinte. Dem war so.

»Niemals. Mein Sohn wurde nie ... Nein! Das hätte ich gewusst!«

»Die Obduktion hat es bestätigt. Und ich stelle diese Fragen wirklich nicht gern, aber all das könnte relevant bei der Suche nach dem Mörder sein.« Lottie schwieg kurz und beobachtete, wie die Wut der Frau dem Grauen wich.

»Davon wusste ich nichts. O mein Gott, mein armer Junge.«

»Gab es vielleicht jemanden, dem Kevin versucht hat, aus dem Weg zu gehen? Irgendjemanden?«

»Ich weiß es nicht.« Sheila drehte den Kopf zu Victor. »Du warst doch dauernd weg und hast diese dünne Schlampe gevögelt. Ihr habt euch in diesem Dreckloch von Fitnessstudio richtig ausgeschwitzt. Und jetzt erfahre ich, dass irgendein Wichser unseren Sohn missbraucht hat!«

Diese Worte auszusprechen, schien Sheila alle Kraft gekostet zu haben, denn unmittelbar danach fiel sie in sich zusammen. Lottie konnte förmlich sehen, wie alle Luft aus dem Körper der Frau wich wie aus einem Ballon.

Mit brüchiger Stimme fuhr sie fort: »Du wusstest nie, wo Kev war oder was vor sich ging. Ich habe mein Bestes gegeben. Wirklich.«

Victor lief ungläubig im Kreis auf dem Teppich herum. »Es tut mir leid. Ich hätte mehr zu Hause sein sollen. Hätte ich gewusst, dass so etwas vor sich geht ... Aber du hast immerzu getrunken und dich auch nicht ausreichend um ihn gekümmert.«

Lottie wusste, dass sie die Situation unter Kontrolle bekommen musste. Sie schaute zu Boyd, legte den Kopf zur

Seite und nickte in Richtung Tür. »Geh bitte mit Victor in die Küche.«

Als sie mit Sheila allein war, fragte sie: »Sie wussten also von Victors Affäre?«

»Ja. Davon wusste ich. Aber ich schwöre bei Gott, dass ich nicht wusste, dass jemand Kev was angetan hat. Ich kann gar nicht klar denken. Wer macht denn so was mit einem wehrlosen Kind?«

»Genau das versuche ich herauszufinden.«

»Könnten Sie mir was zu trinken geben?«, fragte sie mit flehenden Augen hinter dem zerzausten rotblonden Haar.

»Gleich. Aber erst brauche ich ein paar Antworten. Wann haben Sie zum ersten Mal die Veränderung in Kevins Verhalten bemerkt?«

Sheila fuhr sich mit dem Handrücken unter der Nase entlang, schniefte, griff nach dem Foto ihres Sohnes und starrte es an.

»Vor einem Jahr oder so fing er an, sich zurückzuziehen. Es war ein ständiger Kampf, ihn dazu zu bringen, in die Schule zu gehen. Und die Tage, an denen er einen Freund zu Besuch hatte, kann ich an einer Hand abzählen.«

»Haben Sie irgendetwas unternommen wegen seines Verhaltens? Außer aus Munbally wegzuziehen?«

»Ich dachte, er wäre vielleicht depressiv. Mir ist klar, dass er damals erst zehn war, aber ich habe mir solche Sorgen gemacht. Ich war sogar mit ihm beim Arzt.«

»Und was hat der Arzt gesagt?«

Sheila setzte sich im Sessel auf. »Kevin hat einfach nur geweint und geweint. Der Arzt hat vorgeschlagen, einen Therapeuten aufzusuchen, aber Kev hat sich geweigert, mit irgendjemandem zu sprechen. Ich habe das dann einfach auf sein Alter geschoben.«

»Glauben Sie, es könnte jemand aus Ihrer ehemaligen Wohngegend sein?«

Sheila rang die Hände. »Er hat nie etwas gesagt. Warum hat er sich mir nicht anvertraut?«

Victor kam mit Boyd zurück und sagte: »Es tut mir so leid, Sheila. Ich hätte merken müssen, dass mit Kev etwas nicht stimmte.«

»Du warst ständig bei der Arbeit. Immer diese Überstunden. Zumindest hast du das behauptet. Inzwischen weiß ich es ja besser.« Ihr Tonfall war bar jeder Emotion.

»Du hast ständig getrunken«, sagte Victor.

»Das war deine Schuld. Deine und die von Jen Driscoll.«

»Sie haben vorhin erwähnt, dass Kev eines Nachts verschwunden war. Bitte erzählen Sie mir davon«, forderte Lottie sie auf.

Sheila rang um Fassung. »Das war vor ungefähr einem Monat. Da ist er mitten in der Nacht nach Hause gekommen und wollte nicht sagen, wo er war. Also habe ich sein Handy konfisziert und reingeguckt, aber nichts gefunden. Aber das haben Sie ja jetzt. Vielleicht finden Sie ja etwas.«

Lottie hatte noch eine letzte Frage.

»Sheila, das mag zwar merkwürdig klingen, aber wissen Sie, wie viele Fußballshorts Kevin hatte?«

Sheila schaute unter ihren geröteten Augenlidern hervor. »Nicht genau. Die sollten in seiner Trainingstasche sein. Warum? Ist das wichtig?«

»In seiner Tasche haben wir nur ein grünes Munbally-Trikot gefunden. Aber machen Sie sich darum im Moment keine Gedanken.« Lottie brachte es nicht über sich, der verzweifelten Mutter das Foto des letzten Kleidungsstücks zu zeigen, das ihr Sohn getragen hatte. Sie schaute zu Boyd. Der schüttelte den Kopf. Keine weiteren Fragen. »Wir gehen dann jetzt. Sie und Victor brauchen sicherlich Zeit zum Reden. Wenn Ihnen noch irgendetwas einfällt, rufen Sie mich bitte umgehend an.«

Lottie stand schon an der Tür, als sie die leise Stimme der

gebrochenen Frau hörte. Sie drehte sich um und ging neben ihr in die Hocke.

»Glauben Sie ... O lieber Gott im Himmel«, flüsterte Sheila. »Könnte Victor unserem Jungen das angetan haben?«

»Bitte machen Sie sich keine Sorgen, Sheila«, antwortete Lottie. »Ich finde heraus, wer das war.«

SECHSUNDFÜNFZIG

Toby saß mit angezogenen Knien und den Armen um die Beine geschlungen auf dem Boden neben seinem Fenster. Er war sich sicher, dass jemand seinen Namen gerufen hatte, und wünschte, Max würde nach Hause kommen. Er würde sogar runter zum Imbiss gehen und ihm sein Hähnchensandwich holen, wenn er das wollte.

Er konnte sich nicht erinnern, um wie viel Uhr seine Mutter heute von der Arbeit kam. Und sein Vater war unterwegs. Er dachte an Hope und Lexie. Die im Park auf dem Spielplatz geschaukelt hatten, als wäre nichts passiert. Wie sie ihn angestarrt hatte. Wie sie geklungen hatte, als sie seinen Namen gerufen hatte. Allein beim Gedanken daran bekam er Gänsehaut. Natürlich war er da weggerannt!

Mikey, was würdest du jetzt tun?

Der Geruch nach dem verbrannten Toast, den er zu Mittag gegessen hatte, stieg ihm von unten in die Nase. Der Geschmack lag ihm noch auf der Zunge und in seinem Hals. Er rieb mit einem Finger über den Holzfußboden, bis die Haut rot war und zu bluten begann. Dann steckte er ihn in den Mund und saugte das Blut heraus.

Draußen. Die quietschenden Bremsen eines Autos.

Er kniete sich hin und spähte über die Fensterbank. Ein Auto raste mit Karacho um die Ecke. Und weg war es. Aber wieder rief jemand seinen Namen. Und zwar nicht von unten. Sondern von draußen.

Er setzte sich zurück auf den Boden, presste die Beine noch fester an die Brust und biss sich durch die Jogginghose in das Knie.

Es war die Stimme einer Frau, vielleicht die eines Mädchens. Nur ein hohes Flüstern, aber dennoch hatte er es über den Lärm der Autos auf der Hauptstraße und das Bellen eines Hundes in der Ferne und die spielenden Kindern auf dem Rasen hinweg gehört.

Er horchte. Kniete sich wieder hin. Griff nach der Fensterbank. Wartete. Dann hörte er die Stimme erneut. Diesmal rief sie: »Max!«

Langsam lugte er über die Kante. Durch die verschmierte Fensterscheibe in den Garten. Sie stand am Tor und schaute zu ihm hinauf.

Und dann winkte sie. Hektisch und dringlich.

Er schüttelte den Kopf.

Niemals würde er da runtergehen. Niemals. Nicht, solange sie da war.

Er setzte sich auf den Boden, griff nach seinen Schuhen und zog sie an. Mit den Schnürsenkeln des einen Schuhs hielt er sich nicht weiter auf.

Vorsichtig schaute er erneut aus dem Fenster. Niemand da. Sie war weg.

Er musste etwas unternehmen, bevor er endete wie Mikey und Kev.

Er musste raus.

Er musste es herausfinden.

* * *

Sean trat in die Pedale, als wäre der Teufel selbst hinter ihm her, so sehr hatte er sich erschrocken, als er seine Mutter mit Boyd vor der Tür der Duffys hatte stehen sehen. Warum waren sie dort gewesen? Ging es um das tote Baby?

Als er die Straße zum Haus seiner Gran entlangfuhr, vibrierte das Handy in seiner Tasche. Er hielt an und schaute auf das Display. Barry.

Wir müssen reden, lautete seine Textnachricht.

»Nein, müssen wir nicht«, sagte Sean in den Regen hinein, der erneut eingesetzt hatte.

Immer noch musste er daran denken, wie Barry Toby behandelt hatte. Überhaupt nicht nett. Und dann der Vorfall vor dem Pub, von dem Chloe ihm erzählt hatte. Spontan beschloss er, rüber nach Munbally zu fahren, diesen Toby zu finden und sich bei ihm zu entschuldigen. Seine Mutter wäre stolz auf ihn.

Er drehte mit seinem Fahrrad um und radelte zurück in die Stadt. Das würde seine gute Tat des Tages werden. Vielleicht sogar des Jahres.

Jawoll!

SIEBENUNDFÜNFZIG

Bei Jen Driscoll war niemand zu Hause, und so fuhren Lottie und Boyd weiter zum Haus von Robbie Cotter. Kirby hatte angerufen, um sie darüber zu informieren, dass sein Gespräch mit Jacinta Barnes ergeben hatte, dass sich Hope und ihre Familie wieder in Ragmullin aufhielten.

Beim Klopfen an die Tür legte Lottie all ihre Wut in ihre Fingerknöchel. Niemand machte auf. Sie klopfte lauter. Rief durch den Briefschlitz.

»Lass gut sein, Lottie. Es ist keiner da.«

Als sie sich umdrehte, hielt gerade ein Auto vor dem Haus. Robbie Cotter stieg aus. Er hielt mehrere Papiertüten in der Hand, aus denen der Geruch von frittiertem Essen strömte.

»Mr Cotter«, begrüßte ihn Lottie.

»Äh ... Detectives. Hallo.«

»Können wir reinkommen?«

»Nein. Lieber nicht.« Er klemmte sich die Tüten mit der einen Hand unter den anderen Arm, schloss das Auto ab und versuchte, sich an Lottie vorbeizudrücken. Sie stellte sich ihm in den Weg.

»Nach Ihrer Nichte läuft eine Fahndung. Wir möchten sie

im Zusammenhang mit dem toten Baby befragen, das am Montagmorgen im Kanal gefunden wurde. Das können wir entweder auf die harte Tour machen oder Sie lassen mich mit Hope reden.«

»Brauchen Sie dafür nicht einen Haftbefehl oder so?«, fragte er.

Boyd trat dicht an ihn heran. »Machen Sie die Tür auf.«

»Okay, okay.« Robbie stellte die Tüten mit dem Essen vor der Tür ab und schloss auf. »Hope?«

»Sie müssen Sie ja nicht gleich vorwarnen«, schimpfte Lottie und ging an ihm vorbei in den Flur.

Stille.

»Vielleicht sind sie oben in Lexies Zimmer«, mutmaßte Robbie.

Boyd rannte die Treppe hinauf, wobei er immer zwei Stufen auf einmal nahm.

»Da ist niemand.«

Ein Luftzug wehte durch den Flur. Lottie ging in die Küche.

»Boyd! Komm runter! Schnell!«

Die Hintertür in der Küche stand sperrangelweit offen. Lottie rannte in den winzigen, von Unkraut überwucherten Garten. Ein Tor konnte sie nicht entdecken.

»Kommt man von hier weg?«, rief sie Robbie zu.

»Über die Mauer. Dahinter ist eine Gasse.«

Sie rannte durch das hohe Gras und kletterte über die Mauer. Schaute nach rechts und nach links. Die Gasse war leer. Sie ging zurück zu Robbie.

»Wo sind Hope und Lexie?«

»Als ich losgefahren bin, um Essen zu holen, waren sie noch hier.«

»Wie lange waren Sie weg?«

Er konsultierte sein Handy. »Vielleicht eine halbe Stunde.

Ich war aber noch im Wettbüro, insofern kann es auch länger gewesen sein. Ehrlich gesagt weiß ich es nicht.«

»Mr Cotter, Sie haben einer Person von Interesse in einem Mordfall zur Flucht verholfen. Ich sollte Sie mit aufs Revier nehmen und dort befragen.«

»Aber das werden Sie nicht, weil Sie mich hier brauchen, für den Fall, dass Hope zurückkommt.«

»Und wenn ich sie finde, wird Lexie in Obhut genommen. Ich rufe das Jugendamt an. So kann man eine Vierjährige unmöglich großziehen.«

»Hey, Moment mal. Um Lexie wird sich gut gekümmert. Und egal, was Sie denken: Hope hat ihr Baby nicht getötet. Ich habe mit ihr darüber geredet. Und ich kenne sie. Sie war es nicht.«

»Sie hat mir selbst gesagt, dass sie jemanden umgebracht hat.« Im Augenwinkel sah sie Boyd mit einem rosa Kinderfahrrad in der Hand aus dem Garten kommen. Sie ging auf ihn zu.

»Wenn du mit dem Gartenaufräumen fertig bist, beorderst du über Funk sofort jemanden hierher. Die sollen Mr Cotter nicht aus den Augen lassen.«

Mit diesen Worten ging sie zurück durch das Haus.

Hier gab es nichts, was ihr weiterhelfen konnte.

Hope war verschwunden. Mal wieder.

* * *

Hope stand an der Bushaltestelle vor dem Supermarkt. Sie hatte kein Geld. Sie beobachtete einen Obdachlosen in einem blauen Schlafsack mit einem kleinen Hund zu seinen Füßen. Vor ihm lag ein Hut mit Münzen darin.

Nein, sie würde den armen Kerl nicht bestehlen.

Auf der Flucht durch die Hintertür hatte sie Lexie tragen

müssen, und das Gewicht ihrer Tochter hatte ihrem ohnehin schon schmerzenden Unterleib noch mehr zugesetzt. Sie hatten keine Jacken. Nichts. Nur die Kleidung, in der sie aufgestanden waren.

»Mummy, ich hab Hunger. Ich will Chicken-Nuggets.«

Hope spürte, wie sich ihr Herz zusammenzog. Was sollte sie jetzt tun? Wen konnte sie um Hilfe bitten?

Der Bus nach Dublin fuhr vor und die Pendler stiegen aus. Warme Luft schlug ihr aus dem Fahrzeug entgegen, als sie ihren Kopf hineinsteckte.

»Steigt ihr ein?«, fragte der Fahrer von seinem Platz aus.

Hope schüttelte den Kopf, fasste Lexies Hand fester und ging weg.

Es gab nur einen einzigen Menschen, der ihr jetzt noch helfen konnte. Sowenig sie auch jemals wieder mit ihm hatte reden wollen, blieb ihr keine andere Wahl.

»Komm mit, Lexie«, sagte sie.

Nebeneinander gingen sie am Joyce Hotel vorbei und die Gaol Street entlang. Das Herz und der Bauch taten ihr viel zu weh. Niemand würdigte sie eines Blickes. Niemand wusste, wer sie war, obwohl ihr Foto in den Nachrichten gezeigt worden war. Sie war völlig anonym in ihrer eigenen Stadt. Und das war gut so. Sie gingen unter dem Kran am Gerichtsgebäude hindurch, wurden jedoch immer langsamer, weil Hope das Atmen stetig schwerer fiel. Die Anstrengungen der letzten paar Tage forderten ihren Tribut.

»Bist du krank, Mummy?«, fragte Lexie.

»Nein, nicht wirklich. Mach dir keine Sorgen, Mausi. Mummy geht es gut.«

»Ich hab Hunger.«

»Ich weiß, wir sind auch gleich da. Du bist so ein tolles Mädchen, und Mummy hat dich sehr lieb.«

Er war nicht zu Hause gewesen, als sie vorhin dort gewesen war, insofern gab es nur noch einen Ort, an dem sie ihn finden konnte.

Hinter der Hunderennbahn bog sie rechts ab und ging am alten Recyclinghof für Autoreifen vorbei.

Max Collins war ihre letzte Hoffnung.

* * *

Sean wollte schon aufgeben, als ein Junge auf einem Pony ihm den Weg zum Haus der Collins zeigte. Er lehnte sein Fahrrad an die Mauer und ging auf die Haustür zu. Warum war er hier? Um sich zu entschuldigen? Aber er hatte doch gar nichts falsch gemacht. Das war Barry gewesen. Dann erinnerte er sich wieder an die Angst in Tobys Augen. Er musste etwas unternehmen.

Niemand öffnete auf sein Klingeln hin. Nun ja, immerhin habe ich es versucht, dachte er. Gerade wollte er auf sein Fahrrad steigen und nach Hause radeln, als sich eine Hand um den Lenker legte.

»Nicht so schnell, Arschloch.«

Sean schaute auf in das Gesicht eines Teenagers mit eingefallenen Augen und hängenden Augenlidern. Er schluckte. »Tut mir leid, ich wollte nur zu Toby.«

»Toby? Und was willst du von dem?«

»Nichts.«

Der Teenager kam ihm bedrohlich näher. »Sag mir sofort, was du von meinem Bruder willst, oder ich wickel dir die Räder deines schicken Fahrrads um den Hals.«

»Er ... er war gestern so fertig. Und da wollte ich vorbeischauen und fragen, ob es ihm gut geht.«

»Alle sind fertig. Wusstest du nicht, dass ein Mörder frei rumläuft, der es auf kleine Jungs abgesehen hat? Jungs wie dich.«

Sean spürte, wie sich seine Eingeweide zusammenzogen. Tobys Bruder musterte nun das Fahrrad.

»Was hat das gekostet?«

»Keine Ahnung. Hat mir meine Mutter zum Geburtstag geschenkt.«

»Deine Mutter gefällt mir. Ist sie reich?«

»Nein. Sie ist bei der Polizei.«

Die Aussage verfehlte ihre Wirkung nicht. Der Teenager trat von dem Fahrrad zurück und versenkte die Hände in den Taschen seines Jogginganzugs, als hätte er sie sich verbrannt.

»Verschwinde. Ich will nicht, dass ein Bullensohn hier rumschnüffelt. Na los. Verpiss dich.«

Sean schwang ein Bein über die Fahrradstange, um in aller Eile zu entkommen, fuhr in seiner Panik jedoch vom Bordstein und landete mit dem Gesicht voran auf der Straße. Blut lief aus seiner Nase und tropfte auf sein weißes T-Shirt. Er befreite sich von dem Fahrrad und spürte, dass ihm jemand aufhalf.

»Wie siehst du denn aus! O Mann, ich glaube, du hast dir die Nase gebrochen. Komm besser rein. Wir wollen ja nicht, dass deine Mutter mir die Schuld daran gibt. Na komm schon. Ich beiße auch nicht.«

Der Teenager warf das Fahrrad in den verwilderten Garten und zog Sean in Richtung Haustür. Er sollte lieber abhauen, dachte Sean. Aber sein Fußknöchel tat zu sehr weh und seine Nase auch.

Er öffnete die Tür und schob Sean hindurch.

»Willkommen in unserer bescheidenen Hütte, wie mein Da immer sagt. Ich bin Max. Und wie heißt du?«

ACHTUNDFÜNFZIG

Lottie schob sich ein winziges Stück Brot in den Mund und schaute Boyd beim Verzehr seines Sandwiches nach Art des Hauses zu. Im Cafferty's war es recht ruhig. Im Fernsehen lief leise ein Nachrichtenkanal. Die halbe örtliche Polizeimannschaft war auf der Suche nach Hope und Lexie, und Jen Driscoll war weder zu Hause noch im Fitnessstudio gewesen, weshalb Boyd darauf bestanden hatte, dass sie etwas aßen, bevor sie aufs Revier zurückkehrten.

»Kann ich dich was fragen?«, fragte Lottie und schob ihr Sandwich weg.

»Nur wenn es nicht um die Arbeit geht.«

»Okay.«

»Und nur wenn du vorher was isst«, befahl Boyd. »Du fällst mir sonst noch vom Fleisch.«

»Fühlst du dich irgendwie anders?« Sie merkte, dass Boyd sie musterte. Vermutlich überlegte er, worauf sie hinauswollte.

»Anders?«

»Seit du geschieden bist?« Warum musste sie aber auch so eine dumme Frage stellen? Doch jetzt war es zu spät, und sie konnte nicht mehr zurück. »Ich weiß, dass du und Jackie schon seit Ewigkeiten getrennt seid, aber jetzt, wo es offiziell ist, wie fühlst du dich damit?«

»Wo kommt das denn her, Lottie?«

»Es ist nur eine Frage.« Halt die Klappe, befahl sie sich selbst.

Er kräuselte die Unterlippe, biss darauf und kniff die Augen zusammen. Versuchte, schlau aus ihr zu werden. Viel Glück dabei, Boyd, dachte sie. Wenn sie aus sich selbst nicht schlau wurde, dann hatte er erst recht keine Chance.

»Ich bin derselbe wie immer. Kein Unterschied. Ein Stück Papier ändert doch nichts. Nicht für mich.«

Lottie streckte die Hand aus und berührte die seine.

»Tut mir leid«, sagte sie.

»Was tut dir leid?« Er sah überrascht aus.

»Oh, ich weiß auch nicht. Himmel, Boyd, du machst solche Unterhaltungen echt schwierig.«

Er nahm noch einen Bissen von seinem Sandwich. »Schwierig? Ich habe keine Ahnung, was du von mir willst.«

»Bitte sprich nicht mit vollem Mund. Du bist ja schlimmer als ein Kind!«

»Du klingst wie deine Mutter.«

»Meine Mutter?«

»Ja. Wie geht es ihr eigentlich?« Er trank einen großen Schluck Tee.

Er wollte also das Thema wechseln, darum ließ sie es gut sein. Sie wusste ja selbst nicht, was sie von ihm wollte, insofern brachte es auch nichts, sie beide zu verwirren.

»Rose ist halt Rose«, antwortete sie und dachte, dass ihre Mutter in letzter Zeit eigentlich recht zuvorkommend gewesen war.

»Hast du ihr schon von dem Anruf erzählt?«

»Von welchem Anruf?«

»Der von dem Tag, nachdem dein Haus abgebrannt ist. Von diesem Leo aus Amerika.«

Lottie hatte bisher kaum darüber nachgedacht. Sie hatte schon genug um die Ohren, ohne dass ein lang verschollener Verwandter vor ihrer Tür auftauchte. Vor der Tür ihrer Mutter, um genau zu sein. »Nein, noch nicht.«

»Das solltest du nämlich. Was, wenn er noch mal anruft? Oder vielleicht sogar vor der Tür steht?«

»Kannst du meine Gedanken lesen?«

»Ich mein ja nur.«

»Der wird nicht einfach vor der Tür stehen. Abgesehen davon habe ich im Moment anderes im Kopf.«

»Warum zerbrichst du ihn dir dann wegen meiner Scheidung?«

»Ich habe dir lediglich eine Frage gestellt, wobei du die Antwort darauf verweigert hast. Bist du fertig mit essen? Wir sollten wieder an die Arbeit.«

»Nur damit du's weißt: Ich habe mich kein bisschen verändert, seit ich das Blatt Papier erhalten habe, auf dem das Ende einer Beziehung bestätigt wird, die schon seit Jahren tot ist. Okay?«

Fast hätte sie wieder sein Rendezvous mit Cynthia Rhodes angesprochen, konnte sich jedoch gerade noch zurückhalten. Sie teilten sich die Rechnung, wobei sie ihr Sandwich kaum angerührt hatte. Sie konnte einfach nichts essen.

* * *

Gilly passte Kirby ab, als er aus der Teambesprechung kam.

»Hi, kann ich dich kurz sprechen?«, fragte sie und wurde leicht rot, als Maria Lynch im Flur an ihnen vorbeiging.

»Ich habe gerade viel zu tun«, antwortete Kirby. »Später.«

»Es hat mit der Arbeit zu tun.«

»Zwei Minuten.« Er ging auf das Büro zu, doch sie hielt ihn zurück.

»Unter vier Augen.« Sie gingen die Treppe hinunter. Am Absatz angekommen, drehte sie sich zu ihm um.

»Was ist denn so wichtig?«, fragte er.

»Ich muss mit Wes Finnegan reden, dem Busfahrer. Kannst du das arrangieren?«

»Warum? Du hast doch mit den Mordermittlungen gar nichts zu tun.«

Trotzig verschränkte Gilly die Arme. »Ich bin gestern diesem Max Collins gefolgt. Der Typ, der Finnegans Angaben nach das Geld aus seinem Bus gestohlen hat. Und der ist im Industriegebiet verschwunden. Da habe ich mir gedacht, vielleicht weiß Finnegan ja, wo sich Collins so versteckt.«

»Und wie kommst du darauf?«

»Ich war vorhin bei Collins zu Hause, aber er war nicht da. Und wenn er wusste, wo im Bus das Geld versteckt war, bedeutet das, dass er vertrauter mit Finnegan war, als der behauptet hat.«

Sie betrachtete Kirby aufmerksam, der sich eine Akte unter den einen Arm klemmte und mit der anderen Hand seine Hemdtasche nach einer Zigarre abklopfte. Stattdessen fand er seine E-Zigarette und schob sie sich zwischen die Lippen.

»Klingt plausibel«, meinte er. »Willst du eine formelle Befragung durchführen oder ...«

»Nur kurz in der Zelle mit ihm reden. Bevor er entlassen wird.« Sie löste die Arme und nahm ihm die E-Zigarette aus dem Mund. »Diese Dinger sind genauso schädlich wie die Zigarren.«

»Das ist wissenschaftlich nicht bewiesen«, sagte er. »Komm mit. Wir müssen ihn bald freilassen, weil wir nichts gegen ihn in der Hand haben.«

Wes Finnegan ging in der Zelle auf und ab, als der diensthabende Sergeant die Tür öffnete. Das blaue Licht warf einen gespenstischen Schatten auf sein Gesicht.

Gilly zog die Tür hinter sich zu. »Bitte setzen Sie sich kurz, Mr Finnegan.« Sie musste schnell handeln. Der Busfahrer stand kurz vor seiner Freilassung. Ohne forensische Beweise hatten sie nichts, und die Fußballshorts hätten überall gekauft werden können.

»Sie haben kein Recht, mich hierzubehalten. Ich hab den Jungen nichts getan. Mein Anwalt wird Beschwerde gegen Sie einreichen; wenn er jemals hier auftaucht, dieser stinkfaule Schnösel.«

»Es geht nicht um die Jungs. Sie haben den Diebstahl von Geld aus Ihrem Bus angezeigt und Max Collins als Verdächtigen angegeben. Ist das korrekt?«

Finnegan nahm auf dem kalten Stuhl Platz und starrte auf seine Schuhe, denen die Schnürsenkel fehlten.

»Die Anzeige möchte ich zurückziehen.«

»Warum?« Gilly war verwirrt. »Gestern haben Sie noch darauf bestanden, dass er verhaftet wird und Ihnen Ihr Geld zurückgibt.«

»Das war gestern. Vor dem ganzen Mist. Ich muss hier raus. Ich hab ein Unternehmen zu führen. Mit Collins werd ich schon selber fertig. Lassen Sie mich einfach hier raus.«

Er klang wie ein bockiges Kind, dem man das Spielzeug weggenommen hatte. Sein Körpergeruch verschlug Gilly fast den Atem. Wie konnten die Passagiere nur mit ihm ihn einem Bus sitzen, ohne in Ohnmacht zu fallen?

»Sie haben einen Diebstahl angezeigt. Und es ist meine Pflicht, dieser Anzeige nachzugehen. Außerdem haben Sie eine Anschuldigung gegen einen jungen Mann erhoben, der das Recht hat, sich zu verteidigen. Meine Frage an Sie, Mr Finnegan, lautet: Wissen Sie, wo im Industriegebiet ich Max Collins finden könnte?«

»Im Industriegebiet? Ich weiß nicht, was Sie meinen.«

Sein Gesichtsausdruck jedoch verriet ihr das Gegenteil.

Die Röte stieg von seinem Hals auf und legte sich um die Augen mit den dicken Tränensäcken darunter.

»Wenn Sie heute noch hier raus wollen, sollten Sie es mir sagen.«

Ein lauter Seufzer entwich seinen knolligen Lippen. »Reifendepot. Das in der ersten Straße rechts nach der Hunderennbahn. Das ist stillgelegt, aber ich glaub, da hängt er rum. Und wenn Sie mich fragen, raucht er da Gras.«

Gilly betätigte den Summer, und die Tür öffnete sich. Sie trat hinaus in die frische Luft und atmete tief ein. Bevor die Tür hinter ihr ins Schloss fiel, konnte sie Finnegan fluchend und lauthals seine umgehende Freilassung fordern hören.

Dann machte sie sich auf die Suche nach Kirby.

* * *

Als Lottie und Boyd die Dienststelle betraten, kam Kirby ihnen keuchend im Flur entgegen.

»Haben Sie in Munbally was erreicht?«

»Nein. Hope war nicht da.« Lottie drückte sich an ihm vorbei und ging ins Büro. Er trottete ihr hinterher.

»Ich habe mit Miss Conway gesprochen«, berichtete er.

»Miss Conway?«

»Die Grundschullehrerin der Jungs.«

»Und was hatte sie zu sagen?« Plötzlich hatte Lottie Hunger. Sie hätte das Sandwich mitnehmen sollen.

»Sie meinte, Hope würde seit sechs Monaten nicht mehr in der Schule arbeiten. Und dass sie gar nicht mehr auf der Mitarbeiterliste hätte stehen sollen.«

»Warum arbeitet sie nicht mehr dort?«

»Das wusste Miss Conway nicht genau. Sie ist wohl einfach nicht mehr zur Arbeit gekommen. Ohne Erklärung.«

»Also eine Sackgasse.«

»Aber dennoch eine Verbindung zwischen Hope und den Jungs«, sagte Kirby.

»Und sie haben in derselben Gegend gewohnt«, fügte Boyd hinzu. »Somit hatten sie jede Menge Kontaktmöglichkeiten.«

»Ja. Sie muss die Jungs gekannt haben. Wir müssen sie wirklich finden. Auch wegen des Mordes an dem Baby.«

»Sie ist jetzt schon zum zweiten Mal getürmt«, stellte Boyd fest. »Warum sollte sie das tun, wenn sie nichts angestellt hat?«

»Vielleicht ist sie weggelaufen, weil sie Angst hat.«

»Sitzt Wes Finnegan noch in der Zelle?«, fragte Boyd.

»Das hoffe ich doch«, antwortete Lottie. »Alles andere würde McMahon sehr unglücklich machen. Der wollte doch, dass der Granit mit einem Arsch poliert wird.«

»Wohl eher eingefettet«, meinte Kirby und rümpfte die breite Nase. »Ja, der ist noch da, aber nicht mehr lange. Wir können ihn nicht mehr viel länger festhalten.«

»Finnegan hat behauptet, er hätte die Fußballshorts in einer Plastiktüte auf dem Boden des Busses gefunden. Und dass sie nagelneu gewesen wären.« Lottie dachte über die Aussage des Busfahrers nach.

»Aber warum hingen sie dann an der Leine in seiner Küche?«, fragte Boyd. »*Die* Frage hat er nicht beantwortet.«

»Er war zu sehr damit beschäftigt, mit dem Finger auf Dr. Duffy zu zeigen.« Lottie schleuderte ihre Tasche unter ihren Schreibtisch und ging wieder zurück ins Großraumbüro.

»Ablenkungsmanöver«, überlegte Kirby.

»Haben Sie die Aufzeichnungen der Sicherheitskameras im McDonald's und am Vereinsheim fertig durchgesehen?«, fragte Lottie.

»Die sind inzwischen bei der Technik.«

»Und haben Sie mit allen Personen gesprochen, die Sie identifizieren konnten?«

»Mit den meisten. Bisher passt alles zusammen.«

»Und was ist mit den Aufzeichnungen der Kameras vom

Parkplatz?«

»Die habe ich mit den Uhrzeiten verglichen, zu denen die Leute aus dem McDonald's gegangen sind. Alle, die angegeben haben, mit dem Auto gekommen zu sein, sind innerhalb von Minuten nach Verlassen des Restaurants weggefahren.«

»Überprüfen Sie alles noch mal.«

»Eine Sache könnte Sie interessieren«, warf Kirby ein.

Lottie lehnte an der Wand, hatte die Arme verschränkt und dachte immer noch darüber nach, warum Hope geflüchtet sein könnte. Schon wieder. Konnte es sein, dass sie tatsächlich ihr eigenes Baby und die beiden Jungs getötet hatte?

»Tut mir leid, was haben Sie gesagt?«

»Ich habe die Leute überprüft, die mit der Fußballmannschaft der Jungs zu tun hatten, und ich glaube, ich habe etwas gefunden.«

»Schießen Sie los.« Lottie drückte den Rücken durch und guckte Kirby über die Schulter, der mit seinen dicken Fingern auf der Tastatur seines Computers herumtippte.

»Rory Butler«, begann er.

»Was ist mit dem?« Boyd stellte sich hinter Kirbys andere Schulter.

Nach einem weiteren Tastendruck scrollte Kirby durch ein langes Datenblatt. Lottie überflog es.

»Mr Butler hat London recht plötzlich verlassen.«

»Gegen ihn lag ein Haftbefehl vor«, las Boyd vom Bildschirm ab. »Versicherungsbetrug.«

»Ja«, bestätigte Kirby. »Aber gucken Sie mal hier. Alle Anklagepunkte wurden fallengelassen.«

»Und wie konnte er dann so viel Geld in die Renovierung des Hauses seines Großvaters stecken?« Lottie schaute über Kirbys Kopf hinweg zu Boyd. »Wenn das nicht sein eigenes Geld war, wessen Geld war es dann? Wir müssen ihn noch mal herbestellen. Er hat für keine der betreffenden Nächte ein Alibi und hatte Zugang zu beiden Jungs.«

»Da ist noch was ...« Kirby hielt inne.

»Fahren Sie fort.«

»Ich habe mit der Bingo-Gruppe aus Gaddstown gesprochen, insbesondere mit einer ausgesprochen neugierigen Dame, Mrs Courtney. Sie leitet das Gemeindezentrum, in dem die Bingo-Abende stattfinden, und scheint jeden beim Namen zu kennen. Und die hat mir erzählt, dass Jen Driscoll am Sonntagabend gar nicht beim Bingo war.«

»Wo war sie dann, als Mikey entführt wurde?«

Superintendent McMahon steckte seinen Kopf durch die Tür. »Inspector, ich suche Sie schon überall. In mein Büro. Sofort.« Mit diesen Worten verschwand er wieder.

Kirby schaute zu Lottie und dann zu Boyd. »Bilde ich mir das nur ein oder klingt er jeden Tag mehr wie Superintendent Corrigan?«

»Ich fürchte, Sie haben recht«, bestätigte Boyd. »Was hast du jetzt vor, Lottie?«

Doch sie folgte McMahon bereits durch den Flur.

»Ich habe einen Anruf von Cynthia Rhodes erhalten.«

Lottie blieb stehen, obwohl McMahon ihr bedeutet hatte, sich hinzusetzen.

»Wir hatten eine interessante Unterhaltung«, fuhr er fort, ging zum Fenster und schaute hinaus. Dann drehte er sich um. »Sie hat mit einem Verwandten von Ihnen gesprochen.«

»Mit meiner Mutter?« Was hatte Rose denn nun schon wieder angestellt? Ausgerechnet jetzt, da Lottie dachte, dass sich die Situation beruhigt hatte.

»Nein, nicht mit Ihrer Mutter. Kennen Sie Leo Belfield?«

Was zum ...? Woher kam das denn jetzt? Einhundert Szenarien schossen ihr durch den Kopf. Sie setzte sich.

»Nein. Warum?« Stell dich dumm, dachte sie.

»Er stellt Fragen über Sie.«

»Wirklich? Sein Name sagt mir nichts.«

»Ihr Gesicht sagt mir da was ganz anderes.«

»Vielleicht habe ich ihn schon mal gehört. Ich wüsste aber nicht, wo.«

»Sie sind eine beschissene Lügnerin.« Er ging wieder an seinen Schreibtisch und nahm dahinter Platz. »Soll ich Ihnen erzählen, was ich gehört habe?«

»Das würde mir sehr helfen.«

»Dieser Leo Belfield ist Detective beim NYPD. Aktuell ist er in Ragmullin und …«

»Was?«

»Bitte lassen Sie mich ausreden.«

Lottie schloss den Mund und bedeutete ihm mit einem Kopfnicken, dass er fortfahren sollte.

»Er erkundigt sich über Sie. Hat sich an Cynthia gewandt und sie ausgequetscht. Und da die noch nicht so lange in Ragmullin wohnt und nicht allzu viel weiß, hat sie ihn an mich verwiesen.«

Lottie hielt den Mund fest geschlossen und wartete, bis er fertig war.

»Heute Morgen habe ich einen Kaffee mit ihm getrunken. Netter Kerl. Sehr amerikanisch.«

»Das liegt daran, dass er Amerikaner ist«, sagte sie.

»Ha! Also kennen Sie ihn doch!«

»Sie haben selbst gesagt, dass er beim NYPD arbeitet.«

Er schlug einen Notizblock auf seinem Schreibtisch auf und sie reckte den Hals und versuchte, die Schrift über Kopf zu lesen. Schnell legte er die Hand darauf.

»Er versucht, seine Familie aus der Gegend um Ragmullin ausfindig zu machen, und behauptet, möglicherweise Ihr Halbbruder zu sein. Wissen Sie etwas darüber?«

»Nein.«

»Er erwähnte auch, dass seine Mutter Alexis Belfield ist. Die stammt aus Farranstown. Und dann fiel mir der Fall wieder ein, der mich ursprünglich nach Ragmullin geführt hat. Der Mord an Marian Russell.«

»Ach ja?« Sie stellte sich nach wie vor dumm, wusste aber, dass McMahon ihr das nicht abkaufte.

»Wenn ich herausfinde, dass Sie verheimlicht haben, in einer aktiven Ermittlung befangen gewesen zu sein, fliegen Sie achtkantig raus.«

»Und inwiefern sollte ich wegen etwas befangen gewesen sein, wovon ich gar nichts wusste? Nun halten Sie aber mal die Luft an. Was will dieser Leo überhaupt von mir?«

»Das weiß ich nicht. Aber ich warne Sie, wenn Sie mir etwas verschwiegen haben, mache ich Ihnen das Leben zur Hölle.«

Sie spürte, wie das Blut in ihren Adern zu kochen begann, und wiederholte: »Was will der Kerl von mir?«

»Dreckige Wäsche finden. Einen netten Halbbruder haben Sie da, wobei mich das nicht wirklich überrascht.«

Sie verkniff sich eine Retourkutsche. Es wäre unklug, McMahon weitere Munition zu liefern. Er schien schon mehr als genug zu haben. Von welcher Seite sie es auch betrachtete, ihr war klar, dass er ihr etwas verschwieg.

»Ist das alles?«

»Ich will innerhalb von zehn Minuten ein Update zu den Morden auf meinem Schreibtisch.«

»So gut wie erledigt.« Sie stand auf und verließ das Büro.

Im Flur lehnte sie sich an die Wand und versuchte, wieder zu Atem zu kommen. Dieser Leo hatte Cynthia Rhodes aufgesucht, um Informationen über sie zu erhalten. Genau diese Reporterin hatte sie mit Boyd in Danny's Bar gesehen. Hatte sie ihn ausgehorcht? Und was stand in McMahons Notizbuch? Und wer zum Teufel war Leo Belfield?

Sie schlug sich mit dem Handballen gegen die Stirn. Dieser Mist hatte ihr gerade noch gefehlt.

NEUNUNDFÜNFZIG

Lottie ging zurück in ihr Büro, setzte sich an den Schreibtisch und dachte über Leo Belfield nach. Warum stellte dieser Fremde hinter ihrem Rücken Fragen über sie? Eins war sicher: Sie musste Boyd auf seine Unterhaltung mir Cynthia ansprechen. Aber zuerst mussten sie ihre Arbeit erledigen.

»Boss?« Maria Lynch kam mit einer Akte in der einen Hand und der anderen auf ihrem Babybauch herein. »Haben Sie kurz Zeit?«

Lottie wäre am liebsten aus dem Revier geflüchtet, bevor noch mehr schlechte Nachrichten auf ihrem Schoß landen konnten, doch stattdessen bat sie die Kollegin in ihr Büro. Seit Lynchs Anschuldigungen wegen Ben hatten sie kaum zwei Wörter miteinander gewechselt.

»Was gibt es denn?«

»Ich habe Kirby mit den Backgroundchecks der Personen im Zusammenhang mit den Morden an den Jungs geholfen, und ...«

»Moment mal. Habe ich Ihnen nicht gesagt, dass Sie sich auf das tote Baby konzentrieren sollen?«

»Ja, aber die einzige Spur in dem Fall bisher ist Hope

Cotter, und die ist verschwunden. Alle suchen nach ihr. Und wenn Sie nicht möchten, dass ich Däumchen drehe ...«

»Es gibt neue Ergebnisse aus dem Labor. Und den Obduktionsbericht. Ich kann mich nicht um alles selber kümmern, insofern müssen Sie sich auf eine Sache konzentrieren.«

Lynch sagte nichts und wartete.

»Okay, was gibt es?«, fragte Lottie.

»Jen Driscoll. Die Mutter von Mikey. Hat ein paar Jahre in London gewohnt.«

»Fahren Sie fort.«

»Und hat bei Butler and Associates gearbeitet.«

»Dem Unternehmen von Rory Butler?«

»Dem von seinem Vater.«

Lottie streckte die Hand aus und nahm Lynch das Blatt Papier ab. »Gute Arbeit, Lynch. Tut mir leid, dass ich Sie so angeblafft habe.« Die Kollegin verließ schweigend das Büro.

Lottie rief ihre E-Mails ab. Eine war von der Rechtsmedizinerin Jane Dore. Obduktionsergebnisse. Sie las sie schnell durch.

»Boyd?«, rief sie laut. »Wo zum Teufel treibt der sich rum, wenn ich ihn brauche?«

* * *

Max war nicht da. Hope suchte die ehemalige Büroeinheit ab. Nein, er war definitiv nicht hier.

»Mummy, ich hab so Hunger«, jammerte Lexie.

»Psst. Wir gehen gleich nach Hause. Ich such nur eben nach einem Freund von mir.«

Sie nahm Lexie auf den Arm und zuckte ob des Schmerzes, den das Gewicht ihrer Tochter auslöste, zusammen. Sie musste wirklich einen Arzt aufsuchen. Nach wie vor verlor sie jede Menge Blut, und auch die Schmerzen sollten nicht so stark sein.

Vielleicht sollte sie zur Polizei gehen und sich stellen. Aber hatte sie das nicht bereits am Montagmorgen getan? Warum hatte sie das getan, wenn sie doch gar kein Verbrechen begangen hatte? Warum konnte sie sich nicht erinnern? Was war so Furchtbares passiert, dass ihr Gedächtnis es ausgeblendet hatte? Wenn sie das nur wüsste!

»Gehen wir, Mausi.«

Sie setzte Lexie wieder ab, nahm sie bei der Hand und ging mit ihr zwischen den alten Traktorreifen hindurch auf die Tür zu. Plötzlich wurde es vor ihr dunkel. Ein Schatten? Sie hörte das Rasseln einer Kette und die Tür ging auf.

Die Luft blieb ihr in der Kehle stecken und sie hielt die Hand ihrer Tochter fester.

»Hallo, Hope. Ist dir klar, dass alle nach dir suchen?«

* * *

Lottie berief ihr Team in die Einsatzzentrale. Wenn McMahon einen Bericht wollte, brauchte sie etwas Konkretes für ihn.

»Wir haben uns nun lange mit Familienmitgliedern, Nachbarn, den Bingo-Ladys und allen anderen Personen, die irgendetwas mit den Jungs zu tun hatten, beschäftigt. Jetzt müssen wir uns ein paar Minuten auf die Opfer konzentrieren.«

Sie stellte sich vor die Falltafel und starrte auf die Fotos daran.

»Erste Frage. Warum hatte es der Mörder ausgerechnet auf diese beiden Jungs, Mikey Driscoll und Kevin Shanley, abgesehen? Was oder wen haben sie gemeinsam?«

»Sie waren in derselben Schulklasse«, antwortete Kirby, »und halben in derselben Fußballmannschaft gespielt. Mikeys Mutter Jennifer arbeitet als Trainerin im selben Fitnessstudio wie Victor, der Vater von Kevin Shanley.«

»Und Victor hat zugegeben, dass da mal was zwischen ihm und Jen lief, wobei er behauptet, dass das schon lange vorbei ist«, ergänzte Lottie. »Wir müssen Jennifer Driscoll formell befragen.«

»Weil sie eine Affäre mit dem Vater des anderen Opfers hatte?« Boyd schon wieder.

»Ja, und weil sie behauptet hat, am Abend von Mikeys Mord beim Bingo gewesen zu sein, was, wie wir inzwischen wissen, nicht der Wahrheit entspricht. Und weil Lynch herausgefunden hat, dass Jen vor zwölf Jahren in London gewohnt hat.«

»Na und?«

Halt die Klappe, Boyd, betete Lottie im Stillen. »Sie hat dort bei Butler and Associates gearbeitet.«

Das brachte Boyd zum Schweigen. Zum Glück.

»Jen Driscoll hat sowohl zu Victor Shanley als auch zu Rory Butler eine Verbindung. Und sie hat uns angelogen, was ihren Aufenthaltsort am Samstagabend angeht. Was sagt uns das?«

»Ich dachte, wir wollten uns auf die Opfer konzentrieren«, warf Boyd ein.

»Würdest du dich bitte darauf konzentrieren, was ich sage, und mit den schnippischen Bemerkungen aufhören?«

»Klar. Red weiter, Boss«, sagte er und machte sich daran, seine Hemdsärmel langsam und sorgfältig hochzukrempeln.

»Jen Driscoll muss für eine formelle Aussage einbestellt und Rory Butler erneut befragt werden. Zusätzlich zu allem, was ich bereits erwähnt habe, wohnt er nur ein paar Hundert Meter von der Fundstelle von Kevins Leiche entfernt. Kirby? Notieren Sie das alles?«

»Natürlich.«

»Okay. Mikey Driscoll wurde erwürgt, was eine relativ saubere Mordmethode darstellt, aber auch recht persönlich ist. Kevin Shanley wurde ähnlich getötet.«

»Was ist das Motiv?«, fragte Lynch leise.

»Gute Frage. Und warum gerade diese beiden Jungs? Was haben wir noch, Kirby?«

»Die Schule«, antwortete er. »Die Lehrer haben wir alle überprüft. Die einzige Anomalie ist Hope Cotter. Sie hat dort als Reinigungskraft gearbeitet, aber vor sechs Monaten aufgehört.«

»Und sie wohnt auch in Munbally. Und sie wird im Zusammenhang mit dem Mord an dem Baby gesucht, das im Kanal gefunden wurde. Gibt es irgendwelche Neuigkeiten darüber, wo sie sein könnte?«

»Nein, noch nicht«, antwortete Lynch.

Lottie wandte sich nun den Tatortfotos zu. »Warum wurden die Leichen der Jungs ausgerechnet an diesen Orten abgelegt? Auf dem Grundstück des Fußballvereins und am Ufer des Sees. Haben die für den Mörder irgendeine Bedeutung?«

»Beide sind draußen und öffentlich zugänglich«, antwortete Boyd. »Der Mörder wollte, dass sie gefunden werden.«

»Ich glaube auch, dass der Mörder eine Botschaft senden wollte.«

»An wen?«, fragte Kirby.

»*Wem*«, korrigierte Boyd.

Lottie warf ihm einen bösen Blick zu. »Auch das müssen wir herausfinden. War es eine Warnung an jemand anderen? Guck mal, was ich mit den beiden Jungs gemacht habe? Wenn du nicht tust, was ich dir sage, bist du der Nächste?« Sie drückte den Rücken durch. Was sie gerade geäußert hatte, überraschte sie selbst.

»Wenn dem so ist, bedeutet das, dass sich jemand in Gefahr befindet«, sagte Lynch. Dann stand sie plötzlich auf. »Tut mir leid, das Baby drückt mir auf die Blase. Bin gleich wieder da.«

Lottie hockte sich auf die Kante des Schreibtischs, der den Falltafeln am nächsten stand, und winkte mit dem Ausdruck der E-Mail, die sie erhalten hatte. »Die Rechtsmedizinerin hat mir die Ergebnisse der toxikologischen Untersuchungen geschickt. Beide Jungs hatten Diazepam im Blut. Und wenn ich das richtig lese, in hohen Dosen.«

»Valium?«, hakte Kirby nach.

»Ja. Zweifellos verabreicht, um sie zu betäuben.« Lottie verzog angewidert das Gesicht.

»Meine Güte. Das waren Kinder!«, stöhnte Boyd.

»Offensichtlich war die Menge mehr als ausreichend, um sie direkt auszuknocken«, berichtete Lottie. »Janes Obduktion hat aber auch ergeben, dass keiner der Jungs unmittelbar vor seinem Tod missbraucht wurde.«

»Nach was für einem Perversling suchen wir?«, fragte Kirby.

»Wir müssen wieder zurück zum Anfang. Wo wurden sie entführt? Wohin wurden sie gebracht und wo wurden sie getötet? Die Rechtsmedizinerin hat bestätigt, dass die Fundorte nicht den Tatorten entsprechen, insofern müssen wir uns darauf konzentrieren, wo die Jungs zuletzt gesehen wurden. Und denken Sie stets daran, dass da draußen womöglich jemand herumläuft, der in Gefahr schwebt.«

»Ich habe mir alle Aussagen der Nachbarn noch mal durchgelesen«, berichtete Kirby. »Niemand hat Kevin am Montagabend gesehen.«

»Laut seiner Mutter hat er das Haus am Nachmittag verlassen, um mit seinen Freunden Fußball zu spielen«, ergänzte Boyd.

»Und hat er das auch?«, fragte Lottie. »Wir müssen noch mal die Spurensicherung vorbeischicken. Vielleicht wurde er zu Hause ermordet.«

»Und wenn Jen Driscoll nicht dort war, wo sie behauptet hat, gewesen zu sein ...«, sagte Boyd.

»Dann müssen wir die gleiche forensische Analyse bei Mikey zu Hause durchführen. Setzen Sie Jim McGlynn umgehend darauf an.«

»Dafür brauchen wir einen richterlichen Beschluss«, warf Boyd ein.

»Musst du ständig mit irgendwelchen Problemen kommen? Mach die Dokumente fertig. Ich will noch heute die Unterschrift eines Richters darauf haben.«

»Ich tue mein Bestes.«

»Du solltest lieber mehr als dein Bestes tun«, fauchte Lottie.

»Dann mach ich mich mal an die Arbeit.« Er knallte den Stuhl beim Aufstehen gegen die Wand.

Kaum hatte Boyd die Einsatzzentrale verlassen, kam Lynch zurück.

Lottie wandte sich zu ihr. »Suchen Sie weiter nach Hope. Wenigstens den Fall sollten wir mehr oder weniger schließen können, sobald wir sie in Gewahrsam haben.«

Lynch verdrehte die Augen, aber Lottie behielt ihre Gedanken für sich. Für heute hatte sie genug Schaden angerichtet.

SECHZIG

Gilly musste warten, bis die Teambesprechung zu Ende war. Dann überredete sie Kirby, sie zu begleiten.

»Es dauert nur ein paar Minuten«, beteuerte sie, als sie mit dem Streifenwagen vom Parkplatz fuhren.

»Ein paar Minuten, die ich nicht habe. Ich muss mich um die Morde an den Jungen kümmern. Du solltest den Papierstapel auf meinem Schreibtisch mal sehen!«

»Kirby! Ich weiß, wie viel du zu tun hast. Ich brauche gerade einfach nur einen Zeugen bei mir, und dir vertraue ich am meisten. Vielleicht ist ja gar nichts, aber wenn dieser Max da ist und unter Drogen steht, will ich ihm nicht allein gegenüberstehen. Okay?«

Bei der Hunderennbahn bog sie um die Ecke und fuhr in das Industriegebiet. Den auf die Straße gemalten Kreisverkehr überquerte sie achtlos, raste durch die schmale Gasse und trat dann so heftig auf die Bremse, dass sie eine Staubwolke auf der Kieseinfahrt aufwirbelte.

»Du bist so schnell gefahren, dass wir auch gleich das Blaulicht hätten einschalten können«, meinte Kirby, der sich am Armaturenbrett abstützte.

Gilly beugte sich vor und drückte ihm einen Kuss auf die Wange. Dann griff sie nach ihrer Mütze auf dem Rücksitz, setzte sie auf, warf einen prüfenden Blick in den Spiegel und stieg aus.

»Komm schon, Lahmarsch.« Sie ging auf das verzinkte Tor zu.

»Warte«, rief Kirby und holte sie keuchend ein. Beim Laufen überprüfte er, ob seine Waffe einsatzfähig war, und trat vor Gilly. Sie sah zu, wie er das Ohr an das Tor legte und es vorsichtig zur Seite schob.

Dann steckte er seinen Kopf durch den Spalt und rief: »Ich bin Detective Larry Kirby. Ist jemand hier?«

Gilly spähte an ihm vorbei. »Ich habe was gehört.«

»Und was?«

»Vielleicht war es nur eine Katze. Nun mach schon, ich dachte, du hättest es eilig.«

Sie folgte Kirby in das Gebäude. Im Inneren war es brütend heiß. Ein Lichtkegel fiel durch ein Loch im Dach. Staub tanzte darin umher. An den Wänden und in der Mitte auf dem Fußboden stapelten sich Unmengen von Reifen. Da fiel Gillys Blick auf etwas Buntes hinter einem dieser Stapel.

»Kirby! Da drüben!« Sie rannte los. Er hielt sie zurück.

»Warte. Lass mich zuerst gucken.«

»Du hast die Waffe. Gib mir Deckung.« Sie riss sich von ihm los und lief um die Reifen herum. »O mein Gott. Kirby, schnell! Komm her!«

Zu einem Ball zusammengerollt lag auf dem öligen Boden ein Mädchen. Seine Leggings waren schmutzig, und das Haar klebte ihm am Kopf. Sichtbare Wunden konnte Gilly nicht entdecken.

»Lebt sie?«, fragte Kirby.

* * *

Max hatte ein Pflaster auf Seans lädierte Nase geklebt.

»Das sollte reichen, bis du beim Arzt bist«, sagte er und nahm am Tisch Platz. Er holte einen Beutel Tabak aus der Tasche und drehte sich eine Zigarette. »Willst du auch eine?«

»Ich rauche nicht«, antwortete Sean. »Gibt es hier nur dich und Toby? In der Familie, meine ich?«

»Nee, wir haben noch zwei kleine Schwestern. Die sind gerade in der Kita. Toby sollte aber eigentlich hier sein. Weißt du, wo er sein könnte?«

»Ich kenne ihn gar nicht«, erklärte Sean. »Ich bin ihm nur gestern begegnet, und er sah aus, als hätte er vor irgendetwas furchtbare Angst.«

»Ja, zwei seiner Freunde sind ermordet worden. Das dürfte jeden in Panik versetzen.«

»Ich weiß. Aber ... Ach, egal.«

»Spuck's aus.« Max zündete die Selbstgedrehte an und inhalierte tief. Der süßliche Geruch erinnerte Sean an das Gras, das er mal mit Katies Freund Jason probiert hatte. Der Gedanke daran versetzte ihm einen Stich ins Herz.

»Na ja, er hat nichts gesagt. Kein Wort. Und als Barry meinte ...«

»Barry Duffy? Was zum Henker hat der in der Nähe meines Bruders verloren?«

Die Vehemenz in Max' Tonfall ließ Sean zurückschrecken. Er musste wirklich hier weg.

»Nun sag schon, du Bullensöhnchen, was hat der Kerl gemacht?«

»Eigentlich war er mit mir zusammen da. Wir haben hinter der Siedlung ein bisschen gekickt. Und als Barry erwähnt hat, dass Kevin tot ist, hat Toby so verängstigt ausgesehen, dass ich dachte, er kotzt gleich.«

»Und was war sonst noch?«

»Meine Schwester Chloe arbeitet in der Fallon's Bar und hat erzählt, dass ihr gestern mitten in der Nacht dieser Junge über den Weg gelaufen ist, der aussah, als hätte er einen Geist gesehen. Sie dachte, er wäre fast von jemandem in ein Auto gezerrt worden, und er hatte panische Angst. Sie hat ihn dann ein Stück zu Fuß nach Hause gebracht.«

Max inhalierte erneut und schloss die Augen. Als er sie wieder öffnete, wusste Sean, dass er verschwinden musste. Max wurde high.

»Warum arbeitet denn ein nettes Mädchen wie deine Schwester im Fallon's?«

»Du kennst meine Schwester?«, fragte Sean erschrocken.

»Ich kenne das Fallon's, und glaub mir, du solltest nicht mit Typen wie diesem Arschloch Barry Duffy rumhängen. Der macht nur Ärger. Er und seine gesamte gestörte Familie.«

Sean hielt es für wahrscheinlicher, dass Max und seine Familie gestört waren, und sagte: »Kann ich jetzt gehen?«

»Hey, ich hab dich schließlich nicht entführt oder so. Klar doch. Geh.«

Sean ging zur Tür. »Kann ich dich noch was fragen?«

»Was?«

»Kennst du Tobys Nickname für die PlayStation?«

»Die hab ich ihm gekauft, wusstest du das?«, sagte Max stolz. »Da hab ich an Weihnachten ein paar Extraschichten eingelegt. Hab aber selber nie damit gespielt. Hing ein bisschen am Crack. Hat Spaß gemacht. Dachte ich zumindest.«

Crack? Die Droge? Beim Anblick der Narben in Max' Gesicht beschloss Sean, lieber nicht nachzuhaken.

»Und kennst du seinen Nickname?«, fragte er erneut.

»Wozu willst du den wissen?«

»Weil ich glaube, dass Toby einen Freund gebrauchen kann, und wenn er in der realen Welt keinen hat, kann ich ihm vielleicht in der virtuellen Welt einer sein.«

»Du bist ein guter Junge«, sagte Max, »aber immer noch der Sohn einer Schnüfflerin. Und du steckst deine Nase in Sachen, die dich nichts angehen.«

Sean legte die Hand auf die Türklinke und wollte endlich verschwinden.

»Warte eben.« Max legte den Joint im Aschenbecher ab und stand auf. »Du kannst dir die PlayStation ja mal ansehen, vielleicht findest du dann den Nickname.«

Seans Instinkt schrie aus voller Kehle, dass er umgehend das Haus verlassen sollte. Aber dann schoss ihm Tobys panischer Gesichtsausdruck wieder durch den Kopf.

»Ja, klar.«

Max schob sich an ihm vorbei. »Die ist oben. In unserem Zimmer.«

* * *

Kirby legte seine Hand auf Gillys Schulter.

»Lebt sie?«, wiederholte er.

»Ich ... ich bin mir nicht sicher.«

Sie legte zwei Finger auf den Hals des Mädchens, das daraufhin die Augen aufschlug.

»Mummy?« Seine Stimme war sehr schwach. Gilly bewegte sich leicht, damit das einfallende Licht die Kleine nicht blendete.

»Wie heißt du denn, Süße?« Sie nahm das kleine Mädchen auf den Arm.

»Lexie«, murmelte das Kind leise. »Ich will zu meiner Mummy.«

»Wie heißt deine Mummy denn?«

»Hope.«

Gilly warf Kirby einen Blick zu. »Das muss die Tochter von Hope Cotter sein.«

»Braucht sie einen Arzt?«, fragte er.

»Ich fürchte, sie ist dehydriert. Wir bringen sie ins Krankenhaus.«

»Dann packt sie das Jugendamt ins Heim«, warf Kirby ein

und steckte seine Waffe in das Schulterholster. »Wir nehmen sie mit in die Dienststelle. Vielleicht locken wir so ihre Mutter aus dem Versteck. Aber zuerst will ich mich hier ein bisschen umsehen.«

»Wir müssen sie aus dieser Hitze schaffen.«

Aber Kirby war bereits unterwegs zum abgetrennten Bereich am äußeren Ende der Halle. »Sieht aus wie ein altes Büro. Und jemand hat hier sein Lager aufgeschlagen. Hier liegen ein Schlafsack und ein paar Dosen.«

Gilly stand mit Lexie im Arm auf, die den Kopf an ihre Schulter gelegt hatte. Sie konnte den kleinen Körper zittern spüren.

»Komm später wieder. Hope ist nicht hier.«

»Dein Max auch nicht. Ob die beiden sich wohl kennen? Vielleicht haben sie irgendwas miteinander zu tun.«

Draußen im grellen Sonnenlicht öffnete Kirby die Tür für Gilly, und sie ließ sich auf den Rücksitz gleiten.

»Wo ist deine Mummy, meine Süße?«, fragte Gilly, als Kirby den Streifenwagen zurück zum Revier steuerte.

Lexie schaute sie mit ihren großen Augen direkt an. »Der böse Mensch hat sie mitgenommen.«

EINUNDSECHZIG

Das Zimmer war winzig. Zwei Einzelbetten. Ein unlackierter, selbst gebauter Tisch, aus dem Nägel ragten. Die Spielkonsole darauf. Sean stellte sich vor, wie Toby auf einem der Betten saß und daddelte. Einen Kleiderschrank gab es nicht. Auch keine Kommode. Die Klamotten stapelten sich einfach auf einem Stuhl in der Ecke.

Zwischen den Betten stand ein Nachtisch, und darauf tummelten sich unzählige Plastikflaschen. Verpackungsmüll von Fast Food lag auf dem Boden um das eine Bett herum. Das gehörte vermutlich Max, während das ordentliche Bett mit der Chelsea-Tagesdecke wohl Tobys war. Plötzlich hatte er ein schlechtes Gewissen, weil er sich bei seiner Mutter beschwert hatte, dass er ein eigenes Zimmer wollte. Ihm war nicht klar gewesen, wie gut er es eigentlich hatte.

Max hob den zerkratzten Controller vom Boden auf. »Hier. Guck halt, ob du was finden kannst.«

Sean betätigte eine Taste und der Bildschirm erwachte zum Leben. Ein pausiertes Spiel erschien, das Sean als *FIFA 2012* erkannte. Ganz schön veraltet. Er klickte auf Tobys Profil.

»Hast du's gefunden?«

Sean schaute über seine Schulter und sah Max mit den Armen hinter dem Kopf und geschlossenen Augen auf dem Bett liegen.

Mit dem Handy schoss er ein Foto vom Profil und öffnete anschließend den Chat auf der PlayStation. Auch davon machte er ein Foto, ohne die Nachrichten zu lesen. Dann klickte er zurück zum Spiel und schaltete den Bildschirm aus. Als er gerade gehen wollte, sprang Max aus dem Bett und hielt ihn am Arm fest.

»Lass mich los«, sagte Sean, dessen gesamter Körper noch vom Sturz wehtat.

Max kam mit seinen schiefen und abgebrochenen Zähnen ganz nah an Seans Gesicht heran.

»Ich warne dich. Wehe, du bringst Toby irgendwie in Schwierigkeiten.« Er ließ seinen Arm los. »Und wenn du weißt, was gut für dich ist, solltest du dich lieber ganz weit von Barry Duffy fernhalten.«

* * *

Gilly trug das Mädchen in das Familienzimmer. Wobei das die falsche Bezeichnung war. Es handelte sich schlicht um den am wenigsten einschüchternden Vernehmungsraum.

Kirby rief den Bereitschaftsarzt an, damit er sich Lexie mal ansah. Bereits von unterwegs hatten sie einen Einsatzwagen zur Adresse der Cotters geschickt, aber Gilly ging nicht davon aus, dass Hope dort zu finden sein würde. Irgendetwas war im Reifendepot passiert. Irgendetwas, was dem vierjährigen Mädchen eine Heidenangst eingejagt hatte.

Kirby organisierte von irgendwoher ein Saftpäckchen, steckte den Strohhalm hinein, ging in die Hocke und reichte es Lexie. Überrascht sah Gilly zu, wie die Kleine nach dem Getränk griff.

»Der Arzt ist unterwegs. Und ich habe ein Team losgeschickt, das sich mal gründlich in der Halle umsehen und die Schlafsachen ins Labor schicken soll«, sagte Kirby.

»Sehr gut«, sagte Gilly und strich dem gierig trinkenden Kind das Haar aus dem Gesicht. »Das arme Mädchen ist ja ganz ausgetrocknet.«

»Hunger.« Zwei verängstigte Augen richteten sich auf sie. »Willst du was zu essen?«

»Nuggets«, antwortete Lexie.

»Ich lasse ihr was holen«, meinte Kirby. »Du siehst aus, als könntest du ein Happy Meal vertragen. Stimmt das?«

Heftiges Nicken war die eindeutige Antwort. Kirby stand auf und ging zur Tür.

»Hat jemand, der in der Gegend der Halle arbeitet, irgendwas gesehen oder gehört?«, fragte Gilly.

»Ich habe ein paar Leute rausgeschickt, die rumfragen, aber da wir mit den anderen Ermittlungen gerade so viel zu tun haben, wird das eine Weile dauern.«

»Aber Hope ist entführt worden. Das hat Lexie gesagt.«

»Gilly, das Kind ist erst vier. Vielleicht hatte ihre Mutter einfach nur die Schnauze ...«

»Psst. Sag doch so was nicht in ihrer Gegenwart.«

Gilly drückte das kleine Mädchen an ihre Brust und legte ihr Kinn auf dem kleinen Kopf ab.

»Das Kind steht dir«, sagte Kirby und verschwand, bevor Gilly etwas erwidern konnte.

»Mummy hat mich lieb«, sagte Lexie.

»Das weiß ich doch, Süße.«

Gilly war sich sicher, dass jemand Hope verschleppt hatte. Hoffentlich kam Lottie schnell wieder. Die würde sie verstehen. Immerhin hatte sie letztes Jahr das Gleiche durchgemacht. Als sie sich jedoch daran erinnerte, wie das damals ausgegangen war, drückte sie das Kind noch fester an sich.

»Wo ist Mummy?«

Ich wünschte, das wüsste ich, dachte Gilly und sagte: »Sie ist bald wieder da und holt dich ab, meine Süße.«

* * *

Als Toby um die Ecke bog, war das Erste, was er sah, ein Fahrrad mit verbogenem Reifen vor der Hauswand. War es das von Barry Duffy? Nein, der würde es nicht wagen, hier aufzutauchen.

In einem Haus zu seiner Linken schrie ein Kind vor sich hin. Es sprang auf einem alten Sofa herum, das im Vorgarten stand. Toby schüttelte den Kopf. Nur zu gern würde er aus Munbally wegkommen. Seine Lehrer sagten ihm ständig, dass er was aus sich machen könnte, wenn er sich auf der weiterführenden Schule richtig ins Zeug legte. Aber Toby glaubte das nicht. In seinem kurzen Leben hatte er schon zu viel erlebt. Er wusste, dass es mehr brauchte, als sich ins Zeug zu legen. Er brauchte etwas anderes. Etwas, was er nie gehabt hatte. Glück.

Mit seinen Chucks blieb er in einem Riss im Gehweg hängen und stürzte fast. Als er das Gleichgewicht wiedererlangt hatte, fiel sein Blick auf seine Haustür, aus der ein Teenager stürmte. Toby duckte sich hinter die Mauer, um nicht gesehen zu werden, was ihm jedoch nicht gelang. Der Teenager nahm das Fahrrad und kam auf ihn zu. Toby seufzte erleichtert auf. Es war nicht Barry.

»Hi, Toby. Wir kennen uns von gestern. Ich bin Sean.«

»Warum warst du bei mir zu Hause?«, hörte Toby sich selbst fragen. Die Angst hatte seine Stimmbänder wieder freigegeben.

»Ich hab dich gesucht«, antwortete Sean. »Und deinen Bruder kennengelernt.«

Toby stöhnte. Max. Schon wieder. »W-was hat er gesagt?«

»Nicht viel. Hat mir ganz schön Angst eingejagt. Der hat was von einem Monster, oder?«

Toby lächelte. »Ja.«

»Ich bring dann mal lieber mein Fahrrad in Ordnung, bevor meine Mutter was merkt. Am besten bringe ich es bei Kenny's Cycles vorbei. Kommst du mit?«

Toby wollte eigentlich Ja sagen, doch dann fiel ihm wieder ein, dass er mit Max reden musste. Und er wollte kein Risiko eingehen, Barry Duffy über den Weg zu laufen.

»Nein, ich muss nach Hause.«

»Such mich mal bei *FIFA*. Dann können wir chatten. Okay?«

»Okay«, sagte Toby und schaute Sean hinterher, bis der mit seinem Fahrrad um die Ecke verschwunden war.

Dann drehte er sich zu seinem Haus um. Max stand in der Tür.

»Hey, Schwachkopf, ich will mit dir reden«, rief Max.

Toby ließ den Kopf hängen, bewegte sich jedoch nicht. Er mochte es gar nicht, wenn Max wütend war. Dann verpasste er ihm gern mal eine Ohrfeige. Er drehte sich um und betrachtete die Kinder, die im Garten auf dem Sofa herumhüpften. Schaute zu der Ecke, um die Sean verschwunden war. Und dann sah er am Ende der Häuserreihe, die sich um die Grünfläche herumbog, einen Typ auf einem Fahrrad, der wie wild in die Pedale trat und auf ihn zusteuerte.

Barry Duffy.

O nein.

Toby Collins traf eine Entscheidung.

ZWEIUNDSECHZIG

Mit der Kapuze seiner Windjacke auf dem Kopf rammte Rory Butler den Spaten in den Boden. Trotz des Nieselregens war dieser immer noch hart. Er versuchte es mit mehr Kraft, doch sein Arbeitsstiefel rutschte von der Kante ab.

»Autsch«. Er spürte ein ungutes Ziehen in seinem Knöchel, doch der Schmerz ließ schnell wieder nach. Erneut rammte er den Spaten in den Boden.

»Dich hat es aber weit weg von deinem schnieken Büro in London verschlagen«, sagte eine Stimme hinter ihm.

Er fuhr herum.

»Was machst du denn hier?«, fragte er und ließ den Spaten fallen.

»Ich musste raus aus dem Haus. Ich kann nicht arbeiten. Ich kann überhaupt nichts machen. Ach, Rory.«

Er schaute sie an. Sie trug keine Jacke und das Haar klebte ihr im Gesicht. Erbärmlich. Er nahm sie in die Arme und tätschelte ihr den Kopf, als wäre sie ein Kind.

»Komm rein«, sagte er. Bevor dich jemand sieht, dachte er.

* * *

Bei den Driscolls war immer noch niemand zu Hause. Lottie positionierte zwei Polizisten auf der Straße vor dem Haus und machte sich auf den Weg zu Rory Butler.

Mit Boyd neben sich klopfte sie an die Tür. Keine Reaktion.

»Komm, wir gehen mal nach hinten«, sagte sie.

Sie folgte Boyd, der wiederum dem Weg folgte, den Rory gestern mit ihnen genommen hatte.

Die Luft roch nach Regen, und die Gartenmöbel waren nass. Auf der Terrasse befand sich niemand. Lottie spähte durch die große Glastür. »Sieht aus, als wäre niemand zu Hause.«

»Aber vor dem Haus stehen zwei Autos«, warf Boyd ein.

Lottie legte die Hand auf den Griff, zog erst daran und drückte dann. Die Glastür öffnete sich.

Sie betrat das Haus und rief: »Hallo? Ist jemand da?«

»Wir sollten lieber wieder gehen«, sagte Boyd. »Einen Verdächtigen zu verärgern, ist selten eine gute Idee.«

»Wir müssen aber mit ihm reden.« Lottie wagte sich weiter vor in den offenen Wohnbereich und fuhr mit den Fingern über die Automatiktüren der Einbauschränke. Keine kam herausgefahren. Sie ging in den Flur. Schaute die Wendeltreppe aus Mahagoniholz hinauf.

»Ist da jemand?« Keine Antwort. »Wo wohl die Haushälterin ist?«

Irgendwo im Haus schlug eine Tür zu. Dann hörte sie einen Automotor starten.

Sie schaute zu Boyd. Der drehte sich um und rannte durch das Wohnzimmer und zur Terrassentür hinaus. Lottie öffnete die Haustür gerade noch rechtzeitig, um ein Auto davonrasen zu sehen.

»Was war das denn?« Boyd kam um die Hausecke gerannt.

»Es gibt wohl noch einen Ausgang«, folgerte Lottie.

»Was machen Sie in meinem Haus?«

Sie fuhr herum und sah sich mit Rory Butler konfrontiert.

»Mr Butler, das sind Sie ja. Genau nach Ihnen haben wir gesucht.«

Er stieg die nassen Stufen hinunter. Seine Füße waren nackt, sein Hemd offen, seine Jeans eng und sein Haar zerzaust. Lottie entging nicht, wie sich die Falten um seine Augen vor Wut vertieften, und sie hatte das Gefühl, dass diese Wut schon da gewesen war, bevor ihre schmutzigen Schuhe den Matsch in seinem Haus verteilt hatten.

»Ich habe Ihnen nichts mehr zu sagen, Detective Inspector. Sie haben mein Haus unbefugt betreten. Und wenn Sie nichts dagegen haben, möchte ich jetzt, dass Sie wieder gehen.« Er drehte sich um und machte Anstalten, wieder ins Haus zu gehen.

»Ich habe aber etwas dagegen.« Sie folgte ihm ins Haus, und Boyd tat es ihr gleich. »Wer ist da gerade so eilig weggefahren?«

Butler drehte sich zu ihr um. »Das geht sie einen feuchten Kehricht an.«

Aber er warf sie nicht hinaus.

»Wo ist denn Helen heute?« Lottie folgte ihm in die Küche. Edelstahl von oben bis unten und schneeweiße Fliesen unter ihren Füßen. Sie hatte ein schlechtes Gewissen wegen ihrer dreckigen Stiefel, schob es aber beiseite.

»Ich habe ihr den Tag freigegeben.« Er goss Kaffee aus einer Kanne in einen Becher, bot ihr jedoch keinen an.

Lottie zog sich einen Stuhl heran und setzte sich drauf. Boyd lehnte sich an die Wand neben der Tür. Sie überlegte, welcher Gast sich da wohl so schnell aus dem Staub gemacht hatte. Jemand, der wusste, dass sie hier waren, und ihnen aus dem Weg gehen wollte? Oder jemand, den Rory geheim halten wollte? Die Neugier brachte sie fast um.

»Rory, bitte nehmen Sie einen Moment Platz«, sagte sie so freundlich wie möglich.

»Ich stehe lieber«, antwortete er von seiner Position vor dem glänzenden Kühlschrank aus.

»Sie haben London recht überhastet verlassen«, fuhr sie fort.

»Ist das eine Frage?«

»Vielmehr eine Feststellung. Sie haben Geld aus Ihrem eigenen Unternehmen veruntreut.«

»Alle Anklagepunkte wurden fallengelassen.«

»Weil Ihr Vater Ihre Schulden beglichen hat.«

»Das hat nichts mit Ihren Ermittlungen zu tun.«

»Und was ist mit Jennifer Driscoll?«

Zum ersten Mal, seit sie die Küche betreten hatten, bemerkte Lottie einen Hauch von Unruhe in seinen Augen. Sein Blick war plötzlich ausgesprochen wachsam.

»Was soll mir ihr sein?«

»Sie hat drei Jahre lang für Sie gearbeitet.«

»Wenn Sie das bereits wissen, warum sind Sie dann hier?«

»In welcher Beziehung standen Sie zu Jennifer?«

»Sie befinden sich auf dem Holzweg.«

»Bitte beantworten Sie meine Frage.«

»Das hat alles absolut nichts mit Mikey zu tun.«

»Das habe ich auch nicht behauptet. Ich frage mich nur, ob sie vielleicht der Grund ist, aus dem Sie zurück nach Ragmullin gekommen sind.«

»Das habe ich Ihnen doch schon erklärt. Ich bin wieder hierhergezogen, weil ich das Haus meines Großvaters renovieren wollte.«

»Und dann sind Sie der Trainer der Jungenfußballmannschaft geworden.«

»Auch das habe ich Ihnen heute Vormittag schon erklärt.«

»Zu der Mannschaft gehörte auch Mikey Driscoll, der Sohn von Jennifer, der inzwischen ermordet wurde.«

»Erzählen Sie mir etwas, was ich noch nicht weiß.« Er stellte den noch vollen Kaffeebecher in der Spüle ab.

»Erzählen Sie's mir, Mr Butler. Welches Interesse hatten Sie wirklich an Mikey Driscoll?«

Butler begann sein Hemd zuzuknöpfen, als wäre ihm jetzt erst aufgefallen, dass es offen war. Lotties Blick schweifte zu seiner wohlgeformten Brust.

Einen Knopf vor dem untersten hielt er inne und überlegte offensichtlich, wie er die Frage am besten beantworten sollte.

»Mikey war Jens Sohn. Und ein toller Fußballspieler. Klein für sein Alter, aber das machte er mit seiner Beinarbeit wieder wett. Abgesehen davon, dass ich ihn trainieren wollte, hatte ich kein anderes Interesse an ihm. Es tut mir leid, was ihm passiert ist, aber ...« Seine Stimme stockte kurz, bevor er fortfuhr: »Ich habe nichts mit seinem Tod zu tun.«

»Wissen Sie, wo Jennifer Driscoll jetzt ist?«

Die Überraschung in seinem Gesicht war nicht zu übersehen. »Jen? Zu Hause, nehme ich an. Immerhin muss sie die Beerdigung ihres Sohnes organisieren.«

»Wann haben Sie sie zuletzt gesehen?«

»Inspector, ich habe keine Ahnung, warum Sie mir so viele Fragen zu Jen stellen.«

Jetzt mischte Boyd sich ein. »War das ihr Auto, das da gerade weggefahren ist?«

»Auto?«

Boyd seufzte. »Bitte spielen Sie hier nicht den Unschuldigen, Mr Butler. Das zieht vielleicht bei den Jungs auf dem Fußballplatz oder den Frauen im Nachtclub, aber nicht bei Detectives, die zu den Morden an zwei Jungs ermitteln, die Sie beide kannten. Wenn Sie es genau wissen wollen, sehen Sie gerade sogar verdammt schuldig aus.«

»Schuldig? Weswegen?« Butler schaute Boyd frontal an. »Wollen Sie mich etwa des Mordes beschuldigen?«

»Ich beschuldige Sie wegen gar nichts«, antwortete Boyd. »Noch nicht.«

Lottie beobachtete den Wortwechsel und Butlers Körpersprache. Überrascht stellte sie fest, wie er plötzlich in sich zusammenfiel. Er setzte sich, fuhr sich mit der Hand durch das Haar und krallte sich daran fest, als wollte er es mit den Wurzeln herausreißen.

»Sie verstehen das nicht«, sagte er mit brüchiger Stimme.

»Dann erklären Sie es uns«, sagte Lottie.

Mit Tränen in den Augen schaute er zu ihr auf.

»Was wollen Sie uns sagen, Rory?«

Er schüttelte den Kopf. »Ich könnte niemanden umbringen, und schon gar nicht Mikey. Niemand weiß davon. Absolut niemand.«

»Niemand weiß wovon?«

»Mikey ... Er war mein Sohn.«

DREIUNDSECHZIG

Boyd kochte frischen Kaffee für alle drei, mit dem sie sich an die Frühstückstheke setzten; Rory auf der einen Seite und ihm gegenüber die beiden Detectives.

»Bitte erzählen Sie von Anfang an«, forderte Lottie Rory auf.

»Wir waren damals noch Kinder, Jen und ich. Kaum mit der Schule fertig. Wir kannten uns schon, bevor ich mit meinen Eltern nach England gezogen bin. Und als sie ihren Schulabschluss in der Tasche hatte, ist sie mir gefolgt. Bis dahin hatten wir uns geschrieben und miteinander telefoniert. Waren einfach nur gute Freunde. Ich hatte einen Job in der Versicherungsgesellschaft meines Vaters, und sie brauchte einen, also habe ich meinen Vater überredet, sie für die Büroarbeit einzustellen. Sie hat die Rechnungen und die Ablage gemacht. Solche Sachen.« Er nippte an seinem Kaffee.

»Und dann?«, fragte Lottie.

»Wir waren beste Freunde. Sind in Kensington was trinken und feiern gegangen. Jen, na ja, war sehr fasziniert vom Glanz und Glamour der Großstadt. Manchmal haben wir auch ... Kokain genommen. Das gab es damals überall, und ich hatte das nötige Kleingeld. Dachte ich zumindest, bis die Droge zur Gewohnheit wurde.« Er hob eine Hand. »Aber jetzt nicht mehr, Inspector, ich habe meine Lektion gelernt. Spät genug.«

»Und welche Lektion war das?«

»Ich habe Geld aus der Firma meines Vaters gestohlen, um damit meinen Drogenkonsum zu finanzieren. Was nicht die klügste Entscheidung war. Da er nicht wusste, dass ich es war, ist er zur Polizei gegangen. Aber nachdem ich gestanden habe, hat er mich auf Kaution rausgeholt, die Anklage wurde fallengelassen, und mich hat er hierher geschickt. Mir die Aufgabe zugeteilt, das alte Haus meines Großvaters zu renovieren. Und da habe ich mich in das Landleben verliebt. Das hier gehört alles mir, wenn ich es möchte. Hat mein Vater gesagt.«

»Und was hat das alles mit Jen Driscoll zu tun?«, fragte Boyd, der sichtlich ungeduldig war und zum Kern der Geschichte kommen wollte. Lottie hingegen fand Rory und seine Geschichten aus London ausgesprochen interessant.

»Fahren Sie fort. Wir haben es nicht eilig«, forderte sie ihn lächelnd auf, in der Hoffnung, dass Boyd die Botschaft verstand und die Klappe hielt.

»Damals waren Jen und ich nicht zusammen. Jetzt auch nicht, nur um das klarzustellen. Wir waren Freunde. Aber eines Nachts waren wir so high, dass wir miteinander geschlafen haben. Am nächsten Tag war uns das beiden furchtbar peinlich, aber ich wäre niemals auf die Idee gekommen, dass sie dabei schwanger geworden sein könnte.«

»Und was ist dann passiert?«

»Sie hat ihre Sachen gepackt und ist auf und davon. Heimweh nach Irland, hat sie behauptet. Also ist sie wieder nach Hause gezogen und hat jeden Kontakt zu mir abgebrochen. Nachdem ich es mit den Drogen übertrieben habe, hat mein Vater mich in eine Reha-Klinik gesteckt. Und bis vor drei Jahren war ich clean. Als mein Großvater gestorben ist, bin ich rückfällig geworden. Und da habe ich das Geld von der Firma gestohlen. Und jetzt bin ich hier.«

»Und Jen? Wie haben Sie nach all den Jahren den Kontakt zu ihr wiederhergestellt?«

Eine ganze Weile sagte er nichts, saß nur da mit gesenktem Kopf und dem Kaffeebecher in der Hand. Lottie fürchtete schon, er könnte eingeschlafen sein. Schließlich hob der den Kopf.

»Es gab noch einen weiteren Grund für meinen Rückfall vor drei Jahren, abgesehen von dem Tod meines Großvaters. Damals hat Jen mir gemailt. Es ging ihr nicht gut. Sie hatte kein Geld. Ihre Ehe war gescheitert, und sie hatte einen Sohn.«

»Und da hat sie Ihnen gesagt, dass Sie der Vater sind?«

»Ja. Und zeitlich passte das zusammen. Ich hatte keinen Grund, an ihrer Aussage zu zweifeln.«

»Und zweifeln Sie jetzt?«

»Nein. Absolut nicht. Ich bin mir sicher, dass Mikey mein Sohn war.«

»Also wissen Sie das schon seit drei Jahren. Wie sind Sie damit umgegangen?«

»Ich bin nach Hause gezogen und habe Jen Geld gegeben, aber sie wollte nicht, dass Mikey von mir wusste. Mikey dachte, Derek, Jens Ex-Mann, wäre sein Vater, und sie wollte ihn nicht verwirren. Mikey durchlebte damals eine schwierige Zeit. Und da ist mir klar geworden, dass der einzige Weg, wie ich Kontakt zu ihm haben könnte, die Trainertätigkeit war. Jen war zwar nicht allzu glücklich darüber, konnte aber auch nichts dagegen machen.«

»Warum hat sie es Ihnen überhaupt gesagt?«

»Weil sie Geld brauchte. Sie hat mir erzählt, wie schlimm es ist, in einer Sozialwohnung zu leben, und dass sie unserem Sohn etwas Besseres bieten wollte. Emotionale Erpressung nennt man das wohl.«

»Und Sie haben Mikey nie davon erzählt?«

Butler schüttelte den Kopf. Mit hängenden Schultern saß er da und sah so traurig aus, dass Lottie den Impuls verspürte, einen Arm um ihn zu legen.

»Für mich ist es schwer zu glauben, dass Sie Jen einfach so geglaubt haben«, mischte Boyd sich ein. »Ich hätte auf einen Vaterschaftstest bestanden.«

»Was soll das denn jetzt? Der Junge ist tot! Ich werde ihm nie ein Vater sein können, und jetzt unterstellen Sie Jen auch noch, gelogen zu haben. Das ist unverschämt.«

»Ich meine ja nur ...«

»Boyd! Das reicht jetzt«, herrschte Lottie ihn an.

Doch Butler stürzte sich bereits über den Tisch und packte Boyd am Kragen seines Jacketts. Als er seinen Arm zurückziehen wollte, packte Lottie ihn und verdrehte ihn hinter seinem Rücken. Innerhalb von Sekunden war Boyd aufgesprungen, packte seinerseits Butler am Hemd und riss ihm dabei die Knöpfe ab.

»Sie haben ein ganz schönes Temperament«, stieß er aus. »War das mit den Jungs genauso? Sie wollten sie nur trösten, aber dann haben Sie ihnen die Hände um den Hals gelegt. War es so?«

Lottie drehte Butler, den sie immer noch fest im Griff hatte, von ihrem Kollegen weg. »Verschwinde, Boyd. Überlass das mir.«

»Dann greift er dich womöglich auch an«, wandte Boyd ein.

»Damit werde ich schon fertig. Und jetzt verschwinde.«

Nachdem Boyd türknallend das Haus verlassen hatte, lockerte Lottie ihren Griff, und Butler sackte auf dem Boden zusammen. Sie trat einen Schritt zurück an das riesige Fenster und betrachtete den stillen Garten.

»Haben Sie Mikey und Kevin getötet, Rory?«

Er antwortete nicht.

»Hat Jen Ihnen etwas gesagt, was Sie nicht hören wollten? Etwas, was Sie zu einer Gewalttat verleitet hat?«

»Etwas?«, murmelte er. »Zum Beispiel?«

Sie drehte sich zu ihm um. Er saß nun mit dem Rücken zur Theke auf dem Boden, mit dem Kinn auf den Knien und den Armen um die Beine geschlungen. Sie ging vor ihm in die Hocke.

»Vielleicht hat Boyd ja recht. Vielleicht ist Jen am Sonntagabend hierhergekommen und hat Ihnen gestanden, dass Mikey doch nicht Ihr Sohn ist. Und dass sie eine Affäre mit Victor Shanley hatte, dem Vater von Kevin. Und vielleicht, nur vielleicht, sind Sie dann genauso wütend geworden wie gerade eben, haben rot gesehen und wollten morden.« Schon als sie diese Worte aussprach, wusste Lottie, dass es nicht so gewesen sein konnte. Die Jungen hatten keine Verletzungen aufgewiesen. Die Morde an ihnen waren nicht in Rage geschehen. Der Mörder war langsam und methodisch vorgegangen.

Butler schluchzte. »Ich weiß es nicht.«

»Aber sie war am Sonntagabend hier, stimmt's?«

Er nickte.

»Und was hat sie Ihnen gesagt?«, fragte sie leise mit sanfter Stimme, um sein Vertrauen zu gewinnen.

»Das kann ich Ihnen nicht sagen.« Er schaute sie mit glasigen Augen an und schüttelte den Kopf. »Ich kann es Ihnen nicht sagen. Das habe ich versprochen.«

»Was ist denn so wichtig, dass Sie es mir nicht sagen können? Vielleicht können Sie so Ihren Namen reinwaschen.«

»Mein Name muss nicht reingewaschen werden, Inspector. Nein, nicht *mein* Name.«

»Von wem reden Sie?« Sie drehten sich im Kreis, und Lottie wurde langsam gereizt.

Er stand so schnell auf, dass sie auf den Hintern fiel. Er streckte ihr eine schweißnasse und rutschige Hand entgegen und half ihr hoch.

»Sofern Sie mir nichts Konkretes vorwerfen können, betrachte ich unser Gespräch als beendet.« Unvermittelt änderte sich seine Haltung. »Und Ihren Sergeant werde ich wegen tätlichen Angriffs anzeigen.«

* * *

»Das war gar nicht mal so hilfreich«, sagte Lottie, als sie im Auto neben Boyd saß.

Er rauchte eine Zigarette und streckte den Arm aus dem offenen Fenster.

»Deine Freundlichkeit hat nichts bewirkt, also dachte ich, ein etwas forscherer Ansatz würde ihn vielleicht aus der Reserve locken. Irgendetwas Düsteres versteckt sich da hinter der falschen Bräune unseres Mr Butler. Findest du nicht auch?«

»Da ist was, das denke ich auch, aber ich glaube nicht, dass es die Morde sind.«

»Du hast doch gesehen, wie aufbrausend er ist.« Boyd zog an seiner Zigarette. Lottie nahm sie ihm ab und zog ebenfalls daran. Von dem Nikotin wurde ihr schwindelig, also nahm sie noch einen Zug, um das Gleichgewicht wiederherzustellen, und gab Boyd den Glimmstängel zurück.

»Wir wissen aber auch, dass den Jungs nur minimale Gewalt angetan wurde. Was dafür spricht, dass es sich um kalkulierte Angriffe gehandelt hat. Der Mörder wusste, was er tat. Und Rory Butler passt nicht in dieses Muster. Ich glaube auch, dass er etwas vor uns verbirgt. Aber ich halte ihn nicht für einen Mörder.«

»Er kannte beide Jungs. Er hatte über die Fußballmannschaft Zugang zu ihnen. Ein paar der Leute, die ich befragt habe, erwähnten ein ungesundes Interesse an Mikey ...«

»Er war sein Vater. Und wollte ihn kennenlernen. Was Jen nicht erlaubt hat. Vielleicht wirkte sein Interesse an ihm deshalb auf Außenstehende ungesund.«

»Ist dir mal der Gedanke gekommen, dass er die Jungs vielleicht missbraucht hat?«, fragte Boyd, warf die Zigarettenkippe aus dem Fenster und startete den Motor.

»Das habe ich durchaus in Erwägung gezogen. Aber Jen war am Sonntagabend hier. Sie hat ihm etwas gesagt und ihm das Versprechen abgenommen, niemandem etwas zu verraten. Und ich glaube, sie war auch eben bei ihm, als wir angekommen sind.«

»Dann sollten wir mal mit Mrs Driscoll reden«, schlug Boyd vor.

»Wenn wir sie finden.«

VIERUNDSECHZIG

Die Pressemeute belagerte immer noch den Gehweg vor dem Haus der Driscolls, als Boyd sein Auto davor parkte. Lottie sprang aus dem Wagen und ging schnurstracks auf die Haustür zu, ohne den auf sie hereinprasselnden Fragen auch nur Beachtung zu schenken.

Jens Nachbarin Dolores öffnete die Tür, und die beiden Detectives huschten schnell hindurch.

»Sie ist in der Küche«, sagte Dolores. »Ich wollte gerade gehen.«

Der Duft nach frisch gebrühtem Kaffee hing in der Luft. Jen saß mit gesenktem Kopf am Tisch und presste sich ein Foto von Mikey an die Brust.

Ohne Umschweife kam Lottie direkt zum Punkt: »Was läuft da zwischen Ihnen und Rory Butler?«

Jen hob nicht den Kopf. Allein das Zucken ihrer Schultern bestätigte, dass sie die Frage gehört hatte.

»Er hat mir erzählt, dass Mikey sein Sohn war«, sagte Lottie und setzte sich, um auf Augenhöhe mit Jen zu sein. »Stimmt das?«

Wieder Schulterzucken.

»Sie wissen nicht, ob Rory der Vater von Mikey war oder nicht? Sie wollten nur sein Geld, war das so?«

Langsam hob Jennifer Driscoll den Kopf. Da waren keine Tränen in ihrem Gesicht. Es war auch nicht von Kummer gezeichnet. Nein, dachte Lottie, es war leer. Ausdruckslos. Bar jeder Emotion. Nicht einmal das Zucken eines Augenlids. Die Frau war wie ein Zombie.

»Brauchen Sie einen Arzt?«

Das Lachen überraschte Lottie, und sie spürte, wie Boyd hinter ihr erschauderte. Jen warf den Kopf zurück und stieß mit offenem Mund ein lautes, irres Lachen aus. Lottie fing Boyds Blick auf. Er schüttelte den Kopf. Nein, er hatte auch keine Ahnung, was los war.

»Jen, ich habe verstörende Neuigkeiten, und es gibt keinen Weg, sie Ihnen schonend mitzuteilen«, sagte Lottie, um die Richtung des Gesprächs zu ändern. »Wir glauben, dass Ihr Sohn Opfer eines sexuellen Missbrauchs war.«

Sofort verstummte das Lachen. Die toten Augen der Frau wurden böse. »Was sagen Sie da? Das denken Sie sich doch nur aus. Das kann nicht sein.«

»Es tut mir sehr leid, aber ich sage die Wahrheit. Meine oberste Priorität besteht darin, den Mörder Ihres Sohnes zu finden. Wenn Sie irgendetwas über den Missbrauch wissen, könnte uns das dabei helfen herauszufinden, wer Ihnen Ihren Sohn genommen hat.«

»Das erklärt einiges.«

»Was erklärt was?« Lottie war verwirrt.

»Deshalb hat sich Mikey also verändert. So vor zehn Monaten fing das an.«

»Inwiefern hat er sich verändert?«

»Er wurde so still und hat kaum noch was gegessen. Saß nur in seinem Zimmer rum. Wollte nicht mehr mit seinen Freunden raus. Es war ein ständiger Kampf, ihn überhaupt zum Fußball-spielen zu kriegen. Und seine Schulnoten wurden immer schlechter. Ich habe das alles auf die Hormone geschoben. Mein Gott, ich hatte keine Ahnung, was da vor sich ging. Was bin ich nur für eine Mutter?«

»Jen, bitte machen Sie sich keine Vorwürfe. Wie sollten Sie auch davon wissen, wenn Ihnen Mikey nie etwas erzählt hat?«

»Ich hätte es wissen *müssen*. Er war mein Sohn.« Ihr Gesicht war nun schmerzerfüllt. »Mein Junge wurde mir vor fast einem Jahr genommen. Irgendein Wichser hat ihm seine Kindheit gestohlen. Und das lässt sich nicht rückgängig machen. Mikey kommt nie wieder zurück. Aber ich werde dafür sorgen, dass der Wichser dafür bezahlt. Das können Sie mir glauben.«

Lottie spürte, dass sich irgendwas verändert hatte, seit sie Jen am Montag das letzte Mal gesehen hatten. Irgendetwas hatte einen Wandel in ihr ausgelöst. Sie wusste, wie Trauer aussah, und das hier ging weit darüber hinaus. Das hier war purer Hass.

»War es Rory?«, fragte sie.

»Rory? Nein, der tut nur sich selbst weh.«

»Warum haben Sie ihm gesagt, dass Mikey von ihm war?«

»Ich musste doch für meinen Sohn sorgen. Und dafür brauchte ich Geld. Und ich wusste, dass Rory welches hatte, vor allem, nachdem er das Haus von seinem Großvater geerbt hat.«

»Das war ihm gegenüber nicht fair, oder?«

»Fair? Jahrelang habe ich den Jungen allein großgezogen. Und das in dieser Bruchbude. Ich verdiene so gut wie nichts. Und da habe ich eine Gelegenheit erkannt und sie ergriffen.«

»Und warum haben Sie ihm den Kontakt zu Mikey untersagt?«

Jen zog die Nase hoch und biss sich auf die Fingerknöchel. Sie zuckte mit den Schultern. »Vielleicht hätte ich den Kontakt erlauben sollen. Ich habe in meinem Leben so viele Fehler gemacht, dann kommt der halt noch dazu.«

»Also haben Sie nicht geglaubt, Rory könnte Mikey etwas antun?«

»Ich kann Ihnen versichern, dass Rory Butler einem Kind niemals etwas tun würde.«

»Hat er eine Freundin? Oder einen Freund?« Lottie überlegte, ob es in Rorys Leben jemanden gab, den sie sich näher ansehen sollten.

»Nicht dass ich wüsste.«

»Worüber haben Sie am Sonntagabend mit Rory gesprochen?«

»Am Sonntagabend?«

»Ich weiß, dass Sie da bei ihm waren. Er hat es zugegeben.«

»Er hat mir versprochen, niemandem ein Sterbenswort darüber zu verraten.« Ausdruckslos betrachtete Jen das Foto in ihrer Hand. »Wenn ich nicht bei ihm gewesen wäre, würde Mikey vielleicht noch leben.«

»Sie wären Rorys Alibi. Wenn Sie am Sonntagabend bei ihm waren. Obwohl Dolores behauptet hat, dass Sie nach dem Bingo hier mit ihr etwas getrunken haben.«

»Dolores ist eine gute Freundin.«

»Waren Sie bei ihm?«

»Ich war eine Weile da. So gegen neun bin ich zu ihm. Ich wollte nicht zum Bingo. Der Gestank in dem Bus ist nicht auszuhalten. Und der Kerl, der ihn fährt, auch nicht. Also habe ich bei Rory gewartet, bis er nach dem Spiel nach Hause kam. Das war irgendwann nach halb zehn. Genau weiß ich das nicht.« Sie hörte unvermittelt auf zu reden und fixierte einen Punkt über Lotties Kopf. Dann klappte sie den Mund zu.

Lottie schaute hilfesuchend zu Boyd.

»Jen, was war so wichtig, dass Sie Rory am Sonntagabend besuchen mussten?«, fragte er.

»Was?« Sie starrte ihn an, als hätte sie jetzt erst bemerkt, dass er sich im selben Raum befand.

»Sie mussten mit Rory über etwas sprechen. Ging es dabei um Mikey?«

Jen seufzte und senkte den Kopf. »Mittlerweile ist das so belanglos, aber ich wollte unsere Affäre wieder aufleben lassen. Aber natürlich hat er mich abblitzen lassen. Und ich habe ihm das Versprechen abgenommen, dass er niemandem jemals etwas davon erzählt. Ich kam mir so blöd vor.« Sie schaute auf zu Lottie. »Ich bin dumm und einsam, Inspector. Und ich will nicht jeden Abend beim Bingo verbringen. Können Sie nachvollziehen, wie ich mich gefühlt habe?«

»Aber sie hatten doch Mikey.«

»Mein Mikey ist tot. Und nichts und niemand kann ihn wieder zurückbringen.«

»Und dennoch waren Sie heute wieder bei Rory, stimmt's?«

»Ich sagte doch, ich bin dumm.«

Sie entglitt ihnen wieder. Lottie streckte eine Hand aus und legte sie auf die der Frau.

»Jen, ich brauche Ihre Hilfe. Möglicherweise sind noch andere Jungs in Gefahr. Vielleicht ist der Mörder genau jetzt auf der Jagd nach einem weiteren Jungen. Sie müssen uns helfen. Erzählen Sie uns alles, was Sie wissen.«

»Ein weiterer Junge? Das könnte Toby sein. Sie müssen ihn finden.«

»Toby Collins?«, vergewisserte sich Lottie. »Mikeys Freund?«

»Toby könnte der Nächste sein.«

»Meine Güte!«, stieß Boyd entnervt aus. »Nun erzählen Sie uns schon, was Sie wissen!«

»Ich weiß gar nichts. Mikey war so verschlossen. Er wollte mir nicht erzählen, was vor sich ging, aber jetzt, wo ich von dem Missbrauch weiß, kann ich mir vorstellen, dass der Mörder vielleicht dachte, Mikey hätte doch jemandem davon erzählt. Vielleicht wurde er deshalb ermordet?«

Zuerst führte Butler sie im Kreis herum und jetzt Jen. Lottie wusste gar nicht mehr, wo vorne und wo hinten war.

»Jen, bitte erzählen Sie mir mehr.«

»Sie müssen Toby finden. Bevor jemand anders es tut.«

Lottie wusste, dass es sinnlos war, die Frau weiter unter Druck zu setzen. Sie mussten sich um Toby Collins kümmern.

Die Satellitenschüssel hing an einem Haken an der Vorderseite des Hauses. Die Kabel schwankten in der aufkommenden Brise.

»Der Sommer hat ja nicht lange gedauert«, meinte Boyd.

»Ist mir aufgefallen.« Lottie suchte nach der Klingel, die bedenklich locker hing. Also klopfte sie lieber an die gesprungene Glasscheibe in der Tür.

»Ach, Scheiße«, fluchte Boyd und rieb mit der Schuhsohle über die mit Unkraut durchsetzte Rasenfläche, um den Hundekot daran loszuwerden.

Die Tür wurde geöffnet, und Tobys Vater stand vor ihnen. Er trug ein offenes kakifarbenes Hemd über einem weißen Unterhemd sowie eine Hose mit Camouflage-Muster und schwarze Stiefel.

»Mr Collins, können wir reinkommen? Wir müssen mit Toby reden.«

»Toby? Mit dem haben Sie doch schon gesprochen. Und dem armen Kerl eine solche Angst eingejagt, dass er seitdem kaum ein Wort gesagt hat.«

»Ist er da?«, fragte Boyd. »Es dauert auch nicht lange.«

Collins ging zur Treppe und rief hinauf: »Toby? Bist du da?« Keine Reaktion. »Er ist nicht da.«

»Wo, glauben Sie, könnte er sich aufhalten?«, fragte Lottie.

»Ich hab keine Ahnung. Vermutlich kickt er irgendwo draußen einen Ball rum.«

Sie reichte ihm ihre Karte. »Bitte rufen Sie mich an, sobald er nach Hause kommt.«

»Hat er denn etwas angestellt? Denn wenn ja, dann mach ich den kleinen Scheißkerl alle.«

»Nein, Sir«, antwortete Boyd. »Es geht um Mikey Driscoll und Kevin Shanley. Die beiden Jungs, die getötet wurden. Wir müssen Ihren Sohn schützen.«

»Was? Ist er etwa in Gefahr? Warum haben Sie das nicht gleich gesagt? Max?« Erneut rief er die Treppe hinauf. Immer noch keine Reaktion. »Ich mach Max ausfindig, der soll nach Toy suchen. Ich ruf Sie an.«

Mit den Worten schlug er ihnen die Tür vor der Nase zu.

»Hoffentlich kickt er wirklich nur irgendwo einen Ball rum«, sagte Lottie zu Boyd.

»Hat Kevin Shanley nicht genau das getan, als er verschwunden ist?«, meinte Boyd.

* * *

Toby rannte immer noch, als er zu der Mauer kam, die die Häuser vom Fußballplatz trennte. Hastig kletterte er hinauf. Er war sich nicht sicher, ob er Barry abgeschüttelt hatte, aber er war durch Gärten gerannt und über Zäune gesprungen, damit Barry ihm mit dem Fahrrad nicht folgen konnte. Allerdings könnte er sein Fahrrad einfach zurückgelassen haben. Oder?

Er sprang von der Mauer und landete unglücklich. Sofort wusste er, dass er sich am Knöchel verletzt hatte. Dann hörte er Schritte. Versuchte, wieder auf die Mauer zu kommen, schaffte es jedoch nicht und sackte auf dem Boden zusammen. Es gab keinen Ausweg.

Der Hausmeister des Vereinsheims, Bertie Harris, stand vor ihm. Toby keuchte, als würde er umgehend tot umfallen, wenn er nicht permanent ein- und ausatmete, und begann zu zittern. Sein kompletter Körper bebte, und er umklammerte seinen Knöchel.

»Bitte tun Sie mir nichts. Ich habe nichts verraten. Ich habe niemandem was gesagt«, weinte er.

»Was ist denn mit dir los? Du bist ja gerannt, als wäre der Teufel hinter dir her. Auf dem Platz rennst du nie so schnell, also was ist passiert?«

Toby packte eine Handvoll Kiesel und versuchte sich zu erheben, doch der Mann drückte ihn an seiner Schulter herunter. Wenn er doch nur aufstehen könnte, dann könnte er die Steinchen in Berties Augen werfen und wegrennen. Immer weiter rennen. Genau das musste er tun.

»Er ... er ist hinter mir her«, stotterte er.

»Wen meinst du? Ich sehe niemanden, der hinter dir her ist. Siehst du jetzt etwa Gespenster?« Bertie lachte. »Ist es der Geist von Mikey oder von Kevin? Welcher von beiden, glaubst du, ist der Teufel?«

Toby wusste nicht, was er tun sollte. Panik schnürte ihm die Kehle zu, und er hatte Angst, nie wieder sprechen zu können.

»Bist du verletzt?« Bertie ging in die Hocke und fuhr mit dem Finger über die Schwellung an Tobys Knöchel.

»Ich glaube, ich hab ihn mir verstaucht.«

»Na, komm«, sagte Bertie und zog ihn hoch. »Wir gehen rein, und ich mach uns eine Tasse Tee.«

»Ich mag keinen Tee«, sagte Toby.

»Dann eben eine Flasche Cola. Die magst du bestimmt!«

Toby war ganz ausgetrocknet nach dem vielen Rennen, und sein Knöchel tat ihm furchtbar weh. Eine Flasche Cola klang gut. Aber er war sich nicht sicher, ob er mit Bertie Harris irgendwohin gehen sollte.

»Und dann rufe ich einen Arzt«, fügte Bertie hinzu und schob Toby durch die Tür.

Und der Junge spürte, wie ihm das Blut aus dem Gesicht bis hinunter zu seinem verletzten und geschwollenen Knöchel wich.

FÜNFUNDSECHZIG

Nachdem sie wieder in der Dienststelle waren, ordnete Lottie die Suche nach Toby Collins an. Gilly kam ins Büro gerauscht.

»Inspector Parker, haben Sie kurz Zeit?«

»Ich bin beschäftigt. Später.« Lottie musste dringend nach Hause. Es war schon spät, und Boyd gähnte. Das war ein sicheres Zeichen dafür, dass der Tag bereits viel zu lang war.

»Aber es geht um Max Collins.«

»Tobys Bruder?«

»Ja. Mit der Hilfe von Wes Finnegan habe ich herausgefunden, wo sich Max versteckt, wenn er nicht zu Hause ist. Da bin ich hin, und Sie werden nicht glauben, was ...«

»Was denn, Gilly?«

»Da war Hopes Tochter. Lexie. Ganz allein. Weinend.«

»Was? Wo?«

»Im alten Reifendepot im Industriegebiet.«

»Und wo ist sie jetzt?« Lottie kam nicht umhin zu überlegen, warum Hope ihre Tochter in einer solchen Umgebung alleingelassen haben sollte.

»Kirby hat das Jugendamt verständigt. Im Moment ist eine Sozialarbeiterin bei ihr, und Hopes Onkel Robbie ist auch da.«

»Aber wo ist Hope?«

»Das weiß ich nicht. Sie muss da gewesen sein. Vielleicht ist was passiert und sie musste weglaufen. Robbie meinte, sie würde ihre Tochter niemals freiwillig irgendwo zurücklassen.«

»Okay. Sie kümmern sich um das Kind. Und ich will Robbie Cotter in einem Vernehmungsraum haben. Sofort.«

»Kirby hat ihn bereits befragt, aber nichts herausgefunden, was wir nicht schon wussten. Und Lexie hat uns erzählt, dass ein böser Mensch ihre Mummy mitgenommen hat.«

»Sucht das Team immer noch nach Hope?«

»Ja, Boss.«

»Sagen Sie Kirby, er soll mich auf dem Laufenden halten.«

»Mach ich.« Mit schnellen Schritten verließ Gilly das Büro.

Lotties Handy klingelte. Würde sie es heute überhaupt noch nach Hause schaffen? Sie erkannte die Nummer und ging ran.

»Hi, Jane. Ich hoffe, Sie haben gute Neuigkeiten, denn bisher war mein Tag ausgesprochen bescheiden.«

Jane kam sofort zur Sache. »Ich habe mir die Fußballshorts, die die Opfer getragen haben, noch einmal genauer angeschaut. Und dabei habe ich bei beiden Exemplaren ein winziges Loch in der Nähe des Hosenbundes gefunden. Genau dort, wo man das Preisschild erwarten würde.«

»Okay. Und was sagt uns das?«

»Jemand hat es abgebissen.«

»Wie meinen Sie das?«

»Jemand hat das Plastikbändchen mit dem Preisschild daran abgebissen. Das weiß ich so genau, weil ich einen Abstrich von dem Material um das kleine Loch herum genommen und winzige Speichelspuren gefunden habe.«

Lottie versuchte, die in ihrer Brust aufsteigende Aufregung im Zaum zu halten. »Vielleicht hat der Junge es selbst abgebissen.«

»Das glaube ich nicht, immerhin habe ich die Speichelspuren auf beiden Paar Shorts entdeckt. Und habe sie zur DNA-Analyse geschickt. Die ersten Ergebnisse belegen, dass sie zu keinem der Jungs passen.«

»Echt jetzt? Sie haben die Ergebnisse schon? Sie sind ja toll, Jane!« Lottie reckte vor Freude eine Faust in die Luft.

»Ich habe mich beeilt, weil ich so aufgeregt war, und Sie kennen mich ja, ich bin nie aufgeregt.«

»Ich weiß«, sagte Lottie.

Jane redete weiter: »Und wir hatten halt nichts. Nicht eine einzige Spur. Bis jetzt.«

»Sie sind klasse, Jane. Ich kann Ihnen gar nicht genug danken. Wir haben DNA-Proben von ein paar Personen, die mit den Jungs zu tun hatten. Als wir die abgenommen haben, dachte ich schon, das wäre sinnlos, weil alle einen Grund für ihren Kontakt zu den Jungs hatten. Aber wenn wir eine der Proben mit den Spuren zusammenbringen können, die Sie heute gefunden haben, wäre das ein riesiger Schritt in die richtige Richtung.«

»Ich habe alles per Express ins Labor in Dublin geschickt. Die machen gerade den Abgleich der Proben.«

»Dann drücken wir uns mal die Daumen!«

»Sie wissen doch, dass ich so etwas nicht mache«, sagte Jane.

»Ich weiß, aber wenn Sie gerade vor mir stünden, würde ich Sie küssen.«

»So was mache ich schon gar nicht! Gute Nacht, Lottie.«

»Gute Nacht, Jane.« Lottie beendete das Telefonat.

Nacht? So spät war es schon! Verflixt.

Als Lottie endlich zu Hause ankam, war es schon nach zwanzig Uhr. Alle verfügbaren Kräfte waren mobilisiert, einschließlich des Polizeihubschraubers, aber bisher gab es nichts Neues. Keine Hope. Kein Toby. Robbie Cotter hatte die Dienststelle gemeinsam mit Lexie und einer Sozialarbeiterin verlassen. Nach wie vor hatten sie keine Ahnung, warum das Baby getötet und im Kanal abgelegt worden und ob Hope dafür verantwortlich war. Und sie waren auch dem Auffinden des Mörders von Mikey Driscoll und Kevin Shanley keinen Schritt nähergekommen. Der Tag hatte zwar viele neue Erkenntnisse gebracht, aber nichts, was zu einer Verhaftung führen könnte.

McMahon hatte das Team aus dem Büro gescheucht und allen befohlen, sich auszuruhen und um sechs Uhr morgens wieder zur Stelle zu sein. Ein Ersatzteam kümmerte sich über Nacht um die weiteren Ermittlungen. Boyd war verschwunden, bevor Lottie ihn fragen konnte, ob er vielleicht noch etwas trinken gehen wollte, bevor sie beide zu sich nach Hause gingen. Also hatte sie auf dem Heimweg den Einkauf bei Tesco erledigt und dabei auch eine Flasche Wein erstanden. Sobald alle im Bett waren, würde sie sich eine Runde entspannen.

Sie warf ihre Handtasche auf den Flurtisch, legte die Einkaufstüte ab und zog die Stiefel aus. Ihre Füße schmerzten, ihr Kopf pochte und sie konnte an nichts anderes denken, als an ein warmes Bad und etwas zu essen. Sie warf einen Blick ins Wohnzimmer, in dem Katie und Chloe auf dem Boden saßen und dem vor ihnen liegenden Louis beibrachten, sich umzudrehen.

»Sieht spaßig aus«, sagte sie.

Katie schaute auf. »Wir versuchen, ihn müde zu kriegen, damit er besser schläft.«

»Alles gut, Mam?«, fragte Chloe. »Du siehst ganz schön fertig aus.«

»Bin ich auch.«

»Mam, es gibt da etwas, worüber ich mit dir reden möchte ...«

»Später, okay? Erst muss ich mich säubern. Arbeitest du heute?«

»So der Plan.« Chloe warf einen Blick auf die Uhr. »Ach,

Mist, ich komme zu spät.« Sie rannte an Lottie vorbei die Treppe hinauf.

»Vermutlich in seinem Zimmer«, antwortete Katie. »Mam, es gibt da etwas, worüber ich mit dir reden möchte ...«

»Später, okay? Erst muss ich mich säubern.«

»Okay.« Katie nahm Louis hoch, und Lottie drückte ihrem Enkel einen Kuss auf die Stirn.

In der Küche saß Rose mit zur Seite gelegtem Kopf und geschlossenen Augen am Herd. Als sie Lottie hereinkommen hörte, riss sie die Augen auf und setzte sich gerade hin.

Sofort erkannte Lottie, dass ihre Mutter geweint hatte. Und Rose weinte fast nie. Außerdem fiel ihr auf, wie alt sie aussah. Rose war erst sechsundsiebzig und recht aktiv, aber im Moment machte sie einen ausgelaugten Eindruck. Lag es daran, dass sie ihre Familie bei sich beherbergte und ständig Leben in der Bude war? Vermutlich. Je schneller Ben Lynch mit seiner Arbeit fertig war, desto schneller konnte Lottie ausziehen und ihr neues Heim herrichten. »Wie geht's?«, fragte sie vorsichtig, wobei sie sich nicht sicher war, ob sie die Antwort wirklich wissen wollte.

»Setz dich«, forderte Rose sie auf.

»Ich will unbedingt duschen oder baden. Darauf freue ich mich schon den ganzen Abend, und ...«

»Setz dich. Wir müssen reden.«

Was war denn los? Das hörte sich nicht gut an. Lottie zog sich einen Stuhl heran und nahm gegenüber der Frau Platz, die sie seit über vierzig Jahren Mutter nannte, obwohl sie kürzlich herausgefunden hatte, dass sie nicht ihre leibliche Mutter war.

»Was ist denn los?«

»Ich hatte heute Besuch«, erzählte Rose.

»Oh, wie schön«, sagte Lottie hoffnungsvoll, obwohl sie instinktiv wusste, dass daran gar nichts schön gewesen war. »Jemand, den ich kenne?«

»Sag du's mir.«

»Was? Wer war es denn?«

»Ein Amerikaner. Ein Polizist. Ausgerechnet.«

Lottie hielt die Luft an. Sie wusste, was jetzt kam.

»Sagt dir der Name Leo Belfield etwas?«, fragte Rose.

»Ich habe von ihm gehört«, antwortete Lottie und grub die Fingernägel in ihre Handflächen. Erst hatte er McMahon aufgesucht und jetzt Rose. Was hatte er vor? »Was wollte er denn?«

Rose zuckte mit den Achseln. »Probleme machen. Mein Leben durcheinanderbringen. Das wollte er.«

»Wie meinst du das?«

»Er weiß von dir, Lottie. Von deinem Vater und davon, was er getan hat. Aber er weiß nicht alles. Und deshalb war er hier. Er dachte, ich würde seine Wissenslücken über seinen Familienstammbaum füllen.«

»Und hast du?«

»Was denkst du denn von mir?« Rose stand unvermittelt auf und setzte den Wasserkessel auf. »Du glaubst vielleicht, dass ich mit einem Bein im Grab stehe, aber noch bin ich nicht senil.«

»Das glaube ich nicht. Und ich bin dir sehr dankbar für alles, was du für mich und die Kinder tust. Ich habe keine Ahnung, was ich in den letzten Monaten ohne dich gemacht hätte.«

»Ich bin immer für dich da, Lottie.« Der Kessel begann zu pfeifen, und sie drehte sich um. »Aber ich warne dich: Dieser Belfield bedeutet Ärger. Den konnte ich aus jeder einzelnen Pore seiner Haut strömen riechen, als er genau auf dem Stuhl saß, auf dem du gerade sitzt.«

»Ärger?« Lottie überlegte, was Belfield gesagt haben könnte, das Rose so aus der Fassung gebracht hatte. »Was hat er dir denn erzählt?«

»Er ist bei Alexis Belfield aufgewachsen. Das ist die Schwester deiner leiblichen Mutter, die auch seine Mutter ist.

Somit ist er dein Halbbruder.«

»Okay, das riecht tatsächlich nach Ärger«, sagte Lottie und dachte zurück an das letzte Jahr, als im Rahmen von Ermittlungen in einem Mordfall ihre Familiengeschichte enthüllt wurde. Ihre leibliche Mutter hatte vier Kinder zur Welt gebracht, darunter Zwillinge. Eine Tochter war im letzten Oktober gestorben, und die andere, mutmaßlich Leos Zwillingsschwester, befand sich inzwischen in der forensischen Psychiatrie. Lottie hingegen war als Baby von Peter und Rose Fitzpatrick aufgenommen und als ihr eigenes Kind aufgezogen worden. Da ihre Geburtsurkunde gefälscht worden war, hatte Lottie von all dem keine Ahnung gehabt, bis es dieser furchtbare, von Gewalt geprägte Fall ans Licht befördert hatte.

Und jetzt war Leo hier. Und stellte Fragen. Was erhoffte er sich davon? Sie kratzte sich am Kopf und versuchte, eine logische Antwort zu finden.

»Du musst mit ihm reden«, sagte Rose und stellte einen Becher mit dampfendem Kaffee vor ihre Tochter. »Nur so wirst du ihn wieder los.«

»Und worüber soll ich mit ihm reden?«

»Du musst ihm von seiner Zwillingsschwester erzählen.«

»Ich bin mir ziemlich sicher, dass er das auch allein herausfindet. Nein, der ist hinter etwas anderem her«, sagte Lottie. »Und ich glaube nicht, dass das eine neue Familie ist.«

* * *

Sean lag mit dem Controller in der Hand auf dem Bett und scrollte durch Tobys PlayStation-Profil. Dann nahm er sein Handy und betrachtete das Foto mit den Nachrichten, das er von Tobys Bildschirm gemacht hatte. Er verstand zwar nicht, worum es darin ging, war sich aber sicher, dass sie irgendeine Warnung beinhalteten. Vielleicht codiert?

Sollte er seiner Mutter davon erzählen? Immerhin war

Mikey Tobys Freund gewesen, und sie ermittelte in seinem Mordfall. Seine Gedanken schweiften ab zu der Babyleiche, die Barry und er gefunden hatten. Das arme kleine Ding, dachte er. Es war in eine so furchtbare Welt hineingeboren und ihr dann gleich wieder grausam entrissen worden. Warum hatte Barry darauf bestanden, dass sie genau an der Stelle angelten? Hatte er gewusst, dass das Baby da lag? Wenn Sean so darüber nachdachte, hatte Barry sich den ganzen Vormittag über schon so komisch verhalten. Irgendwie nervös. Aber warum?

Er setzte sich auf und las Tobys Nachrichten erneut.

Nein, das konnte nicht sein.

Er klickte auf seinen Controller und loggte sich ins Spiel ein. Überprüfte Barrys Nutzernamen. Betrachtete die Nachrichten erneut. Oh, Scheiße. Wenn Toby in Schwierigkeiten steckte, musste Sean ihm helfen, das wusste er. Und er wusste auch, dass er seiner Mutter in diesem Fall nichts davon erzählen konnte.

Er steckte sein Handy ein und zog sich einen Hoodie über. Dann ging er die Treppe hinunter, vergewisserte sich, dass niemand ihn sah, und verließ das Haus durch die Vordertür. Sein Fahrrad stand daneben unter der Fensterbank. Kenny's Cycles hatte bei der Reparatur ganze Arbeit geleistet. Jetzt war es besser als neu. Er schwang ein Bein über die Stange und radelte durch das Tor hinaus auf die dunkle Straße. Dort schaute er hinauf auf den Vollmond und hoffte, dass die Werwölfe bereits schliefen.

SECHSUNDSECHZIG

Lottie saß auf der Mauer und betrachtete die dunklen Fenster ihres bald neuen Zuhauses. Ein Wände streichender Ben war nirgends zu sehen. Vermutlich hatte Maria ihrem Mann verboten, weiter für Lottie zu arbeiten.

Mit dem Schlüssel in der einen und ihrem Handy in der anderen Hand überlegte sie, ob sie ins Haus gehen sollte. Zu gern würde sie eine rauchen. Nur ein paar schnelle Züge. Sie könnte Boyd anrufen und ihn bitten, vorbeizukommen. Dann könnten sie zusammen auf der Mauer sitzen und wie zwei Teenager rauchen. Das wäre schön. Aber Boyd ging nicht an sein verdammtes Handy. Sie könnte auch bei seiner Wohnung vorbeischauen. Aber nein. Das wäre zu aufdringlich. Verflixt.

Sie ging auf die Haustür zu, steckte den Schlüssel in das Schloss, drehte ihn um und betrat den Flur. Sie schaltete das Licht ein. Es roch nach frischer Farbe.

Die Haustür fiel leise hinter ihr ins Schloss, und sie ging durch das Haus. Jedes einzelne Zimmer sah nagelneu aus. Die Fußböden waren abgeschliffen und versiegelt und die Wände und Decken gestrichen worden. Ben hatte ganze Arbeit geleistet. Und sie musste ihn noch nicht einmal dafür bezahlen. Tom Rickard hatte sich als echter Segen herausgestellt.

Gerade wollte sie wieder gehen, als es an der Tür klingelte. Durch das Milchglas konnte sie die Konturen eines Mannes erkennen. Wollte ihr jemand etwas verkaufen? Aber doch nicht um diese Uhrzeit. Als sie das schwache Glimmen einer Zigarette bemerkte, öffnete sie die Tür.

»Woher wusstest du, dass ich hier bin, Boyd?«

»Deine Mutter hat's mir verraten. Willst du mich nicht reinbitten?«

»Komm rein.« Sie öffnete die Tür weiter, und er trat seine Zigarette auf der Schwelle aus.

Sein Haar war feucht, und seine Haut roch nach Zitronenduschgel. Er trug ein weißes T-Shirt und Jeans. Lächelnd drückte er sich an ihr vorbei, und sie spürte, wie ihr das Herz in der Brust flatterte und sich ein angenehmes Kribbeln in ihrem Unterleib ausbreitete.

»Was führt dich hierher?«, fragte sie.

Er stand im Flur unter der nackten Glühbirne, die sein grau meliertes Haar beleuchtete.

»Du«, antwortete er. »Die letzten Tage waren recht anstrengend, und ich dachte, du brauchst vielleicht Gesellschaft.«

»Dann hättest du an dein Handy gehen sollen«, erwiderte sie lächelnd.

»Aber jetzt bin ich ja hier, oder?«

»In der Tat. Und ich kann dir noch nicht einmal einen Kaffee oder Tee anbieten; hier sind bisher weder Tassen noch ein Wasserkessel.«

Sie spürte, wie er einen Arm um ihre Taille legte und sie an sich zog. Roch den Rauch der Zigarette in seinem Atem. Das Beste daran war, dass sie diese Reaktion von ihm nicht erwartet hatte. Absolut nicht.

Als seine Lippen sich auf ihre legten, fielen ihr Handy,

Schlüssel und Handtasche runter, und sie ließ sich auf den Kuss ein. Obwohl er nur ein paar Sekunden dauerte, hatte Lottie das Gefühl, auf den Flügeln eines Engels zu fliegen und vor den Toren des Himmels zu landen.

Als ihre Lippen sich trennten, fragte sie: »Wo kam der denn her?«

»Weiß auch nicht. Vielleicht waren du und deine Eifersucht schuld.«

»Meine was?«

»Du dachtest, ich hätte was mit Cynthia Rhodes. Bist du denn bescheuert?« Er beugte sich vor und küsste sie erneut.

»In diesem Haus gibt es noch nicht einmal ein Bett, Boyd.«

Er lachte. »Wofür brauchen wir denn ein Bett?«

»Ich weiß auch nicht. Aber im Wohnzimmer steht ein Sofa.«

»Warte kurz.« Er ging zurück zur Haustür und nahm einen Beutel von der Schwelle. »Ich habe Wein.«

Sie nahm ihm die Flasche ab. »Mit Drehverschluss. Sehr gut.«

»Und ein guter ist es noch dazu. Guck mal auf das Etikett.«

»Ach, Scheiße, Boyd. Der ist ja alkoholfrei.«

»Aber er schmeckt, und morgen haben wir keinen Kater. Genau das Richtige, um meine Scheidung zu feiern. Und wo ist jetzt das Sofa, das du erwähnt hast?«

Er streckte die Hand aus, und sie legte ihre hinein und ließ sich von ihm ins Wohnzimmer führen. Während sie die Flasche öffnete, zog er das Laken vom Sofa und hängte es ans Fenster.

»Ich will ja nicht, dass du bei deinen neuen Nachbarn einen schlechten Eindruck erweckst, bevor du überhaupt eingezogen bist«, meinte er neckend.

Lottie nahm auf dem Sofa Platz, und Boyd setzte sich neben sie. Sie schaute zum Baumwolllaken mit den Farbspritzern darauf, das vor dem Fenster hing, und fühlte sich so glücklich wie seit Monaten nicht mehr.

* * *

Er saß in seinem Mietwagen am Ende der Straße und beobachtete das Haus. Hatte den Mann kommen sehen, der sich in seinem Auto eine Zigarette angezündet und sie fast ganz aufgeraucht hatte, bevor er zur Haustür gegangen war. Hatte er erst all seinen Mut zusammennehmen müssen?

Nachdem der Mann das Haus betreten hatte, war er mit seinem Wagen bis hinter dessen Auto gefahren. Durch das Glas in der Haustür konnte er die Konturen der beiden Personen ausmachen. Sie umarmten sich. Interessant, dachte Leo. Bei Lottie Parker handelte es sich in der Tat um eine ausgesprochen komplizierte Persönlichkeit. Eine, die er unbedingt kennenlernen wollte, jetzt noch mehr als zuvor.

SIEBENUNDSECHZIG

»Hallo, Sean, was machst du denn so spät noch alleine hier draußen?«

Himmel, dachte Sean, ich bin fünfzehn Jahre alt. »Dr. Duffy, ist Barry zu Hause?«, fragte er.

»Es ist fast Mitternacht. Der schläft bereits tief und fest. Und genau das wollte ich gerade auch tun.«

In Seans Augen sah Barrys Vater absolut nicht aus, als wäre er gerade auf dem Weg ins Bett gewesen. Er trug eine Sweatjacke mit hochgezogenem Reißverschluss und unter dem Arm eine Wachsjacke. War er gerade nach Hause gekommen oder auf dem Weg nach draußen? Nun dachte er schon wie seine Mutter, wie ein Detective.

»Okay, macht nichts, Dr. Duffy.« Er wandte sich wieder seinem Fahrrad zu.

»Warte. Was wolltest du denn von ihm?«

Paul Duffy stand nun direkt hinter ihm, so nah, dass Sean fast seinen Herzschlag hören konnte. Er packte Seans Hand. Sein Griff war schweißnass und fest. Sean wollte seine Hand wegziehen, doch Duffy ließ nicht los und zog ihn zu sich. Sean schaute dem Mann in die Augen, und etwas, was er darin sah, ließ ihm die Haare im Nacken zu Berge stehen.

»Sie haben recht. Ich sollte lieber gehen. Meine Mutter hat bestimmt schon einen Suchtrupp nach mir losgeschickt. Danke nochmals.« Aber Duffy ließ ihn immer noch nicht los. Sean versuchte, seine Finger aus dem Griff zu lösen, doch der wurde immer fester, und Duffys Gesicht war nun direkt vor seinem. Er ging einen Schritt zurück und stieß gegen das Fahrrad zu seinen Füßen, doch Duffy schien förmlich an ihm zu kleben. Was sollte das denn?

»Was willst du zu so später Stunde von Barry?«

»Nichts. Wirklich. Ich konnte nur nicht schlafen und dachte, ich schau mal nach, was er so treibt. Aber jetzt gehe ich lieber und ...«

»Ich habe dir Angst eingejagt. Das tut mir leid, Sean. Komm doch rein. Ich sag Barry, dass er runterkommen soll. Bestimmt hast du etwas Wichtiges auf dem Herzen, wenn du so spät noch vorbeikommst.«

Dr. Duffys Gesichtszüge waren nun freundlicher. Vielleicht hatten sie sich einfach nur gegenseitig Angst eingejagt, dachte Sean und folgte ihm in den Hausflur. Die Tür schloss sich vollkommen lautlos hinter ihnen. Im gesamten Haus war es absolut still. Ganz anders als bei seiner Granny, wo ständig Trubel herrschte.

»Hier entlang.«

Duffys Stimme setzte Sean in Bewegung. Er ging den Flur entlang und betrat das Wohnzimmer, während er die ganze Zeit versuchte, die Stimme in seinem Kopf zum Schweigen zu bringen, die ihn anschrie, dass er umgehend wieder verschwinden sollte.

ACHTUNDSECHZIG

Das sanfte Plätschern der Wellen gegen die Kieselsteine und die Felsen am Ufer des Sees beruhigt mich. Die silberfarbenen Wellen glitzern im Mondlicht und haben auf mich die gleiche Wirkung wie das Valium, das mir verschrieben wurde. Ich habe meine Aufgaben fast erledigt. Das Studio ist immer noch ein Geheimnis, und dabei muss es auch bleiben. Es gibt keine andere Möglichkeit, als zu töten.

Die bösen Geister sind überall um mich herum, schweben und flüstern mir beständig ins Ohr, und ich kenne nur einen Weg, um sie zum Schweigen zu bringen.

Der Letzte wartet schon.

Ich weiß, was ich tun muss.

Es tut mir leid, mein Kleiner.

Das Ende ist nah.

TAG VIER

DONNERSTAG

NEUNUNDSECHZIG

Die ersten Sonnenstrahlen drangen in den Raum. Lottie stützte sich auf einen Ellbogen und neigte den Kopf zum Fenster. Der Vorhang sah ganz schön schmutzig aus. Ihre Mutter ließ nach. Verflixt, das war ja gar kein Vorhang. Sie drehte sich um, und da sah sie ihn liegen, auf dem Fußboden neben sich, mit einem weiteren farbverschmierten Laken als Decke.

»Boyd! Wach auf! Wie viel Uhr ist es?«

Er stöhnte und drehte sich um. »Guten Morgen, du Schöne.«

Hastig zog sie sich an und wartete ungeduldig, bis auch er bekleidet war. Dann nahm sie das Laken vom Fenster und wurde von der aufgehenden Sonne geblendet.

»Es ist erst fünf Uhr und ...«

»Und genau so sollte man aufwachen«, unterbrach er sie und drückte ihr einen Kuss auf die Lippen.

Sie hatte keine Zeit für so etwas. Großer Gott, was hatte sie sich nur dabei gedacht?

»Gehen wir. Ich brauche eine Dusche. Und du auch.«

»Wollen wir die Dusche oben mal antesten?«

»Boyd! Um Himmels willen! Komm schon. Wir müssen los. McMahon hat ausdrücklich befohlen, dass wir um sechs Uhr bei der Arbeit sein sollen.«

»Und seit wann tust du, was er befiehlt?«

Sie lächelte und ging zur Tür. »Stimmt auch wieder. Aber ich will auch nicht, dass meine Kinder einen Suchtrupp nach mir losschicken.«

Rose hatte bereits eine Kanne Tee aufgesetzt, als Lottie in die Küche kam, geduscht und in frischer Jeans und ebenso frischem weißen T-Shirt. Sie würde es vermissen, wie eine Königin behandelt zu werden. Der Gedanke verschwand sofort wieder, als sie den vorwurfsvollen Blick ihrer Mutter bemerkte.

»Du solltest ihn heiraten«, sagte Rose.

Lotties Hand mit dem Teebecher hielt auf halbem Weg zum Mund inne. »Was? Wen?«

»Den Kerl mit den abstehenden Ohren. Boyd. Dann müsst ihr euch nicht mehr wie Teenager davonstehlen. Immerhin seid ihr beide erwachsen.«

»Mutter, wir sind nicht zusammen.«

»Letzte Nacht wart ihr es aber, oder?«

»Das schon, aber wir sind kein Paar. Wir verstehen und ganz gut und wir ...«

»... schlafen ab und zu miteinander. Ja, ich weiß. Aber er liebt dich, das weißt du doch, oder? Worauf also wartest du noch?«

Lottie schwieg. Sie wusste selbst nicht mehr, was sie eigentlich wollte. Jetzt, da Boyd geschieden war, hatte sich in ihr etwas verändert. Lag es daran, dass er endlich frei war? Oder weil sie gedacht hatte, dass er was mit Cynthia hatte? War sie eifersüchtig? Sie konnte es sich selbst nicht erklären. Jetzt jedoch musste sie zur Arbeit und drei Mordfälle aufklären.

Danach und keinen Moment früher würde sie entscheiden, was sie mit dem Rest ihres Lebens anfangen wollte.

»Heute Abend wird's vermutlich wieder spät. Wegen der Mordfälle ist es bei der Arbeit gerade ein wenig hektisch«, erklärte sie und schob sich eine Scheibe Toast in den Mund.

»Und was willst du wegen diesem Leo Belfield unternehmen?«

»Überlass den mir«, antwortete Lottie kauend. »Wenn er noch mal vorbeikommt, mach einfach die Tür nicht auf.«

»Okay.« Rose goss sich selbst eine Tasse Tee ein. »Oh, und sag Sean, dass er mir in Zukunft im Vorfeld Bescheid sagen soll, wenn er bei einem Freund übernachtet. Ich habe mir furchtbare Sorgen gemacht, bis ich heute Morgen seine Textnachricht bekommen habe.«

»Bei welchem Freund?« Lottie griff nach ihrer Handtasche und ging zur Küchentür.

»Barry Duffy. Der, mit dem er neulich angeln war.«

Lottie öffnete den Mund, schloss ihn jedoch sofort wieder. Hatte sie Sean nicht angewiesen, sich von Barry Duffy fernzuhalten? Zumindest hatte sie das vorgehabt. Verflixt.

»Ich red später mit ihm.«

Im Flur schlüpfte sie in ihre Schuhe. Eigentlich waren es Katies Schuhe. Ihre Kinder schliefen alle noch tief und fest. Der kleine Louis war so ein Engel. Katie konnte sich glücklich schätzen. Was sie wohl machen würden, wenn Katie im September wieder aufs College ging? Dann würden sie ein Kindermädchen einstellen müssen. Was wieder Geld kosten würde. Aber vermutlich würde Tom Rickard auch dafür aufkommen. Sehr gut.

Lottie stand ein langer Tag bevor, und sie konnte sich des Gefühls nicht verwehren, dass er auch furchtbar anstrengend werden würde. Aber Boyd und sie verstanden sich wieder. Das war super. Sie stieg in ihr Auto und drehte den Schlüssel.

Nichts. Nur ein Klicken. Sie versuchte es erneut. Wieder nichts.

»Ach, Scheiße.«

* * *

Boyd schlenderte ins Büro. Kirby hob den Kopf und nickte. Er sah aus, als hätte er die ganze Nacht am Schreibtisch gesessen. Sein Haar war unordentlicher als üblich, und von seiner Nase tropfte der Schweiß.

»Haben Sie sich letzte Nacht eine Runde im Heu gewälzt?«, fragte er.

»Was geht Sie das an?« Boyd positionierte Tastatur und Aktenstapel ordentlich auf seinem Schreibtisch. Dabei konnte er sich ein Lächeln nicht verkneifen.

»Boyd, kann ich kurz mit Ihnen reden?« Lynch stand in der Tür und winkte ihn in den Flur hinaus. Er folgte ihr.

»Was ist denn los?«, fragte er und schaute ihr zu, wie sie mit einer Hand auf dem dicken Bauch hin- und herlief. »Ist mit dem Baby da drinnen alles in Ordnung?« Er stützte einen Fuß gegen die Wand, steckte die Hände in die Hosentaschen und versuchte, ihr zuzuhören, wollte aber eigentlich wieder an die Arbeit.

»Ich habe ein Problem und brauche Ihre Hilfe«, setzte sie an.

»Okay«, antwortete Boyd misstrauisch. Lynch hatte ihn noch nie um irgendetwas gebeten. Sie war eng mit Kirby befreundet. Nun ja, zumindest war dem so gewesen, bis er mit Gilly O'Donoghue zusammengekommen war. Seitdem schien sie ihren Vertrauten verloren zu haben.

»Die Sache ist ein bisschen heikel.« Sie hörte auf, hin- und herzulaufen, und blieb vor ihm stehen. »Ich komme am besten gleich auf den Punkt. Ich habe meinen Ben in einer kompromittierenden Situation mit DI Parker erwischt. Und ich finde, ich sollte das melden.«

Boyd senkte den Fuß langsam von der Wand auf den Boden und ballte die Hände in den Hosentaschen zu Fäusten. »Wovon sprechen Sie?«

»Vorletzten Abend bin ich mit den Kindern zu ihrem neuen Haus gefahren. Ben hat dort für sie renoviert. Und da habe ich die beiden durch das Fenster beobachtet. Das Licht war an. Ich weiß, was ich gesehen habe.«

»Und was haben Sie gesehen?«

»Meinen Ben und Lottie Parker, wenn ich es so deutlich sagen soll. In einer trauten Umarmung.«

»Sie machen Witze.«

»Lache ich etwa? Ich meine es todernst.«

»Und warum erzählen Sie mir das? Sie sollten mit Ihrem Mann reden.«

»Das habe ich. Er streitet alles ab.«

»Dann reden Sie mit Lottie.«

»Das habe ich versucht, aber sie hat mich nur genauso angeguckt wie Sie gerade. Unschuldig und ungläubig. Aber ich bilde mir das nicht nur ein.« Sie tippte sich an die Schläfe. »Ich weiß, was ich gesehen habe. Und ich finde, sie sollte dafür geradestehen.«

Boyd schluckte. »Lynch. Hören Sie. Wenn Sie gesehen haben, was Sie glauben gesehen zu haben, dann ist das eine persönliche Angelegenheit. Und die müssen Sie selber klären. Ich wüsste ehrlich nicht, wie ich Ihnen da helfen sollte.«

»Ich wollte Sie nur warnen. Sie ist eine Schlampe, die auf uns allen herumtrampelt, bis sie bekommt, was sie will. Und das ist nicht das erste Mal. Sie wissen das, und ich weiß das. Aber dieses Mal sorge ich dafür, dass sie dafür bezahlt, dass sie sich in meine Ehe drängt.«

»Machen Sie keine Dummheiten.«

»Sie ist die Dumme, weil sie mich unterschätzt!«

Mit einem wütenden Kopfschütteln drehte sie sich um und entfernte sich von Boyd. Der schaute ihr hinterher. Wenn das, was er soeben gehört hatte, der Wahrheit entsprach, was bedeutete das dann für seine Beziehung zu Lottie? Sie hatte ihm gegenüber bereits erwähnt, dass Lynch sie einer Affäre mit Ben verdächtigte. Warum hatte sie ihm das erzählt? Damit er nicht so schockiert war, wenn Lynch ihr Wissen enthüllte? Er wusste nicht mehr, was er denken sollte.

Verflixt!

SIEBZIG

Lottie stand an der Tür zur Einsatzzentrale und schaute zu, wie ihr Team nach und nach eintrudelte. An diesem Morgen fühlte sie sich sehr erfrischt und hoffte, diese Energie an ihre Kolleginnen und Kollegen übertragen zu können. Mithilfe eines Nachbarn und dessen Starterkabel war es ihr schließlich gelungen, ihr Auto zum Laufen zu bringen, und sie war noch vor McMahon in der Dienststelle eingetroffen.

Ein Blick auf die Falltafeln ließ ihre Laune sinken. Zwei Jungs und ein Baby, und das einzige Beweisstück, das sie hatten, waren winzige Spuren von Speichel, die auf dem Hosenbund der Fußballshorts gefunden worden waren, die die Jungs getragen hatten.

Kirby kam auf sie zu. »Kann ich kurz mit Ihnen sprechen, bevor wir anfangen?«

»Sie sehen aus, als hätten Sie in den Klamotten geschlafen«, sagte sie. »Ist alles gut?«

»Ich habe nicht in den Klamotten geschlafen, weil ich gar nicht im Bett war, was nicht jeder hier von sich behaupten kann.« Er zwinkerte ihr zu, und sie spürte, wie sie rot wurde.

»Fahren Sie fort.«

»Ich habe den Großteil der Nacht damit verbracht, mit den Leuten von den Verkehrskameras alles durchzusehen, was wir für die Nacht von Sonntag auf Montag finden konnten. Außerdem habe ich die Aufnahmen unserer eigenen Überwachungskameras und die der Geschäftsleute durchgeguckt, die uns für den relevanten Zeitraum zur Verfügung gestellt wurden.«

»Und, haben Sie was herausgefunden?«

»Nach akribischer Kleinarbeit, ja.«

»Hängen Sie's an die Tafel.«

Er nahm ein paar Blätter aus einer Akte, die er unter den Arm geklemmt hatte. »Das hier sind Standbilder der entsprechenden Videos, die ich ausgedruckt habe. Anstatt den Verbleib der verdächtigen Personen nach ihrem Verlassen des McDonald's am Sonntagabend zu verfolgen, habe ich versucht, den Weg von Mikey Driscoll nachzustellen.«

»Und, haben Sie herausgefunden, wo er entführt wurde?«

»Ich bin mir nicht hundertprozentig sicher, aber ich habe eine Vermutung.« Er heftete mehrere grobkörnige Schwarz-Weiß-Bilder an die Tafel. »Auf dieser ersten Aufnahme geht Mikey allein am Zeitungskiosk vorbei. Da ist er gerade direkt unter der Kamera gelaufen.«

Lottie betrachtete den kleinen Jungen mit der Fußballtasche auf dem Rücken und den Shorts über den nackten Beinen. War das seine Medaille um den Hals? Sie schaute näher hin.

Kirby fuhr unterdessen fort: »Die nächste Aufnahme zeigt die Apotheke in der Nähe der Statuen der Mönche. Wie Sie sehen, ist er stehen geblieben und hat sie sich angesehen.«

»Stimmt. Das ist definitiv Mikey«, bestätigte Lottie und betrachtete das Farbfoto, das sie am Montag von Jen erhalten hatte.

»Ich weiß, dass er die Friars Street entlanggegangen ist, denn die nächste Aufnahme von ihm stammt vom Reisebüro.« Er heftete ein weiteres Foto an die Tafel.

Nun waren seine Hände leer. »War das alles?«, fragte Lottie.

»Walsh's Werkstatt auf der Brücke hat drei Kameras. Nicht eine einzige hat Mikey erwischt.«

»Also wurde er auf der Hauptstraße aufgegriffen?«, stieß Lottie ungläubig aus.

»Nein.« Kirby klopfte gegen eine Zigarre in seiner Brusttasche. Das war nur ein nervöser Tick. Lottie wusste, dass er niemals in der Dienststelle rauchen würde. »Um vier Uhr heute Morgen bin ich den Weg abgelaufen, den Mikey mutmaßlich genommen hat, und habe nun den Beweis dafür, dass er kurz vor der Werkstatt beim Pub links abgebogen ist. Vielleicht wollte er die Abkürzung nach Munbally Grove nehmen, durch den Tunnel unter dem Kanal. Den hier habe ich in einem Gully gefunden, kurz vor der Einfahrt zum Supermarkt.«

Er reichte Lottie einen Beweismittelbeutel aus Plastik.

»Ein Fußballschuh?«

»Ich bin mir sicher, dass sich bestätigen wird, dass der Mikey gehört hat.«

»Gute Arbeit. Sind auf der Strecke irgendwo Überwachungskameras?«, fragte Lottie, obwohl sie wusste, wie unwahrscheinlich das war.

»Die von den Wohnblöcken sind defekt und die vom Supermarkt zeigen nicht auf die entsprechende Straße, wie mir auf Anfrage mitgeteilt wurde. Unsere einzige Hoffnung ist, dass irgendjemand ein privates Sicherheitssystem hat. Die Gardaí klingeln gerade an jeder einzelnen Tür und fragen nach. Im Moment fehlt es uns an Personal. Ein paar Leute sind noch im Reifendepot, und alle anderen suchen nach Hope oder Toby.«

»Erzählen Sie mir etwas, was ich noch nicht weiß«, meinte Lottie.

»Gern. Als ich mit dem Ablaufen des Wegs fertig war, bin ich zurück ins Büro gegangen und habe mir die Aufnahmen von allen verdächtigen Personen beziehungsweise von deren Autos angesehen. Und dabei habe ich das hier entdeckt.«

Er öffnete den Ordner mit deutlich mehr Drama, als Lottie für notwendig hielt, aber sie wollte unbedingt sehen, was er entdeckt hatte. Ungeduldig nahm sie ihm das Blatt Papier ab, das er aus dem Ordner zog. Betrachtete das Bild eines Autos. Dann die verschwommene Großaufnahme des Nummernschilds. Und schließlich die Uhrzeit der Aufnahme.

»Woher ist das?«

»Von der Werkstatt. Wie ich bereits erwähnte, bin ich die Strecke heute Morgen abgelaufen, und die Zeit passt. Das Auto ist nur wenige Minuten nach unserer letzten Sichtung von Mikey stadtauswärts an der Werkstatt vorbeigefahren.«

»Können die Techniker das Bild des Fahrers verbessern?«

»Sind schon dabei, aber ich würde nicht zu viel erwarten.«

»Wirklich gute Arbeit, Kirby. Danke.«

Lottie spürte, wie ihr Herz hüpfte und kurz aussetzte, denn auch ohne Identifizierung des Fahrers wusste sie, wem das Auto gehörte.

»Boyd. Komm mit.« Sie bemerkte den angesäuerten Ausdruck in seinem Gesicht. Was war denn jetzt schon wieder mit ihm los?

»Und was ist mit der Teambesprechung?«, fragte Lynch.

»Später.«

Mit diesen Worten rauschte sie mit Boyd im Schlepptau hinaus und überließ es Kirby, den anderen zu erklären, was vor sich ging.

* * *

Als Lottie weg war, fiel Kirby ein, dass er noch ein letztes Blatt Papier in seinem Ordner hatte.

»Boss!«, rief er, doch sie und Boyd waren bereits außer Hörweite.

»Was ist denn?«, fragte Lynch.

»Komm mit.«

»Wohin gehen wir?«

Kirby blieb unvermittelt stehen, und Lynch rannte in ihn hinein. Er spürte ihren harten Babybauch in seinem Rücken landen. »Tut mir leid, ist alles gut?«

»Alles bestens«, antwortete Lynch. »Warum hast du es denn so eilig?«

»Ich muss Bertie Harris finden. Letzte Nacht habe ich mir die Aufzeichnungen des Vereinsheims noch einmal genau angeschaut, und ich glaube, ich weiß, warum er sie manipuliert hat.«

»Und verrätst du mir das auch oder nicht?«

Kirby warf einen Blick auf die Uhr an der Wand. »Wo, glaubst du, ist er so früh am Morgen? Zu Hause oder im Vereinsheim?«

»Ich würde sagen, zu Hause.«

»Okay. Dann finden wir mal heraus, was Mr Harris selbst zu der Sache zu sagen hat.«

* * *

Boyd fuhr schweigend. Lottie kam nicht dahinter, was mit ihm los war. Sie hatte versucht, sich mit ihm zu unterhalten, sogar eine Hand auf seine gelegt, mit der er das Lenkrad hielt. Aber er hatte sie nur abgeschüttelt, als wäre sie eine Fliege auf einem Kuhfladen.

Die Morgensonne schien auf das Haus, als Lottie und Boyd aus dem Auto stiegen. Kein Laut drang durch die Haustür.

Sie klingelte. Niemand reagierte. Zaghaft drückte sie gegen die Tür, in der Hoffnung, dass sie offen war.

»Hallo?«

»Du kannst nicht schon wieder unaufgefordert ein Haus betreten. Das war schon gestern bei Butler nicht okay. Für so was brauchen wir einen Durchsuchungsbeschluss.«

»Boyd, erzähl du mir nicht, wie ich meinen Job zu machen habe. Außerdem würde ich wirklich gern wissen, welche Laus dir heute Morgen über die Leber gelaufen ist.«

»Mit mir ist alles bestens«, antwortete er und schaute um eine Hausecke. »Da hinten ist jemand. Ich höre einen Rasenmäher.«

Sie spitzte die Ohren. »Komm mit.«

Lottie ging an Boyd vorbei und um das Haus herum. Bei jedem ihrer Schritte knirschten die weißen Zierkiesel unter ihren Sohlen. Der Rasen war halbkreisförmig und recht groß. Ein Mann mit Kopfhörer auf den Ohren saß auf einem Aufsitzmäher.

Sie musste schreien, damit er sie über den Lärm hinweg hören konnte. »Dr. Duffy? Wir müssten kurz mit Ihnen reden.«

Der Mäher drehte zu ihnen um und der Krach verstummte. Der Mann nahm den Kopfhörer ab.

Es war nicht Paul Duffy.

»Was macht *der* denn hier?«, stieß Lottie aus.

EINUNDSIEBZIG

Bertie Harris wohnte über dem chinesischen Restaurant in der Main Street. Dritter Stock. Ohne Fahrstuhl. Als sie endlich die Wohnungstür erreicht hatten, keuchte Kirby heftig und sein normalerweise fülliges Haar klebte schweißnass an seiner Kopfhaut.

»Alles gut?«, fragte Lynch. »Krieg mir jetzt bloß keinen Herzinfarkt, diese Treppen bekomme ich dich im Leben nicht wieder runter.«

Kirby konnte ihr ansehen, dass sie genauso fertig war wie er. »Wenn ich einen Herzinfarkt kriege, musst du mich nirgendwo hintragen. Das machen dann die Sanitäter.« Er betätigte die Türklingel.

Lynch lehnte sich an die Wand und versuchte, ihre Atmung wieder unter Kontrolle zu kriegen. »Sobald das Baby geboren ist, lasse ich mir die Eileiter abklemmen.«

»Warum lässt Ben sich seine Leiter nicht abklemmen?« Erneut drückte Kirby mit seinem dicken Finger auf die Türklingel.

»Wenn der sich nicht benimmt, ist das nicht alles, was ich ihm abklemmen lasse.«

»Was? Dunkle Wolken im Hause Lynch?«

»Ben ... Nun ja, er und Lottie ...«

Die Tür wurde geöffnet. Ein verschlafen aussehender Bertie Harris stand da, nur mit einer Hose bekleidet, deren Gürtel lose hing.

»Haben wir Sie geweckt?«, fragte Kirby und betrat die Wohnung. »Tut mir leid, aber wir müssen unbedingt mit Ihnen reden.«

»Kommen Sie doch rein.«

Er schloss die Tür hinter ihnen, und Kirby schaute sich in der engen Behausung um. Ein Sammelsurium von Sportsachen bedeckte jede verfügbare Fläche. Er stellte sich mit dem Rücken zum einzigen Fenster und war dankbar, dass dieses einen Spaltbreit geöffnet war.

»Was machen denn die ganzen Sportsachen hier, Bertie?«

»Ich bewahre die neue Ausrüstung hier auf. Das Vereinsheim ist nicht sicher genug.«

»Oh, ich dachte, deswegen hätten Sie extra eine Hightech-Sicherheitsanlage installiert.«

»Schon, aber die Sachen hier sind nagelneu, für die nächste Saison, und auf die passe ich lieber selbst auf. Man kann ja nicht vorsichtig genug sein.«

»Sie meinen, Sie tun so, als würden Sie auf die Sachen aufpassen, verkaufen sie aber eigentlich weiter und stecken den Erlös ein. Stimmt's oder hab ich recht?«

»Ich weiß nicht, was Sie meinen.«

»Ich glaube, das wissen Sie sehr wohl.« Kirby schaute zu Lynch, die gerade einen Stapel Plastiktüten mit Fußballsocken darin hochhob und auf den Boden legte. Dann nahm sie auf dem Stuhl Platz. Sie war ganz schön rot im Gesicht. Hoffentlich bekam sie jetzt keine Wehen. »Ich weiß, dass Sie die Aufnahmen der Überwachungskameras, die Sie mir gegeben haben, manipuliert haben.«

»Ich habe keine Ahnung, wovon Sie reden. Macht es Ihnen was aus, wenn ich mir eben was anziehe?«

»Sie bleiben, wo Sie sind.« Kirby öffnete das Fenster noch ein bisschen weiter, und eine angenehme Brise wehte durch den Raum. »Wohnen Sie alleine hier?«

»Ja, aber das geht Sie überhaupt nichts an.« Harris setzte sich auf einen Stuhl, auf dem bereits mehrere Trikots lagen.

»Auf der DVD, die Sie mir gegeben haben, fehlen am Sonntagabend zehn Minuten. Können Sie mir erklären, warum dem so ist?«

Harris zuckte mit den Schultern.

»Nun reden Sie schon«, drängte Kirby. »Wir haben es mit zwei ermordeten Jungs zu tun, und ein weiterer wird womöglich vermisst. Also machen Sie schon den Mund auf!«

»Vermisst? Wer wird vermisst?«

Harris schien zu groß für das kleine Zimmer, insbesondere jetzt, da sich drei Leute darin befanden. Sein Blick fiel auf eine Tür. Vermutlich das Badezimmer, vielleicht auch sein Schlafzimmer. Kirby nahm sich vor, nachzusehen, sobald er die Informationen hatte, die er haben wollte.

»Ich habe nichts aus den Aufnahmen herausgeschnitten.«

»Wenn Sie es nicht waren, wer dann?«

»Niemand.«

»Wenn Sie dieses Gespräch lieber auf dem Revier fortsetzen möchten, nehmen wir Sie gerne fest.«

»Mit welcher Begründung?«

»Manipulation von Beweismitteln in einem Mordfall, zum Beispiel. Behinderung einer laufenden Ermittlung. Justizbehinderung. Brauchen Sie noch mehr?«

Harris hatte eine Plastiktüte in der Hand. Darin befand sich ein Paar Fußballshorts. Er fuhr mit dem Finger über den Rand der Tüte.

»Ich habe nichts getan.«

»Wem verkaufen Sie die Sachen? Das Teil in Ihrer Hand, zum Beispiel. Wer kauft Ihnen so was ab?«

Die Tüte fiel aus Harris' Hand und landete vor seinen nackten Füßen auf dem Boden.

»Ich verkaufe die Sachen nicht.«

»Wem geben Sie sie dann?« Kirby hatte die Nase voll von dem unkooperativen Mann.

»Ich lagere sie. Das ist alles. Könnten Sie jetzt bitte gehen?«

»Nicht, bevor Sie uns nicht erzählt haben, was wir wissen wollen.«

Harris beugte sich vor und hob die Tüte wieder auf, die ihm heruntergefallen war. »Ich lagere die Sachen hier. Darum wurde ich gebeten.«

»Für wen lagern Sie die Sachen?«

»Das kann ich Ihnen nicht sagen.«

»Müssen Sie aber«, sagte Kirby. »Was ist am Sonntagabend in den zehn Minuten passiert, die Sie aus den Aufnahmen der Überwachungskameras herausgeschnitten haben?«

»Ich habe nichts falsch gemacht. Dachte ich. Zumindest nicht wirklich. Es sind diese reichen Schnösel, Rory Butler und Dr. Duffy, die die Sachen kaufen. Während ich nur einen Hungerlohn bekomme. Im Grunde arbeite ich dort ehrenamtlich. Insofern haben Sie recht. Ich verdiene mir was dazu. Verkaufe hier und da mal was. Meistens an so junge Kerle. Die verkaufen die Sachen dann vermutlich in Dublin auf der Straße und verdienen sich so selbst was dazu.«

»Mit wem haben Sie sich am Sonntagabend getroffen?«, fragte Kirby.

»Am Sonntagabend habe ich nichts verkauft. Die kommen normalerweise hierher, um was zu kaufen. Im Vereinsheim ist es zu riskant.«

»Warum haben Sie dann die Aufnahmen manipuliert?«

»Keine der Kameras ist auf den Bereich gerichtet, in dem die Leiche gefunden wurde, also was interessiert Sie das?«

»Es interessiert mich halt.«

»Ich wurde darum gebeten.«

»Von wem?«

»Das habe ich Ihnen doch schon gesagt. Das kann ich Ihnen nicht sagen. Aber ich habe mir den Zeitraum angesehen, den ich löschen sollte, und ich schwöre bei Gott, dass da nichts war. Absolut nichts.«

»Das hätten Sie mir früher erzählen sollen.«

»Ich dachte, dann finden Sie das mit den Sachen hier raus und ... Sie haben vorhin gesagt, dass noch ein Junge vermisst wird. Wer denn?«

Kirby musterte den Mann nachdenklich. Harris hatte gelogen. Er hatte den Verein bestohlen. Und die Aufnahmen der Überwachungskameras manipuliert. Aber hatte er auch die Jungs getötet? Er traf eine Entscheidung.

»Was wissen Sie über Toby Collins?«

»Toby? Nein, der ist nicht verschwunden.«

»Wie meinen Sie das?«

»Ich habe ihn gestern Abend noch gesehen. Da ist er von der Mauer gefallen. War gerannt, als wären die Hunde des Teufels hinter ihm her gewesen. Dabei hat er sich wohl am Knöchel verletzt.«

»Wo war das?«

»Auf dem Fußballplatz. Er war völlig verängstigt. Also habe ich ihn mit reingenommen und ihm eine Cola gegeben. Und einen Arzt angerufen. Wenn er also nicht im Krankenhaus ist, würde ich sagen, ist er zu Hause.«

»Zu Hause ist er nicht.« Kirby warf Lynch einen Blick zu. Die zuckte nur mit den Schultern. »Welchen Arzt haben Sie angerufen?«

Und dann erzählte Bertie Harris, was sich zugetragen hatte.

ZWEIUNDSIEBZIG

Max hatte Kopfschmerzen, wusste jedoch nicht, ob die von der Erschöpfung kamen oder vom Entzug. Seit Stunden hatte er keinen Joint mehr geraucht. Nicht seit sein Vater ihn vor der Haustür abgefangen und losgeschickt hatte, nach Toby zu suchen. Er hatte überall geguckt. Keine Spur von seinem Bruder. Er musste sich aufs Ohr hauen. Aber nicht hier. Für eine Stunde. Oder auch nur für zehn Minuten. Um etwas gegen die Kopfschmerzen zu unternehmen.

Als er aus der Unterführung kam und weiter in Richtung Reifendepot gehen wollte, blieb er unvermittelt stehen. Auf der Straße standen zwei Streifenwagen und blockierten den Verkehr. Nein, nicht Toby! Sein Bruder konnte unmöglich da reingegangen sein. Max rannte los. Auf Höhe des ersten Streifenwagens wurde er langsamer. Zwei uniformierte Gardaí bewachten das Tor zu seinem Versteck. Darin befanden sich sein Gras und all sein Geld! O nein!

Ehe er sich's versah, stand er auch schon direkt vor den Wachen. Die Frau streckte die Hand aus und hielt ihn auf.

»Wo willst du denn hin?«

»Ich suche nach meinem Bruder. Er wird vermisst. Und

was macht die Polizei bitte hier?« Die Arroganz in Max' Tonfall war kaum zu überhören. Sie hatten kein Recht, hier zu sein. Überhaupt keins. Aber was, wenn Toby da drinnen war? Hatten sie ihn gefunden?

»Und wer ist dein Bruder?«

Max fiel in sich zusammen. Die Polizistin sah ihn fragend an. Was war ihr Problem?

»Toby«, antwortete er. »Toby Collins. Haben Sie ihn gefunden?«

»Noch nicht«, sagte sie. »Dann müssen Sie Max sein, sein älterer Bruder.«

»Und wenn?«

»Wir haben Sie schon gesucht. Max Collins, Sie sind verhaftet wegen Diebstahls. Sie haben Geld von Wesley Finnegan gestohlen. Sie haben ...«

Den Rest der Rede hörte sich Max gar nicht erst an. Er hatte sie schon zu oft gehört. Stattdessen machte er auf dem Absatz kehrt und rannte los. Seine Flucht wurde jedoch von einem weiteren Polizisten verhindert, der ihm die Arme auf den Rücken drehte und Handschellen anlegte.

»Ihr Schweine«, stieß er aus. »Ich will doch nur meinen kleinen Bruder finden!« Er spürte eine Hand auf seinem Kopf, als er auf den Rücksitz des Streifenwagens geschoben wurde. »Ich hab dem ollen Finnegan gar nichts gestohlen. Er ist derjenige, den Sie verhaften sollten. Der rennt rum und belästigt kleine Kinder. So einer ist der, ihr Arschlöcher!«

Die Polizistin stieg neben ihm ein und lächelte. Max öffnete den Mund und brüllte los.

* * *

Lottie schaute zu, wie Victor Shanley von dem Aufsitzrasenmäher stieg und auf sie zukam.

»Was machen Sie denn hier?«, fragte sie.

Victor stand nun direkt vor ihr. Er schwitzte durch sein Unterhemd. »Ich mähe hier regelmäßig den Rasen. Einmal im Monat. Und heute konnte ich nicht einfach nur zu Hause rumsitzen und zuschauen, wie meine Frau in sich zusammenfällt, also habe ich beschlossen, hierherzukommen und ein bisschen zu arbeiten.«

»Kennen Sie die Duffys denn gut?«

»Nur durch die Fußballmannschaft.«

»Und warum haben Sie uns das nicht früher gesagt?«, fragte Lottie.

»Meine Arbeit hier hat doch nichts mit Kevs Tod zu tun.« Kurz sagte er nichts, und Lottie konnte förmlich sehen, dass er versuchte, ihre Reaktion an ihrem Gesicht abzulesen. »Haben Sie was herausgefunden?«

»Nichts, was wir Ihnen im Moment erzählen können«, antwortete sie. »Hat Kevin Sie mal hierher begleitet?«

Er dachte kurz nach. »Ein paarmal. Hat mir geholfen, indem er den Rasenschnitt auf den Kompost gebracht hat. Ich vermisse meinen Sohn so sehr. Und ich musste mich beschäftigen, weil seine Leiche ja immer noch nicht freigegeben ist.«

»Das sollte noch heute geschehen. Ich rufe nachher mal die Rechtsmedizinerin an.« Bei der Gelegenheit konnte sie Jane auch gleich fragen, ob sie schon einen Treffer für die DNA gefunden hatte, die sie von den Shorts entnommen hatte. Das würde sie erledigen, sobald sie wieder in der Dienststelle war. Jetzt musste sie erst einmal Paul Duffy finden.

»Wissen Sie, wo Dr. Duffy ist? Oder Julia oder Barry?«

»Als ich kam, war niemand hier. Das war so vor einer halben Stunde. Paul ist vermutlich bei der Arbeit. Haben Sie mal in seiner Praxis nachgefragt?«

»Das ist der nächste Ort auf unserer Liste. Und seine Frau und sein Sohn? Sind die da?«

»Ich habe doch gerade gesagt, dass niemand hier ist.«

»Okay. Dann lasse ich Sie jetzt weiterarbeiten.«

Lottie machte sich auf die Suche nach Boyd und fand ihn auf der anderen Seite des Hauses, wo er durch ein Erkerfenster spähte. »Hast du was gefunden?«

»Nichts«, antwortete er. »Kein einziges Lebenszeichen. Was machen wir jetzt?«

»Hast du nachgesehen, ob ihre Autos da sind?«

»In der Garage steht keins. Auf ihren Namen laufen zwei. Das eine ist das auf den Aufnahmen der Überwachungskameras, und das andere gehört Julia. Und beide sind nicht hier.«

»Wir haben bereits eine Suchmeldung nach Pauls Auto laufen, also geben wir noch eine nach dem anderen Fahrzeug raus, und dann brauchen wir einen Durchsuchungsbeschluss für das Haus.«

»Ich glaube nicht, dass wir für einen Durchsuchungsbeschluss genug in der Hand haben«, wandte Boyd ein. »Paul Duffy hatte durchaus einen logischen Grund, am Sonntagabend mit seinem Auto zu fahren. Wir wissen, dass er mit der Mannschaft im McDonald's war, und irgendwie musste er danach ja wieder nach Hause kommen.«

»Warum bist du denn plötzlich so negativ?« Lottie stampfte zurück zum Auto. »Zwei Jungs sind tot. Ich finde schon, dass wir genug für einen Durchsuchungsbeschluss haben.«

»Du bist der Boss.«

»Genau der bin ich. Und jetzt fahr los.«

DREIUNDSIEBZIG

Gilly freute sich, dass Kirby sie bei der Vernehmung von Max Collins beisitzen ließ. Sie hatte das Gefühl, dass Max noch mehr auf dem Kerbholz hatte als den Diebstahl des Geldes des Busfahrers.

»Max, die Vorwürfe gegen Sie wurden Ihnen erklärt«, begann Kirby. »Haben Sie noch etwas hinzuzufügen?«

»Mit mir verschwenden Sie nur Ihre Zeit. Sie sollten lieber nach Toby suchen. Der ist in Gefahr. Ich muss ihn finden. Lassen Sie mich hier raus!«

»Also bestreiten Sie, Geld von Wesley Finnegan gestohlen zu haben?«

»Dem sollten Sie kein Wort glauben. Vielleicht hat er Toby. Haben Sie mal in seiner Bruchbude nachgesehen?«

»Warum glauben Sie, dass Mr Finnegan Ihren Bruder entführt haben könnte?«

»Um sich an mir zu rächen? Ich weiß es doch selber nicht.« Max ließ sich in den Stuhl sinken.

Gilly beobachtete jede Bewegung, jedes Zucken, jeden Atemzug, den der Teenager tätigte. Er schien sich wirklich um die Sicherheit seines Bruders zu sorgen. Sie notierte etwas auf einem Zettel und schob ihn Kirby rüber.

Kirby zog eine Augenbraue hoch, las die Nachricht jedoch. Gut, dachte Gilly.

»Max, warum glauben Sie, dass Toby sich in Gefahr befindet? Weiß er, wer Mikey und Kevin getötet hat?«

Max schüttelte schweigend den Kopf.

»Warum sonst sollte er in Gefahr sein?«, fragte Kirby.

»Jemand hat seine zwei besten Freunde umgebracht. Da ist es nur logisch zu glauben, dass dieselbe Person es womöglich auch auf Toby abgesehen hat.« Seine Stimme blieb ihm im Hals stecken, als er das sagte.

Gilly sah, wie die Narbe in Max' Gesicht pulsierte. Er verheimlichte etwas.

»Wussten *Sie*, dass die beiden Jungs in Gefahr schwebten?«, fragte Kirby.

»Nein. Woher hätte ich das wissen sollen?«

»Wir haben eine erhebliche Summe Geld im Büro des Reifendepots gefunden. Wissen Sie etwas darüber?«

»Nein.«

»Keine Sorge, wir lassen die Scheine bereits forensisch untersuchen. Ich bin mir ziemlich sicher, das wir darauf Ihre Fingerabdrücke finden werden.«

»Das Geld gehört mir, ihr Schweine. Ich hab es verdient. Nichts davon ist gestohlen.«

»Also geben Sie zu, dass Sie Zugang zu dem Büro hatten. Waren Sie gestern da?«

Max schaute verwirrt drein. »Gestern? Nein, ich glaub nicht.«

»Sie glauben nicht? Denken Sie nach«, forderte Kirby ihn auf.

»Was wollen Sie von mir?«

»Eine einfache Antwort auf meine Fragen würde helfen.« Kirby blätterte durch einen Ordner.

Gilly fand den Schlagwechsel ausgesprochen unterhaltsam. Gern hätte sie sich eingemischt und selbst Fragen gestellt, aber Kirby machte seine Sache gut. Sie konnte sehen, wie Max nachdachte, während er die Frage verdaute. Sie glaubte ihm, dass er sich ernsthaft Sorgen um seinen Bruder machte, aber er wusste auch etwas. Nur was?

»Hope Cotter.« Kirby warf den Namen einfach in den Raum. »Kennen Sie sie?«

»Die wohnt auch in der Gegend. Ich seh sie manchmal mit ihrer Tochter.« Max schien erleichtert, dass das Gespräch eine andere Wendung nahm.

»Haben Sie sie gestern gesehen?«

»Keine Ahnung, wann ich sie zuletzt gesehen hab.«

»Wie wäre es mit gestern?«, bohrte Kirby nach.

»Ich hab doch gesagt, dass ich sie nicht gesehen hab.«

»Sie sind ins Reifendepot gekommen. Haben sich Hope geschnappt. Und ihre kleine Tochter sich selbst überlassen. Warum haben Sie das getan, Max?«

Max setzte sich gerade auf. »Wovon reden Sie? Ich hab gestern weder Hope noch ihre Tochter gesehen! Was ist denn mit ihr passiert?« Gilly erkannte echte Angst in den Augen des Teenagers.

»Ich dachte, das könnten Sie uns erzählen«, sagte Kirby. »Immerhin haben Sie sich in dem Büro eingenistet und dort Ihre Drogen und Ihr Bargeld gelagert. Ich dachte, Sie würden uns erzählen, was Sie mit Hope gemacht haben, als Sie sie dabei erwischt haben, wie sie in Ihrem Versteck herumgeschnüffelt hat.«

Max sagte nichts.

»War sie vorher schon mal da? Ist sie deshalb da hingegangen? Wollte sie sich dort vor der Polizei verstecken, die überall nach ihr sucht?«

»Ich hab keine Ahnung, wovon Sie reden.«

»Wir müssen dringend mit ihr sprechen. Es geht um den Tod eines Babys.«

Max sprang auf. »Sie sind ja krank. Wissen Sie das? Ein Arschloch sind Sie. Hope würde niemandem etwas tun. So ist sie nicht. Sie kennen sie nicht.«

»Oh, aber Sie schon?« Kirby lächelte.

»Das ist nicht lustig.« Max ließ sich wieder auf den Stuhl fallen.

»Sie haben recht. Ich kenne sie nicht. Aber ich glaube, Sie kennen sie ganz gut. Würde Hope ihr eigenes Baby töten?«

Max schüttelte den Kopf. Gilly verspürte Mitleid mit ihm. Er zitterte und biss sich so doll auf die Lippe, dass Blut aus einem Schnitt austrat.

»Nein, so was würde sie niemals tut«, antwortete er.

»Wenn sie ihr Baby nicht getötet hat, muss es jemand anders gewesen sein. Haben Sie irgendeine Ahnung, wer?«

»Woher soll ich denn das wissen?«

»Ich stelle hier die Fragen«, erklärte Kirby und schlug auf den Tisch. »Sehen Sie mich an, Max. Wissen Sie, wo Hope ist?«

»Nein.«

»Wissen Sie, wo Toby ist?«

»Nein.«

»Haben Sie Wes Finnegan Geld gestohlen?«

Zwei dunkle Augen schauten unter langen Wimpern zu ihm auf.

»Ja. Ich hab sein verficktes dreckiges Geld geklaut.«

* * *

Jane rief Lottie an, als diese gerade mit Boyd unterwegs in die Dienststelle war.

»Lottie, das Labor hat die DNA vom Hosenbund der Fußballshorts mit den Proben verglichen, die Sie den Verdächtigen in diesem Fall abgenommen haben. Im Einzelnen waren das Rory Butler, Paul Duffy, Bertie Harris, Wes Finnegan und Victor Shanley.«

»Und?« Lottie hielt die Luft an und schaute zu dem fahrenden Boyd, der wiederum seinen Blick auf den Verkehr vor sich gerichtet hatte.

»Kein Treffer«, sagte Jane.

»Was? Aber einer von denen muss es doch sein!«

»Die DNA passt zu keiner der Proben der besagten Personen. Es gibt jedoch einen Treffer mit jemandem, der Zeuge in einem anderen Fall war.«

»Welcher andere Fall? Um wen handelt es sich?« Lotties Herz raste vor Anspannung.

»Wir haben doch von den beiden Jungs, die das Baby im Kanal gefunden haben, Proben genommen. Und das DNA-Profil des einen Jungen passt zu der Probe von den Shorts.«

Lottie hielt den Atem an. Ihr Sean war einer der beiden Jungs. Lieber Gott, was war hier los? Sie drückte die Daumen. »Wer ist es, Jane?«

»Barry Duffy.«

Erleichtert stieß sie die Luft aus. »Danke, Jane. Wir haben das Auto seines Vaters mit der Überwachungskamera in der Nähe des Ortes erwischt, an dem Mikey Driscoll mutmaßlich entführt wurde. Vielleicht ist Barry gefahren, obwohl er erst fünfzehn ist.« Sie atmete tief durch, hatte aber keine Ahnung, was das bedeutete. »Könnten Sie mir die Ergebnisse mailen? Ich brauche sie für einen richterlichen Beschluss zur Durchsuchung des Hauses der Duffys.«

»Mach ich. Eine Sache noch ...«

Aber Lottie hatte bereits aufgelegt.

Lottie versammelte das Team zu einer spontanen Besprechung in der Einsatzzentrale und umriss kurz, was sie soeben erfahren hatte.

»So merkwürdig das auch sein mag: Der fünfzehnjährige Barry Duffy ist nun unser Hauptverdächtiger in den Mordfällen Mikey Driscoll und Kevin Shanley.«

»Vielleicht war er auch derjenige, der sie missbraucht hat«, mutmaßte Boyd.

»Abgesehen von den Aufnahmen der Überwachungskamera, die das Auto seines Vaters in der Nähe des Ortes zeigen, an dem Mikey Driscoll entführt wurde«, fuhr Lottie fort, »haben wir Barrys DNA an den neuen Fußballshorts gefunden, die beide Opfer getragen haben. Ich habe eine Suche im gesamten Bezirk eingeleitet. Boyd und ich waren vorhin am Haus der Duffys, doch von der Familie fehlte jede Spur. Auch nach ihren Autos habe ich eine Großfahndung veranlasst.«

»Die können sonst wo sein«, merkte Lynch an.

»Ich weiß nicht, ob das für den Fall relevant ist, aber Lynch und ich waren heute in der Wohnung von Bertie Harris.«

»Warum das denn?«, fragte Lottie.

»Mir war ja bereits aufgefallen, dass in den Aufzeichnungen der Überwachungskameras des Vereinsheims von Sonntagabend, die er mir ausgehändigt hatte, zehn Minuten fehlen.«

»Ja, fahren Sie fort.«

»In seiner Wohnung lagen überall Fußballsachen für Jungs rum. Neue Sachen. Darunter auch Fußballshorts.«

»Himmel«, stieß Boyd aus. »Haben wir es etwa mit einer ganzen Gruppe von Verdächtigen zu tun?«

»Das weiß ich noch nicht. Aber Harris hat mir erzählt, dass es sich bei einem der Jugendlichen, die ihm den Kram abkaufen und teurer weiterverkaufen, um Barry Duffy handelt.«

»Meine Güte«, rief Lottie aus. »In was ist der kleine Mistkerl da nur reingeraten? Er ist doch erst fünfzehn!«

»Außerdem«, fuhr Kirby fort, »war Toby Collins gestern Abend auf dem Grundstück des Vereinsheims.«

Lottie stand mit offenem Mund da. Das waren zu viele Informationen, die gleichzeitig auf sie hereinprasselten. Sie setzte sich und bedeutete Kirby mit einem Nicken, fortzufahren.

»Toby ist wohl vor irgendjemandem weggelaufen, wollte aber nicht sagen, vor wem. Als er von der Mauer gesprungen ist, hat er sich den Knöchel verstaucht. Harris hat daraufhin einen Arzt gerufen. Paul Duffy.«

»Was? Hat Duffy Toby entführt? Stecken Barry und sein Vater unter einer Decke?«

»Das weiß ich nicht, aber Dr. Duffy hat angeblich gesagt, dass er ihn in die Notaufnahme bringt.«

»Toby ist im Krankenhaus?«

»Nein. Ich habe in den Krankenhäusern in Ragmullin und in Tullamore angerufen. Beide haben keine Aufzeichnungen darüber, dass Toby eingeliefert wurde.«

»Wo zum Teufel hat er ihn hingebracht?«

»Keine Ahnung.«

»Hat Harris erzählt, wie Toby reagiert hat, als Duffy aufgetaucht ist?«

»Er meinte, als er verkündet hatte, dass er den Arzt rufen würde, hätte der Junge panisch gewirkt. Als Duffy jedoch eintraf, war alles in Ordnung. Wobei diese Aussage mit Vorsicht zu genießen ist. Ich persönlich würde kein Wort glauben, das aus Harris' Mund kommt.« Kirby verzog angewidert die Lippen.

Lottie betrachtete die Falltafel. »Das ist ja das reinste Chaos. Was geht hier nur vor sich? Wohin hat Paul Toby gebracht?«

»Vielleicht konnte er den verletzten Knöchel selbst verarzten.«

»Das ist das wahrscheinlichste Szenario, aber warum ist

Toby dann jetzt nicht zu Hause in Munbally? Wir müssen umgehend herausfinden, wo sich Paul und Barry Duffy aufhalten.«

Boyd stand auf und studierte die Fotos an der Falltafel. »Mikey und Kevin wurden sexuell missbraucht. Nicht zum Zeitpunkt ihrer Ermordung, sondern irgendwann davor. Wir wissen, dass Paul Duffy der Mannschaftsarzt war und Kontakt zu den Jungs hatte, insofern müssen wir nun bei den Familien der Opfer nachfragen, ob die Jungs auch seine Patienten waren. Sheila meinte, sie wäre mit Kevin beim Arzt gewesen. Handelte es sich dabei um Duffy? Und war Mikey auch mal bei ihm? Ist Paul Duffy unser Mörder?«

Lottie stellte sich neben Boyd. »Oder Barry? Er kannte die Jungs auch über die Mannschaft. Das Szenario ergibt Sinn – in Zusammenhang mit dem, was Harris über die Jugendlichen gesagt hat, die die Fußballsachen von ihm kaufen, und der DNA, die am Hosenbund der Shorts gefunden wurde. Es ist absolut im Bereich des Möglichen, dass Barry Duffy die Jungs missbraucht hat. Vielleicht wollten die Jungs ihn verpfeifen, und er hat sie ermordet, um sie zum Schweigen zu bringen. Möglicherweise ist Toby auch ein Missbrauchsopfer. Und jetzt ist er verschwunden.«

»Paul Duffy hat Toby gestern abgeholt. Wohin hat er den Jungen gebracht?«, fragte Boyd.

»Vielleicht zu sich nach Hause?«

»Aber vorhin war niemand da. Nur Victor Shanley.«

»Möglicherweise schwebt auch Julia in Gefahr.« Lotties Körper fühlte sich schwer wie Blei an. Sie hatte keine Ahnung, welche Richtung sie einschlagen sollte.

Boyd nickte. »Ein weiteres Szenario wäre, dass Mr und Mrs Duffy von Barrys Machenschaften wussten und versuchen, ihn zu beschützen.«

»Ich weiß nur, dass wir sie alle finden müssen, bevor es für Toby zu spät ist«, stellte Lottie fest.

. . .

Der Raum leerte sich, und als Lottie den anderen hinausfolgte, konnte sie nicht schnell genug flüchten.

»Haben Sie die kleine Mörderin endlich erwischt?« McMahon drückte sich von der Flurwand vor dem Büro ab.

»Wen meinen Sie damit?« Sie spürte, wie alle Energie aus ihrem Körper wich. Ihre Handtasche hing nun schwer wie ein Betonklotz um ihre Schulter. Gerade erst hatte sie versucht, Kirbys Enthüllungen zu verarbeiten, als Boyd sie beiseitegenommen und ihr erzählt hatte, was Lynch über sie gesagt hatte.

»Die kleine Cotter«, erklärte McMahon.

»Noch nicht.«

»Und was ist mit dem vermissten Jungen, Toby Collins? Haben Sie den inzwischen gefunden?«

»Auch noch nicht.« Sie ließ ihre Tasche auf den Boden fallen.

»Haben Sie irgendwas?«

»Übereinstimmende DNA im Fall der ermordeten Jungs. Barry Duffy, fünfzehn Jahre alt, Sohn von Dr. Paul Duffy. Es ist nur eine schwache Verbindung, weil er Zugang zu den Fußballklamotten hatte, aber ich beantrage dennoch einen Durchsuchungsbeschluss. Wir müssen uns das Haus der Duffys näher ansehen. Möglicherweise wurde Toby gestern dorthin gebracht. Heute Vormittag, als ich mit Boyd dort war, war keiner der Duffys zu Hause. Und Dr. Duffy ist auch nicht in seiner Praxis. Wir müssen sie unbedingt so schnell wie möglich ausfindig machen.«

»Warum stehen Sie dann hier herum? Machen Sie sich an die Arbeit! Ich bereite eine Presseerklärung vor. Halten Sie mich auf dem Laufenden.«

Selbstgefällig schritt er von dannen. Lottie hob ihre Handtasche vom Boden auf und ging in ihr Büro.

Ihr Handy klingelte. *Mutter* stand auf dem Display. Gerade

wollte sie den Anruf wegdrücken, als sie doch beschloss, ihn anzunehmen. Vielleicht verschaffte er ihr Zeit, um sich zu sammeln.

»Was gibt's?«

»Sean ist noch nicht nach Hause gekommen. Hast du von ihm gehört?«

»Nein, ich hatte den ganzen Vormittag noch keine freie Minute.« Und dann fiel Lottie wieder ein, wo er am Vorabend gewesen sein sollte. »Überlass das mir.«

Sie legte auf und rauschte ins Großraumbüro.

»Boyd? Kirby? Wo sind denn alle?«

Sie eilte zurück in die Einsatzzentrale. Weder Boyd noch Kirby waren dort zu sehen. Mist, sie hatte die beiden ja selbst weggeschickt, um nach den Duffys zu suchen.

Jetzt kam zu der immer länger werdenden Liste von Leuten, die sie nicht erreichen konnte, noch hinzu, dass ihr eigener Sohn verschwunden war. Sie legte den Handrücken an die Stirn und schloss die Augen. Denk nach, Lottie, denk nach. Was sollte sie als Nächstes tun?

VIERUNDSIEBZIG

Er hörte den Motor des Rasenmähers verstummen. Hörte sie reden. Stimmen. In der Ferne. Aber dennoch nah. Er versuchte, sich zu bewegen, etwas zu sagen, aber sein Hals war voller Blut. Es wäre sowieso sinnlos. Niemand würde ihn hören. Er lag unter Büschen und Sträuchern versteckt. Konnte die Dornen unter seinem Körper spüren, die sich in sein Fleisch bohrten.

Die Schmerzen. O Gott, die Schmerzen. Seine zertrümmerten Beine. Und sein Gesicht, das von einem Ohr zum anderen und von der Stirn bis zum Kinn pochte. Das Messer war scharf gewesen. Er hatte sich heftig gewehrt, aber schlussendlich hatte er aufgegeben und sich tot gestellt, in der Hoffnung, dass man dann von ihm ablassen würde.

Die Überraschung. Die war sein Verhängnis gewesen. Der Schock ob der Vehemenz der Wut, die sich gegen ihn gerichtet hatte.

Er wusste, dass er jemandem erzählen musste, was er wusste. Bevor es zu spät war. Bevor noch jemand starb. Bevor *er* starb.

»Hilfe ...«

Das Dröhnen des Rasenmähers setzte wieder ein.

Und er wusste, dass es für ihn keine Hoffnung gab, gehört zu werden. Nicht die geringste Hoffnung.

* * *

Victor Shanley bekam das Bild seines Sohnes nicht aus dem Kopf. Er hatte sein Bestes gegeben. Hatte es versucht, für Sheila und ihre Verwandten und Nachbarn. Er hatte versucht, stark zu sein. Der Rasenmäher wendete am Ende des Gartens, doch durch seine Tränen konnte er nichts sehen. Die Bäume raschelten über seinem Kopf und übertönten sein Schluchzen. Er schaltete den Motor aus und stieg von dem Mäher, um den Grasbehälter zu entleeren. Als er auf die Bäume zuging, unter denen sich der Komposthaufen befand, dachte er, etwas zu hören. Es klang wie ein Wimmern. Er blieb stehen. Bewegungslos. Horchte. Nichts.

Er kippte den Grasbehälter aus und wollte gerade die Grabegabel aufheben, als sein Blick auf etwas Farbiges unter einem Gebüsch fiel.

Die Sonne blendete ihn. Er trat einen Schritt zurück. Vermutlich ein Dachs oder ein Fuchs, sagte er sich, und dachte an die grünen Felder hinter Duffys Garten.

Da war es wieder. Das Wimmern.

Ach, scheiß drauf, dachte er, ging in die Hocke und schob die Büsche mit der Grabegabel auseinander. Eine Elster flatterte auf und ließ sich auf einem Baum über seinem Kopf nieder.

»Verdammte Vögel«, murmelte Victor und arbeitete sich vorsichtig weiter vor, wobei er sorgfältig darauf achtete, das Tier nicht zu verletzen, das er direkt vor sich glaubte.

Aber das war kein Tier. Entsetzt schrie er auf und griff mit den Händen in das Gebüsch.

»Alles gut. Ich hab dich.«

Vorsichtig zog der den Körper zu sich heran. Da war eine

Menge Blut. Er griff in die Gesäßtasche seiner Jeans, zog das Handy heraus und wählte den Notruf.

Dann drehte er den Körper um, und als er sah, um wen es sich handelte, verschlug es ihm den Atem.

* * *

Lottie lief im Flur auf und ab und überlegte gerade, wen sie anrufen sollte, als Gilly auf sie zukam und irgendetwas über Max Collins und Wes Finnegans gestohlenes Geld brabbelte. Am liebsten hätte sie die junge Garda angeherrscht, die Klappe zu halten und ihr bei der Suche nach ihrem Sohn zu helfen, aber sie schaffte es nicht.

»Hat Max irgendeine Ahnung, wo sein Bruder sein könnte?«, fragte Lottie.

»Er behauptet, er hätte die ganze Nacht nach ihm gesucht, und dachte, er hätte sich vielleicht im Reifendepot versteckt. Dort haben wir ihn dann aufgegriffen.«

»Weiß er, warum Toby sich verstecken sollte?«

»Irgendwas mit einer Nachricht, die er bekommen hat.«

»Was für eine Nachricht?«

»Das weiß ich noch nicht«, antwortete Gilly. Dann sagte sie kurz nichts und schaute Lottie nur wachsam an. »Was ist denn los?«

»Es geht um Sean. Ich weiß nicht, wo er ist.«

»Ach, scheiße.«

»Er ist letzte Nacht nicht nach Hause gekommen, und ich glaube, er könnte bei Barry Duffy zu Hause gewesen sein. Ich fahre da jetzt hin. Durchsuchungsbeschluss hin oder her. Versuchen Sie so lange, von Max mehr über Toby zu erfahren.«

Lotties Handy klingelte und sie wurde blass.

»Was ist?«, fragte Gilly.

»Der Rettungswagen ist unterwegs zum Haus der Duffys. Dort wurde eine weitere Leiche gefunden.«

* * *

Hope hielt den Blick auf den Lichtstrahl gerichtet, der unter der Tür hindurchdrang. Sie war ganz ausgetrocknet vor Durst, aber das war ihr egal. Sie musste nur wissen, dass es Lexie gut ging.

Warum war sie entführt worden? Darauf hatte sie keine Antwort. Der Schmerz in ihrer Gebärmutter war kaum noch auszuhalten, und sie blutete stark. Sie hätte zurück ins Krankenhaus gehen sollen. Sie hätte eine Menge Sachen tun sollen. Aber alles, was sie bisher in ihrem Leben gemacht hatte, war falsch. Alles außer Lexie, versteht sich.

Sie musste an den Tag denken, an dem Lexie geboren worden war, wie sie die rosa Decke um ihren kleinen Körper gewickelt hatte. Und niemandem verraten hatte, wer der Vater war, denn das war ihr Geheimnis. Sie setzte sich auf. Ein Bild schoss ihr durch den Kopf. Eine Erinnerung. Sie hatte etwas mit der Geburt ihres Babys zu tun. Nein, nicht mit Lexie. Mit dem Baby, das sie erst vor ein paar Tagen zur Welt gebracht hatte. Sie kniff die Augen zusammen. Versuchte sich zu erinnern. Aber das Bild war so schnell wieder verschwunden, wie es aufgetaucht war.

Nach wie vor wusste sie nicht, was passiert war und warum man sie hierhergebracht hatte. Das Einzige, was sie wusste, war, wer sie entführt hatte.

FÜNFUNDSIEBZIG

Der Rettungswagen kam zeitgleich mit der Polizei an. Lottie sprang aus dem Auto, bevor Gilly den Wagen parken konnte, und rannte so schnell sie konnte durch das Tor und um das Haus herum.

Dort stutzte sie kurz, als sie Victor Shanley im Kreis herumlaufen sah. Auf dem Boden in der Ecke lag vor einem Gebüsch ein Körper. Langsam ging sie auf ihn zu.

Victor weinte und rang seine großen Hände.

»Ich war zu spät«, rief er. »Er ist gerade gestorben. In meinen Armen. Er ist gestorben. Einfach so.«

»Wer ... wer ist es?«, fragte Lottie.

Victor antwortete nicht. Sie hielt den Atem an und ließ sich neben der Leiche auf die Knie fallen. Gott sei Dank. Es war nicht Sean. Erleichtert atmete sie aus. Doch dann betrachtete sie das blutverschmierte Gesicht und konnte sich keinen Reim darauf machen, was passiert war.

Irgendwo hoch über ihrem Kopf krächzte ein Vogel laut auf. Zu laut. Am liebsten hätte sie ihn angeschrien, dass er verschwinden sollte. Sie atmete tief durch, um sich zu beruhigen.

»Sie können sich Zeit lassen«, sagte sie zum Ersthelfer, der auf sie zugerannt kam. »Er ist tot. Jemand soll die Rechtsmedizinerin anrufen.«

Lottie suchte die Leiche mit den Augen nach der tödlichen Wunde ab. Aber das erwies sich als schwierig. Sie holte ein Paar Nitrilhandschuhe aus der Tasche, zog sie über und fuhr dann vorsichtig mit den Fingern über das Haar und den Hals. McGlynn würde durchdrehen. Sollte er doch. Sie hatte keine Zeit zu warten.

Spuren auf den Händen des Opfers wiesen darauf hin, dass es sich gewehrt hatte. Seine Knöchel waren mit Abschürfungen und blutigen Kratzern übersät. Sein weißes Hemd war voller Blut und einzelne Knöpfe abgerissen. Warum war er hier? Tot im Garten der Duffys?

»Sie wissen, wer das ist, oder?«, fragte Victor.

Lottie hatte vollkommen vergessen, dass er hinter ihr stand. Sie musste ihn von hier wegschaffen. Also stand sie auf, nahm ihn beiseite und führte ihn zu Gilly, die mit offenem Mund und grünem Gesicht dastand.

»Garda O'Donoghue, bitte bringen Sie Mr Shanley in die Dienststelle. Er muss eine Aussage abgeben.«

»Ich habe nichts getan!«, protestierte Shanley.

»Sie haben die Leiche gefunden, und wir müssen Sie von unseren Ermittlungen ausschließen.«

»Okay, aber dann muss ich nach Hause. Sheila ... Sie braucht mich.«

»Natürlich. Garda O'Donoghue kümmert sich um Sie.«

Er schüttelte den Kopf, als würde er versuchen, zu verstehen, was geschehen war. »Warum ist das passiert?«

»Ich weiß es nicht, aber ich werde mein Bestes geben, um es herauszufinden.« Lottie schaute dem Mann hinterher, der nun vom Grundstück geführt wurde, und überlegte, ob sie in ihrem Job überhaupt noch ihr Bestes geben konnte. Irgendwie geriet alles außer Kontrolle, und sie hatte keine Ahnung, wie sie die Fälle wieder in den Griff bekommen sollte.

Während der Bereich abgesperrt wurde, rief sie Boyd an und betrachtete dann erneut die Leiche zu ihren Füßen. Irgendetwas steckte da in der Hand des Mannes. Mit ihrer nach wie vor behandschuhten Hand öffnete sie die geballte Faust. Darin befanden sich zwei Gegenstände. Ein Fetzen weißes Papier und ein Schlüssel.

Boyd erschien zeitgleich mit dem Team der Spurensicherung.

»Wer ist es?«, fragte er.

»Rory Butler.«

»Echt jetzt? Jemand hat ihn erstochen, oder?« Er starrte auf die Leiche.

»Was glaubst du denn, Sherlock?«

»Warum? Wer?«

»Ich weiß es nicht, und wir sollten hier auch keine Zeit mehr verschwenden. Wir müssen Sean und Toby finden.«

»Sean? Wie meinst du das?«

Lottie schüttelte den Kopf und presste sich die Fäuste in die Augenhöhlen, um die Tränen zurückzuhalten. Als sie sich wieder ausreichend im Griff hatte, erzählte sie: »Er ist letzte Nacht nicht nach Hause gekommen. Soweit ich weiß, war er hier, mit Barry. Gibt es irgendetwas Neues über den Verbleib der Duffys?«

»Kirby und ich haben alle Einheiten kontaktiert, aber bisher wurde keines der Autos gefunden.«

»Und wo ist das Auto von Rory Butler? Damit muss er doch hergekommen sein.«

»Ich frag bei den Kollegen vom Verkehr nach.« Boyd schaute sich suchend um.

»Ich gehe rein. Durchsuchungsbeschluss oder nicht, wir

haben jetzt Grund zu der Annahme, dass auf diesem Grundstück ein Mord verübt worden ist. Kommst du mit?«

»Klar. Aber erst sollten wir uns in Schale werfen. Nur für den Fall, dass ... Sorry.«

»Nur für den Fall, dass wir im Haus noch weitere Leichen finden? Ich weiß doch, dass du das sagen wolltest. Und wenn dem so sein sollte, hoffen wir einfach, dass mein Sean nicht darunter ist.«

Boyd sorgte dafür, dass das gesamte Grundstück und die Leiche abgesperrt wurden. Mit zitternden Händen zog Lottie den Schutzoverall an. Ihr war schlecht. Immer wieder kam ihr Gallenflüssigkeit hoch, die sie herunterschluckte, wo sie sich wie abgestandener Alkohol im Magen einnistete. Aber sie wollte gar nicht erst daran denken, dass ihrem Sohn etwas Furchtbares zugestoßen sein könnte. Nein. Sie musste stark bleiben und ihn suchen und finden. Immerhin konnte er inzwischen bereits zu Hause sein. Sie warf einen Blick auf ihr Handy. Nichts. Sie wusste, dass ihre Mutter ihr umgehend Bescheid sagen würde, wenn er auftauchen sollte. Wo um alles in der Welt war er?

»Wofür, glaubst du, ist der Schlüssel?«, fragte Boyd, während sie auf die Hintertür zugingen.

»Der aus Butlers Hand? Keine Ahnung. Vielleicht der Schlüssel zu seinem Haus? Wenn wir hier fertig sind, fahren wir da mal vorbei.«

Ein uniformierter Polizist lief auf sie zu.

»Wir haben Butlers Auto gefunden. Es steht auf einem Feldweg ungefähr einen Kilometer von hier entfernt. Leer.«

»Warum hat er nicht näher am Haus geparkt?«, fragte Boyd.

»Keine Ahnung, Sir.«

»Die Spurensicherung soll es sich ansehen.«

»Wird erledigt.«

Lottie schaute dem Polizisten hinterher, der sich eilig entfernte. »Butler wollte weder gesehen noch gehört werden. Das wird ja immer merkwürdiger.«

Sie rüttelte an der Hintertür. Sie war verschlossen. Boyd ging zu seinem Auto und kehrte mit einer Ramme zurück.

»Halt Abstand.« Er stellte sich breitbeinig hin und schwang die Ramme. Die Tür gab nach.

Lottie betrat das Haus und lauschte. Alles war still. Sie befand sich in einem Hauswirtschaftsraum, der größer war als die Küche des Hauses, in das sie demnächst ziehen würde.

»Hier ist niemand, Boyd.«

»Ich habe gerade die Tür und meine Schulter ramponiert, das soll nicht umsonst gewesen sein. Also sehen wir uns mal gründlich um.«

Dem konnte sie nur zustimmen, doch ihr Herz war voller Angst.

Nachdem sie sich vergewissert hatten, dass sich im Untergeschoss keine Menschenseele befand, stieg sie voran die Treppe hinauf. Oben angekommen, öffnete sie die nächstgelegene Tür, die erste von fünf, und lief dann von einem Zimmer zum anderen.

»Mach mal langsam. Was soll denn die Hektik?«

Sie kam zu ihm zurück. »Mein Sohn ist verschwunden. Er könnte hier gewesen sein ... könnte immer noch hier sein. Aber du hast ja keine Kinder und keine Ahnung, wie sich das anfühlt.« Sie wusste, dass sie irrational klang. Aber egal. Boyd musste da durch.

»Ich habe durchaus eine ungefähre Vorstellung. Wegen Grace.«

Grace. Boyds Schwester. Sie war vor ein paar Monaten verschwunden. Zwar nicht für lange, aber in dieser Zeit hatte er die eine oder andere schwere Panikattacke durchlitten. Vielleicht tat sie ihm unrecht. Aber sie hatte gerade keine Zeit für Entschuldigungen.

»Du bleibst bei mir«, befahl sie.

* * *

Gilly hatte die geschundene Leiche von Rory Butler gesehen und wollte unbedingt etwas tun. Nachdem sie Victor befragt und eine DNA-Probe gesichert hatte, fuhr sie ihn nach Hause.

Anschließend saß sie im Streifenwagen vor seinem Haus und rief sich alles in Erinnerung, was in den letzten paar Tagen passiert war. Eine Sache wurmte sie. Bisher hatte niemand herausgefunden, wo Kevin Shanley entführt worden war. Sie betrachtete die Grünfläche vor dem Haus. Wenn es hier gewesen wäre, hätte sicherlich irgendjemand irgendetwas gesehen. Wohin also war der elfjährige Junge gegangen? Wem würde er vertrauen? Seinen Kumpels? Natürlich, aber zu dem Zeitpunkt war Mikey bereits tot gewesen. Er muss woandershin gegangen sein. Irgendwohin, wo er allein sein und um seinen Freund hatte trauern können.

Sie stieg aus dem Auto und ging zum Haus. Klopfte kräftig an die Tür. Victor öffnete.

»Mr Shanley, kann ich Sie noch was fragen?«

»Kommen Sie rein.«

Sie folgte ihm in die Küche, in der Sheila am Tisch saß.

»Ich weiß, dass Sie das schon mehrmals gefragt wurden, aber haben Sie irgendeine Ahnung, wo Kevin an dem Abend, an dem er verschwunden ist, aufgegriffen worden sein könnte?«

»Absolut keine. Ich war unterwegs. Sheila war den ganzen Tag hier.«

Sheila schaute auf. »Das habe ich doch schon den anderen Detectives gesagt. Kevin und ich hatten einen Streit. Er ist mit dem Fußball unter dem Arm aus dem Haus gestürmt. Ich dachte, er kommt später wieder, aber dem war nicht so.«

»Haben Sie ihn denn gesehen? Draußen, auf dem Rasen, wie er dort Fußball gespielt hat?«

Sheila zuckte mit den Schultern. »Er hatte den Ball dabei. Also bin ich davon ausgegangen, dass er auch damit spielt. Aber er ist wohl irgendwo anders hin. Sonst wäre er ja nach Hause gekommen, oder?«

Gilly wusste, dass sie die richtigen Fragen stellen musste, aber sie war sich noch nicht sicher, welche das waren.

»Sie haben den Detectives erzählt, dass er mit Toby Collins befreundet war. Gab es denn irgendeinen Ort, zu dem Toby und Kevin gerne gegangen sind? Sie wissen schon, ein Versteck oder so?«

»Als wir noch in Munbally gewohnt haben, haben sie dort auf der Rasenfläche gespielt. Und manchmal haben sie sich auch im alten Reifendepot im Industriegebiet herumgetrieben.«

»Okay.« Dort, so wusste Gilly, war Toby nicht. Seit sie Lexie gefunden hatten, war der gesamte Bereich abgesperrt.

»Dem Bruder von Toby traue ich allerdings nicht so über den Weg«, sagte Sheila.

Ich auch nicht, dachte Gilly. »Und warum nicht?«

»Max hat vor ein paar Jahren harte Drogen genommen. Und ich kann es zwar nicht beweisen, aber ich habe Gerüchte gehört, dass er seinen Körper für Sex verkauft hat. Um an Geld für die Drogen zu kommen.«

»Wo haben Sie diese Gerüchte gehört?«

Sheila zuckte mit den Schultern. »Vielleicht habe ich es irgendwo gehört, als wir noch in Munbally gewohnt haben. Da tratscht doch jeder. Hier lebt es sich viel besser.« Dann schien sie die Ironie ihrer Wortwahl zu begreifen und fing an zu schluchzen.

Gilly bemerkte das Glas in der Hand der Frau. Vermutlich war sie einfach nur betrunken, dachte sie. »Dann rede ich noch mal mit Max Collins.«

Sheila trank einen großen Schluck aus ihrem Glas. »Und mit dieser Hope auch, die in der Schule geputzt hat. Die stand total auf ihn.«

»Hope Cotter und Max Collins?«

»Genau.«

Angestrengt dachte Gilly nach. Könnte Max Collins die Jungs missbraucht haben? Und hatte er etwas mit dem Baby im Kanal zu tun?

Sheila fing an zu weinen.

»Danke, Mrs Shanley.«

Gilly rannte zum Auto. Sie musste mit Max Collins sprechen, und zwar schnell.

SECHSUNDSIEBZIG

Rose traute sich kaum, die Haustür zu öffnen, als es klingelte, insbesondere nach ihrer gestrigen Begegnung mit Leo Belfield. Aber sie machte sich Sorgen um Sean. Vielleicht hatte er seinen Hausschlüssel vergessen. Chloe und Katie waren in der Stadt, und sie passte auf das Baby auf. Also hievte sie ihren neun Monate alten Urenkel auf die Hüfte und ging in den Flur.

Zaghaft öffnete sie die Tür und seufzte dann erleichtert auf.

»Sean! Wo warst du denn? Ich habe mir solche Sorgen gemacht. Komm rein, komm rein. Und wer ist das?«

Der Gesichtsausdruck, mit dem Sean sie ansah, war merklich angespannt und seine Stimme einen Tick höher als sonst.

»Das ist Barry. Und der geht jetzt.«

»Ich komme rein. Das Spiel, Sean. Du wolltest mir doch ein Spiel ausleihen. Krieg ich das jetzt?«

Rose trat zur Seite, als der Teenager Sean vor sich her ins Haus schob und nur kurz stehen blieb, um Louis unter dem Kinn zu kitzeln.

»Das ist ja ein süßes Baby, Granny. Habt ihr was zu essen?«, fragte Barry. »Ich bin am Verhungern.«

»Wo bist du denn gewesen, Sean?«, fragte Rose. Den anderen Jungen ignorierte sie.

»Alles gut, Gran. Mir geht es gut. Setz Louis einfach in den Buggy und geh eine Runde spazieren.« Dabei schaute Sean sie wieder so merkwürdig an.

»Das ist mein Haus, Sean Parker. Und ich gehe nirgendwohin. Nun erzähl mir, was los ist, oder ich ruf deine Mutter an.«

»Sie werden niemanden anrufen«, mischte Barry sich ein.

Entsetzt sah Rose, wie der Junge ein Messer aus seiner Hosentasche zog.

»Leg das sofort wieder weg«, sagte sie mit einer Stimme, die gar nicht wie ihre klang. »Und verlass mein Haus.« Ihr Handy lag hinter ihr in der Küche neben dem Kühlschrank, wo sie es gelassen hatte, als sie zur Tür gegangen war. Wie sollte sie nun Lottie benachrichtigen? Der Teenager kam auf sie zu. Warum hielt Sean ihn nicht auf?

»O nein, Granny«, antwortete Barry spöttisch. »*Sie* tun gefälligst, was *ich* Ihnen sage.« Er ging an ihr vorbei und griff nach dem Handy. »Entsperren.«

»Barry«, sagte Sean, »lass meine Gran in Ruhe.«

»Halt die Klappe und setz dich hin. Ich hab dir doch gesagt, was passiert, wenn du nicht parierst. Ein Anruf und er ist tot. Klar?« Er richtete das Messer nun auf Louis.

»Klar.« Sean setzte sich auf den nächstgelegenen Stuhl.

Barry hielt Rose auffordernd das Handy hin. Mit Louis auf dem Arm konnte sie nicht viel ausrichten, also gab sie ihren Code ein.

»Und jetzt holen wir die Bullenbraut hierher«, verkündete Barry.

Rose schaute hilflos zu, wie der Teenager die Nachrichten-App öffnete und eine Mitteilung an Lottie eintippte.

»Kann ich das Baby in sein Bettchen legen? Er muss sein Nickerchen halten.«

»Geben Sie her, ich halte ihn«, antwortete Barry.

Rose drückte sich mit dem Rücken gegen die Wand und hielt Louis dabei so fest, wie sie konnte. Hinter ihren Augen pochte der Schmerz. Als Barry ihr mit dem Messer näherkam, spürte sie, wie alles Blut aus ihrem Körper wich und ihr die Beine weich wurden. Fall jetzt bloß nicht in Ohnmacht, ermahnte sie sich selbst. Doch als der Junge ihr das Baby aus den Armen riss, gaben ihre Knie nach, und die Welt um sie herum wurde schwarz.

SIEBENUNDSIEBZIG

Im Schlafzimmer der Duffys war es mit den zugezogenen Vorhängen entsprechend dunkel. Der einzig helle Fleck war das Gemälde über dem ungemachten Bett.

»Das Bild sieht aus wie das im Wohnzimmer, und beide haben Ähnlichkeit mit dem in Rory Butlers Haus.« Lottie ging näher heran und versuchte, unterhalb der abstrakten Linien und der Farbe etwas zu erkennen. »Ich glaube, es ist signiert.« Sie beugte sich über das Bett, um einen besseren Blick auf das Gemälde zu haben. »Aber ich kann die Signatur nicht lesen. Hast du mehr Glück?«

Boyd zog die schweren Vorhänge auf, und Licht fiel auf den aufgewirbelten Staub in der Luft. Er stellte sich neben Lottie und beide versuchten konzentriert, die Unterschrift zu entziffern.

»Sieht aus wie ein D«, stellte er fest. »Vielleicht für Duffy?«

Bevor sie antworten konnte, vibrierte ihr Handy in der Gesäßtasche ihrer Jeans. Umständlich zog sie es mit ihren behandschuhten Fingern heraus und entsperrte es.

»Eine Textnachricht von meiner Mutter.« Sie las sie schnell

durch. »Scheiße. Boyd, wir müssen sofort zu ihr. Da stimmt was nicht.«

»Warum, was schreibt sie denn?«

»Ich glaube nicht, dass sie die Nachricht selber geschrieben hat. Ich fürchte, jemand hat ihr Handy und gibt sich für sie aus.«

Sie rannte an ihm vorbei, zur Tür hinaus und war schon fast am Fuß der Treppe, als ihr auffiel, dass er ihr nicht folgte. »Komm schon, Boyd!«

»Was steht denn in der Nachricht?«

»Das erzähle ich dir im Auto. Irgendwas wegen Sean, der zu Hause ist und mich braucht. Und unterschrieben ist sie mit ›Mum‹. Und Rose nennt sich nie so. Ich nenne sie immer Rose oder Mutter, obwohl sie gar nicht ...«

»Schon gut, ich komme«, unterbrach sie Boyd. »Ich weiß doch Bescheid.«

* * *

Mit Maria Lynch neben sich saß Gilly im Vernehmungsraum gegenüber von Max Collins. Der Junge wirkte aufgedreht. Entzugserscheinungen, Sorgen oder einfach nur Streitlust? Sie hatte keine Ahnung, aber sie brauchte Antworten.

Sie war froh, dass Lynch ihr erlaubt hatte, die Befragung zu übernehmen, vor allem, weil sie keine Zeit gehabt hatte, der höherrangigen Kollegin irgendetwas zu erklären. Unbewusst sah sie es eventuell als Chance, ihre Karriere voranzutreiben, doch hauptsächlich wusste sie, dass Tobys Leben auf dem Spiel stand und möglicherweise auch das von Sean Parker und sie vielleicht die einzige Hoffnung der Jungs war.

»Was stand in der Nachricht, die Toby erhalten hat? Die, die Sie erwähnt haben.«

»Ich weiß es nicht. Das war nur irgendwas in seinem Play-Station-Chat.«

»Stand darin, dass er zum Reifendepot gehen soll? Haben Sie deshalb dort nach ihm gesucht?«

Max schwieg.

»Wussten Sie, dass Ihr kleiner Bruder missbraucht wurde?«

Gilly wusste nicht, ob dem überhaupt so war, aber sie musste Max irgendwie aus der Reserve locken.

»Was? Sie miese kleine Schlampe. Wurde er nicht! Sie lügen!«

»Wurden Sie missbraucht?«

»Lassen Sie mich in Ruhe.«

Gilly studierte seine körperlichen Reaktionen sorgfältig. Seine Augenlider flackerten, und er trommelte mit den Fingern auf seinen verschränkten Armen.

»Wie jung waren Sie, als es zum ersten Mal passiert ist? Nicht viel älter als Toby jetzt, nehme ich an. Und dann haben Sie für Geld weitergemacht. Für die Drogen. Und jetzt haben Sie Angst, dass dieselbe Person Toby entführt hat. Dieselbe Person hat Toby missbraucht. Habe ich recht?«

Er schüttelte den Kopf. »Niemand hat Toby angefasst. Das hätte er mir gesagt.«

»Glauben Sie das wirklich? Ich kann mir vorstellen, dass er zu viel Angst hatte, um Ihnen irgendwas zu erzählen. Ich hätte Angst.«

Max' Augen füllten sich mit Tränen, und er zog die Nase hoch. »Die Jungs hingen manchmal im Depot rum. Da war nichts dabei, dachte ich. So konnten sie auch mal woanders hingehen und waren nicht immer nur in dieser Müllhalde von Munbally.«

»Waren sie oft dort?«

»Manchmal.«

»Und was haben sie da gemacht?«

»Gespielt, nehme ich an. Sind ja noch Kinder. Die brauchen halt Freiraum.«

»Es ist also möglich, dass Kevin Shanley dort war, in der Nacht, als er entführt und ermordet wurde?«

»Ist das eine Frage?« Nun ließ er wieder seine Arroganz raushängen, aber Gilly konnte sehen, dass sie nur aufgesetzt war.

»Wer wusste sonst noch, dass sich die Kinder dort aufhielten?«

Er zuckte mit den Achseln.

»Jemand von Ihren Kunden vielleicht?«

Langsam beugte er sich nach vorn und über den Tisch. Seine Augenbrauen waren zusammengezogen, und sie konnte seinen abgestandenen Atem riechen.

»Wovon reden Sie?«

»Max. Hören Sie auf mit dem Theater. Ich versuche doch nur, Ihren Bruder zu finden.«

Er schien darüber nachzudenken, lehnte sich im Stuhl zurück, fuhr sich mit der Hand über die Augen, massierte seinen Nasenrücken.

Schließlich sagte er: »Wes Finnegan wusste davon.«

»Der war gestern den Großteil des Tages auf dem Revier und ist erst spät am Abend freigelassen worden. Er kann Toby nicht entführt haben.« Sie wusste bereits, dass Toby sich beim Vereinsheim verletzt hatte und von Paul Duffy weggebracht worden war. Aber Max wusste das nicht.

»Sicher, dass er entführt wurde?«, fragte er.

»Im Moment wissen wir nur, dass wir ihn nirgendwo finden können. Wer ist sonst noch so ins Reifendepot gegangen?«

Max rieb sich mit der Hand unter der Nase, wie ein Kind. Der Mann, den er so unbedingt verkörpern wollte, war nun gänzlich verschwunden.

»Duffy.« Seine Stimme war so leise, dass Gilly sich nicht sicher war, ob sie richtig gehört hatte. Sie schaute zu Lynch, die halb zu schlafen schien.

»Paul Duffy? Der Arzt?«

»Ja. Und Rory Butler.«

»Der Trainer der Fußballmannschaft?«, fragte Lynch, die nun hellwach war.

»Duffy hat mit seinem Geld nur so um sich geschmissen. Und Butler war eines Tages da und hat nach ihm gesucht.«

»Also wollen Sie damit sagen, dass Paul Duffy die Jungs missbraucht haben könnte?«

»Vielleicht.«

»Und Rory Butler?«, fragte Lynch ungläubig.

»Butler? Das weiß ich nicht.«

ACHTUNDSIEBZIG

Boyd forderte über Funk Verstärkung an, während Lottie in einem Affenzahn vom Haus der Duffys zu ihrer Mutter fuhr.

»Das ist Paul Duffys Auto«, sagte sie und hielt dahinter an. »Sag der Verstärkung über Funk Bescheid, dass sie ohne Sirenen kommen sollen. Wir müssen erst die Lage einschätzen.« Sie verstand selbst nicht, warum sie so ruhig war. Ihre gesamte Familie könnte in Gefahr schweben, aber ihre Professionalität hielt ihre Angst im Zaum. Gut. »Bist du bereit?«

»Bereit wofür? Nein, Lottie, wir müssen warten«, ermahnte sie Boyd. »Du kannst da nicht einfach mit gezückter Waffe reingehen. So bringst du deine Familie nur unnötig in Gefahr.«

Sie drehte sich zu ihm um und schaute ihn ernst an. »Du hast doch gesehen, was Rory Butler angetan wurde. Entweder Paul oder Barry oder beide haben das getan, und du weißt, was mit den beiden Jungs passiert ist. Also kannst du gerne hier rumsitzen und warten, aber ich gehe rein.«

»Okay, okay, ich komm ja schon.«

Nachdem sie beide ausgestiegen waren, sagte sie: »Tut mir leid, Boyd. Ich bin völlig durch den Wind. Ich habe solche Angst ...!«

»Du musst dich nicht entschuldigen. Und du bist viel zu ruhig. Genau das macht mir Angst.« Er überprüfte den Klettverschluss seiner Stichschutzweste. »Wie lautet der Plan?«

Lottie vergewisserte sich, dass ihr Holster entriegelt war, und bedeutete ihm mit einem Kopfnicken, es ihr gleichzutun.

»Wir müssen improvisieren. So tun, als würde ich glauben, dass die Textnachricht von Rose war. Und dann sehen wir, was der gute Arzt dazu zu sagen hat.«

Vor der Haustür holte sie tief Luft und drehte den Schlüssel um. Es war Zeit für den letzten Akt.

»Hi, Mutter. Ich habe deine Textnachricht bekommen. Schön, dass Sean ...«

Die weiteren Worte blieben ihr in der Kehle stecken. Barry Duffy saß auf einem Stuhl mit ihrem Enkel auf dem Arm und einem Messer in der Hand.

Er schaute sie mit blutunterlaufenen Augen an. »Bleiben Sie da stehen.«

»Barry? Was ist denn los? Geht es dir gut?« Sie versuchte, mütterlich zu klingen.

»Oh, mir geht es fantastisch, Mrs Parker. Aber Seans Granny da drüben braucht wohl einen Arzt, glaube ich. Wobei ich davon abraten würde, den Flachwichser von meinem Vater anzurufen.«

Aus dem Augenwinkel sah Lottie, wie Boyd sich vor Rose kniete, die zusammengesackt auf dem Boden lag. Verflixt, somit war Boyd für sie nutzlos.

»Wo ist Sean?« Sie musste den Jungen am Reden halten.

»Hier.« Barry trat mit dem Fuß gegen etwas. Sean saß mit dem Rücken zum Tisch auf dem Boden. Seine Hände waren mit Kabelbindern an ein Stuhlbein gefesselt, und auf seiner Stirn prangte eine offene Schnittwunde. Das Baby auf Barrys Arm wand sich.

»Kann ich dir Louis abnehmen?«, fragte Lottie.

Barry schnaubte verächtlich. »Dem geht es gut bei mir. Gibt keinen Laut von sich.«

Das stimmt, dachte Lottie. Nie zuvor hatte sie Louis so ruhig erlebt. Hoffentlich hatte Barry ihn nicht unter Drogen gesetzt. Sie musste schnell handeln.

»Können wir reden, Barry? Erzähl mir, worum es hier geht und wie ich dir helfen kann.«

»Niemand kann mir noch helfen.«

Sie ließ das Baby nicht aus den Augen. Sie musste es in Sicherheit bringen. Zum Glück war Katie nicht hier, die würde vollkommen durchdrehen. Und Chloe. Wo waren die beiden eigentlich? Ein furchtbarer Gedanke überkam sie. Er hatte ihren Töchtern ja wohl hoffentlich nichts getan? Doch sie ließ sich nichts anmerken. Eins nach dem anderen.

»Barry, rede mit mir. Ich kann dir bestimmt helfen.«

»Ich will, dass Sie meinen Vater verhaften. Er hat mein Leben ruiniert, und das von meiner Mutter auch.«

»Bevor ich ihn verhaften kann, muss ich wissen, was er getan hat. Sag's mir, Barry, was hat er dir angetan?« Vorsichtig ging sie näher an ihn heran. Ein Schritt nach dem anderen. Ein Atemzug nach dem anderen. Aber sie wusste, dass sie ihm nichts vormachen konnte. Sie hoffte nur, dass die angeforderte Verstärkung nicht das Haus stürmte. Der Erste, der dabei sterben würde, wäre Louis. Sie musste ihn von Barry trennen. Ihr Herz schlug so laut, dass sie sich fast sicher war, dass er es hören konnte. »Was hat er getan, Barry? Hat er dich missbraucht?«

»Nicht mich. Aber die Jungs. Mikey, Kevin und Toby. Er hat sie missbraucht. Alle drei. Ich habe versucht, sie zu warnen, aber sie hatten mehr Angst vor mir als vor meinem Vater. Was witzig ist, wenn man darüber nachdenkt.«

Lottie wusste, dass Barrys DNA auf den Fußballshorts gefunden worden war. War sie darauf gelangt, weil er die

Shorts verkauft hatte, oder hatte er etwas mit den Machenschaften seines Vaters zu tun?

»Warum hast du ihn nicht angezeigt?«

»Weil ich die Schnauze voll habe von seinen Regeln und Vorschriften. Von dem ganzen Theater, das er gestern Abend veranstaltet hat, als Sean bei uns aufgetaucht ist. Das war vielleicht eine Nummer. Stimmt's, Sean?«

Sean nickte hektisch. »Das stimmt. Er hat sogar ...«

»Halt die Klappe!«, unterbrach Barry ihn und wandte sich wieder an Lottie. »Verhaften Sie meinen Vater jetzt?«

»Wir haben keine Beweise, die ihn mit den Morden an den Jungs in Verbindung bringen. Aber Barry, kannst du mir erklären, warum wir deine DNA auf den Hosenbunden der Fußballshorts gefunden haben, die die Opfer getragen haben?«

Barry wurde blass, und die Hand, mit der er das Messer hielt, begann zu zittern. »Ich weiß nicht, was Sie meinen.«

»Das glaube ich schon. Du hast Fußballkleidung von Bertie Harris genommen, mit der Absicht, sie zu verkaufen. Das hat er uns erzählt, insofern brauchst du es gar nicht abzustreiten.«

»Das alte Ekelpaket würde seine eigene Großmutter verkaufen, wenn er damit seinen Kopf aus der Schlinge ziehen könnte. Nichts gegen Sie, Rosie«, sagte er mit einem Grinsen in Richtung des Fußbodens, auf dem Rose nun aufrecht saß und gleichmäßig atmete.

Lottie betrachtete Barry aufmerksam. Sie musste Louis von ihm wegkriegen. Warum nur brüllte ihr Enkel nicht das ganze Haus zusammen? Mittlerweile schlief er sogar tief und fest mit dem Kopf an Barrys Schulter. Aus dem Augenwinkel konnte sie sehen, wie Boyd sich langsam von Rose entfernte. Aber er befand sich immer noch in Barrys Blickfeld.

»Willst du damit sagen, dass du die Jungs weder missbraucht noch getötet hast?«

»Das versuche ich Ihnen doch die ganze Zeit zu sagen! Sie

sind die Ermittlerin. Warum haben Sie das nicht selbst rausgefunden? Mein Vater war das.«

»Wo ist dein Vater jetzt, Barry?«

Sie wagte sich einen weiteren Schritt vor. Er hielt das Messer näher an das Baby. Das Geräusch ihres in den Ohren rauschenden Bluts drohte sie zu betäuben. Bleib ruhig.

Barry starrte auf einen Punkt oberhalb ihres Kopfes. Als würde er angestrengt nachdenken, bevor er eine Antwort äußerte.

»Ist er tot?«, fragte sie.

»Nein. Der Tod wäre zu gut für ihn. Er ist im Kofferraum seines Autos.«

»Wie ... Ich verstehe nicht.«

»Dieser Vollidiot Rory Butler ist gestern Abend bei uns aufgetaucht, hat getobt und wilde Anschuldigungen rumgebrüllt. Und ehe ich mich's versah, hat mein Dad mit ihm im Garten gekämpft. Die haben sich richtig geprügelt. Also bin ich nachsehen gegangen. Sean kann das bezeugen, oder, Seanie?«

»Ja«, bestätigte Sean.

Lottie konzentrierte sich auf Barry. Sie wagte es nicht, den Blick von ihm ab und auf ihren Sohn zu wenden. »Wie hast du ihn überwältigt? Dein Vater ist ja recht massig.«

»Aber ich bin stärker als er. Und er war verletzt und angeschlagen. Insofern hatte ich leichtes Spiel.«

Lottie bemerkte einen Schatten hinter dem Glas der Hintertür und wusste, dass sie Barry das Messer entreißen musste, bevor das Haus gestürmt wurde. Louis regte sich nun, öffnete die Augen und heulte so plötzlich los, dass Barry erschrocken zusammenzuckte. Lottie stürzte sich im selben Moment auf ihn, als die Hintertür geöffnet wurde.

»Was ist denn hier los?« Chloe stand dort, Katie neben ihr. Katie schrie auf.

Lottie entriss Barry das Baby, reichte es ihrer Tochter – sie wusste nicht, welcher – und schlug Barry mit dem Arm auf den

Kehlkopf. Dabei warf sie den Stuhl um, und beide landeten auf dem Boden.

»Alles gut, Lottie. Ich hab ihn.«

Boyd löste Barry aus ihrem Griff und zog ihn unter ihr weg. Erst jetzt wurde ihr klar, dass sie unmittelbar davor gewesen war, dem Jungen ihre Faust ins Gesicht zu rammen.

NEUNUNDSIEBZIG

»Danke, dass Sie mit mir raus zum Swift House gekommen sind«, sagte Gilly. »Leider weiß ich nicht, wo Kirby ist. Alle anderen suchen entweder nach den Duffys oder sind drüben im Haus von Lottie Parker. Irgendein Drama spielt sich da ab. Vielleicht haben sie ja Sean gefunden. Und es ist zwar etwas weit hergeholt, aber ich dachte, wenn Rory Butler in die Sache verwickelt war, ist Toby möglicherweise hier.«

Lynch wischte sich den Schweiß vom Nacken. Wie hielt Kirby es nur mit Gilly O'Donoghue aus? Die Frau hielt einfach nie die Klappe.

Sie standen vor dem Kofferraum des Autos, und Lynch zog sich eine Stichschutzweste über, die ihr jedoch deutlich zu klein war.

»Bisschen eng?«, bemerkte Gilly.

»Das geht schon.« Lynch schloss die Klettverschlüsse nur lose, wohl wissend, dass die Weste so nicht ausreichend Schutz bieten würde, sollte ein Feind sie angreifen. Andererseits ging sie nicht davon aus, dass es zu Schwierigkeiten kommen würde. Das Haus sah leer aus.

»Ganz schön unbequem, die Dinger, oder?«

Lynch nickte. Das Baby trat ihr heftig in die Rippen. Lieber Gott, betete sie, lass mich mein Kind nicht in Gefahr bringen.

Um sie herum war alles still. Kein Auto. Sie näherten sich der Haustür.

»Wie wollen wir es angehen?«, fragte Gilly.

»Vorsichtig.«

Gilly klopfte. »Niemand da. Sollen wir es auf der Rückseite versuchen?«

»Okay.«

Auf dem Weg um das Haus herum versuchte Lynch angestrengt, das ständige Geplapper von O'Donoghue auszublenden. Ohne Erfolg.

»Ich hätte ja auch gerne Kinder«, sagte Gilly, als sie die Terrasse betrat. »Das ist Ihr drittes, oder? Ich hätte gerne zwei. Einen Jungen und ein Mädchen. Allerdings weiß ich nicht, was Kirby möchte. Wir haben noch nicht darüber gesprochen. Immerhin sind wir erst kurz zusammen, wie Sie wissen. Aber ich liebe ihn. Wobei ich es ihm noch nicht gesagt habe. Ich warte darauf, dass er mir zuerst seine unsterbliche Liebe gesteht.« Sie lachte.

Lynch lächelte in sich hinein. Als Vater konnte sie sich Kirby überhaupt nicht vorstellen. Aber vielleicht wäre er auch ein toller Vater.

Gilly klopfte an die Hintertür. »Die Einrichtung ist ja toll. Dieser Rory Butler muss stinkreich sein. Ich kann mir so gar nicht vorstellen, dass er Mikey getötet hat. Sein eigenes Kind. Wie kann man denn so was machen? Und das arme Baby, das im Kanal gefunden wurde. Glauben Sie, das wurde von der eigenen Mutter ermordet? Soll ich den Rammer holen, damit wir die Tür aufbrechen können?«

»Garda O'Donoghue ... Gilly. Bitte hören Sie kurz auf zu plappern. Wir haben keinen Durchsuchungsbeschluss und auch keinen Beweis, dass Rory Butler in irgendetwas verwickelt war. Max Collins befindet sich in einem Zustand, in dem er alles sagen würde, was ihm auch nur die kleinste Chance bietet, nicht ins Gefängnis zu müssen. Lassen Sie mich kurz nachdenken. In Ruhe.«

Sie setzte sich auf einen der Gartenstühle, um ihre Füße zu entlasten und Abstand zwischen sich und die Schnatterliese zu bringen.

»Ich hätte ja auch gerne so ein Haus. Meine Wohnung ist so winzig.« Gilly spähte durch die Fenster. »Da! Gucken Sie mal! Ich glaube, da ist was vor sich gegangen!«

Lynch stand auf und schaute über Gillys Schulter. Durch die Spiegelung der Sonne im Glas konnte sie nicht viel sehen. Also ging sie wieder zur Tür und drückte die Klinke herunter. Sie ging auf.

»Ups, tut mir leid, das habe ich gar nicht probiert. Ich dachte, wir brauchen einen Durchsuchungsbeschluss, wenn wir das Haus ohne Einladung betreten möchten«, meinte Gilly.

»Ich habe durch das Fenster zerbrochenes Geschirr und umgestoßene Stühle gesehen, insofern haben wir Grund zu der Annahme, dass ein Leben in Gefahr sein könnte. Also gehen wir rein.«

»Sie sind der Boss«, sagte Gilly.

»Schön wär's.«

* * *

Kirby wusste, dass Gilly recht impulsiv war, aber jetzt ging sie wirklich zu weit. Außerdem hätte Lynch vernünftiger handeln sollen. Die Rechtsmedizinerin hatte gerade ihre Erstuntersuchung von Rory Butler am Fundort beendet, und das Team mit dem Leichensack wartete geduldig darauf, ihn ins Totenhaus zu bringen. Erneut las er Gillys Textnachricht.

»Ist es okay, wenn ich Sie mit den uniformierten Gardaí allein lasse?«, fragte er.

McGlynn schaute ihn über seinen Mund-Nasen-Schutz

hinweg an. »Gehen Sie mir aus den Augen. Und wenn Sie Ihre Inspector-Kollegin sehen, sagen Sie ihr, wenn sie noch einmal einen Tatort kompromittiert, melde ich sie dem Chief Superintendent und dem Commissioner und jedem anderen, der sie um ihren Job bringen kann.«

»Mach ich.«

Schnell entfernte sich Kirby. An seinem Auto angekommen, zündete er sich eine Zigarre an und fuhr los, um nach Gilly und Maria Lynch zu suchen. Dieser ganze Fall ging ihm mächtig auf die Nerven. Auf dem Weg zum Swift House hörte er den Funkverkehr ab. Klang immerhin so, als wäre im Haus von Parker alles geregelt.

Er versuchte, Lottie anzurufen, doch niemand ging ran.

* * *

Rose bestand darauf, zu Hause zu bleiben.

»Ich lasse mich ganz bestimmt nicht von einem Krankenwagen ins Krankenhaus bringen. Ich bleibe hier in meinem Zuhause und kümmere mich um die Kinder.«

Lottie verdrehte die Augen und reichte Louis der schluchzenden Katie.

»Alles gut, Mausi. Er hat keinen Kratzer abgekommen und wird sich an nichts erinnern.«

Katie nahm ihr das Baby ab und rauschte hinauf in ihr Zimmer. Chloe wollte ihrer Schwester folgen, doch Lottie hielt sie zurück.

»In der Nacht, in der du Toby vor dem Fallon's gesehen hast – war es Barry Duffy, der ihm im Auto gefolgt ist?«

Chloe schüttelte unsicher den Kopf. »Es könnte das Auto draußen auf der Straße gewesen sein. Zumindest hatte es eine ähnliche Farbe. Bei der Marke bin ich mir nicht sicher. Und wer am Steuer saß, habe ich nicht gesehen.«

Lottie nahm neben ihrem Sohn Platz. »Kannst du mir erzählen, was gestern Abend passiert ist?«

»Ich hätte da nicht hingehen sollen. Aber vorher bin ich bei Toby zu Hause gewesen und habe Screenshots von den Nachrichten auf seiner PlayStation gemacht. Und ich war mir sicher, dass sie von Barry waren. Der ihm entweder gedroht oder ihn gewarnt hat; das war mir nicht ganz klar. Auf jeden Fall hat er Toby geschrieben, dass es jemand auf ihn abgesehen hat. Inzwischen glaube ich, dass Barry ihn warnen wollte, damit Toby vorsichtig ist.«

»Aber warum hast du mir das nicht erzählt? Warum bist du einfach alleine zu den Duffys gegangen?«

»Ich wollte Barry sagen, dass er sich von Toby fernhalten soll. Er war am Tag zuvor fies zu ihm gewesen, und das fand ich nicht cool. Und als Chloe mir von dem Jungen erzählt hat, der solche Angst vor dem Auto hatte, bin ich bei Toby vorbeigegangen, um mit ihm zu reden, aber da war nur Max. Und der ist echt gruselig, und ich fand, dass Barry sich von den Collins fernhalten und aufhören sollte, den harten Kerl zu markieren.«

»Okay. Erzähl mir, was passiert ist, als du bei Barry angekommen bist.«

»Dr. Duffy hat die Tür geöffnet und war ein bisschen aggressiv drauf. Er stand recht nah bei mir und hat viel zu laut geredet. Aber er hat mich reingelassen. Und während ich im Flur stand und darauf gewartet habe, dass Barry runterkommt, hat plötzlich jemand wie wild an die Haustür geklopft. Dr. Duffy hat aufgemacht, und Rory Butler ist reingestürmt. In der Hand hatte er ein Gemälde oder so und hat was von einem Kunststudio herumgeschrien und dass jemand seinen Sohn getötet hat. Er war sauer, richtig sauer. Den Großteil von dem, was er gesagt hat, hab ich gar nicht verstanden. Dr. Duffy hat versucht, ihn zu beruhigen, und sie sind raus in den Garten gegangen.«

»Und dann?«

Sean zuckte mit den Schultern. »Dann ist Barry runterge-kommen, hat mir gesagt, dass ich in der Küche warten soll, sich ein Messer genommen und ist rausgerannt.«

»Hast du gesehen, was passiert ist?«

»Ich habe gar nichts gesehen, bis Barry und sein Vater wieder reingekommen sind. Beide waren voller Blut. Ich hatte solche Angst. Ich wollte gehen, aber sie haben mich nicht gelas-sen, und dann ist Barry auf seinen Vater losgegangen. Er hat ihm eine reingehauen, sodass er gegen die Ecke von der Bank gefallen ist. Und dann war er wohl bewusstlos.«

Lottie drückte Seans Hand. »Du machst das toll, mein Sohn.«

»Barry hat mich gezwungen, ihm zu helfen, seinen Vater nach draußen zu schleppen, wo wir ihn in den Kofferraum gehievt haben. Barry war völlig durchgedreht und nicht mehr bei sich. Und er hatte immer noch das Messer. Er hat das Auto abgeschlossen, mich bis zum Morgen in der Küche sitzen lassen und ist dann mit dem Auto hierhergefahren.«

»Und Julia, Barrys Mutter? Wo war sie die ganze Zeit über?«

»Ich habe keine Ahnung.«

»Geh rauf und leg dich ein bisschen hin. Du siehst müde aus und hast vermutlich einen Schock. Ich sehe später nach dir.«

Nachdem Sean das Zimmer verlassen hatte, sagte Lottie zu Boyd: »Immerhin haben wir Paul Duffy jetzt in Gewahrsam. Wenn es stimmt, was Barry gesagt hat, dann hat er die Jungs missbraucht und vermutlich auch getötet. Jetzt müssen wir nur noch Toby finden.«

»Wobei wir keine Ahnung haben, wo er sein könnte«, sagte Boyd.

»Das ergibt alles überhaupt keinen Sinn. Ich verstehe nicht, was Rory Butler mit all dem zu tun hatte. Das müssen wir noch herausfinden.« Sie griff nach einem Apfel aus der

Obstschale. Den ganzen Tag über hatte sie noch nichts gegessen.

»Wollen wir zuerst mit Paul Duffy reden?«, fragte Boyd.

»Wo ist der denn jetzt?«

»Wie sein Sohn in der Dienststelle. In einem separaten Raum.«

»Okay. Dann finden wir mal heraus, was der Mistkerl zu sagen hat.« Lottie wandte sich an Rose. »Ich habe uniformierte Gardaí vor der Tür abgestellt und auf der Straße halten Detectives Wache. Sicher, dass du hierbleiben möchtest?«

»Kümmer du dich um deine Arbeit. Und ... bring mir auf dem Rückweg was zu essen mit. Irgendein Fast Food.«

Lottie lächelte. Rose aß nie Fast Food.

* * *

»Das ist ja mal ein tolles Haus«, schwärmte Gilly, als sie die Treppe hinaufging, wobei sie sorgfältig darauf achtete, nichts anzufassen.

»Psst«, sagte Lynch. »Seien Sie leise.«

»Sieht nicht so aus, als wäre jemand hier, und Rory ist tot.«

»Können Sie nicht einfach Ihre Klappe halten?«

»Ist ja schon gut.« Warum war Lynch immerzu am Meckern? Wenn das an der Schwangerschaft lag, wollte Gilly vielleicht lieber doch kein Baby.

Alle Türen im Obergeschoss waren geschlossen. Sie drückte ihr Ohr an das weiße Holz der ersten.

»Ich höre was«, flüsterte sie. »Da weint jemand.«

»Machen Sie auf«, sagte Lynch, »und gehen Sie dann zur Seite. Ich gehe zuerst rein.«

»Nein, ich gehe zuerst.«

»Ich bin Detective, Garda O'Donoghue, und Sie haben mir zu gehorchen. Ist das klar?«

»Klar wie Kloßbrühe«, antwortete Gilly seufzend. Dabei

wollte sie einfach nur verhindern, dass ihre schwangere Vorgesetzte zur Zielscheibe wurde, falls sich in dem Raum eine gefährliche Person befand. Sie drehte den silbernen Türknauf und betrat dann sofort das Zimmer. Hielt inne.

»Hope?«, fragte sie.

Lynch drückte sich an ihr vorbei. »Hope Cotter?«

Gilly ging zum Bett. Die junge Frau war an Händen und Füßen gefesselt und hatte einen Knebel im Mund. Als Gilly ihn lösen wollte, bemerkte sie, dass die Augen der jungen Frau weit aufgerissen waren und hin- und herschossen. Mit dem Kopf deutete sie eindringlich in die Richtung von irgendwas hinter Gilly.

Sie drehte sich um und erkannte, warum die Frau so aufgebracht war. »Was soll ... Lynch, Vorsicht!«, rief sie aus.

Wie in Zeitlupe sprang Gilly weg vom Bett und warf sich schützend vor Lynch, die mit angsterfüllt offenem Mund wie angewurzelt dastand.

Eine in weiß gekleidete Person holte erneut zum Schlag aus. Gilly hob ihren Arm schützend vor das Gesicht und riss Lynch zu Boden.

Sie spürte etwas Kaltes auf ihrem Hals und sah Blut durch die Luft spritzen. Scheiße, Lynch! Als sie versuchte festzustellen, wo ihre Vorgesetzte getroffen worden war, bohrte sich ein stechender Schmerz durch ihren Nacken.

Jemand schrie. Hope? Lynch? Sie selbst?

Die Tür wurde geschlossen, und dann war alles ruhig.

Gilly konnte die Augen nicht offenhalten. Die Lider waren zu schwer. In der Ferne vernahm sie eine Stimme. Lynch? So weit weg. Sie driftete immer weiter weg. Gilly versuchte, den Mund zu öffnen, aber der war voller Flüssigkeit. Augen. Müde. Ihre Lider fielen zu. Ihr letzter Gedanke galt Kirby.

ACHTZIG

Lottie fragte Paul Duffy, ob er den Bereitschaftsarzt sehen wolle, doch er lehnte ab. Soweit sie sehen konnte, war er unverletzt. Er hatte lediglich tiefe, dunkle Ränder unter den Augen, weil er die ganze Nacht gefesselt im Kofferraum seines Autos verbracht hatte, und vermutlich eine große Beule am Hinterkopf.

Nachdem die Formalitäten erledigt waren, begann sie mit der Befragung.

»Mr Duffy.« Auf seinen Titel verzichtete sie mit Absicht. »Sie wurden wegen der Morde an Mikey Driscoll, Kevin Shanley und Rory Butler verhaftet. Haben Sie dazu irgendwas zu sagen?«

»Ich habe die Jungs nicht getötet.« Der Mann kam ihr nun viel kleiner vor als das letzte Mal, als sie ihn gesehen hatte.

»Das glaube ich Ihnen nicht. Geben Sie zu, dass Sie die Morde begangen haben!«

»Habe ich nicht.«

»Hatte Ihr Sohn etwas damit zu tun?«

»Mein Sohn? Barry? Wie meinen Sie das?«

»Er hat die Jungs für Sie angelockt, und Sie haben sie missbraucht, ist das korrekt?«

Duffy schüttelte den Kopf. »Barry? Niemals. Der hat gestern Abend einfach nur den Kopf verloren. Bestimmt wollte er niemandem wehtun.«

»Ihre Frau, Julia, hat Ihnen für die Abende, an denen Mikey und Kevin entführt wurden, Alibis gegeben, aber ich bin mir relativ sicher, dass sie ihre Aussage ändern wird, wenn wir sie finden und sie hört, was Sie getan haben.«

»Sie wissen nichts über meine Frau.«

»Wo ist sie?«

»Ich weiß es nicht. Ich will meinen Sohn sehen.«

»Warum?«

»Weil er alles falsch verstanden hat.«

»Was hat er denn falsch verstanden?«

»Ich habe niemanden umgebracht.«

Lottie schnaubte verächtlich. »Ach, dann hat Rory Butler sich also selbst verprügelt und anschließend erstochen, ja?«

Duffy schüttelte den Kopf, ließ ihn hängen und schwieg.

»Mr Duffy, Sie können jederzeit Ihren Anwalt herholen und auch bald mit Ihrem Sohn sprechen. Mein Hauptanliegen im Moment ist es, Toby Collins zu finden. Wo ist er?«

»Toby?« Duffy schaute auf und sah ehrlich verwirrt aus.

»Ja. Wo haben Sie ihn hingebracht?«

»Ich weiß nicht, wovon Sie reden.«

»Ich habe einen Zeugen, der ausgesagt hat, dass Sie ihn gestern Abend vom Vereinsheim abgeholt haben. Wohin haben Sie ihn gebracht?«

Duffy schluckte schwer, biss sich auf die Lippe und senkte den Kopf wieder. »Ich habe ihn zu mir nach Hause gebracht und seinen Knöchel verarztet. Er war nur verstaucht. Als er gegangen ist, ging es ihm gut.«

»Er ist aus eigenem Antrieb gegangen?«

»Ja.«

»Konnte er denn laufen? Von Ihnen bis nach Munbally Grove ist es eine ganz schöne Strecke, oder?«

Duffy schwieg.

»Ist Toby tot?«, fragte Lottie.

»Sie haben sie doch nicht alle.«

»Im Moment habe ich durchaus alle Kontrolle über meinen Verstand, aber wenn Sie meine Frage nicht beantworten, kann ich für nichts garantieren.« Mit dieser Drohung ging sie zu weit, aber sie musste Toby finden. Er könnte irgendwo verletzt liegen. Oder tot. »Wo ist der Junge?«

»Julia hat gesagt, dass sie ihn nach Hause fährt. Das ist alles, was ich weiß.«

Lottie lehnte sich im Stuhl zurück und schüttelte den Kopf. Wie viele Lügen musste sie sich noch anhören?

Das Geräusch von Laufschritten von draußen ließ sie zu Boyd aufblicken. Plötzlich wurde die Tür aufgerissen, und der diensthabende Superintendent McMahon winkte Lottie aus dem Vernehmungsraum. Sein Gesicht war rot angelaufen, und er rang die Hände.

»Wir haben eine Meldung über eine Messerstecherei im Swift House. Da, wo Rory Butler gewohnt hat.«

»O nein! Das ist bestimmt Toby. Wir sind zu spät. Duffy hat ihn schon getötet.«

»Nein, Inspector. Das ist gerade erst passiert. Weder Paul noch Barry Duffy haben irgendetwas damit zu tun. Fahren Sie mit Boyd da raus. Kirby hat die Meldung rausgegeben.«

Irgendetwas war da, was er ihr nicht sagte. Sie wich nicht von der Stelle. Sah ihm fest in die Augen. Er blickte weg.

»Es ist jemand von uns.«

EINUNDACHTZIG

Ich muss meinen Plan ändern. Schnell wasche ich mir das Blut von den Händen, aber mir fehlt die Zeit, auch meine Füße zu reinigen und mir etwas Sauberes anzuziehen. Ich kehre zurück zu meiner Staffelei. Kann mein heftig pochendes Herz nicht beruhigen, und auch das Summen in meinem Kopf will nicht aufhören.

Ich betrachte den Jungen. Er sollte ein perfektes Exemplar der Tugend sein. Leider wurde er geschändet, wie die anderen beiden. Von einem Mann angefasst. Ich muss mich beeilen und das Böse aus seiner Seele vertreiben. So werde ich alle Sünden vergeben.

Ich kann das Wasser hören. Es ist so beruhigend. Ich spüre, wie ich mich im Rhythmus der Wellen bewege. Aber das bilde ich mir wohl nur ein. So nahe am Wasser bin ich gar nicht. Andererseits ... Vielleicht doch.

Die Droge verliert ihre Wirkung, weil der Junge etwas sagt. Ich kann nicht verstehen, was. Meine Ohren sind jetzt taub für alle Belange dieser Welt. Ich werde an einen Ort transportiert, wo mich niemand anfassen kann. Niemand wird diesen Jungen anfassen. Bei den anderen war ich zu spät. Aber diesen Jungen, Toby, kann ich retten. Und mich selbst auch.

Ich betrachte das blutverschmierte Messer, das auf der Palette mit den schlammigen Farben liegt. Die sollte ich wirklich mal säubern. Die Palette. Ich kann das Blau ja kaum noch erkennen.

Und dann frage ich mich: Warum ist die Luft um mich herum so still? So leise?

ZWEIUNDACHTZIG

Kirby forderte über Funk Hilfe an. Einen Krankenwagen und alles, was man sonst noch so braucht. An die Spurensicherung dachte er gar nicht, als er in das Zimmer stürmte.

Der Atem blieb ihn in der Kehle stecken, als er die Szene vor sich aufnahm. Die junge Frau auf dem Bett, Hope Cotter, war an das Kopfteil gefesselt. Ihr Kopf hing nach vorn, und ihre Schultern bebten. Das Blut auf ihrem Körper sah aus, als wäre es aus einer Arterie gespritzt. Aber es war nicht ihr Blut. Er lenkte seinen Blick auf den Boden und erschrak. Zwei Frauen lagen da, und beide bewegten sich nicht.

Er fiel auf die Knie und betastete den Hals der ersten Frau. Suchte nach dem Puls. Blut, da war so viel Blut. Doch er spürte einen starken Puls unter seinen Fingern. Die Frau öffnete die Augen.

»Gilly ...«, flüsterte Lynch.

Erst jetzt wagte Kirby, den Blick auf die junge Garda zu richten. Seine Gilly. Mit dem Gesicht nach unten lag sie auf Lynch. Er streckte die Hand aus und strich ihr das kurze, blutverschmierte Haar aus dem Nacken. Sah die offene Wunde.

Legte seine Hand auf ihren Hals. Suchte nach einem Puls.
Bitte, lieber Gott, bitte lass sie leben.

»Ist sie ...«, fragte Lynch mit schwacher Stimme.

Kirby tastete weiter mit den Fingern den Hals seiner
Freundin ab. Dicke Tränen liefen ihm über das Gesicht. Er
drehte sie um und schaute ihr in die offenen grünen Augen.
Blut war aus ihrem Mund geflossen und eingetrocknet. Er
drückte ihren leblosen Körper an seine Brust, schlang die Arme
um sie und bettete sein Kinn auf ihr Haar.

»Kirby?«, fragte Lynch.

Er schüttelte den Kopf. Immer wieder. Er schüttelte den
Kopf und weinte.

* * *

Lottie stand im Türrahmen, Boyd drückte sich dicht an sie. Als
die Sanitäter mit Lynch auf der Trage hinauswollten, trat sie
zur Seite. Hope Cotter befand sich bereits unten, wo sich eine
uniformierte Gardaí um sie kümmerte. Lottie würde später mit
ihr sprechen.

»Mir geht es gut«, protestierte Lynch.

»Sie müssen durchgecheckt werden«, erwiderte Lottie.
»Und das Baby auch. Nur um sicherzugehen, dass alles in
Ordnung ist.«

»Es tritt mich wie blöde, also geht es ihm gut. Aber Gilly ...«

Lottie nickte und ging zu Kirby, während Lynch aus dem
Haus gebracht wurde.

Sie kniete sich neben ihn. Dabei war es ihr vollkommen
egal, dass sie sich inmitten eines Tatorts befanden. Im Moment
war alles egal.

»Kirby?« Sie legte eine Hand auf seine bebende Schulter.
Das Hemd unter ihren Fingern war ganz feucht. Ihr großer,
stämmiger Detective. Das Herz und die Seele ihrer Dienst-

stelle. Und sie hatte keine Ahnung, was sie sagen sollte. Er hielt Gilly fest in den Armen und wollte sie nicht loslassen.

»Sie wird wieder, Boss«, sagte er. »Sie ist so jung und in ein paar Tagen wieder topfit. Sie werden schon sehen.«

Lottie schluckte ein Schluchzen herunter. Tränen traten ihr in die Augen. »Kirby, ich fürchte, Sie müssen sie jetzt loslassen. Die Spurensicherung kommt gleich. Wir müssen herausfinden, wer das hier getan hat.«

»Lassen Sie sie in Ruhe«, antwortete Kirby. »Nur noch ein bisschen. Wir warten ab, dann werden Sie schon sehen.«

Lottie warf Boyd einen Blick zu, mit dem sie ihn stumm um Hilfe bat. Er ging neben ihr in die Hocke.

»Hey, Kumpel«, sagte er. »Der Arzt ist hier. Der muss sich Gilly ansehen. Kommen Sie so lange mit raus eine rauchen? Sie sehen aus, als könnten Sie eine Zigarre gebrauchen. Und ich brauche eine Zigarette.«

Kirby hob den Kopf, unterdrückte ein Schluchzen und legte eine Hand auf Gillys Gesicht. »Sie ist tot, oder?«

»Ich fürchte, ja«, antwortete Boyd.

Zärtlich schloss Kirby die Augen der jungen Frau. Das Smaragdgrün ihrer Iris würde nie wieder das Revier von Ragmullin erhellen. Das Licht von Garda Gilly O'Donoghue war nun für immer erloschen, und etwas in Larry Kirby war in eine Million winzige Teile zersplittert. Und Lottie wusste, dass er nie wieder der Alte sein würde.

»Ich habe sie geliebt, wissen Sie.« Ganz vorsichtig legte er seine Freundin wieder auf den Boden voller Blut.

»Ich weiß.« Lottie legte eine Hand unter seinen Arm, und zusammen halfen Boyd und sie dem massigen Mann auf die Beine. Er bewegte sich wie ein verwundetes Tier, als er den Raum verließ und sich nicht noch einmal umdrehte. Boyd ging mit ihm.

Allein am Ort der Verwüstung schaute Lottie herunter auf die junge Frau, die sich so sehr für ihren Job eingesetzt hatte.

Die so gern Detective geworden wäre. Und Gilly O'Donoghue wäre eine herausragende Detective geworden. Sie war eine mutige Frau gewesen.

»Ich finde heraus, wer das war, Gilly. Das verspreche ich Ihnen.«

Dann stand sie auf, um McGlynn und seinem Team das Eintreten zu ermöglichen. Diesmal erntete sie zur Abwechslung mal keinen abfälligen Blick des Rechtsmediziners. Er nickte nur und salutierte. Lottie ließ das Team ungestört seine Arbeit machen.

Unten angekommen, zog Lottie zweimal an Boyds Zigarette, bevor sie in die Küche ging, um zu hören, was Hope Cotter zu berichten hatte. Sie könnte ein paar Xanax gebrauchen, hatte aber keine bei sich. Vielleicht könnte sie sich einen Drink aus Butlers feudaler Bar klauen. Nein, sie musste einen klaren Kopf behalten.

Hope zitterte am ganzen Körper, obwohl es im Zimmer recht warm war und die Sanitäter ihr eine Rettungsdecke umgelegt hatten.

Lottie wollte Antworten. Die dringendste Frage war: Wer hatte Gilly auf dem Gewissen? Der Rest der Ermittlungen konnte warten.

»Wer hat meine Kollegin getötet?«, fragte sie.

Die junge Frau starrte sie mit geröteten Augen an. Sie war fast noch ein Kind, hatte zu schmale Schultern für das Gewicht, das sie in ihrem Herzen trug.

»Lexie?«, kam ihr über die Lippen.

»Lexie geht es gut. Sie ist bei Ihrem Onkel Robbie, wobei das Jugendamt involviert ist.« Lottie wollte gar nicht daran denken, was Hope nun bevorstand. Im Moment jedoch war es am wichtigsten, dass die Teenagerin so kooperativ war wie möglich. »Bitten sagen Sie mir, wer meine Freundin und Kollegin getötet hat.«

»Wie hieß sie?«

»Gilly.«

»Gilly war so mutig. Sie hat die andere Frau gerettet. So mutig ...« Hopes Schultern fielen unter der Foliendecke noch ein bisschen mehr in sich zusammen.

Lottie beugte sich vor, legte einen Finger unter das Kinn der jungen Frau und hob ihren Kopf an. »Schauen Sie mir in die Augen, Hope. Das hier ist wichtig. Ein Junge wird vermisst. Sein Name ist Toby Collins. Und ich glaube, die Person, die meine Kollegin getötet hat, hat ihn entführt.«

»Toby? O nein!«

»Ich muss ihn finden. Sein Leben ist in Gefahr. Wer war es? Wer war noch mit Ihnen in dem Zimmer da oben?«

Hope schluckte schwer. »Die Frau vom Arzt. Julia. Sie war es. Völlig durchgedreht. Wie eine Verrückte. Hat auf die Frau eingeschlagen und eingestochen. Und dann ist sie rausgerannt. Ich weiß nicht, wohin.«

Lottie stieß einen Seufzer aus. »Danke, Hope. Eine Sache noch. Wie sind Sie hierhergekommen? Wer hat Sie gestern im Industriegebiet aufgegriffen?«

»Rory. Er ... er hat nach Max gesucht, glaube ich. Ich weiß es nicht.«

»Und warum hat er Sie gefesselt?«

»Er meinte, das wäre zu meiner eigenen Sicherheit. Ich war panisch, weil er Lexie da allein gelassen hat. Warum hat er das getan?«

»Ich weiß es nicht.« Lottie fragte sich, ob sie es jemals herausfinden würden. »Sie werden jetzt ins Krankenhaus gebracht, durchgecheckt und anschließend befragt. Bitte versprechen Sie mir eines.«

»Alles.«

»Laufen Sie nicht wieder weg.«

»Versprochen. Mach ich nicht. Ich will nur mein kleines Mädchen sehen.«

»Das kann ich arrangieren.«

Nachdem Hope in den Krankenwagen gebracht worden war, gesellte sich Lottie zu Kirby und Boyd vor die Tür.

»Wer hat meiner Gilly das angetan?«, fragte Kirby.

»Julia Duffy. Wo zum Teufel ist die?«

DREIUNDACHTZIG

Ich lehne mich zurück und betrachte das Gemälde. Ich muss zugeben, dass es gar nicht mal so toll ist. Nicht so gut wie das, das Rory mir aus der Hand gerissen hat, als er gestern Abend aus dem Haus gestürmt ist. Ich wollte es ihm doch nur schenken. Um meinem Cousin dafür zu danken, dass er mich das Eishaus als Studio nutzen lässt. Um ihm zu sagen, dass ich ihm alles verziehen habe. Dass er das Haus unseres Großvaters geerbt hat und ich gar nichts. Aber er hat überhaupt nicht verstanden, wie ich mich gefühlt habe. Er hat mich beschimpft und behauptet, Paul hätte ihm seinen Sohn gestohlen. Und ich hatte keine Ahnung, was er meinte. Rory hatte doch gar keinen Sohn? Doch dann habe ich begriffen, dass er einen der beiden Jungs meinen musste. Mikey? Oder Kevin? Das ist jetzt alles egal. Sie sind frei.

Mein Studio. Mein Zufluchtsort. Weg von den Dämonen in den Wänden meines Hauses. Hier kann ich Frieden finden.

Ich wende mich dem Jungen zu, der auf dem Tisch liegt, und frage mich, ob ich dieser letzten Tötung gewachsen bin. Ich muss es tun. Sonst werde ich nie frei von der Sünde, die mein Mann über meine Familie gebracht hat. Er hat mir nie gesagt, warum er das Fleisch von kleinen Jungen und Mädchen meinen Zärt-

lichkeiten vorzieht. Das kann ich ihm niemals verzeihen. Dies ist der einzige Weg zu sühnen.

Bevor ich das Messer einsetze, sehe ich etwas in den Augen des Jungen aufblitzen und erschrecke. Dann höre ich draußen Schritte. Sie können mich unmöglich gefunden haben. Mein wunderschönes Eishaus, von dem Rory geschworen hat, dass niemand von seiner Existenz weiß. Er hatte Mitleid mit mir, als ich ihm eines Abends nach einem Spiel erzählte, dass ich manchmal Abstand von meinem dominanten Ehemann brauche. Und überhaupt habe ich mich doch um unseren alten Großvater gekümmert, also sollte ich auch einen Teil seines Besitzes bekommen. Und der Vollidiot hat zugestimmt. Vielleicht wollte er mich auch nur ruhigstellen. Ich weiß es nicht, und es ist mir auch egal.

Er hätte nur einen Schlüssel, hat er behauptet. Aber gestern Abend hatte er einen Zweitschlüssel in der Hand. Bevor er wutentbrannt davongestürmt ist. Vermutlich werde ich mich auch mit ihm auseinandersetzen müssen, wenn ich dieses Refugium behalten will.

Da ist es wieder. Leises Flüstern. Da draußen. Dem Jungen quellen förmlich die Augäpfel aus dem Schädel. Und dann begreife ich, dass er versucht zu schreien. Wen auch immer da draußen um Hilfe zu rufen. Und ich bin froh, dass ich ihm meinen Mallappen in den Mund gesteckt habe, um jedes Wort, dass über seinen Lippen kommen möchte, zu ersticken. Ach, deshalb habe ich nicht gehört, was er vorhin gesagt hat.

Der Junge kämpft jetzt gegen mich. Die Medikamentenwirkung hat offensichtlich nachgelassen. Wenn ich ihm allerdings noch eine Schlaftablette einflößen möchte, muss ich den Knebel abnehmen. Und wenn er schläft, sehe ich nicht, wie das letzte Leben aus seinen Augen verschwindet. Und ich muss sehen, wie seine Seele erlischt, damit ich frei sein kann. Damit meine Familie für alle Ewigkeiten frei ist.

»Gute Nacht, kleiner Mann. Kleiner Toby.«

Ich lege meine Hände um seinen Hals und drücke zu.

VIERUNDACHTZIG

Die Sonne verschwand hinter dicken schwarzen Wolken, und die hohe Luftfeuchtigkeit war Vorbote für ein Gewitter. Lottie schlug sich mit Boyd und Kirby im Schlepptau durch das Unterholz und änderte dabei immer wieder die Richtung auf der verzweifelten Suche nach Julia.

»Sie muss hier in der Nähe sein. Das Auto steht noch an der Straße.«

»Langsamer!«, keuchte Kirby.

Sie hätte es vorgezogen, wenn er zurück zur Dienststelle gefahren wäre. Oder nach Hause gegangen wäre. Hauptsache nicht hierher. Aber er hatte darauf bestanden, und für Diskussionen war keine Zeit gewesen. Tobys Leben lag in ihren Händen.

»Hier geht es zum Seeufer«, sagte Boyd und strich sich ein paar Blätter aus dem Haar. »Warte kurz.«

Es donnerte. Lottie hielt inne. Richtete sich auf.

»Was?«, fragte Boyd.

»Ich versuche, etwas zu hören. Pst.«

Aber alles, was sie hörte, war der Flügelschlag eines

Schwarmes von Schwänen auf dem See, die vor dem Gewitter flüchteten.

»Erinnerst du dich an die Karte, die Rory Butler uns gegeben hat?«, fragte Boyd. »Darauf war ein kleines Gebäude markiert. Und wenn ich mich recht erinnere, ist es in der Richtung.«

Lottie wandte sich nach rechts und folgte Boyds Zeigefinger. Sofort fiel ihr ein Trampelpfad im Gras auf.

»Da lang.« Sie rannte los, wobei sie sich abwechselnd unter Zweigen durchduckte oder darüber sprang. Zwei Minuten später blieb sie stehen. »Sieht aus wie eine Steinhütte.«

Boyd traf zuerst bei ihr ein, Kirby folgte atemlos keuchend etwas zeitversetzt.

»Sehen Sie sich hier um«, wies Lottie Kirby an. Er verschwand um die Ecke, und Lottie wandte sich an Boyd. »Wir gehen rein.«

Sie legte die Hand auf den Türgriff und drückte ihn herunter. »Abgeschlossen.«

»Geh mal zur Seite.« Boyd lehnte sich zurück, hob ein Bein und trat mit voller Wucht gegen die Tür. Das Holz krachte. Noch ein Tritt und die Tür gab nach und schwang auf.

Mit Boyd neben sich trat Lottie ein. Der Anblick des Inneren, der sich ihr bot, erschreckte sie weniger als der irre Blick in den Augen der Frau. Ihr Haar war bis zum Ansatz verfilzt und ihre Haut voller Blutspritzer und darunter fast durchsichtig.

»Treten Sie zurück, Julia«, befahl Lottie.

Die Frau hob eine Hand, griff blitzschnell nach einem Messer auf dem Tisch neben einer Staffelei und hob es über Toby.

»Raus!«

»Alles gut, Julia. Gucken Sie doch, wir haben keine Waffen«, log Lottie und hielt beide Arme von den Seiten weg. Ihre Ohren dröhnten noch von dem Krachen der zersplitternden Tür, und Adrenalin strömte durch ihre Blutbahn. Ganz langsam schob sie sich vorwärts.

»Keinen Schritt näher!«, schrie die Frau. Sie trug einen blutverschmierten Baumwollkittel, der ihr vom Hals bis zu den Füßen reichte.

Verzweifelt versuchte Lottie, ihre Wut im Zaum zu halten. Der Junge war an den Tisch gefesselt. Sie hatte keine Ahnung, ob er noch lebte. Kam sie zu spät?

»Wir haben Paul. Ihren Ehemann. Er ist in Sicherheit. Möchten Sie ihn sehen?«

Julia verzog verächtlich den Mund. »Der Kerl ist mir gerade scheißegal. Ich bin dabei, die Seele dieses Jungen zu retten. Verstehen Sie das nicht?«

»Sie müssen das nicht tun. Toby hat Ihnen nichts getan. Lassen Sie ihn gehen.«

Julia lachte. »Er und seine zwei Freunde haben meinen Mann zur Sünde verführt, ihn auf den Weg des Teufels gebracht. Und jetzt sende ich diesen Sohn zurück zu Gott, damit ich in Freiheit leben kann.«

»Und Rory Butler? Warum haben Sie ihn getötet?« Lottie war überzeugt, dass Julia Rory nicht umgebracht hatte, sie sagte einfach nur das Erste, was ihr in den Sinn kam, um die Frau von Toby abzulenken.

»Er ist tot?« Einen Moment lang wirkte sie verwirrt. »Wenn dem so ist, dann hat er es verdient. Mein eigener Cousin, er hat mir alles genommen, was mir zustand. Ich war diejenige, die sich um unseren alten Großvater gekümmert hat, und was hat er mir dafür hinterlassen? Nichts. Ich habe Rory überredet, mir diese Hütte zu überlassen, während er das Haupthaus behalten hat. Ich mag vieles sein, aber ich bin nicht gierig.«

»Rory war Ihr Cousin?«

»Ja.«

Warum hatten sie das nicht gewusst?, fragte sich Lottie. Im Moment jedoch musste sie Julia einfach nur am Reden halten.

»Und was ist mit Hope Cotter? Warum hat Rory sie entführt und gefesselt?«

»Woher soll ich das wissen? Ich bin nur rüber zum Haus gegangen, weil ich das Auto gehört habe.«

»Sie haben meine Kollegin getötet.«

»Ich kann nicht sagen, dass mir das leidtut, aber es tut mir leid, dass ich die Schwangere nicht erwischt habe. Wie hat sie nur meinem Sohn dieses furchtbare Foto des toten Babys zeigen können? Wie konnte sie das tun? Schlimm genug, dass er die Leiche seines Bastard-Halbbruders live gesehen hat.« Sie hielt inne, als würde sie über etwas nachdenken. »Wie geht es meinem Sohn?«

»Es geht ihm gut.« Wovon zum Teufel redete die Frau da bloß? Halbbruder? War das tote Baby der Halbbruder von Barry? Wie konnte das sein?

»Sehr schön. Das war mir klar.« Fast schwebend bewegte sie sich auf Toby zu. »Ich bin so stolz auf Barry. Er hat mir geholfen, *ihr* das Baby wegzunehmen und es ans Wasser zu tragen, wo ich es zur Ruhe gelegt habe. Aber er hat mir nie erzählt, warum er dorthin zurückgegangen ist. Warum er dafür gesorgt hat, dass das Baby gefunden wurde.«

»Julia, bitte legen Sie das Messer weg. Denken Sie doch an Ihren Sohn.«

Die Frau senkte ihre Hand ein wenig. Mit zusammengezogenen Augenbrauen schaute sie Lottie an. »Barry? Er ist mein Fleisch und Blut. Niemand darf ihm schaden.«

»Aber seinem neugeborenen Bruder haben Sie geschadet, wie Sie gerade selbst gesagt haben.« Lottie war immer noch verwirrt.

»Der war nicht mein Fleisch und Blut. Paul hat seinen Samen in ihr gepflanzt. In dieser Hope. Ihre Brut war verdorben und musste eingeschläfert werden. Ich habe es auf dem Wasser treiben lassen und so seine Seele befreit.«

»Nachdem Sie ihm das Leben ausgehaucht haben.« Lottie

spürte Wut in ihrer Brust aufsteigen. Am liebsten hätte sie der Frau eine geknallt, aber sie musste sie am Reden halten, bevor der Wahnsinn sie verstummen ließ.

»Wo ist mein Barry?«

»Wir haben ihn wegen Menschenraubes verhaftet.« Möglicherweise kam noch Mord hinzu; das würde sich ergeben, wenn die Obduktionsergebnisse von Rory Butler vorlagen. »Er fragt nach Ihnen. Wenn Sie jetzt mitkommen, können Sie ihn sehen.« Lottie ging auf sie zu. Sie spürte Boyds Atem an ihrem Ohr. Wo Kirby war, wusste sie nicht.

»Barry hat nur getan, worum ich ihn gebeten habe, aber alles ist die Schuld seines Vaters. Wenn dieser Mistkerl nicht dem Fleisch von jungen Mädchen und Jungen verfallen wäre, wäre all das nicht nötig gewesen.«

»Aber warum haben Sie sie getötet? Warum haben Sie Mikey und Kevin umgebracht?«

»Ich wusste, dass sie nicht ewig schweigen würden. Und wenn sie geredet hätten, hätte ich alles verloren. Mein Mann wäre im Gefängnis und hätte keinen Job mehr. Vermutlich hätte ich unser Haus verloren. Unser gesamtes Leben wäre zerstört. Was hätten die Leute von uns gedacht? Sie hätten sich über unseren christlichen Glauben lustig gemacht. Und das konnte ich nicht zulassen. Ich musste sie von ihrem Geheimnis befreien und ihre Seelen retten.«

Als Julia sich in einer schnellen Drehung Toby zuwandte, ertönte ein lautes Krachen durch den engen Raum. Ein Fenster zerbrach, und Kirby fiel mitsamt dem splitternden Glas ein.

Die Staffelei wackelte und fiel um. Farbe verteilte sich über den Fußboden und floss auf Julias nackte Füße zu. Die Frau fuhr herum und versuchte zu begreifen, was passiert war. Lottie nutzte die Gelegenheit, stürzte sich mit einem Hechtsprung auf Julia und warf sie zu Boden. Als sie sich wieder aufrappelte, riss Kirby Julia in die aufrechte Position und holte mit der Faust aus. Doch Boyd war schneller.

Er hielt Kirbys Hand fest. »Nein. Wir haben sie. Und sie wird dafür bezahlen, was sie getan hat.«

Kirbys Wut entleerte sich in einer Flut aus Tränen. Boyd legte Julia Handschellen an, während Lottie sich um den regungslosen Jungen kümmerte und in Windeseile seine Fesseln löste.

»Toby?«, fragte sie. »Toby? Kannst du mich hören?«

Sie legte ihre Finger auf seinen Hals und suchte nach einem Puls. Boyd erschien neben ihr. Er hatte den Notruf gewählt und gab Anweisungen.

»Beruhige dich, Lottie.«

»Er kann nicht tot sein!« Sie legte ihr Ohr ganz nah an Tobys Gesicht. »Er atmet noch. Ganz schwach. Himmel, Boyd, hilf mir! Wir dürfen ihn nicht sterben lassen!«

Behutsam schob Boyd sie zur Seite, und dort blieb sie hilflos stehen, während er bei dem regungslosen Jungen eine Herzdruckmassage begann.

Aus dem Augenwinkel sah sie einen Stapel ordentlich gefalteter Jungenkleidung auf einem Regal und daneben eine Medaille an einem grünen Band sowie eine Vase mit Wildblumen darin.

FÜNFUNDACHTZIG

Schließlich brachen die Wolken auf und es goss in Strömen. Der Trampelpfad, den sie zu Julias Studio genommen hatten, bestand nun nur noch aus Schlamm. Die Sanitäter fanden einen direkteren Weg und kamen problemlos mit dem Rettungswagen durch.

Lottie saß auf einer Bank und hatte einen Arm um Kirby gelegt. Julia war unterwegs aufs Revier, wo McMahon darauf wartete, sie in Haft zu nehmen.

»Kommt schon«, sagte Boyd. »Wir müssen hier weg und die Spurensicherung ihre Arbeit erledigen lassen.«

Lottie ließ zu, dass er sie und Kirby durch den Regen führte. Sie schaute in den Himmel und hieß die Frische auf ihrer Haut willkommen.

»Was ist da drinnen passiert?«, fragte sie.

»Du warst doch dabei. Du hast es gesehen«, antwortete Boyd.

»Ich weiß, aber ich meine davor. Dorthin hat Julia also die Jungs gelockt. Warum sind sie mit ihr mitgegangen? Und war Paul auch involviert?«

»Ich nehme an, dass sie ihr vertraut haben, obwohl ihr

Mann sie missbraucht hat, und in ihr Auto gestiegen sind, ohne auch nur zu ahnen, dass sie sich damit auf den Teufel eingelassen haben. Und dann hat sie sie betäubt und ermordet.« Boyd legte ihr einen Arm um die Schulter. »Wie auch immer, Lottie, diese Fragen sollten wir uns lieber für später aufheben. Jetzt müssen wir uns um Kirby kümmern und herausfinden, wie es Lynch geht. Immerhin sind wir alle ein Team.«

»Und Toby? Wird er wieder gesund?«

»Er lebt. Alles andere können wir im Moment nur hoffen.«

Sie blieb stehen. Regen tropfte ihr vom Gesicht. »Geh du mit Kirby vor. Ich muss kurz allein sein.«

Die beiden Männer entfernten sich. Boyd stützte den gebrochenen Kirby, der wie in Trance war. Sie kannte den Schmerz, der ihm nun bevorstand. Wenn die Realität einsetzte.

Mit Beinen schwer wie Blei sank sie im Schlamm auf die Knie, strich mit den Händen über die nasse Erde und bohrte die Finger in einen feuchten Grasbüschel.

Sie wollte noch nicht einmal nach Hause, um sich umzuziehen. Nass und schmutzig ging sie direkt ins Krankenhaus.

Lynch lag in einem Krankenhaushemd in einem durch Vorhänge abgetrennten Bereich. Unmengen von Kabeln und Schläuchen führten von ihrem Körper zu einer Vielzahl von Geräten. Ben saß auf einem Stuhl an ihrem Bett.

Lottie stellte sich unbeholfen auf die andere Seite.

»Mir geht es großartig«, sagte Lynch. »Es sieht schlimmer aus, als es ist.«

»Und dem Baby?«

»Der kleine Mann ist stärker als ich. Ihm ist nichts passiert.«

»Es ist ein Junge? Ich dachte, Sie wollten es nicht wissen.«

»Die haben einen Ultraschall gemacht, und bei der Gelegenheit habe ich nachgefragt.«

»Danke«, sagte Ben, »dass Sie ihr das Leben gerettet haben.«

»Sie hat mein Leben nicht gerettet«, widersprach Lynch gereizt. »Das war Gilly O'Donoghue. Sie war eine Heldin. Ich muss unbedingt mit Kirby reden. Er wird wissen wollen, was Gilly gesagt hat, bevor sie ... bevor ...«

»Dafür ist später noch Zeit«, sagte Lottie. »Sind Sie sicher, dass bei Ihnen alles in Ordnung ist?«

»Ja.« Lynch streckte ihre Hand aus. »Und es tut mir leid.«

»Es war nicht Ihre Schuld.«

Lynch warf einen Blick auf Ben und schaute dann wieder zu Lottie. »Ich habe voreilige Schlüsse gezogen. Ben hat mir schon den Kopf zurechtgerückt.«

Lottie nickte zum Zeichen, dass sie die Entschuldigung annahm, und ging durch den Vorhang zum nächsten Bett.

Hope saß darauf mit Lexie auf dem Schoß. Robbie hockte auf einem Stuhl daneben. Er sah aus, als wäre er um Jahre gealtert. Die Verantwortung für seine junge Nichte und ihre Tochter wurde ihm augenscheinlich zu viel.

»Ich geh mal eine rauchen«, verkündete er.

»Wie geht es Ihnen, Hope?«, fragte Lottie, als er weg war.

»Wird schon.«

»Uns liegen inzwischen DNA-Ergebnisse des Babys vor, das wir im Kanal gefunden haben.« Sie war sich nicht sicher, ob sie diese Unterhaltung in Anwesenheit von Lexie führen sollte, aber angesichts ihrer Erschöpfung fuhr sie fort. »Es war Ihr Baby und das von Paul Duffy.«

Hope nickte.

»Hatten Sie eine Beziehung mit ihm?«

»Er hat mir den Putzjob in der Schule besorgt. Und so sind wir zusammengekommen. Eigentlich war es nur ein One-Night-Stand. Er war so aufmerksam und attraktiv, da bin ich seinem Charme verfallen. Und er war ziemlich überzeugend.

Kaum hatte er mich gehabt, wollte er nichts mehr mit mir zu tun haben.«

»Wusste er, dass die eine Nacht zu Ihrer Schwangerschaft geführt hat?«

»Ich bin mal abends zu ihm nach Hause gegangen und habe ihm gesagt, dass ich Geld für das Kind brauche, aber er meinte nur, er hätte schon ein Kind, das von seiner Mutter versaut wird, noch eins wollte er nicht, und ich sollte mich lieber von ihm fernhalten. Und als ich gehen wollte, stand Julia im Flur hinter ihm. Ich bin mir sicher, dass sie alles mitangehört an.«

»Sie hätten eine Abtreibung vornehmen lassen können«, sagte Lottie.

»Ich hatte kein Geld für den Flug nach Liverpool, geschweige denn für den Eingriff selbst. Darum hatte ich keine andere Möglichkeit, als es zu behalten.«

»Warum hat Rory Sie in sein Haus gebracht und Sie gefesselt?«

»Er meinte, Mikeys Mutter hätte ihm gesagt, dass sie glaubt, Max hätte was mit den Morden an den Jungs zu tun. Also ist er in das alte Reifendepot gegangen, um nach Max zu suchen, weil er wusste, dass der manchmal da rumhängt. Und da hat er mich gefunden. Und mich die ganze Nacht ausgequetscht, aber ich konnte ihm absolut nichts zu den Jungs sagen.« Hope drückte Lexie fest an ihre Brust.

Lottie spürte, dass sie ihr etwas verschwieg. »Sie wussten davon, oder? Von dem Missbrauch. Und haben Rory davon erzählt.«

Hope hauchte einen Kuss auf Lexies Haar und schaute dann auf. Tränen standen ihr in den Augen. »Es war etwas, was Paul gesagt hat, in der Nacht, in der wir miteinander geschlafen haben … Er hat sich über mich lustig gemacht und meinen Körper ausgelacht und meinte, das wäre nichts im Vergleich zu dem, was er haben könnte. Und er hat Mikey, Kevin und Toby erwähnt. Als er mit mir fertig war, habe ich mich umgedreht und auf den Rücksitz seines Autos gekotzt.«

»Haben Sie irgendjemandem davon erzählt?«

»Nein, weil mir niemand geglaubt hätte. Ich bin nur eine minderjährige Mutter aus Munbally und er ein angesehener Arzt.«

»Sie hätten den Müttern der Jungs etwas sagen können.«

»Die hätten mir auch nicht geglaubt und nur gedacht, dass ich Geld haben will. Vielleicht hätte ich es versuchen sollen, dann wären Kevin und Mikey vielleicht noch am Leben. O Gott!«

»Also haben Sie mit dieser Information absolut nichts angefangen?« Lottie versuchte, ruhig und sanft zu klingen, aber das fiel ihr immer schwerer.

»Ich habe versucht, mit Mikey zu reden, aber der ist vor mir weggerannt und mir aus dem Weg gegangen. Und da habe ich mir geschworen, auf ihn aufzupassen. Jede Nacht bin ich in Robbies Auto gestiegen und die Straßen entlanggefahren, auf der Suche nach Paul. Ich dachte, ich könnte ihn daran hindern, den Jungs wehzutun. Aber ich habe mich geirrt.«

»Und das haben Sie alles Rory erzählt?«

»Ja. Und da ist er vollkommen durchgedreht.«

»Wie meinen Sie das?«

»Er sagte, wenn ich mein Baby nicht getötet habe, dann war es vielleicht Paul. Und dann hat er eins und eins zusammengezählt und gemeint, dass Paul dann auch Mikey und Kevin umgebracht haben muss. Hat Paul mein Baby getötet?«

Lottie war sich sicher, dass die Amnesie, die Hope bei der Entbindung des Babys erlitten hatte, noch anhielt. Vielleicht würde sie sich erinnern, wenn sie wieder zu Hause war und der Stress von ihr abfiel und sie nicht mehr flüchten musste.

»Können Sie sich immer noch nicht daran erinnern, was passiert ist?«, fragte Lottie betont freundlich.

»Nein.«

»Als Sie an dem Tag auf dem Revier aufgetaucht sind, haben Sie gesagt: ›Ich glaube, ich habe ihn umgebracht.‹«

»Ich weiß noch, wie ich am Kanal aufgewacht bin. Meine Jeans lagen neben mir, und meine Beine waren voller Blut. Mein Baby war nirgends zu sehen. Und da dachte ich ... Ich dachte, dass ich es wohl umgebracht habe.«

»Aber das haben Sie nicht, Hope. Sie haben Ihr Baby nicht getötet.«

»Wer war es dann?«

Eigentlich durfte sie es der jungen Frau nicht sagen. Andererseits würde es ihr vielleicht helfen zu wissen, dass sie nicht schuld am Tod ihres Babys war. »Ich glaube, es war Julia Duffy.«

Hope drückte ihre Tochter fest an die Brust und vergoss Tränen auf ihr Haar. »O mein Gott.«

Lottie, die nun vor Erschöpfung kaum noch stehen konnte, drehte sich um, um zu gehen. Sie wollte zu ihren Kindern. Sie in den Arm nehmen und nie wieder loslassen.

»Haben Sie Toby gefunden?«, fragte Hope, als Lottie schon fast durch den Vorhang war.

»Haben wir.«

»Lebt er?«

»Ich muss noch mit den Ärzten reden, aber ja, er lebt.«

Gerade noch so, dachte sie, als sie ging.

SECHSUNDACHTZIG

Lottie bahnte sich einen Weg durch die vielen Journalisten vor der Dienststelle und machte sich auf die Suche nach Boyd.

Nachdem sie Paul Duffy vernommen und wegen sexuellen Missbrauchs von Minderjährigen und Mordes an Rory Butler verhaftet hatten, sagte sie: »Kommen wir nun zu Barry Duffy. Mal sehen, was der uns zu erzählen hat.«

Als der Teenager sich setzte, bemerkte Lottie, wie unschuldig er aussah. Aber sie wusste, dass die Beweise ergeben würden, dass er alles andere als unschuldig war. Barry Duffys Herz war von seiner Mutter mit Bosheit erfüllt worden.

»Erzähl mir von dem Baby, Barry.«

»Von welchem Baby?«

»Das, das du getötet hast.«

»Ich habe es nicht getötet. Das war *sie*.«

»Wer?«

»Meine Mutter. Sie hat gesagt, dass ich Hope im Auge behalten soll, weil sie von meinem Dad schwanger war. Ich bin ihr immer mit dem Fahrrad gefolgt. Und an dem Abend habe ich sie gesehen, wie sie im Dunkeln am Kanal rumgestolpert ist.

Da habe ich Mum angerufen, und wir sind ihr beide gefolgt. Das war ich nicht alleine.«

»Und was hast du dann getan?«

»Hope hatte Schmerzen. Sie lag auf dem Boden. Sie hatte Wehen. Meine Mutter hat ihr auf den Kopf geschlagen und ihr die Jeans und die Unterhose ausgezogen. Und dann ... dann ist das Baby zwischen ihren Beinen rausgekommen. Und ganz viel Blut. Es hat zwar nicht geschrien, hat aber gelebt. Meine Mutter hat sich über es gebeugt, ihm die Hand auf den kleinen Hals gelegt und es erwürgt. Dann hat sie mir gesagt, dass ich es in den Kanal legen soll. So würde ich sowohl meine Seele als auch die des Babys reinwaschen.«

Das alles erzählte er völlig monoton. Was hatte diese Frau ihrem Sohn nur angetan? Lottie schüttelte den Kopf.

»Barry, das muss alles furchtbar für dich gewesen sein.« Sie versuchte, Mitgefühl zu zeigen, doch alles, woran sie denken konnte, war, wie er den kleinen Louis festgehalten hatte.

»Das war es. Aber ich konnte niemandem davon erzählen. Ich konnte nur dafür sorgen, dass das Baby gefunden wird. Und das habe ich getan.«

Er hob den Blick und starrte Lottie an. Seine Augen waren hart wie Stahl. Sie spürte einen Schauer zwischen ihren Schulterblättern.

»Das hast du gut gemacht.« Aber vorher hatte er dabei geholfen, eine Leiche zu entsorgen. Verstand er denn nicht, was er getan hatte? Und er war noch genauso jung wie ihr Sean!

»Kanntest du Mikey, Kevin und Toby?«

»Klar.«

»Wie hast du herausgefunden, dass dein Vater sie missbraucht hat?«

»Mum hat es mir erzählt. Sie hat mich gewarnt, in seiner Nähe vorsichtig zu sein. Zuerst konnte ich es gar nicht glauben. Aber ich wusste, dass da was vor sich ging.«

»Warum hast du deinen Vater nicht wegen des Missbrauchs an den Jungs angezeigt?«

Er zuckte mit den Schultern. »Ich habe versucht, sie zu warnen, dass sie sich von ihm fernhalten sollen. Aber ich fürchte, sie haben sich dadurch bedroht gefühlt. Mum hat gesagt, ich soll mir keine Sorgen machen, sie wüsste, wie sie mit Dad umzugehen hätte. Sie würde nur noch warten, bis Hopes Baby auf der Welt ist, und dann würde sie die Jungs von ihrem Schmerz befreien. Hat sie gesagt. Ich dachte, sie meint, dass sie dann zur Polizei gehen würde.«

»Warum hast du Sean mitgenommen, damit er die Leiche des Babys findet?«

Er knibbelte an seinen Fingernägeln herum. »Immerhin war das Baby mein Halbbruder. Da konnte ich doch nicht zulassen, dass es von Fischen und Ratten angeknabbert wird. Ich fand, dass es beerdigt werden sollte oder so.« Er lachte. »Und wenn Ihr Sohn dabei ist, würde das meine Unschuld beweisen, dachte ich. Und das hätte fast funktioniert.«

Das Böse, das die Seele seiner Mutter durchseucht hatte, hatte tatsächlich auch Besitz von Barrys Herz ergriffen. Lottie spürte, wie ihr die Haare im Nacken zu Berge standen.

»Und Rory Butler? Was ist passiert, als er gestern Abend bei euch zu Hause war?«

»Das sollten Sie lieber meinen Dad fragen.«

»Das haben wir. Du hattest das Messer, Barry. Und ich glaube, du hast ihn getötet.«

»Was sagt mein Dad denn dazu?«

Lottie wusste, dass Paul Duffy bereits gestanden hatte, Rory ermordet zu haben, nachdem dieser bei ihm zu Hause aufgetaucht war und Anschuldigungen herumgebrüllt hatte. Dennoch hatte sie das Gefühl, dass Barry die Kontrolle verloren hatte.

»Ich frage aber dich. Was ist passiert?«

Barry zuckte mit den Schultern. »Rory hat Dad vorgeworfen, seinen Sohn getötet zu haben. Mikey. Also musste ich ihn zum Schweigen bringen. Dad hat ihn zusammengeschlagen, und ich habe auf ihn eingestochen.« Nach einer kurzen Pause fügte er hinzu: »Was hat ihn denn getötet? Die Tritte oder das Messer?«

Du überhebliches kleines Arschloch, dachte Lottie. Sie musste noch die Ergebnisse der Obduktion abwarten, bei der die genaue Todesursache festgestellt wurde, war sich aber sicher, dass Vater und Sohn gleichermaßen schuld am Tod von Rory Butler waren.

Sie stand auf. »Boyd, setze Mord mit auf die immer länger werdende Liste seiner Straftaten.«

»Kann ich jetzt wieder nach Hause?«

»Nach Hause? Du hast kein Zuhause mehr.«

Aber Lottie hatte eines, und genau da würde sie jetzt hingehen. Sie floh aus der Tür und rannte den Flur entlang zur Tür. Dabei hörte sie noch nicht einmal, dass Boyd ihr etwas nachrief.

TAG FÜNF

FREITAG

SIEBENUNDACHTZIG

Im Cafferty's war es an diesem warmen Freitagabend brechend voll. Ein Teil der Menge befand sich draußen im Raucherbereich.

Lottie stand an der Bar mit einem Glas Sauvignon in der Hand, das Boyd ihr ausgegeben hatte. Sie schaute zu, wie er sich neben Kirby setzte, der ein Glas Guinness trank. Er sah so überhaupt nicht aus wie der Kirby, den sie bisher gekannt hatte. Fast wie ein anderer Mensch. Die Trauer macht so was mit einem, wie sie wusste. Sie biss sich so heftig auf die Lippe, dass sie Blut schmecken konnte.

Das Gedränge wurde immer größer. Nahe der Tür bemerkte sie Cynthia Rhodes, die mit jemandem sprach. Ausgerechnet diese Frau wollte sie heute Abend wirklich nicht sehen. Und an jedem anderen Abend auch nicht.

»Hallo! Du musst Lottie sein. Zumindest hat Cynthia das behauptet.«

Lottie drehte sich um und blickte in ein Paar grüne Augen, die exakt so aussahen wie ihre eigenen. Sein Haar war unordentlich, und sie konnte erkennen, dass es mal rot gewesen war, inzwischen aber eher graublond.

»Kenne ich Sie?« Die Verwirrung war ihr deutlich anzuse-
hen. Sie neigte den Kopf zur Seite und betrachtete den
Fremden mit dem markanten Gesicht, der gar nicht wie ein
Fremder aussah.

Er streckte ihr die Hand entgegen. Instinktiv nahm sie sie.
Sein Händedruck war glatt und schnell, aber fest. Ihr entging
nicht, wie sauber und gerade seine Fingernägel waren, als
würde er sie regelmäßig feilen.

»Du siehst genauso aus, wie ich mir dich vorgestellt habe«,
sagte er. »Deine Fotos werden dir überhaupt nicht gerecht.« Ein
breites Lächeln legte sich auf sein Gesicht und ließ seine Augen
aufleuchten. Er fuhr mit einem Finger den Kragen seines
Hemds entlang und versenkte dann beide Hände in den
Taschen seiner marineblauen Chinohose.

»Ich möchte ja nicht unhöflich sein«, sagte sie, wohl
wissend, dass sie ausgesprochen unhöflich klang, »aber wer sind
Sie?« Ihre Kopfhaut kribbelte vor Unbehagen. Himmel, es war,
als würde sie in einen Spiegel blicken und sich selbst als Mann
sehen.

»Ich dachte immer, ich hätte mehr von meinem Vater
geerbt als von meiner Mutter«, sagte er, »aber jetzt, wo ich dich
sehe, fürchte ich, die Gene meiner Mutter haben sich doch
stärker durchgesetzt.«

»Hören Sie, ich habe keine Ahnung, wer Sie sind und
wovon Sie reden, aber ich bin mit jemandem hier. Wenn Sie
mich also entschuldigen würden ...« Sie wollte sich von ihm
entfernen, doch er legte seine Hand auf ihre und hielt sie so auf.

»Zwei Minuten. Bitte. Ich habe einen langen Weg auf mich
genommen, um dich zu treffen.«

Sie sollte gehen. Ihn einfach stehen lassen. Aber ihre
Neugier überwog, und so wartete sie. Sie wollte hören, was der
Mann zu sagen hatte.

»Wir haben telefoniert. Vor ein paar Monaten. Aber da
wolltest du nicht mit mir reden. Und ich hatte die Befürchtung,

mich geirrt zu haben, also habe ich erst mal weitere Nachforschungen angestellt.«

»Nachforschungen?« Sofort fühlte Lottie sich wie eine Laborratte im Käfig. Seine Augen musterten sie, ihr Gesicht, ihr Haar, ihre Hände. Sie folgte seinem Blick und dachte, wenn er jetzt noch ihre Beine anstarrte, würde sie ihm einen Tritt in den Schritt verpassen. Und dann erinnerte sie sich daran, was McMahon und Rose erzählt hatten. Und plötzlich wusste sie genau, wer er war.

»Meine Mutter war damals sehr krank«, erzählte er. »Also, nicht meine echte Mutter, sie hat diese Rolle jedoch übernommen, und ich kenne keine andere. Während sie im Krankenhaus lag, habe ich ihre Sachen durchgesehen. Ihre Akten, den Computer, die Kartons in der Abstellkammer. Sogar ihr Büro habe ich durchwühlt.«

Lottie bemerkte Tränen in seinen Augen. Tränen des Verlusts. Und sie kannte diesen Blick nur zu gut. Sie sah ihn jeden Morgen, wenn sie in den Spiegel schaute.

»Ich bin bei der Polizei. Ich weiß, wie man richtig sucht. Und deshalb habe ich schließlich auch den Beweis gefunden.«

»Ich habe nach wie vor keine Ahnung, wovon Sie reden.« Doch die hatte sie. Das Telefonat. Am Tag, nachdem ihr Haus abgebrannt war. Damals hatte sie in einer Pfütze aus Regenwasser und Asche gekniet, mit dem Handy am Ohr. Dieselbe Stimme. Seine Stimme.

»Du bist Leo Belfield«, stellte sie fest.

Er nickte. »Alexis dachte, sie würde das Richtige tun, als sie mich von meinen Schwestern getrennt hat. Aber heute glaube ich, sie war einfach nur egoistisch. Sie wollte ein neues Leben in den Vereinigten Staaten. Sie wollte ein Kind. Also hat sie mich mitgenommen. Und euch zurückgelassen.«

»Moment mal. Da hast du was falsch verstanden.«

»Nein, habe ich nicht. Du bist meine Halbschwester, Lottie

Parker. Wir haben dieselbe Mutter. Und beide keine Ahnung, wer unser Vater ist.« Er legte den Kopf schräg.

»Ich weiß, wer mein Vater war. Und ich glaube, dass diese Alexis wesentlich dazu beigetragen hat, dass er sich das Leben genommen hat. Ich habe mit eigenen Augen gesehen, was ihr Wahnsinn angerichtet hat. Und egal, was du glaubst, in den Sachen gefunden zu haben, die sie vor dir versteckt hat: Du liegst falsch. Völlig falsch.«

Als er zu ihr aufsah, waren die Tränen in seinen Augen verschwunden. Sein Blick war fragend, sein Mund ungläubig verzogen. Und dann wurde seine Haltung plötzlich defensiv, und er ballte die Hände zu Fäusten.

»Ich liege völlig richtig. Ich habe alles gesehen. Die Fotos. Die Dokumente. Das brauchst du alles gar nicht abzustreiten. Du bist meine Schwester.«

»Ich streite gar nicht ab, dass wir möglicherweise miteinander verwandt sind.« Warum führte sie überhaupt diese Unterhaltung mit einem Mann, den sie noch nie zuvor gesehen hatte? »Es ist gut möglich, dass ich *eine* deiner Halbschwestern bin.«

Sein Gesicht verdunkelte sich, als würde ein Schatten darauf fallen. »Ich verstehe nicht.«

»Du glaubst, du wärst hinter alles gekommen. Aber nichts ist so einfach, wie es aussieht. Alexis Belfield hat ihr ganzes Leben damit verbracht, ihre schmutzige Vergangenheit zu verstecken. Und das wäre ihr auch gelungen, wenn Marian Russell nicht so neugierig gewesen wäre. Das ist eine weitere Halbschwester von uns, wie du vielleicht weißt. Oder auch nicht. Sie ist tot. Wurde ermordet. Und zwar von ...« Nein, so viel wollte sie ihm gerade nicht zumuten. »Was ich damit sagen will: Unsere Familiengeschichte ist voller dunkler Geheimnisse. Die einzigen Personen, die die ganze Wahrheit kennen, sind entweder tot oder ... Wie geht es Alexis?«

»Sie liegt nicht mehr im Koma, kann aber nicht sprechen. Abgesehen davon ist sie bei guter Gesundheit.«

»Ist sie noch im Krankenhaus?« Hoffentlich, dachte Lottie. Diese bösartige Frau wollte sie nicht auch noch vor ihrer Haustür stehen haben.

»Noch, ja. Zurzeit treffe ich Vorkehrungen, um sie nach Hause zu holen. Aber zuerst wollte ich diese Reise unternehmen. Ich musste die Wahrheit für mich selbst herausfinden, bevor ich sie damit konfrontiere.«

»Die Wahrheit? Ha, da muss ich doch laut lachen.« Lottie schnaubte verächtlich. »Mein Leben wurde auf so vielen Lügen aufgebaut, dass es mich wundert, dass ich überhaupt noch ein Wort von irgendjemandem glauben kann. Bei dir ist das vermutlich nicht anders. Wenn du nach Antworten suchst, bist du bei mir an der falschen Adresse. Ich habe keine. Geh doch nach Hause und frag Alexis.«

»Sie kann nicht sprechen.«

»Ich bin mir sicher, dass sie dir deine Familiengeschichte aufschreiben kann.« Sie leerte ihr Glas Wein in einem Zug und stellte es ab. »Wir sind hier fertig. Geh nach Hause.«

»Ich bleibe hier in Ragmullin, bis ich alles herausgefunden habe.«

»Na dann, viel Glück. Aber halte dich von Rose fern.« Mit diesen Worten drehte sie sich um und wollte in der Menge verschwinden, doch er packte sie an der Hand und zwang sie, ihn anzusehen.

»Weißt du, wer meine Zwillingsschwester ist?«

»Das musst du schon selbst herausfinden.«

»Sag's mir.«

»Versuch's mal in der forensischen Psychiatrie. Dort wurde sie eingebuchtet.«

»Das glaube ich dir nicht.«

»Es ist mir völlig egal, ob du mir glaubst.«

Lottie schüttelte den Kopf. Zog ihre Hand weg. Ließ ihn stehen. Ging hinüber zu Boyd und Kirby.

»Wer war das denn?«, fragte Boyd.

Lottie schob ihre Hand in seine. »Niemand«, antwortete sie.

EPILOG

DREI WOCHEN SPÄTER

Toby schoss den Ball ins Tor. Doch er jubelte nicht. Er ging einfach nur langsam zum Tor, hob den Ball auf und ging zurück, um erneut zu schießen. Ohne Verteidiger war das Toreschießen einfach. Und ohne Torwart auch. Es gab nur ihn und das grüne Gras.

Er erreichte die Stelle, von der aus er eben geschossen hatte, und legte den Ball ab. Kickte ihn wieder ins Tor und machte sich wieder auf den einsamen Weg, um ihn aus dem Netz zu holen.

»Brauchst du einen Mitspieler?«

Er drehte sich um. Da stand der große, blonde Junge. Der, der damals so nett zu ihm gewesen war.

»Wo ist Barry?«, fragte Toby.

»Vor dem musst du keine Angst mehr haben. Meine Mutter hat ihn ins Gefängnis gesteckt.«

»Was ist dir denn passiert?«, fragte er mit Blick auf die frisch genähte Wunde auf der Stirn des Jungen, direkt unter der Stirnlocke.

»Nichts Besonderes. Ich habe mir einen Kampf mit dem Teufel geliefert und gewonnen. Wollen wir Fußball spielen?«

»*FIFA* mag ich lieber«, antwortete Toby. Dann sah er den Ausdruck im Gesicht des Teenagers. »Aber wir können gerne ein bisschen kicken.«

Er schaute hinüber zur Mauer. Hope saß dort neben Max, der seine Tochter Lexie auf dem Schoß hatte. Seit Tobys Entlassung aus dem Krankenhaus hatte Max ihn nicht mehr aus den Augen gelassen.

Unwillkürlich breitete sich ein Lächeln auf Tobys Gesicht aus. Er legte den Ball ab und schoss ihn so fest, wie er konnte.

»Tor!« Er rannte los. Um seinen Hals an dem grünen Band baumelte Mikeys Medaille in der Abendbrise.

EIN BRIEF VON PATRICIA

Hallo, liebe Leserinnen und Leser,

ich möchte euch herzlich dafür danken, dass ihr meinen fünften Roman, *Sag Nichts*, gelesen haben.

Wenn ihr euch zu meinem Newsletter anmelden möchtet, um über meine Neuerscheinungen auf dem Laufenden zu bleiben, klickt bitte hier:

www.bookouture.com/bookouture-deutschland-sign-up

Ich weiß es sehr zu schätzen, dass ihr eure kostbare Zeit Lottie Parker, ihrer Familie und ihrem Team gewidmet habt. Wenn euch dieser Ausflug gefallen hat, möchtet ihr Lottie vielleicht durch die gesamte Romanreihe hindurch begleiten. Euch, die ihr bereits die ersten vier Lottie-Parker-Bücher *Die vergessenen Kinder*, *Die geraubten Mädchen*, *Das verlorene Kind* und *Nie in Sicherheit* gelesen habt, danke ich für eure Unterstützung und eure Rezensionen.

Wenn euch dieses Buch gefallen hat, würde ich mich sehr über eine Rezension auf Amazon oder Goodreads freuen. Das würde mir viel bedeuten.

Ihr könnt euch über meine Facebook-Autorenseite und meinen Twitter-Account mit mir vernetzen. Außerdem betreibe ich einen Blog (und versuche, ihn auf dem neuesten Stand zu halten).

Nochmals vielen Dank. Ich hoffe, dass wir uns im sechsten Band der Reihe wiedersehen.

Alles Liebe

Patricia

facebook.com/trisha460
twitter.com/trisha460
instagram.com/patricia_gibney_author

DANKSAGUNG

Danke, meine Leserinnen und Leser, für eure anhaltende Unterstützung.

Als Autorin arbeite ich mit vielen anderen Menschen zusammen und bin dankbar, ein tolles Team um mich zu haben. Lydia Vassar Smith möchte ich für das tolle Lektorat von *Sag Nichts* danken. Mein besonderer Dank geht an Kim Nash und Noelle Holten für das unglaubliche Marketing und für die Organisation der Blogtouren. Vielen Dank auch an all diejenigen, die direkt an meinen Büchern arbeiten: Lauren Finger (Herstellung), Jen Hunt (Veröffentlichung), Alex Crow und Jules Macadam (Marketing) und Jane Selley für ihr gekonntes Korrektorat.

Michele Moran hat meine Bücher ganz hervorragend im Audioformat zum Leben erweckt, insofern danke ich Michele und ihrem Team von Audiobook Producers.

Andere aus der schreibenden Zunft unterstützen mich und meine Arbeit sehr. Danke an alle, die mir zugehört, mit mir geplaudert und mir Tipps gegeben haben, vor allem an meine Autorenkolleginnen und -kollegen bei Bookouture.

Vielen Dank an alle Bloggerinnen und Blogger, die ihre Zeit darauf verwendet haben, meine Bücher zu lesen und zu rezensieren und an meinen Blogtouren teilzunehmen. Auch allen Leserinnen und Lesern, die Rezensionen geschrieben haben, bin ich sehr dankbar.

Danke an meine Agentin Ger Nichol von The Book Bureau, die sich immer um mich kümmert und meine Interessen im In- und Ausland vertritt, zusammen mit ihrem Team von Subagenten. Vielen Dank, Ger.

An dieser Stelle möchte ich auch die großartige Arbeit von Bibliotheken und ihren Mitarbeiterinnen und Mitarbeitern hervorheben. Mein Dank geht zudem an die lokalen und nationalen Medien und Buchläden.

Mein besonderer Dank geht an Monica und Robin Parker.

Familie bedeutet mir alles. Ohne mein Netzwerk um mich herum, das mich immer unterstützt, hätte ich mir meinen Traum vom Schreiben nie erfüllen können. Ich danke meinen Eltern, William and Kathleen Ward, die stets an mich geglaubt haben. Ebenfalls danke ich Lily Gibney und ihrer Familie sowie meinen Schwestern Marie Brennan und Cathy Thornton und meinem Bruder Gerard Ward.

Meine Kinder Aisling, Orla und Cathal überraschen mich jeden Tag aufs Neue mit ihrem Ehrgeiz und ihrer Arbeitsmoral. Als Teenager haben sie ihren Vater an den Krebs verloren, aber inzwischen sind sie zu prächtigen jungen Erwachsenen geworden. Ich bin so stolz auf euch und dankbar, euch in meinem Leben zu haben. Und unsere Familie wächst stetig weiter. Daisy, Shay und Caitlyn haben mein Weltbild erweitert und mein Leben mit Liebe erfüllt.

Alle Figuren dieser Geschichte sind frei erfunden, genau wie die Stadt Ragmullin, auch wenn Ereignisse aus meinem Leben mein Schreiben stark beeinflusst haben.

Zu guter Letzt widme ich *Sag Nichts* meinen Freunden. Ihr wisst, wer ihr seid, und ich fühle mich gesegnet, so fantastische Leute in meinem Leben zu haben.